JOGADA Bela

Autoras Bestseller do ~~A~~
VI KEELAND
PENELOPE WARD

Copyright © 2021. WELL PLAYED by Vi Keeland &Penelope Ward
Direitos autorais de tradução © 2022 Editora Charme.

Todos os direitos reservados.
Nenhuma parte desta publicação pode ser reproduzida, distribuída ou transmitida sob qualquer forma ou por qualquer meio, incluindo fotocópias, gravação ou outros métodos mecânicos ou eletrônicos, sem a permissão prévia por escrito da editora, exceto no caso de breves citações consubstanciadas em resenhas críticas e outros usos não comerciais permitido pela lei de direitos autorais.

Este livro é um trabalho de ficção.
Todos os nomes, personagens, locais e incidentes são produtos da imaginação da autora.
Qualquer semelhança com pessoas reais, coisas, vivas ou mortas, locais ou eventos é mera coincidência.

1ª Impressão 2022

Produção Editorial - Editora Charme
Capa e Produção Gráfica - Verônica Góes
Imagens - Shutterstock e AdobeStock
Tradução - Laís Medeiros
Revisão - Equipe Charme

Esta obra foi negociada por Brower Literary & Management, Inc.

FICHA CATALOGRÁFICA ELABORADA POR
Bibliotecária: Priscila Gomes Cruz CRB-8/8207

K26b   Keeland,Vi

Bela Jogada/ Vi Keeland; Penelope Ward;
Tradução: Laís Medeiros; Preparação e Revisão: Equipe Charme;
Capa e Produção Gráfica: Verônica Góes –
Campinas, SP: Editora Charme, 2022.
392 p. il.

Título Original: Well Played

ISBN: 978-65-5933-068-3

1. Ficção norte-americana. 2. Romance Estrangeiro. –
I. Keeland, Vi. II. Ward, Penelope. III. Medeiros, Laís.
III. Equipe Charme. IV. Góes, Veronica. V.Título.

CDD - 813

www.editoracharme.com.br

Editora
Charme

Bela
JOGADA

Tradução - Lais Medeiros

Autoras Bestseller do *New York Times*

VI KEELAND
PENELOPE WARD

BELA JOGADA

CAPÍTULO 1

Presley

— Então, você ao menos já se deparou com algum daqueles cavalheiros sulistas que os filmes sempre mostram? Tipo Ryan Gosling, em *Diário de Uma Paixão*, ou Matthew McConaughey, em... bem, qualquer filme?

Suspirei e coloquei meu celular sobre a cama, para poder tirar a roupa enquanto falava com a minha melhor amiga, Harper, no viva-voz.

— Não. Mas falei com um homem na agência de correios ontem chamado *Huck*. O sotaque dele era tão carregado que, inicialmente, pensei que ele estivesse falando em algum idioma estrangeiro. Pedi desculpas e disse que não falava aquela língua. Ele não achou muita graça. Eu não falo desse jeito, falo?

— Só depois de alguns drinques. Algumas pessoas começam a babar depois de beber demais. Você começa a arrastar a fala e dizer coisas como *mé que vai*.

— Eu *não* digo *mé que vai*. Mas encontrei um homem essa semana que definitivamente diz. Atticus Musslewhite.

— Isso é mesmo o nome de uma pessoa?

— Com certeza. Ele é mecânico no posto de gasolina na cidade. Fizemos o ensino médio juntos, mas tenho quase certeza de que ele não me reconheceu. Quando cheguei no domingo, parei diante da bomba de gasolina e ele estava lá, parado ao lado, como um comitê de boas-vindas. Ele me olhou de cima a baixo, com um pedaço de palha pendurado na boca, ergueu o chapéu e disse: "*Mé que vai*, moça bonita? Seja bem-vinda a Beaufort. Se precisar de qualquer coisa, pode ligar pro Atticus aqui que eu *quebro o seu gaio*".

— Ai, meu Deus! Eu exijo que você faça as malas e volte para cá imediatamente.

Dei risada e sentei na cama de frente para o ar-condicionado para desamarrar meus tênis.

— Pois é, nada de Ryan Gosling ainda. Mas estou feliz por estar em casa. Quando tomei a decisão de me mudar de volta para cá, fiquei preocupada pensando que talvez eu não servisse mais para a vida em cidade pequena. Mas sinto como se meus ombros estivessem relaxados pela primeira vez em anos.

— Hummm... então, talvez eu deva me mudar para Beaufort. Meu massoterapeuta aumentou o valor da hora para cento e cinquenta dólares.

— Tenho quase certeza de que a sua cabeça explodiria depois de alguns dias. O ritmo por aqui é, sem dúvidas, bem mais lento do que você está acostumada.

Harper suspirou.

— Odeio que você esteja tão longe de mim. Mas fico feliz por estar encontrando um pouco de paz. Como está a The Palm?

Olhei em volta do quarto no qual estava hospedada, cuja situação estava melhor do que a maioria dos outros quartos da pousada. A tinta das paredes estava descascando, o carpete estava gasto e tão fino que não dava mais para ver a estampa, e uma janela com moldura de madeira danificada por cupins segurava o pior ar-condicionado do mundo.

— Hummm... precisa de alguns cuidados especiais.

— Quanto tempo você acha que vai levar para reformar tudo?

— Não tenho certeza. Estou tentando descobrir o que poderemos fazer com o orçamento disponível. Farei um cronograma quando tiver resolvido essa parte. Mas vai ter que ser antes que eu comece o meu novo emprego de professora.

Eu conseguira um emprego de meio período como professora de arte e fotografia na escola de ensino médio local. Não era como a vida glamurosa que eu tinha em Nova York, onde gerenciava uma galeria e fazia exposições das minhas fotografias e trabalhos artísticos. Mas, no fundo, eu não servia mesmo para esse tipo de glamour, e estava ansiosa para começar a ensinar algo que amava.

— Você vai conseguir — ela me assegurou. — Minha garota consegue fazer qualquer coisa.

— Espero que você esteja certa.

— E como está o garotinho mais legal do mundo?

Eu tive que tirar meu filho de sete anos da escola faltando algumas semanas para o fim do semestre em Nova York, quando meu contrato de aluguel expirou, e nos mudamos para dar início às reformas aqui. O ano letivo já havia terminado em Beaufort, mas ele ainda precisava finalizar algumas matérias, então eu estava tentando ensiná-lo em casa, apenas para encerrar o segundo ano.

— O Alex está feliz. — Sorri. — Ele fez alguns amigos logo de cara. Eu estava preocupada pensando que isso seria difícil para ele, até ele começar a ir para a escola no outono. Mas minha mãe o levou para almoçar com uma amiga e o neto dela, e eles se deram muito bem. Eles se encontram com frequência para jogar futebol americano. Os dois pretendem entrar no time infantil daqui, e irão para o mesmo acampamento de treinos durante o verão. Assim que o menino ficou sabendo quem eram o pai e o tio de Alex, ele meio que se tornou uma celebridade instantânea.

— Qual é mesmo o time em que o tio dele joga?

— Denver Broncos.

— É o mesmo time em que o pai do Alex jogava?

— Não. Ele jogava nos Jets. Foi assim que acabei indo para Nova York, lembra?

— Jets, Mets, Nets... não faço ideia de onde cada time é.

Dei risada. Essa era mais uma diferença entre morar em uma cidade grande e como as coisas funcionam aqui no Sul. Em Nova York, o futebol americano era um esporte que fica passando nas televisões em bares e servia como som ambiente. Aqui, estava mais para uma religião. A cidade inteira comparecia aos jogos da sexta-feira à noite, não somente as famílias e os amigos dos jogadores.

Antes de sofrer a lesão, meu ex, Tanner, foi o segundo jogador escolhido no *draft* da *National Football League*, a NFL, oito anos atrás. Seu irmão foi o primeiro jogador escolhido no *draft* dois anos antes disso, e o pai deles também jogou na NFL, por quinze anos. Quando fui embora para Nova York com Tanner, há quase uma década, nossa pequena cidade já havia enviado cinquenta e dois jovens para a NFL. Tinha certeza de que esse número já estava bem maior.

— Como vou aguentar isso? — Harper perguntou. — Já estou sentindo a sua falta, e só faz seis dias que você foi embora. Você sabe que não gosto de pessoas o suficiente para fazer uma nova amizade.

Sorri.

— Você tem vários amigos.

— Nenhum de verdade, igual a você.

Suspirei. Harper não estava errada. Ela fora a única coisa que me manteve morando lá durante os últimos dois anos. Deus sabe que, durante os seis anos desde que nos separamos, o pai de Alex nunca nos deu um motivo para ficar. Ele mal via o filho, mesmo que morássemos na mesma cidade.

— Também sinto a sua falta. Mas você vai vir me visitar em breve, não vai?

— Claro. Mal posso esperar.

— Muito bem, então... é assim que vamos conseguir aguentar isso: esperando ansiosamente pelas férias e visitas. Mas, olha, preciso ir. O Alex está na casa do novo amigo, no fim da rua. Acabei de terminar de limpar o sótão da pousada, e preciso muito tomar um banho. Estava tão quente e sujo lá. Acho que estou fedendo. Está tão quente aqui que dá para *assar um lagarto*.

— As pessoas assam lagartos aí?

Dei risada.

— Não que eu tenha visto. Mas a minha mãe disse isso outro dia, e Alex a olhou como se ela tivesse duas cabeças. Ele vai levar um tempo para se acostumar com o modo de falar aqui.

Ela riu.

— Falo com você em alguns dias, meu *gaio quebrado*.

— Tchau, Harp.

Depois que desliguei, tirei a calça de yoga por minhas pernas pegajosas, puxei a calcinha fio-dental que estava grudada na minha bunda e fiquei em frente ao ar-condicionado meia-boca do meu quarto. O troço estava fornecendo o equivalente a encher as bochechas com ar quente e soprar. Eu precisava adicionar o item "encontrar alguém para consertar o ar-condicionado" à minha já quilométrica lista de tarefas, para poder ter alguma esperança de que eu conseguiria sobreviver ao calor do verão.

Sobre a mesa de cabeceira, estava uma caixinha de som *Bose SoundLink*. Eu havia baixado o volume da música quando meu celular tocou, e o som baixinho de *SexyBack*, de Justin Timberlake, flutuava sob os estalos altos do ar-condicionado problemático. Me aproximei e aumentei o volume até o máximo, soltei meu rabo de cavalo, e voltei para deixar que o ar soprasse meus cabelos loiros para trás, estilo videoclipes da Beyoncé. Fechando os olhos, comecei a me mover ao ritmo da música.

Sentia como se fizesse uma eternidade desde que dançara pela última vez. Eu costumava adorar fazer isso. Durante o ensino médio, eu era a líder do grupo de dança, e Harper e eu gostávamos de sair para dançar, vez ou outra. Mas dançar, dançar mesmo? Dançar como se ninguém estivesse olhando? Fazia anos. Então, cedi à minha vontade. Por que não? Eu era a única pessoa na pousada, e as persianas da janela estavam fechadas.

Comecei devagar, balançando-me de um lado para o outro, até que meus quadris decidiram se juntar à diversão. Quando o refrão começou a tocar pela segunda vez, eu já estava sacudindo os quadris pra valer.

Tanner sempre foi um cara que gostava de bundas. Anos atrás, depois que o rebolado da Miley Cyrus no VMA viralizou, eu o pegara assistindo ao vídeo em seu laptop. Então, decidira surpreendê-lo e aprendi a fazer aquele passo. Agora, no auge dos meus vinte e nove anos, não tinha certeza se ainda conseguia mexer a bunda daquela maneira. Mas, quando Justin me pediu para *mostrar o que eu sabia fazer*, obedeci. E não é que eu ainda mandava bem?

Então, botei pra quebrar, rebolando minha bunda nua como ninguém, enquanto o ar-condicionado continuava a soprar meus cabelos para trás.

Quando a música terminou, um sentimento estranho e eufórico tomou conta de mim, e eu não conseguia parar de sorrir. Talvez estar de volta a Beaufort, Carolina do Sul, seria mesmo bom para mim, afinal de contas.

E talvez dançar pelada fosse justamente do que eu estava precisando.

Ou, talvez não.

Girei para seguir para o banheiro, e meu coração ficou preso na garganta quando me deparei com um homem recostado casualmente no vão da porta do quarto.

Sobressaltei-me e soltei um grito de gelar o sangue. Meu mecanismo de autodefesa veio à tona, e peguei a primeira coisa que alcancei e atirei em direção à porta. Felizmente, eu havia pegado a caixa de som, e ela era bem pesada. O plástico rígido foi de encontro à cabeça do invasor, e ele caiu duro no chão.

Tremendo, olhei em volta, buscando mais alguma arma, mas o quarto estava bem escasso. Então, peguei meu celular da cama e liguei para a polícia, torcendo para que chegassem antes que o homem recuperasse os sentidos.

A atendente perguntou meu nome e endereço, dizendo em seguida que a polícia já estava a caminho.

— O invasor está respirando, Presley?

Arregalei os olhos. Será que eu o matei? *Ai, meu Deus.* Senti vontade de vomitar.

— Não sei. Mas ele não está se mexendo.

— Ok. Fique ao telefone comigo. A polícia está a caminho. Você consegue sair do local em segurança?

Balancei a cabeça, mas obviamente a mulher não podia me ver.

— Ele está deitado bem no vão da porta, e não há outra saída. Há um ar-condicionado na janela.

— Ok. Tente manter a calma. Vamos continuar conversando até a polícia chegar.

Assenti, mas não conseguia focar em mais nada que a mulher dizia. *E se eu tiver matado o cara?* Meu coração ricocheteava contra minha caixa torácica como se estivesse tentado escapar. Dei uma espiada no homem. Ele estava usando calça jeans e uma camisa de botões, mas seu rosto estava virado para o outro lado, e eu não conseguia dar uma boa olhada de onde estava, encolhida no canto.

No entanto, estranhei uma coisa. Invasores não costumavam se vestir tão bem, não é? Ele não deveria estar com uma meia na cabeça cobrindo o rosto e vestindo roupas sujas de tantos anos usando drogas e morando nas ruas?

Ergui-me nas pontas dos pés para ver melhor. Sua camisa branca impecável tinha um pequeno cavalo bordado. Meu invasor usava camisa social Ralph Lauren de cem dólares?

Uma sensação ruim se instalou na boca do meu estômago. Eu precisava ver o rosto desse homem.

— Você ainda está aí? — perguntei ao telefone.

— Estou aqui. Está tudo bem?

— Sim. Vou chegar mais perto dele. Ele ainda está apagado, e quero ver o rosto dele.

— Ok. Permaneça na linha e veja se é seguro passar por ele e sair da casa.

Assenti. Percebendo que ainda estava nua, peguei o lençol da cama e me envolvi com ele. Então, dei um passo hesitante e esperei para ver se o homem se movia. Ele não se moveu. Dei mais um passo, e mais outro, até estar perto o suficiente para me inclinar para o lado e dar uma olhada no rosto virado do invasor.

Emiti um som horrorizado.

— Presley? Você ainda está aí? — A telefonista da emergência indagou. — Está tudo bem?

— Ai, meu Deus!

— O que está havendo, Presley?

— Eu acho que é o Levi!

— Você conhece o invasor?

— Sim. Ele é irmão do Tanner.

— E quem é Tanner, Presley?

— Meu ex-noivo.

— Qual é o sobrenome do Tanner?

— Miller.

— Miller?

— Sim.

— Ok. Então, o homem que está no chão é Levi Miller?

— Sim.

— Ele tem o mesmo nome do jogador de futebol americano?

Sacudi a cabeça.

— Não, ele não tem o mesmo nome do jogador de futebol americano, ele *é* o jogador de futebol americano. Acho que acabei de matar o *quarterback* mais valioso do Super Bowl.

— Estou bem — Levi resmungou para a paramédica, no outro cômodo.

A polícia nos separou, pedindo que eu me sentasse na cozinha e mantendo Levi na sala de estar adjacente. Espiei por trás do policial sentado de frente para mim para ver o que estava acontecendo.

— O senhor ficou inconsciente. Há uma boa chance de ter sofrido uma concussão. Além disso, o senhor precisa de alguns pontos.

— Vou ao consultório do dr. Matthews, no fim da rua. Ele pode me suturar e me examinar.

A paramédica franziu a testa.

— Não é uma boa ideia. Precisamos levá-lo para o Hospital Memorial.

— Agitada, ela tentava limpar a cabeça dele com gaze.

O policial sentado à minha frente terminou de fazer anotações em seu bloco e o fechou.

— Então, você não sabia que ele era o irmão do seu ex-noivo quando o atacou? Você não reconheceu um jogador de futebol americano famoso que conhece a vida toda?

— Eu não o ataquei. Já falei o que aconteceu. Eu estava dançando, e ele chegou de fininho no meu quarto. Ele está usando barba agora, e nunca o vi com uma antes. Fiquei com medo e peguei a primeira coisa que pude alcançar e atirei nele. Foi um acidente. Pensei que ele fosse um ladrão, ou algo assim.

— E você estava dançando... nua?

— Sim.

Ele abriu o bloco de notas e começou a escrever novamente.

— Você pode... deixar essa parte de fora do relatório? É tão constrangedor.

O policial me lançou um olhar rápido e continuou escrevendo.

— São apenas fatos do caso, senhora.

Levi ergueu a voz mais uma vez no cômodo ao lado, fazendo com que até mesmo o policial que estava comigo girasse na cadeira. Ele estava de pé diante da paramédica baixinha.

— Me dê o que quer que eu tenha que assinar. Não vou entrar em uma ambulância só por um cortezinho na cabeça.

O outro paramédico que estava atendendo Levi entrou na cozinha e falou com o policial:

— Os sinais vitais da vítima estão estáveis e ele está recusando tratamento, então solicitaremos que ele assine o nosso formulário de recusa de tratamento médico necessário e iremos embora.

O policial fechou seu bloco de notas e olhou para mim.

— Me dê licença por um minuto.

Enquanto os paramédicos guardavam a maca e todos os seus

equipamentos, o policial foi falar com Levi. Ele baixou o tom de voz, mas eu ainda consegui ouvir.

— Tem certeza de que não quer prestar queixa, sr. Miller?

Levi olhou para mim. Seu olhar irritado era gélido, mas ele negou com a cabeça.

— Tudo bem, então. Teremos que fazer um relatório completo. Mas descreveremos como um acidente doméstico.

Quinze minutos depois, os últimos socorristas saíram pela porta da frente. Os paramédicos e a polícia chegaram no instante em que Levi estava voltando à consciência, e eles partiram para a ação imediatamente para tratá-lo e, então, nos separaram. Não tive a chance de me desculpar antes.

— Levi, me desculpe por ter feito aquilo com você. Mas por que estava me olhando? Isso é estranho.

— É meio difícil não ficar olhando quando encontro uma mulher rebolando nua na minha casa. Eu não fazia ideia de que era você.

Cruzei os braços contra o peito.

— É a *nossa* casa. E eu também não fazia ideia de que era você. Você está tão diferente. O seu cabelo está mais comprido, e eu nunca tinha te visto com uma barba cheia assim. — Olhei para cima, para o corte em sua cabeça, e fiz careta. — Você deveria ter deixado os paramédicos te tratarem. Ainda está sangrando.

— Cortes na cabeça sangram muito mesmo. Está tudo bem.

— Por favor, vá pelo menos ao dr. Matthews.

— O que você está fazendo aqui?

— Eu me mudei de volta para cá.

— Por quê?

Nesse momento, eu estava me fazendo a mesma pergunta.

— Porque é um bom lugar para criar o meu filho.

Ele me olhou de cima a baixo.

— Por que você está tão suja?

— Oh. Eu limpei o sótão. Terminei logo antes de você chegar.

— Por que você fez isso?

Franzi as sobrancelhas. Ele tinha muitas dúvidas, e algumas delas pareciam bem óbvias.

— Hã... porque estava um desastre.

— O construtor não liga se o sótão está limpo ou não. Ele não liga se o lugar inteiro está uma bagunça. Ele vai mandar demolir.

— Demolir o quê?

— Esse lugar.

— *O quê?* Do que você está falando?

Dessa vez, foi Levi que fez uma expressão confusa. Sua testa franziu.

— Você não recebeu a oferta?

— Que oferta?

— Pela pousada. A Franklin Construções fez uma oferta de mais que o dobro do valor da propriedade. Meu advogado disse que enviou para você. Deduzi que o negócio já estava fechado.

Sacudi a cabeça.

— Mas eu não quero vender.

Levi colocou as mãos nos quadris.

— Bom, então temos um problema. Porque eu quero.

BELA JOGADA

CAPÍTULO 2

Presley

Horas depois, Levi estava na varanda da pousada quando abri a porta para deixá-lo entrar.

— Você não precisa bater. É a sua casa.

Ele apontou para sua cabeça enfaixada.

— Esses oito pontos aqui dizem o contrário.

Cobri minha boca.

— Meu Deus. *Oito* pontos? Eu sinto muito. Não acredito que fiz isso com você.

— Tudo bem. O dr. Matthews disse que estou ótimo.

Estreitei os olhos para ele.

— O dr. Matthews ligou há cinco minutos. Você deixou a carteira no consultório dele. Ele também mencionou que você deveria mesmo ter ido para o hospital e precisa ficar em observação por quarenta e oito horas para ver se apresenta algum sinal de fala arrastada ou vômitos.

Levi sacudiu a cabeça.

— Esqueci que ninguém liga para coisas como confidencialidade entre médico e paciente e leis de privacidade em Beaufort. — Ele olhou em volta da sala de estar. — Você sabe onde foi parar a minha mala? Eu a deixei no corredor mais cedo quando fui ver de onde a música estava vindo.

— Ah, sim, eu a coloquei na Suíte Woodward.

Ele juntou as sobrancelhas.

— Você não está ficando lá?

— Me mudei para um quarto normal. Não preciso de tanto espaço.

— Não seja ridícula. Posso ficar em qualquer quarto que esteja disponível.

A Suíte Woodward era um apartamento completo no andar térreo da pousada. Ela nunca era alugada para hóspedes, e sempre estava disponível para qualquer membro da família ou amigos que estivessem de visita na cidade.

— É a suíte da sua família, Levi. Estou bem.

Ele me olhou por um momento e foi até uma caixa trancada na parede, onde ficavam as chaves de todos os quartos. Tirando um molho de chaves do bolso, ele destrancou a caixa e pegou uma chave.

— Quarto número treze — ele zombou. — Bem apropriado para mim. Fique com a suíte.

Na manhã seguinte, eu estava limpando a cozinha após o café da manhã quando Levi desceu as escadas.

— Será que podemos conversar um minuto? — perguntei.

— Sobre o quê?

Olhei para o envelope aberto sobre a bancada da cozinha. Na noite anterior, depois que Levi foi dormir, vasculhei uma pilha de correspondências que trouxera comigo semana passada. Ainda não tinha tido a chance de separá-las, muito menos abri-las. Mas encontrei a carta do advogado de Levi, à qual ele havia se referido.

Ele assentiu.

— Não vamos conseguir uma oferta melhor que essa pela propriedade. Está caindo aos pedaços. Apenas uma das tomadas do quarto onde fiquei funciona, e o ar-condicionado está soprando ar quente.

— Eu sei. É muito dinheiro. Muito dinheiro mesmo.

— Ótimo. Vou dizer ao meu advogado que dê prosseguimento ao acordo.

— Na verdade... — Mordi a unha. — Eu sei que é uma ótima oferta e tudo, mas não quero vender a The Palm.

Levi estreitou os olhos.

— E por que não?

— Porque está na sua família há três gerações. É um marco histórico e um lugar especial, Levi.

— *Foi* um lugar especial, cinquenta anos atrás. Mas há uma ótima cadeia de hotéis a cinco minutos da cidade agora, onde todas as comodidades realmente funcionam. As pessoas não precisam se hospedar aqui.

— A Pousada The Palm não oferece apenas um lugar para dormir. Oferece a oportunidade de se vivenciar Beaufort.

Ele soltou um riso de escárnio.

— O que você sabe sobre *vivenciar* Beaufort? Você nem olhou para trás quando conseguiu o seu passe livre para ir embora daqui.

Pisquei, pega de surpresa. Tanner nunca fora um passe livre para mim. Fomos um casal durante todo o ensino médio e por quatro anos de faculdade.

— Como é?

Ele balançou a cabeça.

— Tanto faz. Eu não entendo por que o meu avô deixou metade da pousada para você.

— Ele não deixou a metade para mim. Deixou para o meu filho.

— Com você de administradora. Por que ele não deixou o meu irmão encarregado disso, para que assim uma pessoa sensata pudesse tomar as decisões?

Meu rosto ficou quente de raiva.

— Ele deixou, *sim*, uma pessoa sensata encarregada disso. *Eu*. E quanto à sua pergunta, sobre o porquê do seu avô não ter deixado o Tanner encarregado disso, a resposta é porque ele era um homem muito inteligente.

— Quando foi a última vez que você falou com o meu avô?

— Na semana antes de ele morrer. Eu falava com Thatcher quase todo domingo, e o Alex também. Por que você não pergunta ao seu irmão quando foi a última vez que ele falou com o seu avô?

— Por quê?

— Por que o quê?

— Por que você falava com o meu avô todo domingo?

— Porque ele era muito importante para mim, e eu queria que o meu filho o conhecesse também. Ele era um homem maravilhoso.

Levi parecia cético.

— O quê? Você acha que estou mentindo?

— Não sei qual é a sua. E a essa altura, acho que nem ligo. Só me diga o que será preciso para que você concorde em vender. Cinco por cento a mais serve? Dez? Sei que tem uma quantia que você quer. Se não se importasse com dinheiro, o meu sobrinho não teria sido arrancado do pai dele.

Pisquei algumas vezes.

— O que isso quer dizer?

— Pare de agir como se estivesse ofendida e apenas me diga o que quer, Presley.

Eu estava fervendo.

— Quer saber o que eu quero?

— O quê?

— Quero que você vá se ferrar, Levi.

Passei a maior parte da tarde pensando sobre o irmão do meu ex e a forma como agiu. Talvez tivesse sido ingênuo da minha parte pensar que ele iria querer preservar o legado do avô em vez de vender esse lugar para quem desse a maior oferta. Mas eu não ia desistir sem lutar.

Enquanto procurava pelo meu filho, pensei no quão grande a Pousada The Palm era. Já estávamos aqui há vários dias, e eu mal vi a pequena senhora que vivia em um dos quartos. Fern era uma velha amiga do avô de Tanner. Vez ou outra, eu suspeitava de que talvez ela possa ter sido um pouco mais do que somente uma *amiga* para Thatcher. Ele a deixava pagar um aluguel bem razoável para morar aqui. Tirando um rápido cumprimento no dia em que cheguei, o único sinal de que ela vivia ali até então eram os sutiãs tamanho G que ela deixava pendurados em um dos banheiros para secar. Apesar do fato de que ela fora próxima do seu avô, presumi que Levi não teria problema em expulsar Fern daqui, se isso significasse poder vender o lugar por uma boa quantia em dinheiro.

Depois de procurar bastante, finalmente encontrei Alex no quintal, arremessando bola com seu tio. Levi podia ter sido um babaca comigo, mas vê-lo brincando com meu filho aqueceu meu coração por um momento. Isso era o que sempre estava faltando na vida de Alex: uma camaradagem masculina.

Tanner e Levi tinham crescido com um pai que estava constantemente prestando atenção neles — quase atenção demais —, bastante interessado em cada movimento que eles faziam enquanto os lapidava para carreiras no futebol americano. Até o dia em que Jim Miller faleceu, há alguns anos, ele fora profundamente envolvido nas vidas dos dois filhos. É por isso que não fazia muito sentido o fato de que Tanner era um pai ausente. Considerando os exemplos que ele teve enquanto crescia — Thatcher e Jim —, seria fácil presumir que ele iria querer ser próximo do filho. Mas Tanner perdeu um pouco do juízo quando seus planos para o futuro no futebol americano foram despedaçados após uma lesão que sofreu depois de pouquíssimos jogos em sua carreira na NFL.

Por mais que meu ex traidor tenha nos tratado mal, eu me compadecia pelo que ele tivera que passar. No entanto, isso não era desculpa para seu comportamento. Enquanto ele permanecera próximo ao pai até o dia da sua morte, o relacionamento de Tanner com Levi havia mudado. Eles foram se distanciando cada vez mais com o tempo, provavelmente porque Tanner se reduziu a viver o futebol americano através do irmão mais velho; e aquilo era muito difícil.

Parei sob uma árvore, atrás de onde Levi e Alex estavam jogando, e fiquei ouvindo a conversa dos dois.

— Você joga bem, mas não é perfeito — meu filho disse a ele.

Levi ergueu as sobrancelhas.

— Você me assiste jogar, hein?

— Sim. O tempo todo. Eu gosto de dizer para as pessoas que você é meu tio. Mas é bem mais legal quando você está ganhando, né?

Levi jogou a cabeça para trás, gargalhando.

— Para mim também, amigão, acredite em mim. — Ele passou a bola de volta para Alex. — Então, me diga. Como posso melhorar?

— Muitas pessoas dizem que você está muito focado em mirar no seu alvo. Você não está prestando atenção aos outros jogadores que podem te interceptar. Foi isso que aconteceu durante o último jogo na Filadélfia.

Levi assentiu, agarrando a bola que seu sobrinho jogou de volta.

— É. Você tem razão sobre isso. Mas, sabe, às vezes, é bom cometer erros, porque eles te ajudam a perceber em que você precisa trabalhar para melhorar. — Ele atirou a bola de volta para Alex. — Mais alguma coisa que eu possa consertar?

Alex jogou a bola.

— Você não é um tio muito legal.

Levi pegou a bola, mas paralisou. Meu coração apertou no peito.

Ele piscou, como se estivesse tentando pensar em uma boa resposta.

— Por que você nunca foi me visitar em Nova York? — Alex perguntou.

Levi ficou em silêncio por um momento.

— Não tenho uma boa resposta para isso. Às vezes, os adultos ficam envolvidos demais em suas vidas e esquecem do que é realmente importante. Me desculpe se você ficou esperando que eu fosse te visitar. Mas espero que possamos compensar o tempo perdido enquanto eu estiver aqui. — Levi se aproximou de Alex, ajoelhou-se e bagunçou os cabelos do meu filho. — É sério. Sinto muito por ter sido um lixo de tio.

— Você é um *tixo*.

— O que é isso? — Levi estreitou os olhos.

— Tio lixo. *Tixo*. — Alex riu. — Na verdade, você é melhor sendo *tixo* do que sendo *quarterback*.

Levi abriu um sorriso raro e genuíno, parecendo se divertir com o garotinho sincero que o filho do seu irmão havia se tornado.

— Valeu mesmo.

— Por nada, tio Levi.

Mais tarde, naquela noite, quando me peguei ruminando se tinha mesmo razão em brigar com Levi e ser contra a venda da The Palm, decidi que precisava me lembrar por que eu havia voltado para Beaufort, em primeiro lugar. Então, peguei a carta que escrevera para mim mesma anos atrás. Eu a redigira por volta do tempo em que me mudei para ir para a faculdade em Syracuse com Tanner. Naquele tempo, eu não fazia ideia do quão caóticas as coisas ficariam entre nós, ou na minha vida, em geral. Eu deixava a carta guardada dentro de um livro antigo, na esperança de que sempre a encontraria no momento certo. Ela me havia sido muito útil desde que descobri que Thatcher havia deixado a metade da The Palm para Alex. Quando comecei a considerar me mudar de volta para casa, recorri à carta várias vezes.

O papel espesso e rígido estava enrugado conforme eu o desdobrava. Sentando-me na cama, deixei que a leve brisa da noite que entrava pela janela me confortasse.

Querida eu do futuro,

Espero mesmo que você não tenha ferrado a sua vida. Porque, nesse momento, como uma estudante do último ano do ensino médio, ela está ótima. Você não tem motivos para tê-la bagunçado. Talvez não tenha feito isso; talvez você seja extremamente bem-sucedida agora. Se esse for o caso, talvez essa seja uma ótima oportunidade para te lembrar de algumas coisas que você pode ter esquecido no decorrer dos anos.

Nenhum nível de sucesso no mundo vale esquecer o que é realmente importante. Então, ou você está indo muito bem e precisava ouvir isso, ou está em uma situação ruim e precisava ouvir isso. De um jeito ou de outro, você PRECISA ouvir isso.

De onde está vindo a necessidade de dizer isso? Bem, da vovó, se é que você se lembra. Você acabou de ter uma longa conversa com ela na varanda. E alguma coisa te disse que você precisava escrever tudo para que, assim, não esqueça nenhuma das coisas sobre as quais ela falou esta noite, porque ela pode não estar mais por aqui quando você finalmente ler essa carta. Deus, nem consigo imaginar isso. De qualquer jeito, documentei tudo aqui para você nessa carta. Então, essas são todas as coisas que a vovó quer que você lembre sobre a sua vida:

Seja o tipo de mulher que cede o assento no ônibus para alguém que precisa. Por mais que isso pareça óbvio, não fique presa em sua própria mente a ponto de não perceber quando alguém precisar de um assento. Esse é apenas um exemplo. Conclusão: não seja egoísta.

A próxima coisa que você não deve esquecer é que não existe isso de não ter tempo para as pessoas que ama. Você sempre pode arranjar tempo. Qualquer desculpa é pura balela. Um dia, quando você estiver velha e grisalha, não vai importar o quanto trabalhou ou quanto dinheiro tem. Tudo o que lhe restará serão as memórias para as quais você dedicou tempo para construir.

Lembre-se: se você não estiver onde acha que deveria

estar na vida, nunca é tarde demais para mudar. Mas você não precisa ser bem-sucedida para ser feliz, porque a felicidade É o sucesso.

Encontre o seu propósito. Não precisa ser algo grandioso. Até mesmo o homem que engraxa sapatos na esquina tem um propósito. Depois de serem atendidas por ele, as pessoas sempre saem com as energias renovadas, com um ar confiante que não tinham antes. Talvez aquela pessoa estivesse a caminho de chamar o futuro amor da sua vida para sair naquele dia, ou iniciou um novo emprego que seria o pontapé inicial da sua carreira. Tudo por causa daquela bela engraxada.

Dito isso, engraxe sapatos ou limpe chãos para viver se precisar; só não se torne dependente de um homem. Sempre trabalhe duro para poder se sustentar e nunca ter que depender de ninguém.

Não vá para a cama zangada. Porque você pode não acordar. E isso seria uma droga.

Recolha seu lixo. Porque quem você pensa que é para poluir a Terra?

Resumindo, seja gentil com as pessoas, trabalhe duro, mas também reconheça que dinheiro e sucesso não significam nada se você não estiver feliz.

E, acima de tudo, de acordo com a vovó: nunca, nunca se esqueça de onde veio.

Um lugar onde as pessoas dizem olá quando passam por você.

Um lugar onde as conexões com as pessoas ao seu redor são mais importantes do que o tipo de carro que você dirige ou a marca do relógio no seu braço.

Nunca se esqueça do quão reconfortante é simplesmente sentar sob um carvalho e assistir ao incrível pôr do sol sulista.

Nunca se esqueça do sabor de um chá doce bem-feito.

E da comida caseira. Se você não encontrar alguém que saiba cozinhar como a vovó, trate de fazer você mesma! (Ou aprenda, caso ainda não saiba.)

E se, por algum motivo, você estiver lendo isso e com saudades de casa, talvez seja mesmo a hora de voltar.

Com amor,
Você

Enxugando uma lágrima do meu olho — como sempre fazia quando pensava na minha avó —, dobrei o papel com cuidado e guardei de volta no meu exemplar de capa dura de *Eu sei por que o pássaro canta na gaiola*, de Maya Angelou. Vovó falecera alguns anos após o nascimento do Alex. Eu gostava de pensar que ela ficaria orgulhosa dos meus planos de dar uma nova vida à pousada de Thatcher.

Depois que coloquei o livro de volta na prateleira, olhei pela janela e notei algo se mexendo lá fora. Era Levi. Ele estava usando um galho de árvore para fazer flexão de braço, subindo e descendo seu corpo com a força dos braços.

Aparentemente, eu não era a única que estava inquieta e sem conseguir dormir esta noite.

CAPÍTULO 3

Presley

Na manhã seguinte, Levi esbarrou em mim ao sair do banheiro perto da cozinha.

— Oh... — Agitada, gaguejei: — Hã, me desculpe. Não sabia que você estava aí.

Ele apenas fez um aceno com a cabeça e passou por mim, seguindo em direção à mesa da cozinha.

O cheiro da sua colônia permaneceu no ar quando entrei no banheiro. Olhei para baixo e encontrei arrepios cobrindo meus braços. Isso me forçou a lidar com a percepção desconfortável de que meu corpo havia reagido ao choque do seu peito contra o meu.

Me encolhi. Isso era prova de que realmente não dá para escolher por quem nos atraímos, mesmo que seja a pessoa mais inapropriada do mundo. Depois de passar anos sem ser tocada por um homem, parecia que qualquer contato era capaz de causar uma reação visceral. Eu só queria que não fosse assim com o irmão do meu ex, que eu tinha quase certeza de que me odiava.

Após usar o banheiro e lavar as mãos, eu o encontrei sentado à mesa comendo cereal. Seus joelhos balançavam para cima e para baixo de maneira impaciente, como se ele mal pudesse esperar para terminar de comer e sair apressado. Sua calça jeans era rasgada, e seu joelho ficava exposto na perna direita. Era um visual sexy, principalmente porque ele tinha pernas fortes e musculosas. Mais uma vez, amaldiçoei-me por notar esse tipo de coisa.

Mas Levi era inegavelmente atraente. Pelo menos metade do país concordava comigo. Ele tinha uma beleza robusta, e seus traços eram um pouco mais fortes que os de Tanner. Ao olhar para Levi, dava para saber que ele era o tipo de pessoa que não tinha medo de colocar a mão na massa. Tanner estava mais para um garoto bonito. Mas eles dois eram lindos, cada qual à sua maneira, e os dois tinham cabelos escuros e olhos azuis. O que quer que a mãe deles tenha lhes dado conforme cresciam ajudou a transformar aqueles garotos em homens muito lindos.

Assim que decidi sentar de frente para ele, do outro lado da mesa, para conversarmos como adultos sensatos, Levi levantou e colocou sua tigela na lava-louças antes de sair da cozinha.

Bom, lá se foi a chance de conversar.

Alguns minutos depois, Fern surgiu por trás de mim.

— Que bagunça é essa que você está fazendo? O Rabugento está te dando nos nervos?

O guardanapo de papel que eu estava segurando agora parecia confete espalhado por toda a mesa. Nem havia notado que estava fazendo isso.

Fern podia ser pequenina, mas era bem desaforada. Ela estava usando batom rosa-choque e, no momento, estava com os dentes manchados do cosmético. Seus cabelos eram grisalhos do tipo que pareciam azuis. Diferente da maioria das mulheres mais velhas da região, que usavam um coque alto comum, Fern usava seus cabelos em uma trança comprida, que balançava de um lado para o outro quando ela falava.

— Sim, Levi *está* me dando nos nervos. — Assenti. — Ele acabou de sair mais rápido que um gato fugindo de água para não ter que conversar comigo. Acho que o fato de eu estar aqui o deixa irritado.

— Isso não é tão difícil de fazer, querida. Ele parece ser bem descontrolado. Eu ouvi vocês dois discutindo ontem. Ele parece ter uma vara enfiada na bunda. O vento que sopra o irrita. E ele certamente não tem respeito algum por esse lugar.

Meu filho entrou na cozinha de repente.

— O tio Levi tem uma vara no bumbum? De verdade?

Fern respondeu antes que eu tivesse a chance de fazer isso.

— É apenas uma expressão. Significa ranzinza.

— O que é ranzinza?

— Sabe aquele personagem rabugento, Luey, daquela série que você gosta? — perguntei. — Aquele que sempre discorda de tudo e nunca quer fazer nada com os amigos?

— Sim.

— Ser ranzinza é tipo isso.

— Mas o que isso tem a ver com o tio Levi ter uma vara enfiada no bumbum? Aposto que isso dói.

Balancei a cabeça.

— Ele não tem isso de verdade, Alex. É apenas algo que as pessoas dizem para descrever alguém ranzinza. É uma figura de linguagem.

— Ah.

— É, não se preocupe.

O som da voz de Levi me fez congelar.

— Não dói, amigão.

Limpei a garganta.

— Não sabia que você ainda estava aqui.

— É. O Lobão Malvado com uma vara enfiada na bunda esqueceu a carteira. — Ele a pegou de cima da bancada e guardou no bolso traseiro da calça. — A propósito, querer fazer o que é certo para todos os envolvidos nessa situação não faz de mim o vilão. — Ele virou para Fern. — Ou *Rabugento*.

Ele dirigiu-se para o meu filho.

— Alex, vá pegar a sua bola e me encontre no jardim, ok? Vamos jogar rapidinho antes de eu ir.

Alex saiu correndo, e assim que ele desapareceu de vista, Levi virou-se para mim com adagas nos olhos. Quando ele deu alguns passos na minha direção, senti calafrios.

— Você parece achar que eu não tenho respeito algum pelo legado do meu avô. Querer fazer a coisa sensata não é desrespeito.

Engoli em seco.

— O fato de ser *sensata* não significa que é a decisão certa ou o que ele realmente iria querer.

— Tenho certeza de que o meu avô nunca disse que queria que *você* tomasse conta desse lugar. Me mostre onde ele escreveu isso, se for assim. Ele deixou a metade para o Alex para que o dinheiro da venda fosse para ele. Ponto final. Você está pegando as intenções dele e distorcendo em uma fantasia elaborada para se adequar às suas próprias necessidades.

Coloquei as mãos na cintura.

— Fantasia? Bem, se significa querer fazer a coisa certa, então é isso mesmo.

— A *coisa certa* a fazer é vender. — Ele soltou ar pela boca com força, exausto. — Você está delirando.

— Estou apenas querendo fazer o que acho que o seu avô realmente queria.

— Tentando transformar a porra da casa dele em um maldito filme da Hallmark para o seu próprio entretenimento?

É sério isso?

— Vá se foder, Levi.

Senti fumaça sair das minhas orelhas. Não tive a intenção de ser tão grosseira, mas ele despertou isso em mim.

Fern interrompeu nossa discussão acalorada.

— Com todo respeito, eu passei mais tempo com Thatcher do que qualquer um de vocês nos últimos anos. E se tem uma coisa que eu sei que ele não iria querer de jeito nenhum é ver vocês dois brigando!

Levi e eu olhamos um para o outro.

Fern ficou bem diante dele e apontou com o dedo indicador.

— Agora, escute aqui, seu cabeça de minhoca. Não me importo com o que você *acha* que essa pousada é. O seu avô nunca iria querer o seu sobrinho — ou eu, também — no olho da rua. E enquanto quisermos morar aqui, você não tem o direito de vender esse lugar.

— Fico tão feliz por podermos ter uma conversa madura sobre isso — ele disse, olhando irritado para mim antes de voltar a atenção para ela. — Não estou sabendo que direito *você* acha que tem de opinar sobre isso, Fern. Mas eu estou, *sim*, tentando fazer a coisa certa pelo meu sobrinho ao querer vender esse lugar. Não te devo explicações quanto a isso. Tenho certeza de que você adoraria continuar aqui com o mísero aluguel que paga, mas tenho que pensar no panorama geral, e não nas necessidades egoístas de alguém.

Ela bateu o pé no chão.

— O panorama geral vai ser eu cortando fora as suas bolas se você vender esse lugar comigo ou a sua família dentro dele. Fim de papo!

Ele aumentou o tom de voz.

— Não posso vender sem a aprovação *dela*, de qualquer jeito. Nossas mãos estão atadas enquanto não conseguirmos chegar a um acordo quanto ao destino desse lugar. Então, meu objetivo é colocar um pouco de senso na cabeça da Presley e fazê-la ver as coisas com mais clareza.

Endireitei as costas, empurrando os ombros para trás.

— Bom, o *meu* objetivo é conseguir fazer você enxergar que é possível preservar esse lugar como um marco histórico local. Poderemos ganhar mais dinheiro com o tempo ao alugar os quartos e, ao mesmo tempo, sustentar uma parte importante da história de Beaufort.

— Claro. Vá em frente. Continue praticando essa apresentação ridícula. — Ele revirou os olhos.

Eu tinha uma longa batalha à minha frente. Mas estava disposta a lutar. Fiquei me perguntando se precisava ver se não estava louca por querer ir em frente com isso, mas, ao mesmo tempo, algo dentro de mim, lá no fundo, me disse que valeria totalmente a pena. Eu só precisava enfrentar esse homem teimoso primeiro.

Depois que ele saiu bruscamente e foi lá para fora jogar com Alex, Fern virou-se para mim.

— Aquele homem é tão cabeça-dura quando o avô dele. Mas sexy pra caramba como Thatcher, também.

Nem vou dar corda para esse comentário.

Naquela tarde, meu celular tocou, e quando consegui pegá-lo, meio que me arrependi por ter me dado ao trabalho. *E eu que pensava que o meu dia de merda não poderia ficar pior.*

Soltei um suspiro profundo e fechei os olhos por alguns segundos antes de respirar para me acalmar. Quando abri os olhos, senti-me apenas um pouco melhor, mas, mesmo assim, passei o dedo na tela para aceitar a chamada e usei minha melhor voz alegre.

— Oi, Tanner.

— Você já caiu em si e foi embora de Beaufort?

Revirei os olhos e troquei a sacola de compras do mercado para minha outra mão para poder procurar a chave do carro dentro da bolsa.

— Alex e eu estamos bem felizes aqui, na verdade.

Essa afirmação era apenas parcialmente verdadeira. Enquanto Alex parecia estar bem estabelecido, os últimos dias — cheios de esbarrões em Levi — me fizeram considerar arrumar minha vida inteira novamente e me mudar de volta para Nova York.

Apertei no botão do chaveiro e destravei o porta-malas.

— Como o meu filho pode estar feliz quando a mãe dele o levou para viver a milhares de quilômetros de distância de mim? Um garoto precisa estar perto do pai.

Coloquei as compras no porta-malas e o fechei com força.

— Na verdade, Tanner, um garoto não precisa estar *perto* do pai. Precisa passar tempo com ele.

— E como eu vou conseguir fazer isso com vocês morando aí em Beaufort?

Suspirei. Quando estávamos em Nova York, Tanner morava a apenas alguns quilômetros de distância, e mesmo assim, viu o filho apenas umas seis vezes durante o último ano. A distância não tinha nada a ver com o motivo pelo qual Alex e seu pai não eram muito próximos.

— Estou ocupada resolvendo algumas coisas, Tanner. Você me ligou só para termos essa discussão novamente, ou precisava falar comigo por alguma outra razão?

Meu ex limpou a garganta.

— Preciso que você segure o cheque que eu te dei.

Franzi a testa.

— Um cheque novo? O último que recebi foi o que você me deu antes de eu vir embora, há quase duas semanas.

— Sim, esse mesmo.

— Eu o depositei há alguns dias.

— Bem... ele não vai compensar.

Fechei os olhos. Eu emiti um cheque para pagar o acampamento de futebol americano de Alex com aquele dinheiro, sem contar a conta de luz e algumas outras coisas.

— Por quê, dessa vez?

— Fiquei meio sem dinheiro esse mês.

Os últimos anos haviam me ensinado como traduzir o idioma que eu chamava de Falas do Tanner. Juro, se eu colocasse "fiquei meio sem dinheiro esse mês" no Google Tradutor, a resposta seria "perdi uma aposta enorme". Infelizmente, após sua lesão, quando Tanner ficou impedido de seguir a carreira no futebol americano, ele começou a preencher o vazio disso apostando em jogos. No começo, eram apenas jogos de futebol, mas, com o passar dos anos, o vício se expandira para outros esportes.

Suspirei.

— Aquele cheque era apenas metade do que você me deve, Tanner. Você deveria me mandar a outra metade essa semana, e agora está me dizendo que não vai poder compensar nem mesmo a primeira metade?

— Qual é o problema nisso? Você está cheia da grana depois de encabeçar a *minha parte* da The Palm.

Embora ele não tenha dito com todas as letras, eu tinha quase certeza de que Thatcher havia deixado a metade da sua propriedade para Alex, e não para Tanner, porque ele sabia sobre o vício em apostas do neto.

— Em primeiro lugar, a pousada não está conseguindo cobrir nem os próprios custos no momento. E, em segundo lugar, mesmo que estivesse dando algum lucro, esse dinheiro seria do Alex, não meu.

— Por que você não vende essa porcaria de uma vez?

Fechei as mãos em punhos.

— *Aff*. Agora você está parecendo o seu irmão.

— Bom, há uma primeira vez para tudo. Quer dizer que o meu irmão mais velho e eu concordamos em alguma coisa?

Sacudi a cabeça, frustrada.

— Tenho que ir. Mais alguma coisa que você precisa discutir?

— Não. Vou ligar para o Alex em alguns dias.

Claro que vai.

— Tanto faz.

Nem me dei ao trabalho de dizer tchau antes de encerrar a chamada. Sinceramente, ele teve sorte por eu não ter desligado na cara dele no minuto em que ele me falou sobre o cheque sem fundos.

Dirigi para casa com um nó gigante no pescoço, resmungando um monte de xingamentos dirigidos aos homens Miller. Se houve um dia em que eu tinha todo o direito de tomar uma taça de vinho durante a tarde, era esse. E já que demoraria um pouco para Alex chegar em casa, era exatamente isso que eu ia fazer: sentar no sofá, colocar os pés sobre a mesinha de centro e deixar o vinho tirar o meu estresse. Sim, esse era o meu plano.

Pelo menos até o momento em que entrei pela porta, escorreguei e caí de bunda... porque a sala estava inundada.

— Que porra é essa?

— Não fique só aí parado! — gritei. — Procure mais um balde!

Levi desapareceu pela porta da frente. Ele voltou correndo dez segundos depois, segurando uma lata de lixo, e sacudiu a cabeça.

— Sério? Você não podia ter usado outra coisa?

Eu estava usando o capacete de futebol americano de Alex para aparar a água que estava jorrando do teto. Esse era o terceiro vazamento que surgia desde que cheguei em casa meia hora antes. Eu estava começando a ficar com medo de que o teto inteiro caísse na minha cabeça. Como o capacete estava quase cheio, eu o retirei de debaixo do vazamento e Levi colocou a lata de lixo no lugar.

Ele olhou em volta, analisando o desastre com o qual tive que lidar.

— O que diabos aconteceu?

— Não faço ideia. Eu entrei e caí de bunda. O teto estava vazando em dois lugares, mas, depois de um tempo, finalmente parou, e quando eu estava terminando de enxugar o chão, esse terceiro vazamento começou a jorrar água.

— E a melhor coisa que você conseguiu encontrar para aparar a água foi um capacete de futebol americano?

— *Era o que estava mais perto!*

Levi apontou para o lado de fora com o polegar.

— Tem seis latas de lixo vazias logo ali fora.

Esse dia realmente havia me afetado. Foi minando e minando a minha sanidade, e eu finalmente perdi a cabeça.

Levantei e encarei Levi. Minha expressão deve tê-lo alertado de que eu havia surtado, porque ele foi inteligente e deu um passo para trás.

No entanto, eu o segui e enfiei o dedo no peito dele.

— Eu. Estou. Fazendo. O. Melhor. Que. Posso. — Cada palavra foi intercalada por um cutucão forte no peito dele.

Levi ergueu as mãos.

— *Ok. Ok.* Acalme-se.

— Me acalmar? Você está dizendo para eu *me acalmar*?!

O homem musculoso de um metro e noventa pareceu realmente ficar um pouco assustado.

— Só... respire fundo algumas vezes. Vai ficar tudo bem.

Rosnei para ele. *Literalmente rosnei.*

Levi arregalou os olhos.

Sentindo-me prestes a explodir, fiz o que sempre fazia — embora, geralmente, minha técnica de respiração para me acalmar fosse reservada para o *outro* irmão Miller. Fechei os olhos e respirei fundo algumas vezes, inspirando pelo nariz e expirando pela boca. Quando isso não ajudou, decidi que precisava de um remédio bem mais forte.

Saí pisando duro em direção à geladeira e abri a porta bruscamente. Dentro dela, havia uma garrafa quase cheia de vinho branco. Usando os dentes, tirei a rolha e a cuspi no chão. E então, tomei um longo gole direto da garrafa.

Levi não se moveu quando continuei a encará-lo irritada enquanto bebia.

Quando finalmente parei de virar o vinho para tomar fôlego, ele ergueu uma sobrancelha.

— Dia ruim?

Inclinei a cabeça.

— Você *acha*?

Ele gesticulou para o teto.

— Vou lá em cima dar uma olhada no que está acontecendo com os canos e desligar o registro de água da casa. Você está com tudo sob controle aqui?

Acenei para ele com a garrafa de vinho como uma maluca.

— Não parece que estou?

Vi um rastro de sorriso ameaçar surgir no canto dos lábios de Levi, mas ele fez o melhor que pôde para esconder. Ele desapareceu para sabe lá Deus onde, enquanto eu continuei a tomar goles de vinho direto da boca da garrafa e a observar a água vazar dentro de latas e baldes.

Dez minutos depois, meu celular tocou. A última coisa que eu tinha vontade de fazer era atendê-lo, mas como era um número local e Alex ainda não estava em casa, não tive escolha.

— Alô?

— Oi. Srta. Sullivan?

— Sim.

— Aqui é Jeremy Brickson. Administro o campo de treinos de futebol americano em que você inscreveu o seu filho, Alex, semana passada. Nos conhecemos durante o cadastro.

Ótimo. Olha, que ótimo. Eu já sabia do que se tratava. Não basta chover, tinha que cair uma tempestade — inclusive pelo teto, aparentemente.

— Sim, claro. Oi, Jeremy.

— Sinto muito pelo incômodo. Só queria te dizer que o cheque que você nos deu para pagar as mensalidades do Alex… bem, não compensou.

Fechei os olhos.

— É, eu fiquei sabendo disso hoje. Me desculpe por isso. Eu pretendia te ligar para pedir desculpas e perguntar se eu poderia substituir o cheque ou se seria possível você depositar novamente esse que te dei, mas acabei me distraindo com outras coisas que pediram minha atenção.

— Podemos depositar novamente. Sem problemas. Mas pensei que seria bom te informar que temos um programa para crianças que não podem pagar pelo campo de treinos, apenas caso isso seja algo que possa te ajudar. Sei que você acabou de se mudar para cá e tal.

A raiva que senti alguns minutos antes transformou-se em outra coisa. Por que ele tinha que ser tão gentil quanto a isso? Por que ele não podia ser um babaca como Tanner e Levi? Com isso, eu sabia lidar. Mas a gentileza de Jeremy me fez ter um novo colapso. O gosto de sal preencheu minha boca, e um bolo enorme alojou-se na minha garganta. Lutei para engoli-lo.

— Não, tudo bem, Jeremy. Obrigada pela oferta, mas não preciso de ajuda. Eu só… eu deveria ter transferido dinheiro de uma conta para a outra, e acabei não transferindo. Foi só isso.

— Ok. Bom, então vou segurar esse cheque por alguns dias antes de depositá-lo novamente, para te dar a chance de fazer o que precisar fazer. Desculpe por incomodá-la.

Um cheque meu não compensou e *ele* estava se desculpando. Eu definitivamente não estava mais em Nova York.

— Obrigada, e também cobrirei quaisquer taxas que possam ter incidido sobre esse cheque que voltou.

— Não precisa. Tudo bem. Se cuide, srta. Sullivan. Estamos ansiosos para ver o Alex em ação. Estão dizendo pela cidade que ele tem os braços de um Miller.

Abri um sorriso triste.

— É, acho que ele tem sim.

— Tchau.

Depois que desliguei, senti-me derrotada. Não tive energias nem mesmo para enxugar as lágrimas que começaram a cair. Apenas deixei que escorressem por minhas bochechas e molhassem o chão.

— Está tudo bem?

Merda. Há quanto tempo Levi estava ali?

Limpei meu rosto.

— Está, sim.

— Não foi o que pareceu. Tive a impressão de que você está com algum problema financeiro.

— Não estou. Foi só uma pequena confusão.

— Aham.

Quer saber? Foda-se! Ele quer meter o nariz onde não foi chamado? Que faça isso, então. Mas ele vai ouvir a verdade.

Endireitei minha postura.

— Se você quer saber, o seu irmão me deu um cheque sem fundos que causou um problema atrás do outro. Ele me deve pelo menos quatro meses da mísera pensão que paga, e mesmo tendo me pago a *metade* disso, ainda assim, não pôde cobrir o cheque. *De novo.* Eu não sabia que o cheque estava sem fundos quando emiti outro para pagar o campo de treinos de futebol do Alex.

Levi me olhou como se não tivesse muita certeza se eu estava falando a verdade. Então, tomei mais um longo gole de vinho e decidi continuar.

— E já que parece que você precisa saber de tudo, que tal voltarmos um pouco e começamos pelo início? Primeiro de tudo, *eu* não deixei o Tanner, como aparentemente você acredita. Ele me deixou, depois da *segunda* vez em que eu o peguei me traindo. Ah, e o seu irmão maravilhoso? Ele também tem um problema sério de vício em apostas, e a quantidade de vezes em que ele viu o filho nos últimos anos dá para contar nos dedos das mãos. E sobre Thatcher... você suspeita tanto da razão pela qual mantive contato com o seu avô, não é? Bem, a verdade é que nos unimos através do Tanner. Nós dois tentamos intervir e buscar ajuda para o vício dele em múltiplas ocasiões.

Tomei mais um gole de vinho e comecei a me sentir um pouco tonta.

— E se não acredita no que estou dizendo, você pode ir confirmar tudo com a Fern. — Apontei a garrafa de vinho em direção aos fundos da casa, onde ela vivia. — Porque tenho quase certeza de que ela transava com o Thatcher e não era somente *amiga* dele.

Levi piscou algumas vezes. Ele abriu a boca e a fechou em seguida. Depois abriu. E, logo, fechou novamente. Ele olhou para baixo por alguns minutos e, então, aproximou-se de mim e estendeu a mão. Não entendi bem o que ele estava pedindo, até que ele apontou para o vinho com os olhos.

Hesitei, mas entreguei a garrafa para ele.

O gole que ele tomou levou quase um quarto do líquido. Quando ele terminou, soltou um "ahhh!" bem alto e me devolveu a garrafa.

— Então... o vovô e a Fern, hein?

Abri um sorriso triste.

— Tenho quase certeza.

Ele assentiu.

— Bom para ele.

Permanecemos em silêncio por um longo tempo, cada um de nós tomando goles de vinho direto da boca da garrafa alternadamente. Por fim, Levi quebrou o silêncio.

— O Tanner fez parecer que você o deixou porque ele não ia mais ser um astro do futebol americano.

— Percebi isso. Acho que ele saiu cuspindo muitas informações erradas para a sua família. E eu nunca disse nada porque a única pessoa que se prejudica quando brigo com Tanner é o Alex. O seu irmão mudou muito depois da lesão. Foi como se ele não soubesse quem ele era sem o futebol americano. Vocês dois e o pai de vocês têm o esporte correndo pelas veias. Então, tentei compreendê-lo o melhor que pude, mesmo quando ele passou a me tratar mal. Foi por isso que deixei passar a primeira vez em que o flagrei com outra mulher. Eu sabia que ele estava sofrendo. Mas, na segunda vez, não pude deixar, e passamos a brigar o tempo todo. Após um tempo, ele foi embora de casa. — Olhei para Levi. — Você me conhece há tanto tempo quanto o Tanner, Levi. Acha mesmo que eu sou o tipo de pessoa que largaria alguém com quem me importo porque a vida nos jogou uma atribulação?

Os olhos de Levi moveram-se de um lado para o outro encarando os meus. Ele balançou a cabeça e olhou para baixo.

— Não.

Depois de tomar mais um pouco de vinho, ele estendeu a garrafa quase vazia para mim. Mas, quando fiz menção de pegá-la, ele a puxou de volta. Colocando-a de lado, ele substituiu a oferta de vinho pela sua mão.

— Paz?

Concordei com a cabeça e coloquei minha mão na dele.

Um silêncio pesado recaiu sobre nós enquanto apertávamos as mãos. Pensei que Levi estivesse ocupado tentando digerir tudo o que eu tinha acabado de dizer, ou talvez estivesse se perguntando como raios iria conseguir convencer a pessoa maluca diante dele a vender esse lugar ferrado. Mas fiquei sem palavras diante da eletricidade que senti subir pelo meu braço, começando onde nossas mãos se conectavam. Foi tão incrivelmente forte que meus olhos saltaram para o rosto de Levi para ver se ele havia sentido também.

Mas ele estava olhando para baixo, e parecia não estar afetado. Infelizmente, aquilo só me deu a oportunidade de analisar melhor seu rosto. Ele havia tirado a barba há alguns dias, e agora apresentava apenas uma leve barba por fazer pela linha da mandíbula forte e masculina. Levi era mesmo incrivelmente atraente.

Ai, Deus. A culpa é do vinho. Tem que ser. Preciso ir ao psiquiatra por estar pensando nessas coisas.

Nossas mãos ainda estavam conectadas, então puxei a minha abruptamente, o que fez Levi voltar a olhar para cima.

— Sim, claro. Paz seria bom — eu disse.

Levi assentiu e olhou para baixo mais uma vez, enfiando as mãos nos bolsos do jeans.

— Ok, ótimo. Hummm... é melhor você ir, hã... se trocar.

— Me trocar?

Seu olhar subiu um pouco, parando nos meus seios.

Segui sua linha de visão. *Oh, merda!* Eu estava usando uma blusa de alças branca com um sutiã fino e nude por baixo. A água do vazamento havia ensopado as duas peças de roupa, e meus mamilos rosados estavam praticamente perfurando o tecido molhado. Cruzei os braços rapidamente sobre o peito para me cobrir.

Nossos olhares se encontraram novamente por um breve momento e, pela primeira vez, vi algo que não era desdém queimando na minha direção. A menos que eu estivesse louca, aquele *algo* era exatamente a mesma coisa que eu vinha falhando em tentar controlar quando estava perto dele ultimamente: *desejo.*

Ai, Deus.

— Desculpe... err, hã... eu volto já.

CAPÍTULO 4

Levi

Consegui evitar Presley por quatro dias depois daquilo. E, nesse momento, se havia alguma dúvida na minha mente sobre o motivo pelo qual me mantive longe dela, *isso* era um lembrete enorme e gritante. Presley estava em um dos quartos de hóspedes, de quatro sobre a cama.

Jesus Cristo. O que raios ela estava fazendo? Mas, além disso, caramba... *que bunda.*

Não ajudava em nada o fato de que eu ainda podia visualizá-la nua depois do dia em que ela me cumprimentou me jogando uma caixa de som na cabeça. Ou que ainda me lembrava de que ela rebolava aquela bunda melhor do que uma stripper profissional.

Quando ela enfiou um braço entre a cabeceira e o colchão, limpei a garganta.

— Perdeu alguma coisa?

Ela girou, sobressaltada, e eu ergui as mãos. Acho que deveria ficar grato por não ter nada afiado ou pesado por perto.

— Não ouvi você entrar. E sim, deixei cair algumas fotos atrás da cama e não consigo alcançá-las.

Entrei no quarto.

— Deixe-me ver. Meus braços são mais compridos.

Presley sentou, apoiando a bunda nos calcanhares sobre a cama.

— Isso seria ótimo. Nunca tinha percebido que essas cabeceiras eram presas com pregos na parede.

Enfiei o braço atrás da cama e tateei até sentir algo. Puxando de volta algumas fotografias antigas, estendi-as para Presley.

— Eram quantas?

— Acho que só essas três mesmo. Obrigada.

Apontei para a cabeceira.

— Há uma história por trás do motivo pelo qual as cabeceiras são presas com pregos na parede.

— Ah, é?

— Quando éramos crianças, a vovó e o vovô nos recebiam aqui uma vez por semana para dar aos meus pais uma noite de folga. Eu devia ter seis anos nessa vez em que viemos para a visita, e estava dormindo em um quarto a duas portas de distância desse. Um jovem casal estava hospedado no quarto ao lado do meu. Durante a noite inteira, a cabeceira ficava batendo na parede. Além disso, dava para ouvir alguns gemidos. Quando perguntei ao vovô se ele tinha ouvido esse barulho na manhã seguinte, ele me disse que o casal devia estar pulando na cama, e ia conversar com eles sobre isso, porque não era para as pessoas pularem na cama.

Presley sorriu.

— Acho que eles não estavam pulando na cama, não é?

Sacudi a cabeça.

— Definitivamente não. Mas, na tarde seguinte, os barulhos estavam de volta. O vovô tinha ido à loja de ferramentas, e a vovó estava ocupada na cozinha. Então, sendo o homem da casa, decidi bater na porta dos hóspedes e dizer a eles que não deveriam pular na cama. Eles não responderam na primeira vez que bati, mas daí ouvi a mulher gritar "Sim!", então abri a porta.

Os olhos verdes de Presley se arregalaram. Ela cobriu a boca.

— Você os flagrou transando?

— Aham. Nunca vou esquecer. A mulher era loira, e a única coisa que ela estava usando era um chapéu preto de caubói. Ela estava sentada em cima do cara. Levei alguns anos para entender que ela estava cavalgando nele. Naquela hora, só pensei mesmo que eles estavam pulando em cima da cama pelados.

Presley deu risada.

— Ai, meu Deus.

— Eu disse a eles para pararem de pular porque iam acabar quebrando a cama. Alguns minutos depois, o cara saiu do quarto furioso e seminu, e foi falar com a vovó. Quando o vovô voltou para casa da loja de ferramentas, ela o fez dar meia-volta e retornar à loja para comprar parafusos. A partir daquele dia, todas as cabeceiras dos quartos foram presas às paredes. Sem mais barulhos que pudessem atrair crianças curiosas.

— Que doideira. E consigo até ver a sua avó empurrando o seu avô de volta pela porta.

Sorri e assenti, sentindo um calor no peito. Esse lugar guardava um milhão de memórias.

— A propósito, por onde você andava? — Presley perguntou. — Não te vejo há alguns dias. A princípio, pensei que talvez o nosso tratado de paz tivesse sido curto e estava acabado. Mas então, fui buscar o equipamento de Alex para o campo de treinos de futebol americano e falei com Jeremy Brickson. Fui até o seu quarto mais cedo para falar com você. Você não precisava ter pagado pelo campo de verão do Alex. Meu cheque ia compensar dessa vez. Tenho algumas economias. Eu só não tinha transferido dinheiro para a outra conta quando Tanner me deu o cheque sem fundos.

— Eu quis pagar. Era o mínimo que eu poderia fazer depois de ter sido um *tixo*.

Presley sorriu.

— Bem, obrigada. Isso foi muito generoso da sua parte.

— Não foi nada.

— Você está com pressa agora?

— Não muito. Por quê? Precisa de alguma coisa?

— Não, mas passei a manhã inteira limpando esse quarto e encontrei alguns álbuns antigos. Eles têm fotos incríveis. Eu nunca tinha percebido o quanto Alex se parece com você quando você era criança.

— Comigo?

— É, venha ver.

Ela me mostrou uma foto minha do tempo em que eu jogava na liga infantil. Fiquei tão surpreso que quase tive que olhar de novo para ter certeza de que era eu. Tudo, desde a expressão no meu rosto até o formato dos meus olhos, era igual ao meu sobrinho.

— Você tem razão. Por um segundo, achei que era ele.

— Eu sei. A genética é uma coisa bem louca. — Presley riu. — Pensei a mesma coisa.

Embora Alex não fosse meu filho, o fato de que Presley havia dado à luz a esse ser humano que parecia comigo me fez sentir estranhamente conectado a ela. Quem ia saber se um dia eu teria meu próprio filho?

Ela passou as páginas do álbum e parou em uma foto de um estande de limonada que Tanner e eu havíamos montado em frente à nossa casa, quando tínhamos mais ou menos a mesma idade de Alex.

— Esse trabalhinho extra nos rendeu uma boa grana naquele tempo. Que pena que não ajudou o meu irmão a aprender o valor de um dólar. Agora ele gosta de jogar dinheiro fora.

O sorriso de Presley desapareceu.

— Pois é. Infelizmente, é o jeito dele de lidar com... tudo.

A empatia dela me surpreendeu um pouco — especialmente agora que eu sabia que ele a havia traído. É preciso ser uma pessoa muito evoluída mesmo para ter empatia por alguém que só fez merda com ela.

— De certa forma, eu compreendo como ele pôde ficar preso a um vício desses — eu disse. — Mas, por outro lado, sinto vontade de dar um belo tapa na cabeça dele. Em algum momento, é preciso se recompor e cair na real antes que a vida passe.

Ela suspirou.

— Sim.

Virei a próxima página do álbum e encontrei uma foto de Tanner e eu em um barco com o vovô.

— Cara, olha só essa. Lembro desse dia como se tivesse sido ontem. O vovô nos levou para pescar, e Tanner pegou um robalo-manchado. Foi a primeira vez que algum de nós conseguiu pescar algo. Lembro de ficar com tanta inveja. Mal falei com ele pelo resto do dia.

Isso era meio irônico agora. Eu sabia que o meu irmão tivera que aguentar um baita sofrimento por me ver continuar uma carreira bemsucedida na NFL enquanto seus sonhos haviam sido interrompidos. A inveja que senti por causa do peixe naquele dia não era nada comparada a isso.

— Viu? — Presley disse. — É por coisas desse tipo que eu quero que Alex possa ter a experiência de crescer aqui. Beaufort não é nada como Nova York, onde as crianças ficam dentro de casa o dia inteiro mexendo em aparelhos eletrônicos. Esse é o tipo de vida que eu quero para ele, onde ele possa brincar no sol ao ar livre com seus amigos e família.

Família.

— Aposto que o Tanner não aceitou muito bem a sua mudança para tão longe.

— Sim, ele vive enchendo o meu saco por ter vindo embora. Mas ele nunca aproveitou enquanto estávamos lá, Levi. Essa é a diferença. Eu nunca teria vindo embora se ele fosse presente na vida do Alex, dia após dia. Mas ele mal aparecia.

Fiquei decepcionado por saber o quão ausente Tanner havia sido todo esse tempo.

— É, eu entendo, Presley.

Uma coisa era ser um péssimo tio — o que eu havia sido, com certeza, como meu sobrinho não demorou a me lembrar. Mas ser um péssimo pai era outra história.

— Enfim — ela falou. — Não há nada como a experiência de crescer em uma cidade pequena como Beaufort. Eu escrevi uma carta, anos atrás, para lembrar a mim mesma o quanto esse lugar é importante para mim.

— Você escreveu uma carta... para si mesma?

Ela ruborizou um pouco.

— Sim. É sobre todas as lições que aprendi com a minha avó enquanto crescia. — Ela sorriu. — Quer ver?

— Claro.

Ela saiu para buscar a carta. Por mais que eu tenha zombado dela por ter delírios de grandeza quando se tratava do futuro desse lugar, eu admirava seu respeito pelo lugar onde ela havia nascido.

Presley voltou segurando um livro.

— E esse livro? — perguntei.

— É o esconderijo dela, para guardá-la com segurança.

Olhei para o título: *Eu sei por que o pássaro canta na gaiola.*

— Por que esse?

— Lembro de tê-lo lido durante o ensino médio. Ele me deixou bem impressionada. Sempre o achei inspirador. Maya Angelou era incrível. Amo o que ela diz sobre aprender a amar a nós mesmos e demonstrar gentileza com os outros. Então, o livro dela pareceu ser o lugar perfeito para guardar a minha carta.

Presley me entregou o papel, parecendo um pouco tímida, o que achei um tanto adorável. *É, talvez eu esteja começando a gostar dela um pouco.*

Passei os próximos minutos lendo a carta de Presley enquanto ela me observava, parecendo tentar sondar a minha reação. Ler aquelas palavras me fez sentir ainda pior devido às ideias erradas que eu tinha sobre ela até a nossa conversa na outra noite. Eu não fazia ideia de que o meu irmão a havia traído, e duas vezes. Aquela com certeza não foi a história que ele nos contara. Todos apenas presumimos que ela o deixara por seus motivos egoístas, quando, na verdade, ele tivera um motivo muito bom para isso.

Quando cheguei ao final, entreguei o papel de volta para ela.

— A sua avó era uma mulher inteligente. Acho muito maneiro você ter escrito isso. Todos precisamos de um lembrete do que é realmente importante, de vez em quando.

Ela inspirou fundo.

— Então...

Tive uma suspeita sobre o rumo para o qual ela estava indo.

— O quê?

— Se você realmente entende... se reconhece a importância de Beaufort e de crescer nesse lugar idílico... por que não consegue entender meu desejo de preservar a The Palm?

Lá vamos nós.

E estávamos nos dando tão bem.

— Você ainda pode ter o tipo de vida que quer aqui em Beaufort sem ter que manter a pousada funcionando, Presley.

— Mas e sobre preservar a história da sua família?

— A The Palm é uma construção. Não tem um coração que bate. Além do mais, não acho que seja importante preservar algo que não é mais relevante. Seria muito mais inteligente pegar o dinheiro da venda e investi-lo, fazer uma nova história para você e o Alex, para que assim possam recomeçar do zero.

Sua expressão ficou triste. O que diabos ela estava pensando? Por que ela queria tanto isso? Tinha que haver mais algum motivo.

— Acho que você está buscando por algo nesse lugar que simplesmente não está aqui — eu disse a ela. — Talvez você esteja buscando a inocência de um tempo que não existe mais. Beaufort ainda é um bom lugar para se viver, mas as coisas mudaram. As lembranças desse lugar sempre estarão aqui, mas o meu avô nunca disse especificamente que queria que o mantivéssemos funcionando para sempre. Acho que até mesmo *ele* sabia que não daria certo. Senão, ele teria nos dito que era isso que queria.

Ela piscou. Mesmo que não tenha dito nada, tive a sensação de que ela estava realmente me dando ouvidos pela primeira vez. Aproveitei-me dessa oportunidade rara para tentar convencê-la.

— Me escute, Presley. Mesmo que você conseguisse reformar a pousada, seria difícil atrair hóspedes. As pessoas se hospedam em Airbnbs agora, não em pousadas. E mesmo que houvesse demanda, daria um trabalho do caralho. Você se arrependeria.

O franzido em sua testa ficou ainda mais profundo, e sua expressão foi ficando cada vez mais triste. E agora eu estava arrependido por ter cortado o barato dela. Isso me fez sentir um merda. Eu sabia que suas intenções eram boas, mas não podia ficar de braços cruzados e deixá-la cometer um grande erro.

Mas eu já havia feito dano suficiente para um dia. Então, suspirei e deitei de costas na cama, encarando o teto.

— Ok. Já terminei a palestra.

— Acho que teremos que concordar em discordar até um de nós recuar — ela disse finalmente. — Tenho esperanças de que essa pessoa será você.

Deus. Presley era teimosa. Uma parte de mim admirava sua resiliência, ao mesmo tempo em que isso me irritava para caralho.

No entanto, eu não ia mesmo continuar estendendo o assunto por hoje, porque estávamos nos dando bem. Na verdade, talvez ser legal pudesse ser mais efetivo do que ficar batendo de frente com ela para fazê-la enxergar as coisas com clareza.

Mudei de assunto, quicando sobre a cama.

— Esse colchão é confortável pra caramba. O do quarto treze é duro feito pedra. Se importa se eu trocar por esse?

— Vá em frente — ela falou ao começar a guardar algumas coisas no canto do quarto.

— Não quer dizer *vá para o inferno*? — brinquei.

— Estou tentando ser legal com você, Levi.

— Essa é a sua nova estratégia?

— Talvez.

Ri comigo mesmo. Eu pensei que estava sendo tão esperto um minuto atrás, planejando vencê-la na gentileza. Aparentemente, nós dois tivemos a mesma ideia.

Mais tarde, naquela noite, Presley e eu estávamos limpando a cozinha após o jantar, e eu insisti que ela me deixasse lavar a louça. Ela fez um empadão de frango bom pra caramba e achou que teria sobras para o almoço do dia seguinte. Mas acabei devorando três pedaços enormes e aniquilei qualquer esperança de que sobraria algum resquício do empadão após o jantar.

— Mamãe e eu comemos feito passarinhos — meu sobrinho disse. — Mas, tio Levi, você come feito um tiranossauro. Nunca vi alguém comer tanto assim.

Eu sabia muito bem que o meu irmão era bom de garfo. O fato de que Alex não conseguia se lembrar da última vez em que fizera alguma refeição com seu pai não me passou despercebido.

— Espere só até que os genes Miller façam efeito em você, amigão. É apenas questão de tempo até você também estar comendo tudo o que vir pela frente. Aposto que vai acabar ficando mais alto que eu.

Presley deu risada.

— Na verdade, eu tinha esquecido como era cozinhar para um atleta. Tenho que me lembrar de fazer o dobro de comida se quiser que sobre um pouco. — Ela piscou.

— Bem, estava delicioso. Obrigado mais uma vez.

— Disponha. — Ela sorriu.

Aqui estávamos nós, aparentemente nos dando bem novamente. Fiquei me perguntando se isso era tudo parte do seu plano de me vencer com gentileza.

Depois que Alex subiu para seu quarto, Presley ficou ansiosa, de repente. Virei-me e percebi que ela parecia querer dizer alguma coisa.

Pendurei o pano de prato no meu ombro.

— O que foi?

— Estive pensando bastante sobre a nossa conversa de mais cedo.

Sentei-me de frente para ela à mesa da cozinha.

— Ok...

— O que você disse fez um pouco de sentido, mas a minha intuição ainda está me dizendo que vender a The Palm *não é* a decisão certa.

Droga. A primeira parte da sua sentença tinha me animado por um momento; pensei que ela estava mudando de ideia.

— Não importa se você acha que seria muito trabalho para mim. Isso é problema meu, e não deveria ser uma preocupação para você. Mas entendo as suas preocupações com relação à falta de demanda. Ainda assim, acho que você pode estar errado. — Ela lambeu os lábios, nervosa. — Então, tenho uma proposta.

Ergui as sobrancelhas.

— Que proposta?

Presley esfregou as mãos uma na outra.

— Assim que conseguirmos fazer esse lugar ficar apresentável, se eu conseguir esgotar as reservas no primeiro mês, acho que será um bom indicador de como as coisas poderão funcionar. Então, o que eu gostaria de propor é... se eu *conseguir* alugar todos os quartos em agosto, você concordará em não vender.

Girei os polegares um contra o outro enquanto pensava sobre isso.

— Nós poderemos vender depois se precisarmos, Levi — ela incitou. — A qualquer momento.

Não fazia sentido investir tanto em reformar esse lugar, já que o comprador iria simplesmente mandar demoli-lo, de qualquer jeito. Mas ele não estava me pressionando a fechar o acordo rápido, então eu tinha um tempo para deixar Presley fazer as coisas do jeito dela — por enquanto. De qualquer forma, eu ia vencer essa fácil, porque de maneira nenhuma ela ia conseguir esgotar as reservas no primeiro mês. Senti-me completamente confiante ao concordar.

— Fechado.

Ela arregalou os olhos.

— Sério?

— Sério.

Presley levantou da cadeira e me abraçou.

— Você é o máximo.

Algo aconteceu comigo naquele momento, enquanto sentia o calor dos seus braços em volta de mim e seu cheiro doce. Só Deus sabe há quanto tempo eu não abraçava uma mulher. Já beijei várias. Transei com várias. Mas isso? Simplesmente ter os braços de alguém me envolvendo? A sensação era estranha. E gostosa. *Tão gostosa.*

E fiquei me perguntando se era o abraço ou a mulher me abraçando.

De um jeito ou de outro, eu precisava me conter antes de me foder. *O que diabos você está fazendo por ao menos pensar na ex do seu irmão dessa maneira, Levi?*

Afastei-me.

— Eu, hã... estou atrasado, na verdade. Vou encontrar alguns dos meus amigos do tempo do ensino médio no Dale's Pub.

Vi a decepção atravessar seu rosto.

— Ah. Ok. — Ela deu alguns passos para trás e sorriu. — Divirta-se.

— É. Valeu.

Agora, eu tinha que ligar para os meus amigos e dar o fora daqui, porque inventei essa mentira para fugir da tensão que pairava no ar.

BELA JOGADA

CAPÍTULO 5

Presley

Fiquei nas nuvens pelo resto da noite depois que Levi concordou com a minha proposta, tanto que tive muita dificuldade para dormir. Bem, não foi apenas a decisão de Levi que me deu insônia. Alex também foi até o meu quarto e acabou adormecendo na minha cama. Ele teve um pesadelo e perguntou se podia dormir comigo. Por mais que eu o tenha deixado fazer isso de bom grado, meu filho dormia inquieto e chutava bastante. Então, toda vez que ele dormia na minha cama, eu tinha que aceitar que ficaria acordada pela maior parte da noite.

Eu realmente precisava de pelo menos algumas horas de sono, já que teria um dia cheio de tarefas domésticas e afazeres no dia seguinte. Decidi deixar Alex na minha cama e me mudei para o quarto vazio que eu havia limpado mais cedo.

Ao me deitar, percebi que Levi tinha razão — esse colchão era definitivamente muito confortável em comparação aos outros da pousada. Não demorei muito a cair no sono.

Entretanto, em certo momento, no meio da noite, um barulho de trem à distância me despertou novamente. Só que, dessa vez, quando rolei para o outro lado, senti algo próximo a mim. Levei alguns segundos para perceber que era um corpo quente.

Tem alguém na cama!

Meu primeiro instinto foi gritar. Depois disso, o corpo sacudiu e acabou rolando para fora da cama, caindo no chão com um baque alto.

— Ai! Que porra é essa? — Eu o ouvi resmungar.

Peguei meu celular e acendi a lanterna. Apontei em direção à pessoa, encontrando Levi massageando a cabeça com uma mão e o joelho com a outra.

Levi? O que ele estava fazendo na cama comigo?

Como se não bastasse isso, ele estava quase pelado, usando apenas uma cueca boxer apertada. Meu pulso acelerou.

— O que você está fazendo aqui?

— Eu? — Ele me encarou com o olhar grogue. — O que *você* está fazendo aqui? Esse também não é o seu quarto.

— Eu sei. Não consegui dormir na minha cama porque o Alex está lá. Então, vim para cá.

Ele permaneceu no chão e continuou massageando o joelho.

— Devo ter bebido demais, porque nem percebi que você estava na droga da cama. Voltei do bar e decidi dormir nesse quarto, já que ainda não tive a chance de trocar os colchões. A porcaria da luz aqui não funciona, então não consegui ver você.

— Você se machucou? — perguntei.

— Só o joelho que machuquei na última vez em que você quase me matou. Nada de mais.

— Merda, me desculpe — eu disse, curvando-me e colocando a mão no seu joelho.

Ele se afastou repentinamente e levantou do chão.

Credo. Eu não estava tentando fazer nada inapropriado. Mas talvez tenha dado essa impressão? *Merda.* Mais cedo, ele também havia se afastado do nosso abraço. Ele achava que eu estava ultrapassando um limite?

— Não esquenta — ele falou. — É o que eu ganho por te assustar.

— Desculpe por te machucar... de novo.

— Vai ser um milagre se eu conseguir sair dessa casa ileso.

Ai, cacete.

Quando eu não disse nada, ele acrescentou:

— Estou brincando, Presley. Vou ficar bem.

Só então percebi que a lanterna do meu celular estava apontando diretamente para sua virilha. Não foi minha intenção; eu estava abalada demais para me dar conta. Seu corpo estava tão incrível no momento, e eu estava colocando um holofote bem no pau dele! Eu tinha que sair dali.

— Vou voltar para a minha cama — anunciei.

Ele ergueu a mão.

— Não, eu vou.

— Eu *insisto*, Levi. Não vou conseguir dormir sabendo que você está machucado e, ainda por cima, desconfortável. Não vou aceitar não como resposta.

Saí correndo do quarto antes que ele pudesse discutir comigo.

De volta à minha cama, sentia meu pulso martelar a um quilômetro por hora, e a insônia estava pior do que antes. Não conseguia tirar aquele encontro com Levi da minha mente. *Por que ainda estou pensando nele, e por que estou me sentindo tão culpada?*

Eu não devia ao meu ex-noivo traidor a cortesia de me sentir culpada por estar atraída por outro homem; no entanto, seu *irmão* talvez pudesse ser a exceção a isso. Encolhi-me quando pensei sobre a maneira com que Levi se afastara quando toquei seu joelho. Sentir atração por Levi Miller era uma circunstância extremamente desconfortável, mas que eu não podia impedir. Não dá para controlar como o corpo reage a alguém. E Levi era sexy pra caramba, mesmo que eu achasse que não era *apropriado* vê-lo dessa forma.

Finalmente cheguei à conclusão de que ficar olhando para o teto com a perna de Alex jogada por cima de mim não ia me ajudar a dormir. Então, com cuidado, saí de debaixo dele e segui para a cozinha.

Parei de repente quando me deparei com Levi sentado à mesa, bebendo uma cerveja. Ele ainda estava usando só a maldita cueca.

— Não está um pouco tarde para beber?

Ele olhou para mim antes de erguer a garrafa.

— Ou está cedo? Já é quase manhã, não é? De qualquer jeito, você está me julgando ou algo assim?

Seu olhar pousou no meu peito, e só então percebi que estava vestida quase tão inapropriadamente quanto ele. A camisola de seda que eu usava deixava pouca coisa para a imaginação.

— Eu ia fazer um pouco de lente quente para mim. Isso me ajuda a dormir, às vezes.

— Leite quente? — A voz dele era baixa. — Tenho algo melhor para te ajudar com isso.

Meus mamilos endureceram conforme eu surtava por um milissegundo.

Levi caminhou até o armário e pegou dois copos de shot. Senti-me uma idiota por questionar se aquele comentário havia sido sugestivo.

Ergui minha mão.

— Não posso beber a essa hora.

— Claro que pode. É fácil. Eu coloco o líquido nesse copinho aqui, e você manda para dentro. Garanto que vai te ajudar a dormir melhor do que qualquer outra coisa. — Ele apontou para a cadeira de frente para ele. — Sente-se.

Seu tom exigente me deu arrepios e, por um momento, desejei mais do que tudo ouvi-lo me dar um comando atrás do outro. *Eu tenho problemas.*

— Acho que não deve fazer mal tentar — concordei, puxando a cadeira.

Enquanto ele virava seu shot, tirei um momento para admirar seu corpo, as ondas de músculos delineando seu abdômen.

Ele bateu o copo sobre a mesa e disse:

— Sua vez.

Peguei o copo e bebi tudo. Eu não tinha costume de ingerir bebidas alcoólicas fortes, e nem ao menos consegui identificar o que tinha acabado de beber. Ainda assim, mandei para dentro.

O álcool queimou minha garganta, me fazendo tossir um pouco. E então, quase me engasguei quando Levi soltou uma pergunta.

— Você esteve com alguém depois do Tanner?

Engoli com cautela.

— Essa é... uma pergunta meio aleatória. Por que quer saber?

— Desculpe se estou sendo invasivo. — Ele cruzou os braços. — Você é uma mãe superdedicada, obviamente. E certamente gosta de dar um passo maior que a perna. Dá a impressão de que isso não deixa muito espaço para... outras coisas.

— Saí com alguns caras aqui e ali no decorrer dos anos, mas nada sério.

— Sem sexo?

Epa.

— Você não é tímido mesmo na hora de fazer perguntas. Eu pergunto sobre a sua vida sexual, Levi Miller?

Ele sorriu.

— Você não precisa me dizer merda nenhuma. Eu só estava curioso, já que você e Tanner se separaram há muito tempo.

Eu estava tentando fugir de lhe dar uma resposta direta, mas dane-se. Por que não ser honesta? Não há momento melhor para falar sobre sexo com o irmão do seu ex do que quando ele está sentado à sua frente seminu de madrugada, depois de você ter virado um shot de alguma coisa, não é? *Aff.*

— Eu dormi com um homem, depois do Tanner. Ele era um cara legal. Luke. Meio que um amigo com benefícios, e não alguém com quem eu me via a longo prazo. — Dei de ombros. — Não é fácil encontrar alguém com quem eu seja compatível, queira fazer sexo *e* que seria um bom exemplo para o Alex. É quase impossível encontrar alguém que preencha os três requisitos, na verdade. Nunca deixei que os caras com quem saí se aproximassem do meu filho. Eu não faria isso a menos que fosse sério.

— É. Inteligente da sua parte.

Ergui o queixo.

— E você? Tenho certeza de que não tem problemas em encontrar mulheres para sair. Você provavelmente tem o problema oposto ao meu.

Quer dizer, como escolher quando se pode ter qualquer pessoa que quiser?

Senti meu rosto esquentar quando percebi que eu estava me preparando para sua resposta. Essa onda de ciúmes me fez abrir os olhos — e me deixou desconfortável.

— Não é tão simples assim — ele respondeu.

— É, imagino que deve ser difícil escolher. — Dei risada entredentes.

— Não foi isso que eu quis dizer, Presley. — Ele expirou com força, frustrado. — Você faz ideia de como é uma droga nunca saber se alguém quer estar com você por quem você é como pessoa, ou apenas pelo fato de que você é um atleta famoso? Algumas mulheres só querem poder sair dizendo que foderam com o *quarterback* dos Broncos. Quer dizer, não vou reclamar *demais*, é claro. Não tenho problema algum para encontrar alguma mulher atraente para transar sempre que preciso, mas isso perde a graça muito rápido. Quando é fácil *demais*, não é... revigorante, entende?

Seus olhos encontraram os meus, e seu olhar parecia queimar a pele dos meus braços.

— Acho que consigo compreender isso — sussurrei.

Levi passou a ponta do dedo indicador pela borda do seu copo de shot vazio.

— Quando eu era mais novo e estava começando a jogar na NFL... sim, a parte do sexo era empolgante porque era novidade. Eu não me importava muito com o que se passava aqui naquele tempo. — Ele apontou para a própria cabeça. — Sabe? Mas conforme vou ficando mais velho, sinto que preciso de mais estímulo mental para me excitar. Porra, às vezes, tudo o que você quer é apenas conversar com uma pessoa, ou passar um tempo com ela sem transar e só assistir a um filme. Todo mundo tem essa impressão de como é ser eu, e sempre me sinto pressionado a não desapontar ninguém. Às vezes, tudo o que eu quero é apenas *existir*, tipo só conversar ou ficar em um silêncio confortável com alguém que confio. — Ele suspirou. — Isso não é nem um pouco fácil de encontrar.

Aquilo balançou as minhas emoções, mas tentei não demonstrar. Ao invés disso, brinquei:

— Pobrezinho. Deve ser tão difícil ser você.

Ele jogou a cabeça para trás, gargalhando.

— Eu sei. Ai de mim, não é?

— Estou brincando. Sinceramente, eu nunca parei para pensar sobre como pode ser difícil estar no seu lugar. Sempre presumi que você era o maioral e nunca se abalava. Mas acho que isso só acontece na superfície, não é?

— Sabe quando você era criança e recebia dinheiro de aniversário para ir à loja de brinquedos e não conseguia escolher o que queria? Você tinha o suficiente para comprar quase qualquer coisa ali, mas, por algum motivo, só porque *tinha* o dinheiro naquele dia, não tinha nada que você quisesse? É tipo isso. É fácil demais, às vezes. Eu gosto de desafios. Ao mesmo tempo, se eu encontrasse uma pessoa especial agora, como eu poderia saber se ela iria querer estar comigo se eu não fosse Levi Miller?

Por mais que eu o tenha provocado um minuto atrás, me senti realmente mal por ele enxergar as coisas dessa maneira. Deve ser uma droga nunca saber em quem confiar ou quem pode estar te usando.

— Você se arrepende da sua carreira, às vezes?

Ele maneou a cabeça de um lado para o outro.

— É difícil dizer isso. Eu não me arrependo de poder jogar como profissão. Nesse sentido, estou vivendo um sonho. Mas seria ótimo não ter que lidar com as outras besteiras que vêm no pacote. O problema é que não dá para ter tudo, e é inútil pensar sobre isso agora, de qualquer jeito.

— É.

— Mas eu sei que a pessoa certa para mim seria alguém que não dá a mínima para Levi Miller, o *quarterback*. Porque uma carreira na NFL tem prazo de validade. Como meu irmão sabe muito bem, pode acabar em um instante.

A menção a Tanner fez com que uma onda de culpa me atingisse. Eu estava curtindo essa conversa íntima com o irmão dele até demais.

Levi olhou nos meus olhos mais uma vez.

— Em parte, os meus sentimentos negativos em relação a você, no começo, só existiam porque eu pensava que você tinha largado o Tanner quando as coisas ficaram ruins, mesmo que isso não fosse condizente com o que eu me lembrava sobre o seu jeito, o tipo de pessoa que eu sempre acreditei que você fosse. Me desculpe por presumir as coisas.

— Eu nunca largaria o seu irmão, Levi. Eu o amava. Mas ele me traiu duas vezes. E essas foram apenas as vezes que descobri, né? A razão para não termos dado certo foram as mentiras dele. Posso te assegurar que não teve nada a ver com a lesão.

Seu olhar era penetrante.

— Eu sei disso agora. — E então, ele sacudiu a cabeça, como se estivesse despertando de pensamentos. — Enfim, essa conversa está profunda demais para quase quatro da manhã. É melhor você dormir um pouco antes que o Alex acorde.

Por mais que eu não quisesse ir dormir, fingi que concordava.

— É. Melhor.

— Fique com aquele quarto de hóspedes — ele insistiu.

— Eu te machuquei, lembra? Você precisa da cama confortável.

— Isso não está aberto a negociações, Presley. Fique com a cama.

— Obrigada. — Sorri.

— De nada.

Quando virei-me e segui para o quarto, senti meu corpo inteiro vibrando de desejo. Ouvir Levi dizer que queria mais do que apenas sexo com uma mulher me fez querer fazer sexo com ele, se é que isso fazia algum sentido. Eu estava ficando louca.

E então, quando deitei na cama do quarto de hóspedes, fiquei imersa no cheiro dele. Sua colônia havia se infiltrado na roupa de cama onde ele dormira mais cedo.

Droga.

Fiquei me revirando entre as cobertas, movendo as pernas para lá e para cá e pensando no nosso tempo juntos na cozinha — o jeito como ele exigiu que eu sentasse, o jeito como me olhava, e como me perguntou sobre sexo tão diretamente. Ele parecia não ter remorso algum quanto a tudo isso, e de algum jeito, eu soube que ele seria exatamente assim na cama. De repente, comecei a imaginá-lo me colocando curvada sobre seu colo e estapeando minha bunda com tanta força que ficaria ardendo.

Mas que porra é essa, Presley?

De alguma maneira, esse pensamento me levou a fechar os olhos e imaginar seu corpo nu sobre o meu. Ele era a perfeição em pessoa. Deslizei a mão até minha calcinha e comecei a circular meu clitóris, enquanto imaginava qual seria a sensação do seu pau entrando fundo em mim. Quando acendi a lanterna em sua virilha mais cedo, consegui ter uma bela visão do seu volume. Dava para ver que ele era bem grande.

Levei apenas um minuto para me dar um dos orgasmos mais intensos que tive em muito tempo. Continuei a sentir a pulsação entre as pernas, e me perguntei se precisaria de mais uma rodada para me acalmar o suficiente para conseguir dormir.

Ofegando, limpei o suor da testa.

Você acabou de se masturbar pensando no irmão do Tanner. Muito apropriado.

E, droga, eu queria fazer isso de novo.

Sentar em frente a ele durante o café da manhã no dia seguinte seria interessante.

BELA JOGADA

CAPÍTULO 6

Presley

— Os treinadores não eram gatos assim quando nós estávamos no ensino médio.

Olhei para cima e encontrei minha antiga amiga Katrina vindo na minha direção na arquibancada. Nós havíamos nos reconectado há alguns dias quando o acampamento de futebol americano começou, e percebemos que nossos meninos tinham a mesma idade. Era legal ter com quem sentar ali.

— Oi, Kat.

Ela sentou ao meu lado, e nós protegemos nossos olhos do sol com as mãos ao olharmos para a lateral do campo. Jeremy Brickson estava usando a bainha da camiseta para limpar o suor da testa, revelando um abdômen tanquinho bronzeado e reluzente.

Kat suspirou.

— Semana passada, eu o vi na academia. Depois disso, fiquei sem conseguir andar por dois dias. Sabe o aparelho em que você coloca aquelas coisas macias nos ombros e fica subindo e descendo com os pés apoiados na borda da grade?

— O aparelho de elevação de panturrilhas?

— Sim, esse mesmo. Eu estava usando ele. Normalmente, faço duas sessões de seis repetições, mas o Jeremy estava fazendo levantamento de peso bem na minha frente. Toda vez que ele levantava, emitia um grunhido. Ficar olhando para o volume do bíceps dele e ouvindo aqueles grunhidos era melhor do que assistir pornô. Então, eu me perdi na contagem de quantos movimentos fiz e fiquei no aparelho por tempo *demais*. Os músculos das minhas panturrilhas ficaram rígidos por dias. Eu não conseguia andar mesmo.

Dei risada.

— Ai, não.

— Mas valeu muito a pena.

— Ele parece ser um cara bem legal. O Alex não para de falar dele sempre que chegamos em casa. Ele o chama de Brick. É muito fofo.

— É, eu ouvi o outro treinador chamá-lo assim também. Claro que nem me toquei de que o sobrenome dele era Brickson, só fiquei tentando reparar mesmo no volume que ele tinha entre as pernas. — Ela se inclinou para frente e estreitou os olhos. — Queria que ele usasse bermudas mais apertadas para eu poder dar uma boa olhada no formato.

Sacudi a cabeça e ri.

— Você não mudou nada desde o ensino médio.

— O quê? Como se você não estivesse imaginando a mesma coisa. Um homem tão gentil assim, que doa seu tempo para treinar futebol americano, e tem um corpo desses... deve ter algum defeito para balancear. Ninguém tem o pacote completo.

Minha mente voou instantaneamente para Levi de cueca boxer semana passada, na noite em que ele caiu da cama. Aquele homem, sim, tinha um *pacote bem completo* — um no qual tenho pensado demais ultimamente.

— Qual é a dele, mesmo? — perguntei. — Ele mencionou outro dia que mora em Beaufort há cinco anos. Aqui não é um lugar para onde as pessoas geralmente se mudam sem uma razão.

Kat assentiu.

— Ele é dono de uma empresa de construção. Veio para a cidade para construir a nova escola de ensino médio e nunca mais foi embora. Acho que ele morava em Charleston antes disso. É divorciado. Ele e a ex-esposa perderam um filho, que nasceu com algum tipo de problema no coração e só viveu até os quatro anos de idade. Ele jogava futebol americano universitário em Clemson, e o filho dele era um mega fã do esporte.

Então, agora, ele dedica o tempo livre a ensinar crianças a jogar futebol americano. Sendo sincera, não sei se eu conseguiria fazer isso, sabe, ficar perto de um monte de crianças que têm provavelmente a mesma idade que o filho dele teria hoje em dia, jogando o esporte favorito dele.

— Uau. Eu não fazia ideia. Que triste ele ter perdido um filho.

— Ele é bem reservado. Prefere ficar mais na dele. Mas a minha amiga Annemarie foi recepcionista dele por um tempo e me contou todo esse babado. — Kat abriu sua bolsa e retirou um protetor labial. Ela o passou nos lábios enquanto falava. — Então, o que está rolando com você? Está saindo com alguém?

Neguei com a cabeça.

— Ainda estou me adaptando.

— Bom, se você quiser sair qualquer hora dessas, pode me chamar. Tem um bar novo a alguns quilômetros da cidade que é bem frequentado. O Travis fica na casa do pai de quinta-feira até sábado de manhã, já que compartilhamos a guarda, então estou sempre disponível para um agito nas noites de sexta-feira.

— Parece uma boa ideia. Tenho certeza de que estarei mais estabelecida dentro de algumas semanas.

Depois do treino, Kat e eu descemos até o campo juntas para ajudarmos nossos filhos a carregarem seus equipamentos. Eram eles que jogavam futebol americano, mas não queriam saber de carregar uma mochila, o capacete e as ombreiras. Jeremy veio até mim enquanto Alex estava enfiando sua camiseta do time na mochila.

— O Alex está indo muito bem. Os rumores sobre ele ter um braço de matar eram verdadeiros.

Sorri.

— Obrigada. Ele tem praticado bastante com o tio ultimamente.

Alex terminou de guardar as coisas na mochila e fechou o zíper. Quando levantou, Jeremy apoiou as mãos nos ombros do meu filho.

— Ele me disse. Como vou poder levar o crédito por todas as realizações dele um dia quando ele for escalado para a NFL, se Levi Miller também o está ajudando a treinar?

Dei risada.

— Hummm, se ele subir no pódio e agradecer a qualquer pessoa que não seja a mãe dele, tanto você quanto o tio dele irão ouvir poucas e boas.

— Mamãe? — Alex interrompeu. Ele apontou para o estacionamento. — O moço do picolé está aqui. Posso comprar um, por favor?

— Claro. — Abri minha bolsa e tirei uma nota de cinco dólares. Alex arrancou o dinheiro da minha mão e saiu correndo. — Ei! E o seu equipamento? — gritei para ele.

— Valeu, mãe! — ele gritou de volta sem olhar para trás.

Sacudi a cabeça e me curvei para pegar a mochila. Mas Jeremy a pegou da minha mão.

— Deixe-me ajudar. Também estou indo para o estacionamento.

— Obrigada.

Começamos a andar lado a lado.

— Então, Alex disse que vocês estão morando na Pousada The Palm.

— Estamos. O bisavô do Alex faleceu há seis meses. Ele deixou uma parte da pousada para o meu filho de herança. Então, estamos morando lá enquanto trabalho para reformá-la.

— É uma linda construção. Passei lá uma vez quando me mudei para a cidade e o sr. Miller me mostrou por dentro. Trabalho com construção, mas, no fundo, queria mesmo era ser arquiteto.

— Sim, é um lugar incrível.

— Deve ter uns dez quartos, não é?

— Catorze. Mas, *ai*, nem me lembre. Isso significa ainda mais trabalho. Está ruim de verdade. Fiz a estimativa de um orçamento para instalar um novo sistema de ar-condicionado hoje de manhã, e é bem mais do que eu estava esperando gastar na reforma inteira.

— Você tem um empreiteiro geral?

Sacudi a cabeça.

— Bom, acho que sim. Você está olhando para ela. Estou tentando economizar dinheiro ao coordenar tudo sozinha.

— Se precisar de alguma ajuda ou recomendações de pessoas da área que são de confiança, é só me avisar. Tenho certeza de que não preciso te dizer para pesquisar outros orçamentos para qualquer obra grande. Ainda fico surpreso com o quanto os preços de empresa para empresa podem variar.

— Obrigada. É muita gentileza sua oferecer isso.

— Seria um prazer. A pousada está funcionando enquanto você a reforma, ou teve que fechar?

— Está fechada para hóspedes no momento. Bom, exceto pela Fern. Mas ela não é exatamente uma hóspede. É mais como uma residente permanente. Ela era uma amiga muito próxima do Thatcher. Levi também está hospedado lá enquanto está na cidade. Ele é dono da outra metade da pousada.

— Espero que não se importe com a pergunta, mas você é divorciada?

Neguei com a cabeça.

— Não, mas só porque nunca fui casada. O pai de Alex e eu fomos noivos, mas não chegamos a subir ao altar. Ele mora em Nova York. Nos separamos há muito tempo.

— Bom, então que tal eu te dar o meu número caso você precise que eu te ajude a encontrar bons empreiteiros?

— Isso seria ótimo. — Peguei meu celular do bolso e entreguei para Jeremy. Enquanto ele digitava, eu disse: — Talvez eu te incomode para pedir indicação de um encanador, se não se importar. Alguns canos estouraram semana passada.

Jeremy olhou para cima e sorriu.

— Sem problemas. Fico feliz em ajudar. Vou te mandar algumas indicações mais tarde.

Ele tinha um sorriso muito afetuoso e também era bem bonito. Acho que nem havia reparado nisso quando falei com ele ao matricular Alex.

Quando ele me devolveu meu celular, Kat nos alcançou. Ela percebeu o gesto, e suas sobrancelhas se ergueram, junto com os cantos da sua boca, em um sorriso sugestivo.

— Oi, treinador. Você está mandando muito bem. Quer dizer, as crianças! *As crianças* estão mandando muito bem.

— Obrigado. Elas estão aprendendo bem rápido.

— Ei, Brick! — um dos outros treinadores chamou. — Tem um minuto?

— Claro. — Jeremy olhou para nós e acenou com a cabeça. — Tenham uma boa noite, moças.

Kat balançou os dedos.

— Ah, nós teremos.

— Tchau.

Ele mal estava longe o suficiente quando Kat começou a me bombardear.

— Sua vaca sortuda.

— Do que você está falando?

— Não se faça de desentendida comigo. Eu vi que ele te deu o número dele.

— Para me recomendar encanadores para a The Palm. Precisamos de canos novos.

— Aham.

Dei risada.

— É sério. Foi só isso.

— Você é tão desatenta assim? O treinador quer te dar o cano dele, isso sim.

Alex se aproximou com dois picolés.

— Consegui comprar dois com o dinheiro que você me deu!

Baguncei os cabelos do meu filho.

— Só porque *dava* para comprar dois, não significa que você precisava fazer isso.

Alex deu de ombros.

— Você pode ficar com um, se quiser.

— Hummm. Um picolé do Bob Esponja com olhos de chiclete? Tentador, mas acho que vou passar.

— Preciso ir. — Kat se inclinou para me dar um abraço e sussurrou no meu ouvido: — Espero que o cano dele seja bem grande.

Dei risada.

— Você é maluca.

Naquela noite, Alex e eu estávamos prestes a começar a jantar quando Levi entrou na cozinha e cheirou o ar.

— Você fritou frango ou algo assim? O cheiro aqui está incrível.

Ergui a cesta de frango empanado da bancada da cozinha e dei uma inclinada para que Levi pudesse ver o conteúdo antes de colocá-la no centro da mesa.

— Fritei. É receita da sua avó. Encontrei um livro de receitas quando estava limpando o quarto oito hoje. Estão todas escritas com a letra dela, também. Você gostaria de se juntar a nós?

Ele lambeu os lábios, encarando o frango.

— Tem certeza de que fez o suficiente?

— Aprendi a lição da última vez e fiz o suficiente para um pequeno exército. Sente-se e coma.

Ele puxou uma cadeira antes mesmo que eu terminasse a frase. Ver que ele parecia gostar muito de comida caseira me deixava feliz. Sempre adorei cozinhar, mas o único homem para o qual eu já havia feito isso na vida tinha sido Tanner. Mesmo que ele gostasse da comida sulista, estava sempre preocupado em comer de maneira saudável para não ganhar muito peso. Levi, por outro lado, parecia menos preocupado com isso.

Coloquei purê de batata e vagens na mesa, e ele encheu o prato com vontade.

— Você sempre come assim? Ou é só porque está de férias?

Levi juntou as sobrancelhas.

— Assim como?

— Sei lá. Você parece comer tudo o que quer.

Ele mordeu uma coxa de frango e deu de ombros.

— Comida é combustível. Queimo tudo depois.

Percebi que havia esquecido de pegar a manteiga para o purê de batatas, então levantei para pegá-la na geladeira. Ao voltar à mesa, ergui a barrinha.

— Você faz parecer tão fácil. Acho, então, que vou grudar isso aqui nos meus quadris, porque é exatamente onde irá parar.

Os olhos de Levi desceram até os meus quadris e depois subiram para encontrar meu olhar. Ele não disse uma palavra, mas mordeu sua coxa de frango com bem mais vontade. *Ai, ai.*

Limpei a garganta ao me sentar e mudar de assunto.

— Amanhã vou receber uma pessoa para nos dar uma estimativa sobre o conserto dos canos do andar de cima.

Levi havia conseguido tapá-los depois do vazamento, mas eles precisavam de um reparo permanente antes que pudéssemos religar a água naquela parte da casa. Por sorte, não precisávamos usar os banheiros do segundo andar.

— Ah, é? Alguém da Morrow Plumbing? A empresa do pai de Pete Morrow?

— Na verdade, não. É de uma empresa que se chama Universal.

— Nunca ouvi falar. É daqui?

— Não sei bem. Me recomendaram, e liguei há pouco tempo para marcar um horário.

— Pensei que o treinador ia consertar — meu filho se manifestou. — A mãe do Travis não disse que o treinador Brick tem um cano que quer dar para você?

Meus olhos se arregalaram. Eu estava mastigando um pedaço de frango e comecei a tossir.

Levi estreitou os olhos e fitou alternadamente Alex e eu.

— O treinador que te dar... o cano dele?

Apontei para minha garganta enquanto meu rosto ficava vermelho.

— Engoli errado.

Levi pareceu perder o interesse na comida enquanto esperava pela minha resposta. Bebi um copo de água para ajudar a descer o frango, grata por pelo menos ter um motivo para o meu rosto vermelho.

— Não acho que foi isso que a mãe do Travis disse, Alex.

Meu filho estava indiferente quanto à insinuação sexual naquilo. Ele deu de ombros e continuou comendo.

— O treinador Brick é um empreiteiro geral — expliquei. — Ele se ofereceu para me dar algumas recomendações para os serviços que precisamos.

Levi estudou meu rosto.

— Aham.

— Ele também me recomendou uma empresa de instalação de sistema de ar-condicionado. Você viu a estimativa do orçamento que a primeira empresa nos deu?

— Sim. Vai acabar zerando toda a conta operacional, e não veremos mais nenhum centavo se acabarmos vendendo o lugar, já que o comprador tem planos de demoli-lo.

— Vamos vender a The Palm? — Alex perguntou. — Vai ser demolida?

Eu ainda não havia explicado a ele que isso era apenas uma possibilidade.

— Ainda estamos tentando resolver isso, querido.

Alex enfiou purê de batatas na boca.

— Eu gosto daqui.

— Não fale com a boca cheia. Mas eu também gosto daqui.

Alex olhou para o tio.

— Você não gosta daqui, tio Levi?

— Claro que gosto. É só que... às vezes, como adultos, nós temos que tomar decisões que nem sempre são baseadas no que gostamos.

— E são baseadas em quê, então?

— Bom, em muitas coisas. Dinheiro e tempo, por exemplo. Um lugar como esse exige bastante dessas duas coisas para continuar funcionando.

— Então você não ganha muito dinheiro jogando futebol americano?

Recostei-me na cadeira e fiquei curtindo a inquisição repentina do meu filho.

— Ganho, amigão. Mas...

Alex franziu a testa.

— Ah, entendi. Você é muito ocupado. Vai voltar a ser um *tixo*, não vai?

Levi olhou para mim, pedindo ajuda. Quando tudo o que recebeu de mim foi um sorriso largo, ele revirou os olhos.

— Como o assunto passou dos canos para o lixo de tio que sou tão rápido?

Dei risada.

— Não sei, mas fico feliz por ter sido assim.

Levi sacudiu a cabeça.

— Que tal não falarmos sobre nem um, nem outro? Quais jogadas estão te fazendo praticar no acampamento de futebol?

Durante o restante do jantar, os meninos falaram sobre futebol americano. Fiquei impressionada com o quanto meu filho já havia aprendido. Ele memorizou a maioria das jogadas e sabia descrevê-las para Levi usando a terminologia correta. Quando estávamos terminando o jantar, um dos amigos de Alex bateu à porta e o chamou para ir andar de bicicleta.

— Posso ir, mamãe?

Olhei para a hora no meu celular.

— Por uma hora. E nada de sair do quarteirão.

Assim como mais cedo, ele saiu correndo antes que eu terminasse de falar.

Levi e eu limpamos a mesa. Coloquei os pratos na pia e abri a torneira para enxaguá-los.

— É por essas pequenas coisas que amo viver aqui — eu disse. — Nunca, em um milhão de anos, eu poderia deixar o meu filho ir brincar do lado de fora e andar de bicicleta sem supervisão em Nova York.

— É, entendo.

Enquanto eu enchia a lava-louças, Levi encostou-se na bancada ao lado dela. Ele cruzou os braços contra o peito e ergueu uma sobrancelha inquisitiva.

— Então... o treinador quer te dar o *cano dele*?

Fiz um gesto vago com a mão.

— Isso foi só a minha amiga Kat sendo engraçadinha. Jeremy estava sendo educado e se ofereceu para me ajudar com recomendações para a reforma da The Palm. Ele é um empreiteiro geral, então tem muitos contatos. A Kat estava exagerando.

— Tem certeza disso? Os homens geralmente não oferecem ajuda para uma mulher sem querer algo em troca.

— Então, você está dizendo que não existem mais pessoas gentis? Todo mundo só quer tirar a roupa dos outros em troca?

— Não necessariamente. Não é sempre sobre querer tirar a roupa de alguém. Mas geralmente as pessoas querem algo em troca quando são gentis.

— Sim, elas querem *gentileza* em troca, Levi. Quando você se tornou tão cético?

— Não sou cético. Sou realista. Em boa parte do tempo, nem percebemos que estamos fazendo isso. É apenas a natureza humana. Se o seu aluguel está atrasado, você trata o proprietário com bem mais gentileza porque vai precisar de mais tempo. Você tem duas semanas para devolver algo e faz duas semanas e meia que comprou? Você entra na loja e sorri para a moça atrás do balcão. Você quer levar uma mulher para a cama, você se oferece para ajudá-la a encontrar os empreiteiros que ela precisa.

Cruzei os braços contra o peito.

— É mesmo? Bom, você acabou de me ajudar a limpar a cozinha depois do jantar. O que exatamente você quer de mim?

Os olhos de Levi pousaram nos meus lábios por um momento. Foi tão rápido que quase pensei que havia imaginado. Mas o calor entre as minhas pernas me disse que havia sido real.

Ele desviou o olhar.

— Vamos concordar em discordar, então. Mas não diga que não avisei se *o treinador bonzinho* quiser te dar mais do que somente uma ajuda.

Na tarde seguinte, eu estava novamente sentada nas arquibancadas com Kat, esperando o treino de futebol americano do dia terminar. Aquela mulher tinha um tipo de radar, porque ela parecia nunca deixar passar os caras gostosos.

— Puta merda. — Ela apontou com o queixo para a parte inferior da arquibancada. — Que bom que não era aquele cara ali que estava na minha frente na academia hoje de manhã. Eu estava fazendo *leg press*, e talvez não fosse conseguir abrir as pernas para fazer xixi depois.

Um homem estava de pé encostado ao corrimão, observando o jogo no campo. Ele estava de costas para nós, mas, ainda assim, a vista era incrível. Ele tinha ombros largos, pele bronzeada, e um formato em V típico de corpos de nadadores. Além disso, estava usando um boné virado para trás, algo que sempre achei sexy, por alguma razão. Eu estava prestes a comentar que poderia me matricular em uma academia se aquele cara fosse membro, quando ele se virou e ficou de frente para a arquibancada.

Merda. Fechei os olhos. Fala sério! Eu não precisava ver ainda mais da pele de Levi. Eu já estava passando mais tempo do que deveria sonhando acordada em afundar as unhas nela. Fiquei muito grata por não ter comentado nada com Kat.

Mas o que Levi estava fazendo aqui? Melhor ainda, por que ele estava sem camisa, droga?

Levi esquadrinhou as arquibancadas. Ao me ver, sorriu e subiu as escadas correndo.

Kat me deu um empurrãozinho com o ombro.

— Ai, meu Deus! Aquele é o irmão do Tanner? Levi?

— É, sim.

— Jesus Cristinho. Uau! Ele é ainda mais lindo pessoalmente do que na TV. Você tem que me apresentar a ele.

Revirei os olhos internamente, mas abri um sorriso sulista educado conforme Levi se aproximava.

— Oi — eu cumprimentei. — O que você está fazendo aqui?

— Eu estava voltando para casa da loja e passei aqui em frente, então pensei em parar e assistir ao Alex jogar um pouco.

— Você... perdeu a camiseta na loja?

— Não, espertinha. — Ele apontou para trás com o polegar, em direção à outra extremidade das arquibancadas. — Tem um garoto ali em uma cadeira de rodas. Ele me reconheceu quando cheguei e disse que era muito fã. Eu estava usando uma camiseta dos Broncos, e ele disse que gostou dela. Então, eu dei a ele.

— Oh... deve ser o irmão mais velho de Cody Arquette — Kat disse. — Ele tem espinha bífida, e ama futebol americano. Sempre assiste aos jogos da escola. — Ela estendeu a mão. — A propósito, sou a Kat.

— Levi Miller. Prazer em conhecê-la.

— Isso sempre funciona, Levi?

— O quê?

— Você sempre dá suas peças de roupa quando alguém as elogia? Porque, se for assim... — Kat fez uma pausa para piscar os cílios de forma dramática. — Gostei muito da sua bermuda.

Levi deu risada.

— Vocês se importam se eu sentar aqui para assistir ao treino?

Eu estava sentada na extremidade da fileira, mas Kat praticamente pulou do seu lugar para dar espaço para ele. Ela se afastou e deu tapinhas no espaço vazio entre nós duas.

— Seria um prazer.

Dessa vez, meu revirar de olhos não foi interno. Ao sentar, Levi se inclinou e sussurrou no meu ouvido:

— A sua amiga é muito gentil. Será que ela quer alguma coisa?

Tenho certeza de que ela quer.

Durante os próximos minutos, Levi assistiu ao jogo com atenção, criticando um movimento ou outro que Jeremy instruía às crianças.

— Eu adoraria dizer a ele como realmente se faz. Mas não quero envergonhar o Alex. Então, vou ficar quieto.

— Bem, a técnica não precisa ser perfeita — eu disse. — É só um acampamento de férias, não os treinos da NFL.

Levi bufou e se comportou durante a maior parte do tempo após isso.

Quando os treinos encerraram, Levi parou para dar autógrafos, e Alex e eu esperamos ao lado dele. Depois, nós três estávamos seguindo em direção ao estacionamento quando Jeremy veio por trás de mim.

— Você tem um segundo, Presley?

— Claro. — Virei-me para Levi. — Um segundo, ok?

Jeremy me conduziu para ficarmos a vários metros de distância.

— Eu não queria fazer isso na frente do Alex, mas estava pensando se você gostaria de sair comigo para beber alguma coisa, qualquer dia desses.

Oh. Pega de surpresa, não tive muita certeza sobre o que responder. *Droga, Kat e Levi tinham razão.* Mas, no fim das contas, eu não tinha motivos para recusar.

— Claro. Por que não? — Sorri.

— Ótimo. Você está livre amanhã?

Mordi o lábio e pensei por um instante.

— Eu só tenho que arranjar alguém para ficar com o Alex. Tudo bem eu te mandar uma mensagem amanhã com a resposta?

— Claro. E não se preocupe se não encontrar ninguém. Estou disponível quase todas as noites dessa semana.

— Ok, bom saber.

Os olhos dele se fixaram em mim.

— Ok, vou te deixar voltar para o Alex. Tenha uma ótima noite.

— Você também.

Eu precisava mesmo dar uma saída, e tirar meu foco de toda a tensão entre Levi e mim seria algo bom.

Por falar no irmão de Tanner, ele agora estava me lançando um olhar irritado enquanto seguíamos para nossos carros em silêncio. Era minha imaginação, ou meu momento com Jeremy o deixou zangado?

BELA JOGADA

CAPÍTULO 7

Levi

Eu tinha acabado de entrar na cozinha para tomar um café na manhã seguinte quando ouvi Presley ao telefone com sua mãe.

— Queria saber se você poderia ficar com o Alex hoje à noite.

Ótimo. Aposto que minhas suspeitas estavam corretas — o treinador a chamou para sair ontem. Ela provavelmente estava se preparando para seu encontrinho com o cara que quer *dar* o cano dele para ela, em vez de ajudá-la a consertar os da pousada.

— Ah, droga. Esqueci que você tinha isso — ela falou após um momento. — Sem problema. Vou pensar em alguma outra coisa ou mudar meus planos.

Ela terminou de conversar com sua mãe e encerrou a chamada antes de notar que eu estava ali.

— Oh... oi.

— Oi — eu disse, misturando um pouco de açúcar no meu café. — Eu posso ficar com o Alex, se você quiser.

Presley pareceu surpresa enquanto pegava uma caneca.

— Ah, eu nem ia pensar em te incomodar com isso.

Arqueei uma sobrancelha.

— Por quê?

— Acho que apenas deduzi que você devia ter planos.

— Estou livre hoje à noite, se precisar.

Ela fez uma pausa.

— Na verdade, isso seria ótimo.

Usei isso como uma oportunidade.

— Aonde você vai?

Ela olhou para mim sobre o ombro e sussurrou:

— Vou sair com o treinador Jeremy para beber alguma coisa.

Que surpresa.

— Eu já devia saber disso, depois que ele te chamou ontem. Fiquei pensando se ele ia dar o bote.

— Você faz parecer tão... *agressivo* — ela disse ao servir seu café.

— Mas não é? Dar em cima da mãe de uma das crianças que você treina?

— Eu não sabia que existia uma regra contra isso. Foi você que inventou? — Seu tom era sarcástico.

— Espero que esteja enxergando agora que a oferta dele para te *ajudar* era mesmo uma lorota das grandes.

— Ele pode fazer as duas coisas. Pode me ajudar e querer me levar para sair. Isso não faz dele uma pessoa ruim.

— Tá bom, então. Não sabia que você era tão ingênua. — Tomei um longo gole de café que quase queimou minha garganta.

— Ingênua? Porque eu escolho não ver o pior em todo mundo? — Ela colocou sua caneca sobre a mesa com força. — De qualquer jeito, vamos supor que ele estava mesmo tentando dar em cima de mim quando me ofereceu ajuda... e daí? Não é um crime.

— Tenho certeza de que o Alex vai se importar.

— E por quê?

— Porque você está saindo com o treinador dele. Os outros garotos vão encher o saco dele quando descobrirem.

— Em primeiro lugar, não estou saindo com ele. E, em segundo, o Alex não vai saber para onde vou hoje à noite. Direi a ele que vou encontrar uma amiga.

— Bem, não se preocupe. O seu segredinho sujo está seguro comigo.

— Sujo?

— Não há nada de limpo nas intenções dele. Espero que saiba disso.

— Ainda não entendo como você pode ter tanta certeza disso.

— Eu sou um cara. Sei como olhamos para mulheres que queremos comer. Foi exatamente assim que ele te olhou ontem.

— Bom, por sorte, isso não é da sua conta. Então, fique fora disso.

— Mas o meu sobrinho é, *sim*, da minha conta.

Merda. Fui completamente inapropriado ao apelar para Alex. Fui longe demais, mas era tarde para retirar o que disse. Ela olhou para mim com adagas nos olhos e decidiu me atingir onde doía.

— Desde quando você tem responsabilidade pelo seu sobrinho? Você não foi visitá-lo uma vez sequer quando estávamos em Nova York, nem mesmo quando jogou lá. E agora, de repente, ele é da sua conta?

— Estou tentando mudar.

— Olha, se quer saber... Jeremy Brickson até que poderia ter todas essas más intenções sobre as quais você está me alertando. Mas aposto que, ainda assim, eu estaria muito mais segura com ele do que já estive com o seu irmão.

Ela provavelmente tem razão. Suspirei.

— Também não estou dizendo que o meu irmão era o homem certo para você. Você provavelmente se livrou de uma enrascada ao terminar com ele. — Meu tom suavizou. — Olha, me desculpe. Ok? Só estou... estressado com algumas coisas hoje. Não deveria estar descontando em você. Vá se divertir.

Presley suspirou.

— Bem, eu agradeço por você se oferecer para cuidar do Alex. Acho que ele vai ficar animado com isso.

Decidi engolir minha implicância.

— Que horas você vai sair?

— Jeremy me disse para decidir e avisar a ele. Mas meu tempo é flexível. Você me diz o que é melhor para você.

— Qualquer hora dá certo.

— Ok, vou dizer a ele para nos encontrarmos às cinco. É cedo o suficiente para não termos que ir jantar caso eu não esteja curtindo. Posso inventar que preciso preparar algo para o Alex.

— E se estiver indo bem, você vai ficar fora até tarde?

— Não sei. Acho que depende.

Engoli em seco.

— Ok... eu tenho a noite toda, de qualquer jeito.

— Obrigada. Mais uma vez, fico muito grata mesmo.

Presley colocou a caneca na lava-louças e saiu da cozinha. Talvez meus olhos tenham se demorado mais do que o necessário na sua bunda redondinha e firme.

Qual é o meu problema?

— É uma droga, né?

Por um segundo, pensei que a minha maldita consciência estava falando comigo.

Mas não era. Era Fern.

Pisquei.

— O quê?

— Ficar olhando para a bunda dela enquanto ela sai com outra pessoa — ela esclareceu. — É uma droga.

Aparentemente, ela esteve ouvindo a nossa conversa.

— Aonde você está querendo chegar? — vociferei.

— Você e Presley. Não pense que não percebo que secretamente querem... explorar um ao outro. Por que outro motivo ficariam se bicando o tempo todo? Duas pessoas atraentes não ficam tão esquentadinhas uma com a outra normalmente, a não ser que estejam querendo algo a mais.

Meu rosto esquentou quando neguei.

— Você está maluca, mulher.

— Estou mesmo? — Ela deu uma gargalhada. — Por que está implicando tanto por ela estar saindo com um homem decente? O treinador não é um cara qualquer que ela encontrou em um bar. Você a está manipulando ao tentar fazê-la se sentir culpada, porque sabe que a quer para si.

Essa mulher vai me deixar maluco.

— Fern, quem diabos te nomeou expert no que se passa na minha cabeça?

— O seu avô, na verdade. Você é igualzinho a ele. Não abriria os olhos para enxergar uma boa mulher nem se ela esfregasse os peitos na cara dele. Como você acha que ele e eu ficamos juntos?

— Bem, espero que não tenha nada a ver com você esfregando os peitos na cara dele. Mas, por favor, me poupe dos detalhes.

— Você se lembra de Roland, amigo dele? — ela perguntou.

— Sim, claro.

— Sabe, Roland e eu ficamos juntos um tempo. Tivemos um lance.

— Disso, eu não sabia.

— Pois é. Roland me deu um pé na bunda para voltar com a ex-mulher, e o seu avô levou dois anos para ter colhões para me chamar para sair. Ele tinha muito medo do que Roland pensaria, mesmo que Roland e eu não estivéssemos mais juntos. Eu sei o que está acontecendo aqui. Você gosta da srta. Presley, mas ela é a ex do seu irmão. Então, não quer tomar a iniciativa. Está apenas descontando sua frustração nela.

— Quer saber o que eu acho? Você está inventando merdas. — Balancei a cabeça. — Mas se bem que você está certa sobre uma coisa, Fern. Eu não daria em cima de nenhuma ex do meu irmão, principalmente da Presley.

— Por quê?

— Eu não preciso listar as razões para você. Além disso, não confio nessa sua boca grande, com todo respeito.

Ela abriu um sorriso maquiavélico.

— Quanto você vai me dar se eu estiver certa, riquinho?

Estreitei os olhos.

— Certa sobre o quê, exatamente?

— Sobre vocês se pegarem, um dia.

— Seria uma aposta perdida de cara para você.

— Dez mil — ela exigiu.

Essa mulher perdeu o juízo.

— Não faço apostas.

— Mentiroso. Você está com uma aposta em andamento com a Presley, sobre ela conseguir ou não lotar a pousada.

— É a minha única exceção. — Cocei a cabeça. — De qualquer jeito, o que eu ganharia com isso?

— Talvez eu possa considerar ir embora daqui quietinha para você não ter que me expulsar.

— Agora, você está me tentando. — Dei risada. — Mas dez mil? Você nem está pedindo muito, né?

— Eu sei que você tem para dar. Muito mais, até.

— Vou acabar não tendo que te dar merda alguma, exceto talvez por alguns meses de aluguel depois que eu tiver que te expulsar daqui quando vendermos esse lugar — provoquei.

— Já que é tão seguro de si, por que está com medo de apostar comigo?

Ela estava começando a me irritar. Principalmente porque seu desafio me fazia sentir tão tenso.

— Quer saber? Apostado, Fern. Dez mil dólares. Isso é o quanto eu tenho certeza de que você só pode estar usando drogas.

Naquela tarde, recebi um corretor que me recomendaram para dar uma olhada na The Palm. Embora Presley parecesse estar determinada a dar uma chance à pousada, eu ainda tinha que me preparar para quando ela percebesse que não iria conseguir, já que a oferta da Franklin Construções não iria durar para sempre.

Mandei uma mensagem para Presley, para avisá-la de que Harry Germaine chegaria por volta das duas da tarde.

Depois que o recebi e o cumprimentei na porta, eu o deixei entrar e o levei para conhecer a pousada.

De repente, ouvi uma música alta vinda da cozinha.

Que porra é essa?

Segui para o cômodo, e Harry me seguiu.

Fern e Presley estavam dançando. Dançando, porra. E Fern estava batendo em uma panela com uma colher. Havia um toca-fitas antigo sobre a bancada tocando música. Após alguns minutos, me toquei do que se tratava. A voz era muito familiar.

— É o vovô cantando? — perguntei.

Fern abriu um sorriso largo enquanto batia na panela.

— Com certeza.

Meu avô costumava tocar banjo no jardim e cantar músicas country antigas. Os vizinhos sentavam no gramado e ouviam com cervejas nas mãos. Essas eram algumas das melhores lembranças. Eu não sabia que algumas das suas performances haviam sido gravadas. Fechei os olhos e, por alguns instantes, voltei um pouco no tempo.

— Ele guardou uma pilha de fitas. Aquele homem adorava ouvir a si mesmo cantando — Fern disse.

— Apenas mais uma lembrança maravilhosa aqui na Pousada The Palm. — Presley abriu um sorriso exagerado para mim.

— Eu sei o que você está fazendo — resmunguei. — Não pense que sou burro.

— Oh, não estou tentando fingir. Minhas intenções não são um segredo, Miller.

Ela piscou para mim, e senti uma vontade estranha de curvá-la sobre a bancada e estapear sua bunda gostosa. Eu definitivamente guardaria aquilo só para mim.

Harry e eu saímos da cozinha, e a música foi desaparecendo

conforme caminhamos pelo resto da casa. Notei que Fern havia deixado sutiãs secando em vários quartos. Mais do que de costume.

Harry limpou a garganta.

— Estou percebendo um padrão aqui.

— Não sei por que ela tem que fazer isso. Nós temos um varal no quintal.

Na verdade, eu sabia por que ela havia espalhado sutiãs por todo o lugar hoje. Ela estava tentando me provocar.

— Bem, espero que você possa se livrar deles assim que começarmos a apresentar o lugar para potenciais clientes — ele disse.

Mudei de assunto avidamente.

— Então, o que você acha, em termos de preço?

— Acho que podemos conseguir uma oferta ainda mais alta do que a estimada anteriormente. Sem contar que agora é um ótimo período para vender, diante do cenário atual do mercado. Minha sugestão seria dar início aos trâmites.

Era uma excelente notícia, mas, por algum motivo, senti uma pontada de culpa. Aquelas duas *tinham* conseguido me afetar.

Depois que terminamos de olhar toda a pousada, acompanhei Harry até a porta e saímos juntos.

Apertei a mão dele.

— Agradeço por você ter vindo.

— Estou a apenas um telefonema de distância assim que estiver pronto para fechar o acordo.

Quando voltei para dentro, encontrei Presley e Fern na cozinha.

— Então, conseguimos espantá-lo? — Fern riu.

— Pelo contrário. Ele acha que podemos conseguir ainda mais pela pousada do que o que Franklin queria pagar. Nós precisamos mesmo ter mais uma conversa séria, Presley.

— É, bem, mas hoje isso não vai rolar — ela disse. — Tenho que me aprontar para sair.

Depois que Presley saiu do cômodo, olhei para Fern, que abriu um sorriso sugestivo para mim.

— Já estou planejando como vou gastar aqueles dez mil.

Determinado a não encorajar seu comentário com uma resposta, simplesmente revirei os olhos antes de sair procurando por Alex. Eu o encontrei em seu quarto.

— Você já sabe o que quer fazer esta noite? — perguntei. — Somos só você e eu hoje, amigão.

— Eu sei. A mamãe vai sair. Adoro quando ela sai, porque assim eu posso pedir comida.

— O que tem de errado na comida que a sua mãe faz? Eu gosto mais da comida caseira dela do que dessas que pedimos de restaurantes.

— Você come qualquer coisa, tio Levi.

— Acho que isso é verdade.

— Acho que a minha mãe vai sair para um encontro — ele anunciou de repente.

Fiz-me de desentendido.

— Por que está dizendo isso? Pensei que ela ia apenas encontrar uma amiga.

— Eu a vi colocando maquiagem e um vestido bonito. É isso que as garotas fazem nos filmes quando vão sair para um encontro.

— Bem, acho que a sua mãe merece dar uma saída, seja para um encontro ou não, não é? Ela se esforça muito todos os dias para garantir que você fique feliz. Ela também merece um pouco de felicidade.

Parei para assimilar minhas próprias palavras, que eram como um lembrete de que eu precisava parar de querer me meter na vida de Presley. Me arrependi da conversa que tive com ela pela manhã. Eu nunca deveria ter tentado fazê-la se sentir culpada por sair com esse cara só porque ele era o treinador do Alex. Essa foi uma desculpa idiota para tentar interferir. O que eu estava fazendo, afinal? Era estranho eu me importar tanto se ela iria sair ou não com aquele cara.

Despertei dos meus próprios pensamentos em um estalo.

— Então, o que você quer pedir esta noite?

— O Iggy's ainda existe? — ele perguntou.

— Sim. Como você sabe sobre o Iggy's?

— Meu pai me falou sobre esse lugar na última vez em que o vi. Ele disse que costumava ir lá quando tinha a minha idade. Eu não pedi ainda para a mamãe me levar lá porque eu não queria que ela ficasse triste se eu dissesse que queria ir.

— A sua mãe pode lidar com isso. Só porque os seus pais não estão mais juntos não significa que eles deixam um ao outro tristes.

— Eu sei. Mas pensei que talvez isso fosse deixá-la *brava*. Então, não falei nada.

— O seu pai e eu adorávamos ir ao Iggy's, sabia? O frango frito e os *biscuits* deles são os melhores que existem, melhores até do que o frango que a sua mãe fez naquela noite.

— É, foi isso que o papai falou, que eles têm o melhor frango frito. Eu quero experimentar.

— Então, Iggy's para o jantar. Faz eras que não vou lá.

— Podemos comer lá?

Essa cidade não era muito grande. Como eu não sabia para onde Presley ia, não queria me comprometer a levar Alex para um lugar onde pudesse haver a possibilidade de ele avistá-la com seu treinador, então inventei uma história.

— Eu estava meio que querendo ficar em casa mesmo. Tudo bem se formos lá buscar e trazer para comer aqui?

Ele deu de ombros.

— É, tudo bem.

Presley nos interrompeu ao entrar no quarto.

— Eu só queria te dar um abraço antes de sair, meu amor. Não devo demorar muito.

Senti meus olhos se arregalarem. Ela estava usando um vestido preto curto e saltos altos. Ela tinha colocado até mesmo uma presilha de flor em seu cabelo. Era um visual sexy pra caramba, e me fez sentir todo ferrado por dentro por pensar no recado que ela ia passar para aquele cara.

— Sem pressa — consegui dizer para ela. — Vamos jantar cedo e talvez assistir a um filme, ou algo assim. Pode ficar fora a noite toda, se quiser.

— Não devo ficar até *tão* tarde assim.

— Como eu disse, não tem problema se ficar.

Ela envolveu as mãos de Alex nas suas.

— Seja um bom menino para o seu tio, ok?

— Ok, mamãe. Divirta-se.

— Eu vou, amor. Obrigada.

Pouco tempo depois que ela saiu, Alex e eu fomos de carro até o Iggy's. Ele entrou comigo para pegarmos as nossas embalagens de papel cheias de frango frito, batatas fritas e *biscuits*. Contei a ele sobre a vez em que seu pai ganhou um concurso de comer frango bem ali e fiquei relembrando as vezes em que íamos para o Iggy's com a família inteira em noites de sexta-feira depois que o nosso pai saía do trabalho. Minha mãe sempre dizia que merecia uma noite de folga da cozinha uma vez por semana, então visitávamos lugares diferentes para jantar. Nesses dias, eu não fazia ideia de que o casamento dos meus pais estava por um fio. Eles se divorciaram quando já estávamos bem mais velhos. Pelo menos, eu pude curtir os meus pais juntos por um tempo — diferente do meu sobrinho, que nem ao menos tem lembranças dos dele se dando bem, graças ao Tanner.

De volta em casa, Alex e eu pusemos uma mesa no jardim. Fiquei feliz por vê-lo acabar com vontade com a comida do Iggy's. Era tão legal ver outra geração descobrir as coisas que você costumava gostar. Não conseguia entender como podia ser justo o fato de que a pessoa que estava curtindo esse momento com ele era eu, e não seu pai. Mas era azar do Tanner.

Dando uma mordida no meu frango, decidi sondá-lo um pouco.

— Você está feliz aqui em Beaufort?

Ele assentiu.

— Eu amo morar aqui. Só queria que não fosse tão longe do meu pai.

Sua resposta foi de partir o coração.

— É, eu sei. Imagino como isso deve ser difícil.

— Nós não o víamos muito em Nova York, mas se ele quiser vir me ver agora, é mais difícil ainda.

— Sinto muito, Alex. Você merece mais do que isso. Mas, sabe, eu cresci com o seu pai, então pode-se dizer que o conheço melhor do que muitas pessoas por aí. Eu sei quem ele é de verdade. E acredito que, um dia, ele vai acordar e perceber que não tem sido o pai que deveria ser. E vai compensar o tempo perdido com você.

Eu acabei mesmo de fazer uma promessa em nome do meu irmão que eu não conseguiria necessariamente cumprir? Eu não tinha prova alguma de que Tanner iria acertar as coisas algum dia, mas queria dar ao filho dele ao menos um pouco de esperança, cacete.

— E uma coisa que eu definitivamente posso te prometer é que vou ser um tio melhor para você. Quero que você possa contar comigo. Restam poucos homens Miller. Somos só nós três. Precisamos nos unir. Entendeu?

— Entendi — ele disse ao cortar um pedaço grande de frango com os dentes.

— Sabe o que costumávamos fazer depois de chegarmos em casa do Iggy's nas sextas-feiras à noite quando eu era criança?

— O quê? — ele perguntou com a boca cheia de frango.

— Tomávamos sorvete de sobremesa. Comprei alguns sabores hoje mais cedo. Você quer?

Ele quicou no lugar.

— Sim!

Já estava ficando frio do lado de fora mesmo, então, depois que terminamos de comer, transferimos nossa festinha para a cozinha.

Fern, que parecia estar em todo lugar ultimamente, também estava na cozinha.

Enquanto eu preparava duas tigelas de sorvete de chocolate e nozes para Alex e mim, dirigi-me a ela.

— Gostaria de se juntar a nós e tomar sorvete, Fern?

Ela sorriu.

— Claro, aceito sim. — Ela olhou para o pote e leu o rótulo. — Chocolate e nozes. Espero que adoce o coração de certa pessoa para que ela pare de tentar vender esse lugar.

— Engraçadinha.

Nós três sentamos à mesa, e conseguimos passar alguns minutos sem nos atacarmos enquanto tomávamos nossos sorvetes. Até que meu celular apitou.

Fern estendeu a mão em direção ao aparelho sobre a mesa.

— Mensagem da Presley!

Estiquei-me para pegá-lo com tanta pressa que bati meu maldito joelho machucado na perna da mesa.

— Porra. — Virei para Alex rapidamente. — Você não ouviu isso.

Ele deu risadinhas.

— Você está bem? — Fern perguntou. — Parece que alguma coisa te deixou bem animadinho aí.

Lancei um olhar irritado para ela e desviei minha atenção para a mensagem.

Presley: Vamos estender a noite e ir jantar. Espero que esteja tudo bem.

Meu estômago se agitou. Por que me sentia chateado por, aparentemente, as coisas estarem indo bem? Eu sabia que deveria ficar feliz por ela, mas não conseguia.

No entanto, fingi.

Levi: Legal. Aham. Tudo bem por aqui.

Presley: O que vocês fizeram?

Levi: Eu o levei até o Iggy's, mas comemos aqui. Contei algumas histórias de infância para ele. Estamos tomando sorvete agora. Noite agradável.

Depois de cerca de um minuto, ela respondeu.

```
Presley: Awn, que legal. Ok. Obrigada mais uma vez.
Levi: Disponha.
```

Virei para Alex.

— Era a sua mãe. Ela está se divertindo, então vai jantar fora mesmo. Eu disse a ela que está tudo bem por aqui.

Fern jogou uma provocação.

— Jantar e, quem sabe, uma *sobremesa*.

Ela estava gostando disso até demais. Mas já que ela parecia enxergar meus sentimentos estranhos e territoriais em relação à Presley, tive que ignorá-la e não entrar na onda dela. A última coisa que eu precisava era que ela dissesse algo que Alex pudesse sacar. Ele era mais perspicaz do que ela pensava.

Depois que lavei nossas tigelas, Alex e eu colocamos um filme na sala de estar. Ele adormeceu antes do final, então depois que os créditos terminaram de rolar pela tela, eu o carreguei até seu quarto e o coloquei na cama.

Parei por alguns instantes para olhar seu rosto adormecido, ficando mais uma vez maravilhado com o quanto ele parecia comigo. O fato de que ele quis ir ao Iggy's mais cedo me comoveu. E nossas conversas esta noite, também. Foi uma noite bem emotiva. Só queria que uma dessas emoções não fosse ansiedade pelo fato de que Presley ainda não estava em casa.

Finalmente, a porta se abriu por volta das dez da noite.

Eu estava assistindo TV na sala de estar quando ela entrou. Preparei-me para reprimi-la por ter ficado fora até tão tarde, mas me impedi a tempo.

— Como foi? — perguntei.

Ela jogou a bolsa em uma poltrona.

— Foi... legal.

Cerrei os dentes.

— Só legal?

— É. Foi o que eu esperava, sabe?

Quando ela se sentou à minha frente, senti uma pontada aguda de dor no meu joelho machucado. Comecei a massageá-lo.

Ela olhou para a minha mão.

— O seu joelho ainda está te incomodando?

— Eu o machuquei novamente hoje.

Seu queixo caiu.

— Como?

— Eu o bati na porcaria da perna da mesa.

— Sério? Que loucura. Pelo menos não tenho que levar o crédito, dessa vez.

— Na verdade, *foi* meio que sua culpa.

Presley franziu o nariz.

— O quê?

— Quando você me mandou mensagem, a intrometida da Fern tentou pegar meu celular. Eu pulei para pegar dela, e foi aí que machuquei o joelho.

— E isso foi culpa *minha*?

— Não. Estou só te provocando. A culpa foi minha. Eu estava tenso porque você tinha saído, então exagerei. — *Por que eu admiti isso?* — Mas me conte mais sobre como foi a noite.

Ela pareceu um pouco confusa antes de responder.

— Jeremy é muito gentil. Tipo *muito, muito* gentil. E inteligente, engraçado...

— Ok... — eu disse, engolindo o bolo na garganta.

— Mas, sinceramente, depois que eu te mandei mensagem e você me disse o que vocês tinham feito esta noite, ir ao Iggy's e relembrar os velhos tempos, eu meio que perdi o foco. Tudo o que eu queria era estar em casa. O que é estranho, sabe? Isso não deveria ter acontecido tão facilmente.

Meu coração começou a bater mais forte.

— Eu também queria que você estivesse aqui com a gente — admiti.

Ela esfregou as palmas uma na outra.

— Então, você disse que estava tenso esta noite... por minha causa?

Confirmei com a cabeça, mas levei vários minutos antes de conseguir responder.

— Não consigo explicar direito, mas sim. — Sacudi a cabeça, sem querer elaborar mais que isso. — Enfim. Peço desculpas por ter tentado te fazer sentir culpada sobre isso hoje de manhã.

Ela abriu um sorriso.

— Existem coisas piores no mundo do que ter um lindo astro do futebol americano agindo de maneira protetora comigo. Agradeço por você querer cuidar de mim.

— Não foi algo exatamente nobre assim. Mas eu vou cuidar de você de agora em diante, Presley. Você e eu não nos conhecíamos tão bem antes. Mas sinto que, depois que eu for embora, em alguns meses, as coisas serão diferentes. Não pretendo perder o contato com vocês.

— Eu meio que estou me acostumando a ter você por perto, Levi. Vai ser bem ruim quando você for embora.

Eu não tinha me tocado de que ainda estava massageando meu joelho, até Presley sair de onde estava sentada e posicionar-se ao meu lado. Ela colocou a mão no meu joelho e começou a fazer uma massagem delicada. Meu corpo ficou agitado.

— Tudo bem eu fazer isso? — ela sussurrou.

— Sim. Mais do que bem.

Inclinei a cabeça para trás, xingando-me por curtir seu maldito toque mais do que curti... porra, a última vez que transei. Qual é a porra do meu problema? Ficando excitado com a mãe do Alex?

Mas eu a via como muito mais do que isso agora, não era? E isso estava começando a se tornar um problema.

CAPÍTULO 8

Presley

— Querido, você pode me fazer um favor e ir ver se o tio Levi quer panqueca de banana? — A pilha de panquecas ao lado do fogão devia ter uns vinte centímetros de altura.

Alex levantou da cadeira, mas, em vez de ir para o quarto do tio, ele veio até mim e colocou a mão nas minhas costas.

— Você está bem, mamãe?

Franzi a testa.

— Claro. Por que eu não estaria?

Meu filho deu de ombros.

— Sei lá. Você costuma fazer um monte de comida quando está chateada. Na última vez que o papai não apareceu para nos visitar, você fez, tipo, uns cem cupcakes.

Embora cem tenha sido um exagero, eu tinha *mesmo* essa tendência a cozinhar quando ficava perdida na minha própria mente. Eu não fazia ideia de que Alex percebia isso. Pela manhã, saí da cama às seis e assei um frango inteiro antes de cortá-lo e fazer um salada de frango. Meus potenciais sentimentos por Levi estavam me deixando bem inquieta.

Mas eu não queria que Alex se preocupasse, então sorri.

— Estou bem, amorzinho. Fiz panquecas a mais para congelá-las caso você fique com fome após o treino, só isso. Você pode colocá-las no forno elétrico mais tarde quando chegar em casa.

Alex deu de ombros.

— Ok, mamãe.

Ele voltou para sua cadeira e sentou. Virei-me com a espátula na mão.

— Hã... você esqueceu de que ia perguntar ao tio Levi se ele queria panquecas?

— Não, eu não esqueci. O tio Levi não está em casa. Ele já saiu.

— Ele saiu?

Alex assentiu.

— Quando?

— Enquanto você estava tomando banho. Eu estava no meu quarto me vestindo, e ele foi lá com a mala dele para se despedir de mim.

— Mala?

— Sim. Ele disse que ia viajar por alguns dias.

— Ele disse para onde?

— Não.

Alex estava completamente imperturbável enquanto enfiava panquecas na boca. Eu, por outro lado, senti-me estranhamente incomodada. Levi havia saído da cidade por alguns dias e nem ao menos mencionou isso para mim? Não que ele tivesse alguma obrigação de fazer isso, mas, ainda assim, senti-me meio mal por ele não ter me dito ou se despedido de mim.

— Ele disse quando vai voltar?

— Não. Ele só me disse para não abaixar o meu ombro direito quando cortar para a direita no treino. O treinador Brick me ensinou assim, mas o tio Levi disse que deveria ser o oposto: tenho que me abaixar para a esquerda se quiser driblar o defensor.

— Hum... bem, tenho certeza de que o seu tio sabe do que está falando. No entanto, não sei se você deveria ignorar as instruções do seu treinador sem falar com ele antes.

— O que é um molengão, mamãe?

— Um molengão?

— Sim. Quando eu disse ao tio Levi que o treinador Brick me ensinou a cortar para a direita, ele disse que o treinador Brick era um molengão e não sabia de porcaria nenhuma.

Ai, ai.

— Hã... um molengão é... o que acho que o seu tio quis dizer é que ele não concorda com a informação que o treinador te deu. Mas não acho que você deveria repetir o que ele disse quando falar com o seu treinador, porque não é muito educado. Talvez seja melhor você apenas dizer que o seu tio pediu que você falasse sobre isso com ele, porque ele acha que você deveria abaixar o outro ombro.

Alex deu de ombros.

— Ok.

Suspirei.

— Precisamos sair em poucos minutos para você chegar ao acampamento a tempo. Então termine de comer, depois vá lavar as mãos e pegar a sua mochila com os equipamentos.

Depois que deixei o Alex no acampamento, decidi que não tinha tempo para chafurdar nos meus sentimentos bobos machucados ou fazer microanálises de tudo que estava passando pela minha cabeça. Eu tinha um trabalho gigantesco a fazer para poder reerguer a pousada e fazê-la voltar a funcionar, e isso precisava ser a minha prioridade. Então, fui à loja de tintas e comprei alguns galões de primer, e mergulhei na tarefa monumental de deixar todos os quartos prontos para serem pintados. Levei quase cinco horas, mas retirei a mobília dos primeiros três quartos nos quais pretendia trabalhar, removi tudo das paredes, passei massa corrida nos pequenos buracos e cobri as partes mofadas e os cantos com fita de pintor. Quando terminei e chegou a hora de ir buscar Alex, sentia-me revigorada, ao invés de derrotada, como me sentira pela manhã.

Ao fim do treino, o treinador Jeremy veio até o meu carro enquanto eu estava guardando os equipamentos de Alex.

— Oi, Presley.

Ele parecia estar um pouco apreensivo, e torci para que Alex não tivesse mencionado do que Levi o havia chamado.

Sorri.

— Oi.

Ele enfiou as mãos nos bolsos e olhou em volta do estacionamento. Meu filho estava conversando com alguns garotos perto da cerca e não prestava atenção em nós. Jeremy massageou a nuca.

— Então, eu estava pensando... você gostaria de sair comigo de novo?

Ao mesmo tempo em que eu estava aliviada por Alex não ter mencionado o comentário de Levi, também não tinha certeza de como me sentia em relação a um segundo encontro. Ele era um cara bem gentil, e também era lindo; eu só não sentia nenhuma faísca de atração por ele. No entanto, eu já estava com quase trinta anos, então essa faísca era mesmo necessária? Baseando-me na minha experiência, faíscas que queimam rápido demais geralmente causam um incêndio. Talvez eu precisasse de uma pessoa que queimasse aos poucos.

Esbocei um sorriso.

— Hum... claro, por que não?

— Ótimo. — Ele sorriu. — Você gosta de música country?

— Gosto.

— Tenho ingressos para um festival country em Charleston daqui a duas semanas, se você estiver a fim. Vai ser o tipo de festa que dura o dia todo. Mas poderemos voltar quando você quiser.

— Posso... te responder depois? Preciso arranjar uma babá para o Alex e tal.

— Sim, claro. — Ele assentiu.

Fechei o porta-malas.

— Vou resolver isso em alguns dias, ok?

— Parece perfeito.

Alex correu até nós.

— Mamãe, posso ir para a casa do Timmy depois do jantar?

Sorri e afaguei o topo da sua cabeça.

— Nós nem chegamos em casa ainda, e você já está me pedindo para sair de novo.

Jeremy sorriu.

— Sinto falta de ter toda essa energia. A única coisa que sinto vontade de fazer depois de um longo dia de treino no sol é colocar os pés para cima e tomar chá doce. Tenham uma boa noite. Te vejo amanhã, Alex.

Sorri de volta.

— Tenha uma boa noite, Jeremy.

Mais tarde, naquela noite, eu tinha acabado de colocar o Alex na cama e me acomodado na sala de estar para assistir televisão quando alguém bateu à porta. Não estava esperando ninguém, mas, ocasionalmente, pessoas paravam ali para perguntar se havia quartos disponíveis, mesmo que tivéssemos uma placa dizendo "Lotado" pendurada logo abaixo da placa principal da pousada. Parecia ser exatamente esse o caso quando destranquei a porta e vi uma mulher em pé na varanda, de costas para mim e com uma mala ao seu lado.

— Posso ajudá-la?

A mulher girou e ergueu os braços, segurando uma garrafa de vinho em cada mão.

— *Surpresa!*

— Ai, meu Deus! — Fiquei boquiaberta. — Harper! O que você está fazendo aqui?

Minha melhor amiga me envolveu em um abraço.

— Estou com um novo cliente em Charleston e peguei um avião para visitá-lo. Pensei, então, em dirigir até aqui para ver se tinha algum quarto disponível na pousada para mim.

— Claro que tem! — guinchei. — Não acredito que você está mesmo aqui. Entre, entre!

Harper pegou o puxador da sua mala Louis Vuitton e a trouxe consigo para dentro. Ela sempre se vestia muito chique, e após algumas semanas morando em Beaufort, percebi o quão diferentes as pessoas daqui eram comparadas a ela. Harper era alta e magra como uma modelo, e estava usando um terninho branco de linho. A calça estilosa era de cintura alta e pernas largas, e um casaco trespassado combinando cobria uma blusa de alças fina e branca de renda. A única cor em seu visual era um cinto fino vermelho-sangue, sapatos vermelhos de bico fino e de salto alto, e o batom vermelho em seus lábios. Fiquei imaginando como ela pareceria deslocada no supermercado local.

Sorri depois de entrarmos, sacudindo a cabeça.

— O que foi? — ela quis saber.

— Nada. É só que você é tão... *Nova York*. Como a mulher poderosa das relações públicas que você é.

Ela olhou para baixo.

— Eu usei linho de propósito para parecer mais casual.

— Se *isso* é casual, como é que eu estou?

Eu estava usando calça de moletom cinza com um rasgo no joelho e uma blusa de alças branca enrugada. Meus cabelos estavam presos em um coque bagunçado no topo da cabeça, e eu havia acabado de tirar a pouquíssima maquiagem que costumava usar ultimamente.

Harper olhou para mim, de cima a baixo, e sorriu.

— Você quer mesmo que eu responda?

Dei risada.

— Com certeza não.

Ela olhou em volta da casa espaçosa.

— Uau... esse lugar é ótimo. Sinto como se tivesse voltado no tempo.

— Está uma bagunça. Mas vou te levar para um tour mesmo assim.

Levei Harper para conhecer a pousada, contando a ela um pouco da história do lugar conforme visitávamos cada cômodo. Quando chegamos ao quarto do Levi, apontei para a porta.

— Esse é o quarto do Levi. Ele está fora da cidade.

— Como vão as coisas com ele? Na última vez em que nos falamos, você disse que ele estava cheio de marra para cima de você.

Eu não havia contado para Harper toda a estranheza que estava rolando entre Levi e mim ultimamente, então escolhi minhas palavras com cuidado.

— Não, nós meio que resolvemos nossas diferenças. É uma longa história, mas o Tanner vinha contando para a família um monte de bobagens sobre mim há anos, basicamente levando-os a acreditar que eu o abandonei quando ele sofreu a lesão.

— Aff. Era de se imaginar. Não posso dizer que estou surpresa com isso vindo daquele homem.

Suspirei.

— É.

— Então, as coisas entre você e o irmão estão bem agora?

Enquanto eu debatia como resolver, uma voz ecoou sobre o meu ombro.

— Está tudo bem, só que esses dois estão loucos para furunfar feito coelhos!

Fern. Virei para ela e baguncei a cabeça.

— O que foi? — Ela deu de ombros. — Não me olhe assim, mocinha. É verdade e você sabe disso.

— O Levi *não* quer... *furunfar* comigo.

Fern estalou a língua.

— Você e aquele garoto têm se engalfinhado desde que ele chegou. Somente duas coisas podem acontecer com toda essa tensão que está rolando. Ou vocês vão acabar fornicando ou essa casa vai cair em cima da bruxa má.

Harper franziu o rosto inteiro e sacudiu a cabeça.

— Fornicando? Bruxa? Estou tão confusa.

Sua expressão me fez dar risada, apesar de tudo.

— Harper, esta é a Fern. Ela mora aqui na pousada. Fern, essa é a minha melhor amiga, Harper Langley. Ela mora em Nova York e veio fazer uma visita surpresa.

Harper estendeu a mão.

— Prazer em conhecê-la, Fern. Mas quem está fornicando com quem, e onde está a bruxa?

Fern ignorou a mão de Harper e a puxou para um abraço.

— Prazer em conhecê-la, querida. Se é amiga da Presley, é minha também. — Quando se afastou, ela segurou Harper pelos ombros e a olhou de cima a baixo. — Isso é um uniforme? Você é aeromoça ou algo assim?

Harper olhou para baixo, parecendo completamente confusa.

— Uniforme? Não, eu não sou aeromoça. Isso é Christian Dior.

— Quem?

— É uma grife, Fern — manifestei-me.

Ela sacudiu a cabeça.

— Que pena. Alguém deveria pagá-la por estar tão chique assim. — As sobrancelhas de Harper ainda estavam franzidas quando Fern pediu licença. — Eu adoraria ficar e bater papo, mas é a minha noite de jogar *Mahjong*, então preciso ir me arrumar. Aproveitem a noite.

Depois que Fern foi embora, Harper balançou a cabeça.

— Você tem que me explicar o que aquela mulher acabou de dizer.

Dei risada.

— Vamos. Acho que vamos precisar daquele vinho que você trouxe para eu poder fazer isso.

— Não acredito que você não me ligou para dizer que está com tesão pelo irmão do seu ex. — Harper tomou um gole da sua segunda taça de vinho. — Você acha que talvez, lá no fundo, você queira se vingar do Tanner?

Neguei com a cabeça.

— Não tenho desejo algum de ficar quite com o Tanner. Talvez eu tenha sentido isso seis anos atrás, quando o flagrei me traindo de novo e ele foi embora, me deixando com uma criança de um ano, mas já superei isso. Na verdade, eu sinto pena dele. Ele parece não conseguir superar a vida que perdeu para poder começar a construir uma nova. E isso é uma pena, porque ele é jovem e saudável com um filho maravilhoso, e está perdendo alguns dos melhores anos da vida dele, e da do Alex também.

— Ok... ainda assim, ficar com o irmão do seu ex parece ser má ideia. Quer dizer, como você acha que o Tanner reagiria à notícia se isso acontecesse e ele descobrisse?

Somente pensar nessa possibilidade me fez tomar todo o resto do vinho na minha taça de uma vez.

— Ah, eu sei exatamente como ele reagiria: de uma maneira horrível. O Tanner sempre viveu à sombra do Levi. Levi foi escalado para a NFL no primeiro *draft*. Tanner foi escalado no segundo. Tanner tem um e oitenta e três de altura. Levi tem um e noventa. Mas as coisas ficaram bem piores depois da lesão do Tanner. Ele se ressente do sucesso do irmão. Ano passado, a família inteira foi para o Arizona para ver o Levi jogar no Super Bowl, mas Tanner se recusou a ir. Em vez disso, ele ficou em Nova York e apostou contra o time do irmão. Levi acabou levando um anel do Super Bowl, e Tanner ganhou mais cinco mil dólares em dívidas.

Balancei a cabeça.

— O Tanner vê a vida do Levi como a que ele deveria estar vivendo. Então, tenho certeza de que ver o Levi e eu juntos não daria nada certo. Seria um verdadeiro desastre.

Harper torceu o nariz.

— Isso não parece muito agradável. Acho que vamos ter que encontrar outro homem para você... como foi mesmo que a Fern disse? *Furunfar*. Vamos ter que encontrar outro homem para você furunfar. Isso não deve ser muito difícil. Li um artigo durante o voo que dizia que há cento e sessenta milhões de homens nos Estados Unidos. Encontrar um para te fazer esquecer o Levi não deve ser tão difícil.

Assenti e sorri, mas tudo em que conseguia pensar era... *cento e sessenta milhões de homens nos Estados Unidos e, é claro, o único que eu quero depois de tanto tempo é o único que não posso ter. Ótimo. Olha... que ótimo.*

BELA JOGADA

CAPÍTULO 9

Presley

— Ainda não consigo acreditar em tudo que conseguimos fazer essa semana.

Após voltar do banheiro, olhei em volta da pousada, maravilhada.

Aparentemente, uma visita de Harper era exatamente do que eu precisava. Durante os últimos quatro dias, nós não apenas terminamos de pintar seis dos catorze quartos, como também pintamos a sala de estar, encomendamos novas molduras para as janelas, e um encanador que Jeremy me recomendou substituiu todos os canos apodrecidos do segundo andar por um valor razoável.

Harper também se oferecera para ajudar com a publicidade para a grande reinauguração, e de algum jeito, conseguiu fazer com que tanto o jornal local quanto a emissora de TV local concordassem em fazer a cobertura do *evento enorme* que eu iria fazer no próximo mês. Foram dias cheios de turbilhões, e eu estava exausta, mas também triste porque ela ia voltar para casa no dia seguinte.

Mais cedo, tínhamos ido jantar em um dos restaurantes locais, e agora estávamos sentadas tomando drinques de limonada. O meu já estava indo direto para a cabeça. Eu havia desenterrado alguns dos álbuns antigos de fotos para mostrar a Harper como a pousada era antigamente, e ela estava passando as páginas.

— Uau, o Tanner era muito gato quando estava na faculdade.

Espiei por cima do seu ombro para ver a foto que ela estava olhando.

— Hummm... esse não é o Tanner. É o Levi. Acho que esse é um dos álbuns de recortes que o avô dele fazia. Ele fazia para os dois netos. Mas o Levi tem alguns a mais, já que a carreira dele não terminou tão cedo quanto a do irmão.

Ela virou mais algumas páginas e parou em uma foto de Levi sem camisa, tirada em frente à pousada. Ele estava todo sujo e usava luvas de carpinteiro, apoiando um cotovelo em uma pá. Seu peito nu cintilava ao sol.

Harper levou o álbum para mais perto do rosto.

— Caramba, acho que preciso começar a assistir futebol americano. Ele fica uma delícia todo suado.

— Parece que essa foto foi tirada nos últimos anos, provavelmente durante as plantações de primavera — contei a ela. — Pelo que me lembro, os irmãos vinham para a The Palm todos os anos e plantavam as flores do jardim. Eles deviam ter apenas seis e oito anos de idade quando essa tradição começou. Pelo que Thatcher me contava, sei que Levi fez isso até o ano passado. Ele é o jogador mais valioso do Super Bowl, e sempre pegava um voo para passar um fim de semana aqui todo mês de abril e plantar as flores do avô. É claro que ele poderia pagar um jardineiro para vir no lugar dele, mas nunca fez isso. Acho que são coisas como essa que me deixam confusa por Levi querer vender esse lugar tão facilmente. A Pousada The Palm foi muito importante para o avô dele e toda a sua família.

Harper passou para outra página.

— O Tanner também vinha ajudar todo ano?

Neguei com a cabeça.

— Ele parou de fazer isso durante a faculdade.

Na página seguinte, havia um anúncio de jornal. Levi fez um ensaio de roupa íntima para uma campanha da Adidas. Harper apontou para o volume notável em sua cueca boxer cinza.

— Eles colocam enchimento nessas coisas às vezes, sabia?

— Eu já vi esse homem de cueca bem de perto. Não tem enchimento nenhum aí.

— Uau. — Harper pegou sua limonada e tomou o restante. — Está ficando quente aqui?

Suspirei.

— Nem me fale.

Harper passou mais algumas páginas antes de fechar o álbum.

— Acho que precisamos de um plano B.

— Para a pousada?

— Não, para a dona da pousada. Que se dane a ideia de esquecer o Levi. Acho que você deveria transar com ele para superá-lo de uma vez.

Dei risada.

— Acho que você bebeu limonadas demais.

— Ah, com certeza. Mas me escute. — Ela se remexeu no assento, colocando um joelho sobre o sofá para ficar de frente para mim. — Por que o Tanner ou qualquer outra pessoa precisa saber? Você e o Levi são adultos. Claramente, você quer furunfar com ele, e diante de tudo que você me contou, parece que o sentimento é recíproco. Ele vai ficar aqui só por mais um tempinho, então as coisas não vão ficar muito sérias. Por que não transar logo com ele para poder seguir em frente?

— Vamos precisar de mais bebidas para isso. Espere um minuto.

Levantei e fui à cozinha para pegar a jarra de limonada da geladeira.

— Ei! — Harper gritou da sala de estar. — Pegue o seu caderno com a lista de tarefas e traga também!

— Ok.

Esvaziei o que restava na jarra ao encher nossos copos e peguei o caderno na mesa.

— Acho que eu não estava vendo as coisas com clareza no começo da semana — Harper disse.

Dei risada.

— Acho que a sua visão melhorou milagrosamente depois que você deu uma checada no que o Levi guarda nas calças.

Ela apontou para mim.

— Talvez, mas colabore um pouco comigo mesmo assim. Você está cheia de tesão por esse homem, certo?

Considerando o fato de que eu sonhara com Levi pairando sobre mim *novamente* ontem à noite, não me dei ao trabalho de esconder a verdade.

— Sim, me sinto muito atraída por ele.

— E se você continuar a se manter afastada, isso vai mudar?

Balancei a cabeça.

— Não sei.

Ela se inclinou para frente e abriu o álbum de recortes em uma página aleatória. Claro que ela tinha que, por acaso, abrir na página da propaganda de cueca. Ela batucou ali com a unha.

— A resposta para essa pergunta é um belo e sonoro *não*. Isso não vai mudar. Como poderia? Nós nos atraímos por quem nos atraímos e pronto. Então, se isso não vai mudar, por que sofrer durante o próximo mês, ou seja lá por quanto tempo ele vai ficar aqui? Transe com ele para matar a vontade. Tenha um caso sem compromisso com ele, ninguém precisa ficar sabendo.

Mordi a unha.

— Não sei. Isso soa tão fácil, mas a realidade seria bem diferente.

— Por quê? Porque vai ser difícil quando ele for embora e tudo acabar?

Dei de ombros.

— Esse é um dos motivos.

— Você já está a fim desse cara. Já vai ser difícil mesmo quando ele for embora depois de você passar mais um mês indo para a cama sozinha e tendo que colocar a mão dentro da calcinha pensando nele, não é?

Nisso, ela foi certeira.

— Acho que sim.

— Então, por que não aproveitar esse tempo? Vai ser ruim quando ele for embora, de um jeito ou de outro.

— Mas e se formos pegos?

— Por quem? Fern? Tenho quase certeza de que ela faria um "bate aqui" com vocês dois e ficaria de boca fechada. A única outra pessoa nesse lugar velho e enorme é o Alex. E isso é facilmente resolvido com uma tranca na porta e o seu rosto pressionado contra um travesseiro para abafar os seus gritos por causa dos orgasmos múltiplos.

— Não sei...

Meu Deus, eu devia estar mais bêbada do que pensava, porque o que Harper dizia estava começando a fazer sentido. Ou, talvez, fosse a ideia dos orgasmos múltiplos. Fazia um bom tempo...

Ela pegou o caderno que continha a minha lista de tarefas da mesa de centro e abriu em uma página em branco. Apertando o botão da caneta, ela rabiscou no topo:

Para fazer com o Levi

Dei risada.

— Vamos fazer uma lista de tarefas sacanas?

Harper balançou as sobrancelhas.

— Com certeza. — Ela colocou a caneta no papel. — Me conte uma fantasia que você pensa em realizar com ele.

Pois é, eu estava definitivamente bêbada, porque o meu eu sóbrio não teria participado disso. Entretanto, mesmo nesse estado, senti minhas bochechas corarem.

— Bom, todos os dias, ele faz flexão de braço naquele carvalho enorme lá fora. Às vezes, imagino que ele está nu enquanto faz aquilo, e eu chego lá nua, também. Então, eu o envolvo com meu corpo como se eu fosse um coala e ele, uma árvore, e ele continua fazendo a flexão de braço. Subindo e descendo nós dois ao mesmo tempo com a força dos braços.

Harper abriu um sorriso malicioso.

— Ótimo começo. — Anotou *flexão de braço de coala.* — O que mais?

— Bem, também tenho essa fantasia recorrente de que estou assistindo da janela do meu quarto enquanto ele faz flexão de braço com um binóculo, e depois eu deito na minha cama e... você sabe... mando ver comigo mesma. E bem quando estou prestes a ter um orgasmo, olho pela janela e vejo Levi com um binóculo. Ele está lá fora assistindo enquanto me masturbo.

— Uhhh... gostei dessa. — Harper escreveu *masturbação voyeur*.

Durante a próxima meia hora, terminamos de beber nossos drinques, demos bastante risadas, e acrescentamos mais de uma dúzia de tarefas sexuais à minha lista. Eu não me divertia assim há eras. Mas Harper tinha que pegar um voo de volta para casa pela manhã, e eu não queria que ela tivesse uma ressaca terrível. Então, em vez de fazer mais uma jarra de bebida, peguei para ela uma garrafa de água e um analgésico, pedindo que bebesse tudo antes de ir para a cama.

Mas enquanto eu saía apagando as luzes, mais uma fantasia me veio à mente.

— Aquela torta de pêssego que comemos de sobremesa no restaurante estava orgástica, não estava?

— Totalmente.

Apontei para o caderno.

— Sentar na cara do Levi enquanto como aquela torta.

Harper estava bebendo água e acabou cuspindo-a por todo lado.

— Ai, meu Deus! Isso com certeza vai para a lista! — Ela pegou a caneta e falou em voz alta enquanto anotava. — Torta de pêssego duplamente orgástica.

Começamos a gargalhar, mas uma batida interrompeu nossas risadas. Pelo menos, interrompeu as minhas. Olhei para cima e encontrei Levi de pé no vão da porta da sala de estar.

Arregalei os olhos.

— Levi... o que você está fazendo aqui?

Ele ergueu as sobrancelhas.

— Sou dono da metade desse lugar.

— Não, eu quis dizer que não sabia que você tinha voltado.

Ele olhou entre Harper e mim e abriu um sorriso que pareceu sugestivo.

— Ah, eu voltei, sim.

Minhas palmas começaram a suar.

— Eu não te ouvi chegar. Há quanto tempo você está... aí?

Levi inclinou a cabeça para o lado, e seu sorrisinho se transformou em um sorriso convencido.

— Não faz muito tempo.

Ai, meu Deus. Eu queria entrar em um buraco e nunca mais sair. E se ele tiver ouvido tudo? Me senti repentinamente sóbria.

— Hã... bem, essa é a minha amiga Harper. Ela vai embora amanhã cedo, então já estávamos indo dormir.

Ele acenou com a cabeça.

— Prazer em conhecê-la, Harper.

Harper levantou e soluçou. Então cobriu sua boca sorridente.

— Prazer em conhecê-lo também. A pousada da sua família é linda.

— Obrigado.

Os olhos dela vieram até mim.

— No entanto, há muitas coisas que precisam ser feitas por aqui. A Presley e eu fizemos uma lista. Talvez você queira dar uma olhada e começar a trabalhar em algumas das novas tarefas que acrescentamos.

Meus olhos quase saltaram das órbitas, e me estiquei para pegar o caderno sobre a mesinha de centro.

Levi estreitou os olhos para mim.

— Tudo bem, Presley? Você parece estressada.

— Estou bem!

Ele assentiu devagar.

— Ah, tá.

— Muito bem... — Agarrei o braço de Harper e a puxei. — Nós vamos para a cama. Bem-vindo ao lar.

Levi permaneceu no vão da porta da sala de estar enquanto me observava arrastar minha amiga para fora dali. Harper acenou por sobre o ombro.

— Boa noite, Levi. Aproveite a sua lista de tarefas!

De algum jeito, consegui levar Harper até seu quarto sem que ela gritasse algo obsceno demais. Mas, durante a meia hora seguinte, fiquei deitada na minha cama com o coração martelando. Se ele tiver nos ouvido? E se tiver chegado e ouvido o tempo todo? *Ai, meu Deus.* Cobri meu rosto com as mãos. *As coisas que eu disse que queria fazer com ele.* Minha cabeça começou a doer, e a ressaca do dia seguinte nem havia começado ainda.

Após mais vinte minutos deitada ali surtando no escuro, minha boca estava tão seca que eu precisava de uma garrafa de água. Mas eu não queria esbarrar com Levi novamente. Então, abri uma pequena brecha da porta do quarto e tentei ouvir o som de alguém se movimentando pela área comum. Encontrando apenas silêncio, fui de fininho pelo corredor e olhei em volta para conferir se havia alguma luz acesa. Não havia, então soltei um suspiro de alívio e fui até a cozinha para pegar algo para beber.

Virei metade de uma garrafa de água antes de me virar para escapulir de volta para o meu quarto. Mas congelei quando vi Levi na porta da cozinha. Minha mão voou até o peito, para cobrir meu coração acelerado.

— Meu Deus! Você me assustou.

— Desculpe. Eu estava de saída para comer alguma coisa.

— Ah... tem sobras do almoço na geladeira, se quiser. Fiz empadão de frango hoje de manhã.

Levi manteve o olhar no meu por um momento.

— Valeu, mas acho que vou sair mesmo. — Ele se aproximou de mim e se inclinou para sussurrar no meu ouvido: — Estou com um desejo insano de comer torta de pêssego.

Ai.

Meu.

Deus!

Meu queixo caiu no chão. Não fazia ideia de como agir ou do que dizer.

Levi piscou para mim ao dirigir-se para a porta.

— Vá dormir. Não quero que esteja muito cansada quando começar a trabalhar naquela lista de tarefas.

Na tarde seguinte, me aproveitei do fato de que Alex estava na casa de um amigo e decidi me sentar na varanda para curtir a brisa fresca.

Harper havia retornado para Nova York pela manhã, e passei o dia inteiro ansiosa, imaginando quando eu esbarraria em Levi e teria que explicar o que ele claramente escutara no dia anterior.

Trouxe um dos meus livros para ler, mas, pouco tempo depois que o abri, Levi surgiu do nada segurando uma cerveja. Ele estava incrivelmente lindo usando sua calça jeans rasgada e uma camisa xadrez com as mangas enroladas até os cotovelos, exibindo as veias proeminentes em seus braços fortes.

Meu coração acelerou quando ele se acomodou em uma cadeira de madeira ao meu lado.

— A sua amiga já foi?

— Sim. Eu a levei para o aeroporto hoje de manhã.

— Que bom que ela pôde vir te visitar.

Ficamos sentados em um silêncio estranho por um momento. Ele tomou um longo gole de cerveja, e eu não sei se foi minha imaginação, mas a língua dele se demorou um pouco na boca da garrafa antes que ele a afastasse devagar. Era quase como se ele estivesse... *pois é. Ele está brincando comigo?*

Ele virou para mim e sorriu. Sentindo um fogo repentino, desviei o olhar rapidamente.

Mas então, Levi estendeu a mão e me ofereceu sua cerveja. Tomei um longo gole — muito longo mesmo. Talvez ele tenha sentido que eu ia precisar de álcool para a conversa que provavelmente teríamos nos próximos minutos. Mas fiquei enervada por colocar a boca no mesmo lugar onde eu tinha quase certeza de que ele havia simulado sexo oral há apenas alguns segundos. No entanto, talvez eu estivesse tão tensa que possa ter entendido aquilo errado.

A próxima coisa que ele disse me fez surtar por um momento.

— Está *muito* quente...

— Hum?

— Na casa hoje — ele esclareceu.

Percebi, então, que ele estava se referindo ao ar-condicionado, que estava, de fato, quebrado. Eu ainda não tinha dito isso a ele, já que descobrira somente depois de ter levado Harper ao aeroporto.

— É. O ar-condicionado está quebrado de novo. — Devolvi sua cerveja e esfreguei os olhos. — Não sei. Talvez você tenha razão. Talvez a gente deva vender esse lugar. — Meus ombros caíram em derrota.

Levi me lançou um olhar surpreendentemente cheio de empatia.

— Não vamos ter essa discussão agora, ok? Vou conseguir alguém para consertar o sistema de ar-condicionado amanhã. Conheço um cara. — Ele suspirou e tomou mais um gole de cerveja.

Se não íamos discutir sobre a The Palm, só restava uma coisa para discutirmos. Eu precisava dizer logo de uma vez o que queria dizer.

Limpei a garganta.

— Sobre aquilo que você ouviu...

— É. — Ele sorriu. — Aquilo foi uma completa loucura.

Meu coração falhou uma batida.

— Quer dizer, *torta de pêssego*? Bolo de chocolate seria bem mais apropriado para aquele cenário, não acha?

O fato de que ele fez brincadeira sobre o assunto me deu um alívio momentâneo.

— Tudo bem, Presley. Você não tem que dizer nada sobre isso. Eu sei que você estava bêbada.

— Sim, mas isso não é desculpa para te envolver nas minhas... — Parei de repente, sem terminar a frase.

Infelizmente, ele a finalizou para mim.

— Fantasias?

— Estavam mais para delírios.

— Então, não existe uma parte em você que falou aquilo pra valer? — Seus olhos queimaram nos meus.

Desviei da sua pergunta.

— As pessoas não sabem bem o que estão falando quando estão bêbadas.

— Mas você não parecia tão bêbada assim quando te encontrei na cozinha depois.

Certo. Claro. Porque eu não estava *tão* bêbada assim.

— Bom, foi inapropriado, independente do quão bêbada eu estava.

— Sabe, às vezes, a verdade vem à tona quando estamos inebriados...

Ele estava mesmo tentando me fazer admitir alguma coisa. Eu precisava arrancar esse mal pela raiz.

— Olha, Levi, você é um homem muito atraente, sabe disso. Nós estamos passando bastante tempo juntos ultimamente. Você estava ali, fresco na mente. Então, a minha mente bêbada pegou você para Cristo durante aquele joguinho de lista de tarefas. Mas não foi nada além disso. — Fiz uma pausa. — Faz muito tempo desde que estive com um homem, como você já sabe. E acabei me deixando levar. Você acabou sendo o alvo. Me desculpe.

Levi estreitou os olhos.

— É sério que você está pedindo desculpas? Você não fez nada de errado. Não é crime ter fantasias bêbadas.

Não tentei mais contestar seu uso da palavra *fantasia*.

— Talvez não seja crime, mas deveria ser quando o alvo é o irmão do seu ex.

Por um instante, daria para ouvir um alfinete cair no chão diante do silêncio.

— Bom, o Tanner não ouviu nada, certo? Então, sem danos. O que ele não souber não vai afetá-lo.

Ele está tentando passar alguma mensagem?

— Quanto tempo faz, exatamente? — perguntou, após um momento.

— Quanto tempo faz o quê? — indaguei de volta, brincando com alguns fios no meu short.

— Eu sei que você disse que dormiu com um cara depois do Tanner. Isso foi há quanto tempo?

Engoli em seco.

— Há uns… dezoito meses.

— Caramba. — Levi assentiu. — Tá bom, então. — Ele deu risada. — A propósito, você parece estar muito desconfortável agora.

— Estou mesmo. Ainda estou envergonhada por ontem à noite.

— Envergonhada? Por quê? Por se divertir com a sua amiga e fazer algumas brincadeiras?

— Sim, mas foi às *suas* custas.

— Você acha que fiquei insultado? — Ele sacudiu a cabeça. — Não, Presley. — Ele me entregou novamente a garrafa de cerveja, quase vazia. — Você não é a única que está sexualmente frustrada. E eu também não tenho sido muito inocente. Só não falei nada do que penso em voz alta. Pior ainda, eu agi feito um babaca com você naquele dia por estar com ciúmes porque você ia sair com o treinador. Isso é bem pior do que as suas brincadeiras bêbadas, porque eu nem ao menos estava alterado. Aquilo fui eu, *completamente sóbrio*, agindo como um cretino ciumento.

Arrepios percorreram minha espinha enquanto eu terminava de beber a cerveja.

— Então… você estava com ciúmes?

— Sim. Então, quem está sendo inapropriado agora? — Ele expirou com força. — Por falar no *Jeremy*, como vão as coisas?

— Ele me chamou para sair de novo. Combinamos de ir a um festival no próximo fim de semana.

Ele assentiu devagar.

— Como você se sente em relação a ele?

— Não sei. Ele é muito legal, mas estou em dúvida.

— Você está com dúvidas em relação a ele, mas tem *certeza* de que quer sentar na minha cara. Acho que ganhei.

Caí na gargalhada.

— Você é terrível.

— Mas você está rindo.

— Sim, estou.

— Tenho uma confissão a fazer — ele disse, pegando a garrafa vazia da minha mão e colocando-a no chão perto dos seus pés.

Enxuguei os olhos.

— O quê?

— Nesses últimos dias que passei fora, eu não tinha exatamente um compromisso em algum lugar. Só senti que precisava sair da cidade um pouco para pensar. Basicamente me coloquei de castigo depois do meu comportamento com você. Naquela noite, quando você massageou o meu joelho... bem, aquilo não ajudou.

— Você conseguiu clarear a mente? — perguntei, piscando os cílios.

— Se eu tinha conseguido, voltei à porra da estaca zero no instante em que cheguei e ouvi aquela conversa. — Ele levantou. — Por falar nisso, volto já.

Hum. O que está rolando?

Ele voltou um minuto depois, com um recipiente de alumínio e dois garfos. Meu queixo caiu.

— Isso não é o que estou pensando, é?

— Minha mãe que fez. Eu pedi para ela fazer e fui buscar esta tarde.

Cobri o rosto.

— Ai, não! Não acredito que você pediu isso a Shelby.

— Relaxa. Ela não sabe o contexto.

— Eu sei... só que parece tão errado. O que diabos você disse a ela? A razão pelo seu desejo repentino por torta de pêssego?

Ele tirou a tampa de plástico do recipiente.

— Eu disse a ela que você estava morrendo de vontade de comer essa torta. *Morrendo.*

— Você é um safado.

— Sou mesmo. Eu faço uma coisa com a língua que...

— Para!

Nós dois caímos na risada novamente. E quando finalmente paramos, atacamos a torta de pêssego. Estava deliciosa, mas eu não conseguia tirar a minha mente do esgoto. Eu provavelmente nunca mais seria capaz de ver essa sobremesa novamente sem pensar em Levi.

Na manhã seguinte, uma batida alta me acordou.

Grogue, abri a porta da frente.

— Posso ajudá-lo?

Um homem corpulento segurando uma prancheta estava diante de mim.

— Sim. O sr. Miller me chamou para vir trocar o sistema de ar-condicionado. Minha equipe está aqui para fazer a instalação.

— Você não quer dizer consertar?

Ele olhou para trás, para sua caminhonete.

— Não. Quero dizer trocar. Vamos instalar um sistema completamente novo. Normalmente, eu não conseguiria fazer isso tão em cima da hora, mas o sr. Miller fez o nosso tempo valer a pena.

Eu me lembrava especificamente de Levi me dizendo que não deveríamos trocar o sistema de ar-condicionado, já que iríamos vender a pousada. Ele dissera que poderíamos nos virar mandando consertar até o momento da venda, e isso passaria a ser problema do novo proprietário.

Esse era um investimento enorme. Meu coração se encheu de esperança.

Confirmei com a cabeça, o homem chamou sua equipe e eles começaram a trabalhar.

Enquanto esses caras estavam invadindo a pousada com todo o seu equipamento, fui para a cozinha fazer café.

Enquanto ficava pronto, mandei uma mensagem para Levi.

Presley: Você mandou trocar o sistema de ar-condicionado?

Meu celular apitou com uma resposta. Mas não se referia à minha pergunta.

Levi: Estou comprando materiais para outras coisas que precisamos fazer por aí. A propósito, deixei uma coisa na gaveta da sua mesa de cabeceira enquanto você estava dormindo.

Depois que preparei o café, fui até meu quarto e encontrei um envelope pardo grande na gaveta. Dentro dele, havia alguns pedaços de papel amarelo e o que parecia ser um DVD. Um post-it grande no topo do envelope dizia:

> Presley,
>
> Fiz uma lista de tarefas para podermos acompanhar o que precisa ser feito na The Palm.
>
> Estou cuidando do número um: trocar o sistema de ar-condicionado.
>
> Já cuidei dos itens quatro, seis e dez hoje, e fui até a Home Depot para comprar materiais.
>
> Talvez você deva trabalhar no item seis da segunda página.

Quando virei para a segunda página, percebi que ela não fazia parte da lista dele. Era a lista de coisas para fazer com o Levi que Harper havia anotado na outra noite. Como diabos ele conseguiu encontrar isso? Ele deve ter entrado de fininho no meu quarto e encontrado o caderno. *Droga!*

O item número seis era: *Me masturbar olhando para o Levi.*

Meus batimentos cardíacos aceleraram. *O que diabos tem nesse DVD?*

Minhas mãos tremiam conforme eu colocava o disco no aparelho de DVD.

Diante dos meus olhos, surgiu uma montagem de vídeos com os melhores momentos de Levi: arremessando uma bola de futebol americano sem camisa durante um treino, derramando uma garrafa de água inteira sobre seu peito nu. Clipe após clipe, cada músculo do seu torso fascinante e bronzeado ficava à mostra completamente.

Ele estava me dando *material* para facilitar o meu trabalho.

Eu estava prestes a explodir em chamas.

Ai, meu Deus.

CAPÍTULO 10

Levi

— Como vai o andamento da sua lista de tarefas? — perguntei à Presley na manhã seguinte durante o café da manhã.

Ela tomou um gole de café.

— E a que você está se referindo, *exatamente*? — Seu rosto ficou muito vermelho.

Com um sorriso sugestivo, decidi deixar para lá. Não queria espantá-la da cozinha. Eu estava curtindo esse momento com ela. Alex dormira na casa da minha mãe na noite anterior, e eu havia feito de tudo para me manter longe da Presley, pensando que era melhor não esbarrar muito com ela depois do que aprontei com aquele DVD.

Talvez eu tenha passado dos limites, mas, caramba, era muito divertido ver o rosto dela mudando de cor por estar claramente pensando nele. A tensão do assunto esteve pairando no ar o dia anterior inteiro. Nenhum de nós fez menção a isso. Eu não fazia ideia se ela realmente havia usado o DVD. Mas pensar nisso tinha me deixado duro por um tempo enquanto estava deitado na cama ontem à noite.

Depois que seu rosto voltou à cor normal, engatamos um papo fácil enquanto comíamos ovos e tomávamos café. Conseguimos desviar a conversa da nossa tensão sexual e da The Palm. E quanto mais conversávamos, mais os sentimentos que estavam surgindo no meu peito me faziam sentir tanto revigorado quanto perturbado.

Depois, Presley decidiu fazer smoothies. Quando terminou de batê-lo no liquidificador, ela me perguntou se eu confiaria nela para deixá-la colocar algo que eu provavelmente não concordaria se soubesse o que era. Ela apostou comigo que eu não conseguiria sentir o sabor. Sempre a fim de um desafio, aceitei.

Ela me fez ficar de costas enquanto misturava o ingrediente misterioso.

Quando finalmente me disse para virar de volta, me entregou uma bebida grande e verde. Peguei e tentei sentir o cheiro.

— É bom que não seja nojento.

— Apenas beba. — Ela riu.

Enquanto bebia, não senti nada além do sabor de manteiga de amendoim e banana. Era muito bom, na verdade. Saboroso e bem gelado.

— Ok, agora me diga o que você colocou nisso — falei, depois de tomar alguns goles.

Ela abriu um sorriso travesso.

— Fígado de frango.

Quase engasguei.

— Sério?

Presley deu risadinhas.

— Aham.

Eu não queria parecer um fracote, então bebi mais do smoothie, mesmo que agora me enojasse um pouco.

— Acontece que você pode esconder o sabor de quase qualquer coisa com banana madura, leite de baunilha e manteiga de amendoim. Além do fígado, também coloquei espinafre e gelo. — Ela sorriu. — É assim que faço o Alex consumir legumes e vegetais. Eu os escondo em shakes.

— Então por que você dá legumes e vegetais para ele e fígado para mim? — perguntei, tomando o restante do smoothie.

— Você foi a minha cobaia. Dizem que consumir vísceras de vez em quando é bom para o sistema imunológico. Eu fritei um pouco de fígado ontem à noite e pretendia bater em um smoothie para mim, mas daí pensei em fazer você experimentar primeiro para me certificar de que o sabor não ia ficar muito aparente. — Ela piscou. — Eu não fazia ideia se você ia conseguir sentir o gosto ou não.

— Eu fui o seu rato de laboratório. Ótimo.

— Exatamente.

Enquanto limpávamos a cozinha após o café da manhã, fiz algum comentário espertinho, e ela se vingou pegando a torneira flexível e apontando na minha direção. Aquilo se transformou em uma completa disputa pelo controle da torneira. Estávamos gargalhando muito.

Consegui pegá-lo e espirrar água nela, proclamando:

— É isso que você ganha por ter me enganado e me feito comer fígado, mulher.

No entanto, eu não havia pensado bem nessa ação, e agora ela estava com a camiseta completamente encharcada. Sentindo-me mal e um pouco excitado, deixei-a vencer, segurando o pulverizador com menos força. Ela, então, o tomou de volta e encharcou a minha camiseta também.

Ainda estávamos gargalhando quando minha mãe e Alex entraram na cozinha.

— Mas o que está acontecendo aqui? — mamãe perguntou.

Presley colocou o pulverizador rapidamente no lugar.

— Estávamos brincando com a água — eu disse. — As coisas saíram um pouco do controle.

Os olhos de Alex se iluminaram.

— Legal! Guerra de água!

Percebendo que sua camiseta estava molhada, Presley cobriu o peito rapidamente.

— O seu tio e eu só estávamos nos divertindo um pouco. Mas agora já acabou.

— Da próxima vez, eu também quero brincar! — Alex avisou, passando correndo por nós em direção ao seu quarto.

Presley continuou com os braços cobrindo o peito enquanto minha mãe alternava olhares entre nós dois.

— É... é melhor eu ir me trocar — ela falou, desaparecendo da cozinha.

Que droga. Presley e eu éramos adultos, caramba. Mas, nesse momento, senti como se fôssemos duas crianças que foram pegas fazendo algo errado. E eu não estava gostando do jeito que a minha mãe estava me olhando.

Com Presley fora dali, ela aproveitou.

— Vou perguntar novamente. O que você está fazendo?

— Fale baixo — sussurrei.

— Vamos lá para fora — minha mãe disse, seguindo em direção à porta.

Para piorar, Fern estava no corredor dando risadinhas conforme mamãe e eu saíamos para o jardim.

Torci para que Presley não olhasse pela janela e tivesse a impressão de que estávamos falando mal dela.

Assim que estávamos do lado de fora, fiquei de frente para minha mãe no gramado.

— O que foi?

— Você sabe o que foi. — Ela cruzou os braços. — É óbvio o que está acontecendo aqui.

— Não está acontecendo nada, mãe. Estávamos apenas nos divertindo um pouco. Você deveria querer que nos entendêssemos, pelo bem do Alex.

— É bom que você saiba que o seu sobrinho não é burro. Se tiver algo acontecendo entre vocês dois, ele vai descobrir. Ontem à noite, ele só falava sobre como você e ela agora pareciam estar se dando bem, quando tudo o que faziam antes era brigar.

— Então, você prefere que continuemos brigando?

— Eu prefiro que você não durma com a única mulher com a qual não pode.

Senti a raiva acumular dentro de mim. Respirei fundo e me recompus.

— Com todo respeito, se isso *estivesse* acontecendo, não seria da sua conta, mas não está acontecendo *nada*. *Nada* aconteceu entre Presley e mim. Somos apenas duas pessoas estressadas finalmente concordando em alguma coisa. Temos respeito mútuo um pelo outro. E vou dizer mais uma vez: estávamos apenas nos divertindo.

Ela balançou a cabeça de um lado para o outro.

— Sabe, eu comecei a suspeitar de algo estranho quando você me pediu para fazer aquela torta de pêssego.

— Aquilo foi apenas uma gentileza. Não significou nada.

Ela arregalou os olhos.

— Você quer dizer que não se sente atraído por ela?

Olhei para cima, conferindo na janela se Presley não estava nos vendo.

— Por que isso importaria, se não estamos envolvidos? — sussurrei.

— O seu irmão surtaria.

Aumentei meu tom de voz.

— É mesmo? Porque ele não me dá muito a impressão de se importar com ninguém ultimamente.

— Acredite em mim. Isso o faria acordar, com certeza. Ela o deixou, e agora ele vai ter que descobrir que tem algo acontecendo entre vocês dois? Você acha que isso não irá magoá-lo?

Mamãe não sabia da verdadeira história por trás do motivo pelo qual Presley e Tanner haviam terminado. Ela não fazia ideia de que o meu irmão havia traído a noiva. Mas achei que não era meu direito compartilhar a história de Presley. No entanto, já que minha mãe ainda estava com a impressão de que Presley havia errado com Tanner, sua atitude não me surpreendia.

— E que história é essa que ouvi de Harry, o corretor? — ela perguntou. — Que você disse para ele pausar os planos de vender a The Palm?

— Como diabos você descobriu isso?

— Encontrei com ele ontem à noite no mercado com Alex. Ele mencionou esse assunto.

— Ele deveria ter ficado de boca fechada. Deve estar chateado com a possibilidade de perder a comissão — resmunguei. — De qualquer forma, os meus planos não foram cancelados. Estão apenas... pausados.

— Não acho que desistir seja uma ideia inteligente. Você acha?

— Não é sobre o aspecto financeiro. Só tenho pensado no impacto que a venda teria para Presley e Alex. Eles gostam daqui, e Presley quer muito renovar o lugar. É tipo... a paixão dela. Eu deveria ao menos dar a ela uma chance.

Mamãe estreitou os olhos.

— E os seus sentimentos por ela não têm nada a ver com isso?

Eu tinha duas opções. Eu poderia mentir, ou não dizer absolutamente nada. Escolhi a segunda.

Minha mãe, então, falou mais uma coisa para me irritar antes de ir embora.

— Tenho um compromisso, mas, antes de ir, só quero que você pense muito bem sobre as repercussões que ficar muito próximo da Presley podem desencadear. Isso não seria somente um casinho que você pode estragar como qualquer outro. Ela estará nessa família para sempre. Se alguma coisa acontecesse, você estragaria as coisas não só com o seu irmão, mas também com o Alex. Tudo o que estou pedindo é que você pense bem nisso.

— Já entendi, mãe — eu disse, cerrando os dentes.

Depois que ela foi embora, decidi dar uma volta para esfriar um pouco a cabeça. Era um tanto enervante o fato de que duas pessoas — minha mãe e Fern — já tinham sacado que algo estava surgindo entre Presley e mim. Seria apenas questão de tempo até Alex ser a terceira pessoa. E depois, Tanner. Uma coisa era curtir estar perto dela em segredo, estar atraído por ela na surdina. Mas agora isso estava no radar dos outros.

Eu deveria ter vindo para Beaufort somente para cuidar da venda da The Palm. Mas se eu já havia praticamente desistido dessa briga, que sentido faria ficar? Minha presença agora era simplesmente porque eu *queria* ficar. Se continuasse com isso, alguém ia acabar se magoando, fosse Presley ou Tanner.

E eu não podia deixar isso acontecer.

CAPÍTULO 11

Presley

Mais tarde naquela semana, as coisas estavam progredindo bastante na Pousada The Palm. Entre o novo sistema de ar-condicionado quase completamente instalado e o fato de que uma pessoa já havia reservado um quarto para um fim de semana no final de julho, eu estava me sentindo mais confiante do que nunca.

Levi não se juntara a nós no jantar. Ele passara a maior parte do dia fora de casa, então éramos apenas Alex e eu limpando a cozinha após a refeição. Ao me entregar um prato que estava na mesa, meu filho me pegou de surpresa com uma pergunta para a qual eu definitivamente não estava preparada.

— Por que as pessoas chamam peitos de *tetas*?

Franzi a testa.

— Onde você ouviu essa palavra?

— Alguns garotos no parque estavam falando sobre o tio Levi outro dia. Estavam comentando sobre terem visto uma foto dele na internet com uma mulher que tinha tetas enormes. Eu tive que perguntar a eles o que isso significava. Eles me disseram que tetas são peitos.

Expirando uma boa quantidade de ar, continuei lavando os pratos ao falar.

— Eu não tenho uma resposta muito clara para a sua pergunta. É um nome que as pessoas usam para descrever os seios das mulheres, mas geralmente de maneira depreciativa.

— O que é depreciativa? É tipo depressiva?

— Não, significa...

— Por que as pessoas *gostam* de peitos? — ele me interrompeu. — Os garotos me disseram que gostam.

Dei risada.

— Talvez seja algo de que eles gostam porque não têm, ou algo assim... bem, homens têm peitos, mas não são grandes... na maioria dos casos.

— Eles disseram que a amiga do tio Levi tinha peitos *falsos*! Como dá pra ter peitos falsos? Posso comprar? Mas não quero pra mim. Só queria saber se eu poderia, tipo, comprar uns para o tio Levi de Natal.

Jogando a cabeça para trás de tanto rir, não consegui me conter a tempo de falar sobre esse assunto antes que ele me fizesse mais uma pergunta.

— De onde vêm os bebês?

Fechando a torneira, limpei minha testa com as costas da mão.

— O que te fez tocar nesse assunto agora?

— Bom, quando aqueles meninos estavam falando sobre peitos, eles começaram a me contar de onde vêm os bebês, e quero saber se eles estão certos.

Merda. Engoli em seco.

— O que exatamente eles te disseram?

— Eu quero que você me explique primeiro.

— Por quê?

— Porque é esquisito, e não quero ter que dizer em voz alta se não for verdade.

Enquanto eu estava ali parada e boquiaberta, incapaz de pensar no que dizer, Levi entrou na cozinha.

Ele jogou as chaves sobre a bancada e olhou para mim e Alex.

— O que está rolando?

Alex virou-se para ele.

— Acabei de perguntar para a mamãe de onde vêm os bebês e estou esperando ela me dizer.

Levi arregalou os olhos. Nós nos encaramos com um olhar de "ai, merda".

Essa era uma conversa que eu esperava que Alex tivesse com Tanner, e estava muito despreparada para tê-la agora.

Levi limpou a garganta.

— De onde veio esse assunto?

— Começou por causa da mulher com tetas grandes com quem você estava.

— Epa, epa, epa. — Levi sacudiu a cabeça. — Volte a fita. E quem te ensinou essa palavra?

— Os meninos no parque. Eles estavam falando sobre terem visto uma garota com você na internet.

Levi suspirou, passando uma mão pelos cabelos.

— Essa é uma conversa que eu não estava planejando ter hoje, mas, se você quiser, vamos nos sentar e falar sobre isso. — Ele virou para mim. — Se estiver tudo bem para a sua mãe.

Confirmei com a cabeça.

Nós três nos sentamos à mesa. Eu não fazia ideia de como isso iria se desenrolar.

Levi girou os polegares enquanto eu balançava os joelhos para cima e para baixo. Alex ficou simplesmente olhando alternadamente para nós dois, esperando que alguém respondesse à droga da pergunta.

— Ok, o tio Levi vai explicar tudo — eu disse finalmente, virando-me para ele. — Não é?

Levi arregalou os olhos.

— Vou?

— Sim, acho que seria bom isso vir de você. Sabe, de homem para homem.

Vi as orelhas de Levi ficarem vermelhas. Então, ele pegou seu celular e começou a rolar pela tela.

— O que você está fazendo? — perguntei.

— Pesquisando *conversa sobre a cegonha* no Google.

Após alguns minutos, Levi virou seu celular e mostrou a tela para Alex.

Entrei em pânico por um momento.

— O que você está mostrando a ele?

— Relaxa. É um e-book para crianças sobre como nascem os bebês. Vamos ler juntos.

Expirei. Era uma ideia incrível, na verdade. Puxei minha cadeira para o lado da mesa onde eles estavam. Nos vários minutos seguintes, assisti ao tio de Alex ler para ele cada página do livro, que ilustrava as diferenças anatômicas masculinas e femininas e explicava o processo de como bebês são feitos da maneira mais inocente possível.

Fiquei observando e ouvindo Levi responder todas as perguntas que Alex fazia a ele. Para uma pessoa que não tinha filhos, ele com certeza lidou com essa situação com maestria — diferente de mim, que congelei totalmente.

— Quantos anos você tinha quando descobriu de onde vêm os bebês? — ele indagou a Levi.

— Acho que eu tinha uns oito anos quando o meu pai me contou. Então, só um pouquinho mais velho que você.

— Obrigado por me explicar, tio Levi. — Ele levantou da cadeira. — Agora eu vou vomitar, porque é meio nojento pensar que o papai fez isso com a mamãe.

Levi deu tapinhas no ombro de Alex.

— Faça o que tiver que fazer, amigão.

Depois que Alex saiu correndo, sacudi a cabeça.

— Você salvou o dia. Obrigada. Não sei por que paralisei daquele jeito. Eu sempre imaginei que chegaria o momento em que ele me perguntaria isso, mas não estava completamente preparada.

Levi deu de ombros.

— Eu improvisei.

— Você foi incrível.

— Bom... qualquer coisa por ele.

— Essa foi uma conversa que ele deveria ter tido com o pai dele. Mas já que não pôde ser com Tanner, fico feliz por ter sido com você.

— É o mínimo que eu poderia fazer por ele. — Ele fez uma pausa. — Por falar no Tanner, você teve notícias dele recentemente?

— Não. Faz algumas semanas desde a última vez que nos falamos. Mas acredito que ele irá ligar em breve. Ele geralmente não fica mais do que algumas semanas sem fazer contato.

Levi balançou a cabeça.

— Ainda estou chocado por saber que ele não se esforçou para ser um pai melhor. Isso me faz sentir que ele deve estar sofrendo mais do que imaginei. Somente alguém que está terrivelmente preso dentro da própria mente age dessa maneira. — Levi apoiou a cabeça nas mãos. — Eu me preocupo com ele.

Coloquei uma mão em seu braço.

— Eu sei. Eu também. É por isso que sempre tentei dar um desconto a ele. Nunca o afastei da vida do Alex, para que ele faça parte dela quando quiser.

— Você é uma santa pela maneira como lidou com tudo isso. E caso eu ainda não tenha te dito, você é uma mãe maravilhosa. Você se esforça tanto todos os dias. E está sempre sorrindo e sendo atenciosa com o Alex, até mesmo quando eu sei que você está tendo um dia ruim.

— É, um dia ruim como hoje, quando você chegou e eu mal conseguia formular uma resposta quando o coitado do meu filho me perguntou sobre sexo.

— Bom, ninguém é perfeito. E se eu não tivesse chegado, você teria arranjado uma maneira. — Ele sorriu. — O Alex tem muita sorte por te ter como mãe.

Fiquei arrepiada.

— Obrigada. É muita gentileza sua dizer isso.

— É a verdade.

Uma sensação sufocante me atingiu. Eu não sabia que planos Levi teria esta noite, mas tudo o que eu queria era passar mais tempo com ele. Então, decidi arriscar.

— Ei, depois que o Alex for dormir, você... gostaria de assistir a um filme comigo?

Ele piscou algumas vezes. Foi como se vários minutos tivessem passado, embora tenham sido apenas segundos.

Levi brincou com seu celular.

— Na verdade, eu disse a Patrick McGibbons que o encontraria para beber.

Meu estômago afundou. *Eu não deveria ter perguntado.*

— Ah, tudo bem — eu disse, com um sorriso falso. — Divirta-se.

Naquela noite, enquanto eu assistia a um filme sozinha, não conseguia parar de pensar em Levi e em como ele havia sido incrível com o Alex mais cedo.

No entanto, eu não deveria também estar pensando naquele DVD dele que estava guardado na minha gaveta. Mas depois que fui para o meu quarto, fiquei tentada a pegá-lo e assisti-lo. Só que, por alguma razão, não me parecia certo. Parecia meio que um abuso, embora ele mesmo tenha me dado. Depois de tudo o que aconteceu hoje, o que ele tinha feito por Alex e as palavras gentis que me disse depois, me pareceu errado me tocar olhando para imagens dele sem camisa. Então, eu me absteria. Por hoje.

Sempre há o amanhã.

Os próximos dias me mantiveram ocupada demais para passar muito tempo remoendo meus sentimentos por Levi. A equipe do ar-condicionado terminou de instalar o novo sistema, enquanto eu pintei mais dois quartos e plantei flores nas lindas caixas de flores que ficavam penduradas abaixo de cada uma das janelas da fachada da pousada. Entretanto, infelizmente, assim como tem sido o caso desde que cheguei, dar um passo para frente significava que, em seguida, eu daria dois para trás.

Ontem à noite, quando comecei a retirar a mobília do próximo quarto que planejava pintar, descobri que havia mofo em uma das paredes. O sistema antigo de ar-condicionado só esfriava três quartos da área total da casa, como as áreas comuns e oito dos catorze aposentos. Os quatro quartos restantes na ala sul da pousada haviam sido acrescentados depois da construção original da The Palm. Esses quartos tinham unidades individuais de ar-condicionado nas janelas, e aparentemente, um deles vinha vazando água há muito tempo, o que acabou gerando mofo, e o calor e a umidade contribuíram para que tomasse conta da parede.

Então, ontem mesmo, dois caras usando roupas de proteção rasparam a parede mofada, e hoje os mesmos homens passaram a tarde inteira batendo no mesmo local para instalar a placa de gesso.

— Ei, srta. Sullivan. — Ned, o carpinteiro, entrou na cozinha. — Desculpe por estar aqui até tão tarde, mas terminamos de colocar as placas novas e passamos a primeira camada de massa corrida. Vai ter que passar a noite secando, então voltarei amanhã de manhã para lixar as paredes e aplicar a segunda camada. Terminaremos até a hora do almoço.

Assenti.

— Ah, isso é ótimo, Ned. Agradeço muito. Sexta-feira é aniversário do meu filho, e seis meninos virão dormir aqui, e queria que eles não tivessem que ver as roupas que vocês estavam usando ontem e pedissem para arranjar para eles também.

Ned deu risada.

— Não. Está tudo certo. Te vejo pela manhã.

Depois que acompanhei os dois homens até a saída, desliguei a luz da cozinha e parei um pouco para ouvir o barulho na casa — ou melhor, a falta de barulho na casa. Durante a última semana, houve um bombardeio de martelos batendo e ferramentas elétricas zumbindo o tempo todo. Essa quietude recente era música para os meus ouvidos. Não havia nem mesmo vozes, já que Alex iria dormir na casa da minha amiga Katrina com o filho dela, e Levi tinha ido para a casa da mãe dele para jantar. Até mesmo Fern estava fora. Ela havia saído cedo de manhã com algumas amigas para dirigirem até o norte e passarem a noite em algum tipo de cruzeiro de jogos.

Decidi, então, que deveria aproveitar esse momento raro de sossego e curtir um banho de banheira. Meus músculos doíam de todo o trabalho que pintar e plantar exigiam, e um bom banho quente provavelmente me ajudaria a relaxar um pouco.

Enquanto eu esperava a banheira encher, rolei pelas músicas no meu celular para montar rapidamente uma *playlist* para a hora do banho e peguei uma muda de roupas antes de entrar na água fumegante. Levei apenas um minuto ou dois até sentir meus músculos tensos começarem a relaxar. Então, coloquei meus fones de ouvido, aumentei o volume de uma música antiga de jazz que eu amava, mas não ouvia há tempos, fechei os olhos, e afundei mais na água. O equivalente a um suspiro transpassou todo o meu corpo. *Isso era exatamente do que eu precisava.*

Meia hora depois, eu estava parecendo uma ameixa seca ao sair da banheira. Se a água não tivesse começado a esfriar, eu provavelmente teria ficado ali a noite inteira. Alonguei o pescoço de um lado para o outro enquanto me secava, surpresa com o quanto pude relaxar. Somente uma massagem bem profunda ou um bom orgasmo poderiam me relaxar mais. No entanto, essa sensação zen na qual eu estava me deleitando foi interrompida abruptamente quando um alarme alto e agudo começou a apitar.

Beep! Beep! Beep!

Que diabos?

Vesti meu pijama e abri a porta do banheiro bruscamente para ver de onde o som estava vindo. Mas, no segundo em que respirei fundo, um cheiro sufocante me atingiu.

Queimando! Algo estava queimando!

Não havia fumaça no corredor, então corri até a cozinha para ver se eu tinha deixado o forno ligado, mas não era isso. Tudo estava desligado. O alarme perfurante continuou estrondando conforme corri pelo resto da casa, tentando descobrir o que estava acontecendo. O cheiro de queimado ficou mais forte quando cheguei à ala sul e me aproximei do quarto que havia recebido a placa de gesso mais cedo. Estava saindo fumaça por baixo da porta que os homens haviam fechado quando foram embora.

Merda!

Corri de volta para o banheiro para pegar meu celular e liguei rapidamente para a emergência.

— Preciso do corpo de bombeiros — falei abruptamente assim que atenderam. — Há um incêndio na minha casa!

— Qual é o seu endereço, senhora?

— Rua Palm Court, 638. É a Pousada The Palm.

— Ok. — Ouvi os cliques enquanto a mulher digitava, antes de falar novamente. — Acabei de despachar o corpo de bombeiros. Você está dentro da casa?

— Sim, estou. Há fumaça saindo de um dos quartos. A porta está fechada, então não vi o que está realmente acontecendo. Você quer que eu abra para ver o tamanho do estrago?

— De jeito nenhum. Saia da casa e deixe isso para o corpo de bombeiros. Há mais alguém na casa com você?

— Não, somente eu.

— Ok, ótimo.

Corri para o lado de fora e fiquei no gramado, encarando a casa. O quarto que estava pegando fogo ficava na parte da frente, mas eu não conseguia ver chamas ou algo assim pela janela, então pensei que isso provavelmente era um bom sinal. Dois minutos depois, ouvi as sirenes da viatura dos bombeiros à distância.

Eu ainda estava com o celular na orelha, mas tinha esquecido disso por um segundo.

— Consigo ouvi-los — eu disse para a atendente.

— Sim, senhora. Eles estarão aí em um minuto. Vamos ficar ao telefone até eles chegarem.

— Ok. Obrigada.

Quando dois caminhões vermelhos grandes e um SUV preta estacionaram, me despedi da atendente da emergência e fui falar com os bombeiros.

Um dos homens deu alguns passos à frente conforme eu me aproximei.

— Sou o Capitão Morales. A pessoa do despacho disse que a casa estava vazia. Você tem certeza disso?

— Sim, tenho certeza. Eu era a única que estava em casa esta noite.

Ele assentiu.

— Ótimo. Ok, me diga o que está acontecendo lá dentro.

— Eu não sei. Eu estava na banheira e, quando saí, o alarme de fumaça disparou. — Apontei para o quarto na extremidade da casa. — Havia fumaça saindo de debaixo da porta daquele quarto. Tivemos obras nele hoje.

O bombeiro acenou para sua equipe se dirigir à casa.

— Levi Miller é dono desse lugar, não é? O *quarterback*?

— Sim. Nós dois somos donos.

— Ok. É melhor você esperar perto do caminhão enquanto conferimos o que está acontecendo lá dentro.

Fiquei olhando enquanto pelo menos dez bombeiros completamente equipados entravam na The Palm. Alguns deles carregavam mangueiras, enquanto outros seguravam machados e outras ferramentas. Alguns vizinhos começaram a se aproximar e perguntar o que estava acontecendo, e não demorou muito até o quarteirão se transformar em uma grande cena. A certa altura, um dos bombeiros gritou por água, e as mangueiras conectadas ao caminhão foram ligadas. Senti-me um pouco enjoada assistindo a toda aquela ação, mas também imensamente grata por não ter mais ninguém em casa hoje, principalmente Alex.

Parecia ter passado uma eternidade quando o Capitão Morales saiu da casa novamente. Ele veio direto até mim.

— Então, há um pequeno incêndio nas paredes. Não posso dizer com precisão o que aconteceu até olharmos mais de perto, mas, geralmente, isso tem a ver com fiação antiga. Você disse que tiveram obras naquele quarto hoje?

— Sim, mas não foi nenhum trabalho elétrico. Somente placa de gesso.

Ele assentiu.

— Eles podem ter mexido em algum fio desgastado enquanto trabalhavam, ou bagunçado fios desencapados. É um prédio antigo. Poderei te dar mais detalhes assim que nos certificarmos de que todo o fogo está apagado.

Assenti.

— Obrigada. Fico muito grata mesmo.

Atrás de nós, uma caminhonete parou cantando pneus. O capitão e eu viramos em direção ao som. A porta de Levi estava completamente aberta, e ele já estava correndo na minha direção.

— O que aconteceu? — Seus olhos analisaram em volta tudo o que estava acontecendo. — Você está bem?

O bombeiro apontou para mim com o queixo.

— Vou deixá-la contar tudo ao sr. Miller enquanto volto lá para dentro para ver como estão as coisas. — Ele olhou para Levi. — Quando eu voltar, responderei às dúvidas que possam ter.

Antes que eu pudesse ao menos terminar de contar toda a história para Levi, duas vans de noticiários pararam ali em frente. Homens com câmeras e repórteres saíram delas e começaram a olhar em volta.

— Merda — Levi resmungou. Ele passou o braço em volta do meu ombro e nos fez ficar de costas para eles. — Os abutres já ficaram sabendo. Vamos nos afastar daqui.

Caminhamos até a árvore enorme que havia no jardim frontal e ficamos atrás dela o máximo possível. Mas justo quando pensei que estávamos protegidos da atenção, o corpo de bombeiros ergueu um holofote enorme. Eles miraram na casa, mas estávamos bem na linha de fogo, agora completamente iluminados. Os olhos de Levi desceram até o meu peito.

— Hã... — Ele engoliu em seco. — A sua blusa é transparente.

Meus olhos se arregalaram quando olhei para baixo. A blusa fina de pijama que eu estava vestindo não cobria nada. Daria no mesmo se eu estivesse ali fora completamente nua.

— Ai, meu Deus. — Cruzei os braços sobre o peito. Mas então, percebi que aquela blusa fina *tinha um short combinando*. E eu não estava usando calcinha. Fechei os olhos com força. — Levi, por favor, me diga que o meu short não está tão transparente quanto a minha blusa agora.

Ele não disse nada durante alguns segundos, até que...

— Levante as mãos.

Confusa, abri os olhos. Eu estava prestes a lembrá-lo de que eu *não podia* mover as mãos porque estava ocupada cobrindo meus seios, mas então vi por que ele estava pedindo. Levi já havia tirado sua camiseta e a estava segurando acima da minha cabeça, pronto para deslizá-la sobre mim.

— Levante as mãos — ele resmungou.

O tecido desceu até meus joelhos como um vestido, cobrindo todas as partes importantes. No entanto, Levi agora estava sem camisa.

— Obrigada — eu disse. — Mas os repórteres vão se esbaldar com você sem camisa. Tenho certeza de que o seu peito nu atrai mais olhares cobiçosos do que o meu.

O canto da boca de Levi repuxou.

— Fique aqui. Volto já. Acho que tenho uma jaqueta no meu carro.

Ele saiu correndo, ignorando dois repórteres apontando seus celulares para gravar vídeos. É, eu não os culpava. Os músculos de Levi Miller eram bem mais interessantes do que um incêndio. Quando ele retornou, tinha uma manta dos Broncos nas mãos.

— Não tinha jaqueta, mas isso deve funcionar. — Ele me envolveu com a manta.

— Me deixe te devolver a sua camiseta. Segure a manta para me esconder e eu poder retirá-la.

— Fique com a camiseta. Você fica mais segura com duas camadas.

— Não acho que as câmeras irão conseguir ver através de uma manta.

Levi encontrou meu olhar.

— Não é com as câmeras que estou preocupado.

Franzi as sobrancelhas por um segundo, mas seu olhar intenso me deu toda a explicação não-verbal de que eu precisava. Senti uma agitação animada na barriga por saber que Levi achava que eu precisava ser protegida *dele — enquanto a casa dele estava pegando fogo no momento.* Eu precisava muito, *muito mesmo* fazer um exame psiquiátrico.

Por sorte, o Capitão Morales se aproximou novamente, o que me ajudou a mudar o foco da minha atenção. Ele apoiou as mãos na cintura.

— Então, parece que os fios foram mesmo os culpados. Você teve muita sorte por estar na casa para identificar o incêndio assim que começou. Às vezes, uma fiação antiga pode agir quase como um fusível e facilitar com que o fogo viaje por trás das paredes. Em pouco tempo, a casa inteira poderia estar em chamas. Tivemos que derrubar a parede que você acabou de mandar reformar e o quarto está muito molhado, mas pelo menos o estrago foi contido naquela área.

Soltei uma grande quantidade de ar.

— Muito obrigada.

— É seguro voltar lá para dentro e dar uma olhada? — Levi perguntou.

— Vocês podem, por um minuto ou dois, assim que terminarmos. Mas é melhor encontrar outro lugar para passar a noite. Vai começar a cair fuligem como neve por um tempo lá dentro. As partículas pairam no ar e permanecem por algumas horas. Vocês irão encontrá-las na maioria dos quartos da casa amanhã de manhã. Às vezes, elas entram até mesmo em armários fechados.

Levi estendeu a mão.

— Obrigado, capitão. Fico muito grato mesmo.

O Capitão Morales sorriu, e eles trocaram um aperto de mão.

— Sem problemas. Mas pode me fazer um favor?

— Qualquer coisa.

O capitão apoiou a mão no ombro de Levi.

— Pegue leve com os meus Panthers no ano que vem. Você está destruindo a confiança da nossa defesa.

Levi deu risada.

— Qualquer coisa, *menos isso*.

Levou mais cerca de uma hora antes do corpo de bombeiros ir embora e a multidão que havia se juntado ali começar a se dissipar, e Levi e eu pudemos dar uma olhada rápida no estrago dentro da pousada. A eletricidade estava desligada naquela parte da casa, então pegamos uma lanterna e fomos até lá para ver o quão ruins as coisas estavam. Meu coração apertou quando a luz iluminou a parede que havíamos arrumado mais cedo. Metade da placa de gesso novinha estava demolida, e as partes restantes estavam carbonizadas. Sem contar que todo o teto estava pingando água, e o lindo piso de carvalho estava coberto com uma mistura lamacenta de água e cinzas.

Suspirei.

— Meu Deus. Isso é um sinal, Levi? Parece que o Universo está tentando nos dizer alguma coisa.

Ele virou para mim.

— É apenas um pequeno contratempo. Só isso.

Sacudi a cabeça.

— Não sei.

— Você provavelmente não se lembra, porque é alguns anos mais nova que eu, mas, quando eu tinha sete anos, caí do skate e quebrei o tornozelo. Foi mais ou menos após o primeiro mês do meu segundo ano jogando futebol americano infantil.

— Eu não sabia disso.

Ele assentiu.

— Eles deram a posição de primeiro *quarterback* para Eddie Andrews. Eu fiquei usando gesso por oito semanas e não podia jogar, e depois disso, tive que ralar para voltar a colocar peso sobre o tornozelo machucado. Quando a temporada seguinte iniciou, eu já estava curado. Mas o treinador manteve Eddie como primeiro *quarterback*. Ele me disse que Eddie havia merecido, e eu precisaria voltar a merecer. Consegui no meio da temporada, mas, após somente dois jogos, caí da bicicleta e desloquei o cotovelo do meu braço que usava para arremessar. Eddie voltou a ser o número um. Depois que me curei novamente, o treinador manteve Eddie como o primeiro *quarterback* pelo restante da temporada, independente do quanto eu me esforcei. Então, no ano seguinte, comecei a levantar cedo e fazia a minha mãe me levar para a escola às cinco da manhã para poder correr em volta do campo. Também parei de andar de skate e bicicleta, e fiz meu pai ficar arremessando bola comigo todas as noites, até estar escuro demais para enxergar.

Suspirei novamente.

— Entendo o que está tentando dizer. Mas isso não é futebol americano, e eu não sou você, Levi.

Ele deu de ombros.

— Talvez não. Mas os mesmos princípios se aplicam. Se você quer muito algo, não pode deixar nada te impedir.

Assenti.

— Ok. Foi um dia muito longo. Espero que as coisas pareçam melhores pela manhã.

— Acho que vão, sim.

— Venha, vamos sair daqui.

Eu já havia ligado para a minha mãe e contado a ela o que havia acontecido, e ela me convidou para passar a noite na casa dela. Mas Levi disse que iria ficar em um hotel.

— Está tarde. Que tal eu te levar até a casa da sua mãe? — ele perguntou. — Posso te buscar de manhã para irmos à corretora de seguros. Eles provavelmente vão precisar de um depoimento seu e tal.

— Oh... ok, sim. Eu nem havia pensado em seguro. Mas parece uma boa ideia. Sendo sincera, não estou com vontade de dirigir agora. Uma carona seria ótimo.

Quando estacionamos em frente à casa da minha mãe, ela estava esperando por nós na janela. Ela saiu correndo pela porta e veio até o carro antes mesmo que Levi o tivesse desligado.

— Estou tão feliz por você estar bem. — Ela me abraçou.

Levi saiu do carro e deu a volta nele para cumprimentar a minha mãe.

— Oi, sra. Sullivan. Como vai?

Ela o envolveu em um abraço enorme.

— Melhor agora que vocês estão sãos e salvos.

Conversamos por alguns minutos antes da minha mãe dar um tapa em um mosquito.

— Por que estamos aqui fora? Está cheio de mosquitos.

Levi sorriu.

— Vocês duas podem entrar. Tenho que ir mesmo.

— Você vai ficar na casa da Shelby? — mamãe perguntou.

— Não. — Levi balançou a cabeça. — Eu jantei lá mais cedo, e ela estava com dor de cabeça. Quando fui embora, ela estava indo deitar. Ela ainda tem essas enxaquecas. Não quero acordá-la. Contarei a ela o que aconteceu amanhã.

— Onde você vai ficar, então?

Ele apontou para trás com o polegar.

— Vou pegar um quarto no Best Western.

Minha mãe franziu a testa.

— Que bobagem. Você vai ficar conosco.

Se Levi pensou que conseguiria declinar educadamente e ir embora ileso, ele obviamente não se lembrava muito bem da minha mãe.

— Tudo bem. Já reservei o quarto. Mas agradeço a oferta.

Mamãe balançou o dedo para ele.

— Não foi uma oferta, jovenzinho. Se não vai ficar conosco, então tem que ao menos me deixar te dar sobremesa. Eu insisto.

— Tudo bem, eu realmente...

Mamãe agarrou a mão de Levi.

— Venha logo. Preciso dar essas tortas para alguém. Quando fico nervosa, faço tortas. Preparei três tortas diferentes depois que Presley me ligou para dizer que estava na pousada quando o incêndio começou. Você sabe que é uma regra implícita um bom homem sulista não desperdiçar uma torta.

Levi deu risada. Ele olhou para mim, pedindo ajuda, mas apenas dei de ombros e balancei a cabeça.

Mamãe começou a arrastar o coitado até a porta.

— Agora, me diga, qual a sua torta favorita? Fiz de nozes, maçã e pêssego.

Os olhos de Levi encontraram os meus.

— Você disse torta de pêssego? Eu *amo* torta de pêssego, quase tanto quanto a sua filha. — Ele abriu um sorriso enorme. — Sabe, a Presley ama tanto que, às vezes, ela até mesmo *sonha* que está *comendo torta de pêssego.*

— Quando era criança, ela costumava sonhar que andava a cavalo.

Levi deu risada.

— Não me diga... — Ele abriu a porta da casa da minha mãe e a segurou para que ela entrasse primeiro. Quando foi minha vez, ele se aproximou para sussurrar no meu ouvido: — Cavalgar e comer torta. Consegue adivinhar o que vou imaginar enquanto você estiver comendo aquela torta?

Estreitei os olhos para ele, embora meu rosto tenha ruborizado.

— Vou comer a de maçã.

— Que pena. Mas, ei, você estava procurando por um sinal mais cedo para te dizer o que fazer. — Ele piscou. — Talvez seja isso.

CAPÍTULO 12

Levi

Na manhã seguinte, eu estava a caminho da casa da mãe de Presley para buscá-la quando meu celular tocou. O nome de Tanner apareceu na tela.

Fazia muito tempo desde a última vez que meu irmão me ligara, então fiquei curioso sobre o que ele queria. Talvez eu estivesse sentindo culpa por ter batido uma pensando na Presley comendo aquela maldita torta ontem à noite, mas fiquei um pouco nervoso, com receio de que minha mãe tivesse dito algo a ele sobre Presley e eu estarmos mais próximos.

Respirei fundo antes de atender e colocar no viva-voz.

— Oi. E aí?

— E o *superstar* decidiu atender ao celular...

Tanner e eu não nos falávamos com muita frequência, mas sempre que surgia a oportunidade, ele fazia essa merda. Pelo que eu saiba, eu nunca recusara uma ligação dele. Mesmo assim, ele tinha esse jeito passivo-agressivo de fazer parecer que o meu ego me impedia de falar com ele.

— Você tentou entrar em contato comigo recentemente e eu perdi alguma chamada sua?

— *Nah*. Eu apenas sei o quanto você é ocupado. Então, tento não te incomodar.

Cerrei os dentes.

— Sempre tenho tempo para a minha família, irmão.

— É, bom, por falar em família... o que diabos aconteceu na The Palm ontem à noite? Acabei de ficar sabendo sobre o incêndio pelo noticiário.

— Fizemos algumas obras, e o corpo de bombeiros acredita que isso mexeu com uns fios desgastados antigos e desencadeou um pequeno incêndio em um dos quartos.

— Eu avisei à Presley que esse lugar estava caindo aos pedaços. Talvez agora ela caia em si e se mude de volta para Nova York.

Senti-me na defensiva.

— Na verdade, não está caindo aos pedaços. Ela fez muita coisa por lá, e já está ficando muito bom.

— É, tanto faz.

Percebi que ele não perguntou como Presley e Alex estavam, embora tenha dito que ficou sabendo sobre o incêndio pelo noticiário.

— Você falou com a Presley hoje?

— Não, eu deixei uma mensagem na caixa postal, mas ela ainda não me retornou. É por isso que estou te ligando para descobrir o que rolou.

— Você falou com a mamãe?

— Não, por quê?

— Então, como você sabe que a Presley e o Alex estão bem?

— O noticiário disse que ninguém se machucou.

Sacudi a cabeça. Inacreditável.

Mesmo que não tivesse problema aceitar o que disseram nos noticiários, ele deveria ao menos perguntar sobre o estado emocional deles. Passar por um incêndio pode ser traumático, especialmente para uma criança. Esse idiota provavelmente nem sabia que Alex não estava em casa no momento em que aconteceu.

— Belas pernas, a propósito — Tanner disse. — Tem certeza de que não foi o que quer que vocês dois estavam fazendo que começou o incêndio?

Franzi o rosto.

— Do que você está falando?

— O noticiário mostrou uma foto de você com uma mulher, bem aconchegadinhos no gramado. Você já estava sem camisa antes do incêndio, ou tirou quando os repórteres apareceram? — ele zombou.

Merda. Eu não fazia ideia de que foto ele estava falando, mas não tive uma sensação muito boa em relação a isso. Parei no acostamento e retirei meu celular do suporte no painel.

— Olha, eu preciso ir até a corretora de seguros, então tenho que desligar.

— Ah, tudo bem. A gente se...

Encerrei a chamada antes que ele pudesse terminar sua frase e digitei na barra de pesquisa do Google: *incêndio Beaufort.*

É claro que a foto à qual ele se referira surgiu imediatamente.

Jesus Cristo. Passei a mão por meus cabelos. Aquilo não era *nada* bom. Felizmente, o cabeçudo do meu irmão nem ao menos reconheceu as pernas da ex-noiva. A foto mostrava Presley de costas, mas seu corpo inteiro estava envolvido na minha manta dos Broncos, incluindo a parte de trás da sua cabeça. Então, a única coisa que dava para ver eram suas panturrilhas. Era fácil presumir que ela estava nua por baixo da manta, e eu estava perto dela, com uma mão em seu braço, olhando para ela. E, é claro, eu havia dado minha camiseta para ela, então estava com o peito nu. A foto capturou o que parecia ser um momento bem íntimo. Li a manchete abaixo da foto: *Levi Miller e mulher misteriosa se aconchegam enquanto a pousada histórica da família está em chamas.*

Fechei os olhos. Ótimo. Porra, que ótimo.

Depois de buscar Presley, mostrei a ela a matéria na internet e a deixei a par do que Tanner havia dito enquanto dirigíamos até a corretora de seguros para abrir um protocolo por dano causado por fogo. Depois disso, levei-a para casa. Sua amiga iria deixar Alex lá em breve, e ela queria dar a ele a notícia sobre o incêndio antes que ele ouvisse de alguma outra pessoa. Eu disse a ela que tinha algumas coisas para fazer e que voltaria depois para ajudá-la a cuidar da limpeza.

Mais cedo, eu havia ligado para Ned para contar a ele o que tinha acontecido. Obviamente, não era mais necessário ele ir aplicar uma segunda camada de massa corrida. Perguntei se ele poderia ir dar uma olhada no estrago e ver o que poderia fazer para que não houvesse retrocesso no que já fizemos, mas ele disse que tinha alguns trabalhos marcados, e levaria um tempo antes que pudesse voltar à The Palm. Inicialmente, pensei que não tinha problema, até ver Presley entrar na casa. Sua expressão era de total derrota.

Então, decidi ir falar com Ned de novo, dessa vez pessoalmente. Eu sabia que ele iria dar início a uma obra na loja de ferramentas na cidade esta tarde, então dirigi até lá.

— Oi, sr. Connor — falei ao entrar. — O Ned está aqui? Eu vi a caminhonete dele estacionada lá fora.

— Oi, Levi. Fiquei sabendo sobre a pousada. Sinto muito, filho, eu sei o quanto o seu avô amava aquele lugar. Espero que o estrago não tenha sido grande.

— Não foi. Tivemos sorte.

— Que bom, que bom. — Ele apontou para os fundos da loja. — Ned está lá nos fundos, no estoque. Ele está construindo uma expansão. Pode ir lá.

Assenti.

— Muito obrigado.

Encontrei Ned com o nariz enfiado em um monte de plantas baixas.

— Oi, Ned.

Ele estendeu a mão para mim.

— Levi. Como estão as coisas lá na pousada?

Sacudi a cabeça.

— Foi sobre isso que vim falar com você. Será que você não pode rearranjar o seu cronograma para ir lá dar um jeito naquele quarto e colocar novamente a placa de gesso? O quarto inteiro, incluindo o teto, precisa ser reformado dessa vez, não somente uma parede.

Ned massageou a nuca.

— Eu queria poder, mas estou com a agenda lotada pelo próximo mês.

— Os caras da sua equipe poderiam fazer um pouco de hora extra, talvez? Eu pago tudo. Farei o seu tempo valer a pena.

— Sairia bem caro, Levi. A minha equipe é muito bem paga, e horas extras saem pelo dobro para eles.

— Eu posso pagar.

Ele sorriu.

— Eu sei que pode. Mas não quero me aproveitar.

— Você não estaria fazendo isso. Eu estou pedindo para pagar as horas extras. Talvez a sua equipe possa ir trabalhar na pousada à noite, quando terminarem o trabalho que está fazendo por aqui.

Ned ainda parecia estar em cima do muro. Então, pensei em melhorar a oferta.

— E irei conseguir para você e toda a sua equipe assentos no camarote perto da linha de cinquenta jardas quando os Broncos jogarem contra os Panthers no ano que vem.

Ned ergueu as sobrancelhas.

— Uau. Camarote. Eu tenho que falar com eles sobre isso, mas acredito que não vão deixar passar pagamento em dobro por hora extra e esses assentos. Porra, talvez eles concordassem só pelos assentos e algumas bolas autografadas.

— E só *agora* você me diz isso? — Dei risada. — Estou brincando. Fico feliz em pagar as horas extras e conseguir assentos para eles. Temos um acordo, então?

— Tenho que falar com os caras. Eles estão fazendo outro trabalho no momento. Mas tenho certeza de que concordarão com essa oferta.

— Ótimo. Você me avisa quando tiver certeza?

— Me dê uma hora. Eu te ligo.

— Agradeço muito.

Ned sorriu.

— Estou feliz por ver que você decidiu ficar com a pousada. Tinha ouvido falar por aí que você estava pensando em colocar à venda.

Eu havia decidido ficar com a pousada? Porra, sei lá. Mas eu não queria que Presley desistisse. Estendi a mão para Ned e evitei confirmar minhas intenções.

— Obrigado mais uma vez, Ned.

No caminho de volta para a pousada, fiz algumas ligações e consegui marcar com um daqueles lugares que fazem restaurações pós-incêndio para começarem esta tarde. Quando entrei na The Palm, encontrei Presley sentada à mesa da cozinha. Seus ombros estavam curvados, e ela parecia perdida em pensamentos.

— O Alex recebeu bem a notícia sobre o incêndio?

Ela confirmou com a cabeça.

— Ele quis ver o quarto, porque nunca viu uma casa que pegou fogo antes. Fiquei em dúvida se mostraria, porque as paredes carbonizadas estão sinistras e eu não queria assustá-lo. Mas ele acabou achando legal e perguntou se podia trazer alguns amigos para verem também.

Sorri.

— Isso é bem a cara da idade dele mesmo. Você sempre tem que mostrar aos seus amigos qualquer coisa nojenta, assustadora ou destruída. É meio que uma regra implícita.

Presley sorriu, mas seu sorriso não chegou aos olhos. Então, peguei a cadeira que estava de frente para ela, girei-a e sentei com uma perna de cada lado do assento, apoiando os braços no encosto.

— O Alex está bem, mas parece que a mãe dele não está. Converse comigo. O que está se passando nessa sua cabecinha?

Ela suspirou e balançou a cabeça.

— Eu não sei. Acho que estou questionando... bem, tudo.

— Você quer dizer em relação à pousada?

Ela assentiu.

— E a mudança, em geral. Acho que talvez eu tenha dado um passo maior que a perna, Levi.

Teria sido tão fácil fazê-la concordar em vender o lugar nesse momento. Os danos causados pelo incêndio provavelmente nem fariam diferença para o comprador que fez a oferta, já que ele pretendia demoli-lo. Mas eu não podia deixar Presley sentir que havia fracassado. Ela precisava disso, por mais razões além de uma vida melhor para seu filho.

— Você não deu um passo maior que a perna. Foi apenas um pequeno contratempo, só isso. Eu fui falar com o Ned, e os caras da equipe dele virão começar a reformar o quarto hoje à noite. Estaremos com tudo sob controle novamente em alguns dias.

— Mas ele disse que estava com a agenda muito cheia.

— Ele está. Mas a equipe dele irá trabalhar aqui na parte da noite. O que me lembra que deve ser melhor todos nós procurarmos outro lugar para ficar por ao menos mais alguns dias. Eles irão fazer muito barulho. Ah, e eu também contratei uma empresa de restauração pós-incêndio para vir limpar toda a fuligem restante. Eles virão hoje à tarde.

Ela analisou meu rosto.

— Por que você está me ajudando, se prefere vender a pousada?

Sacudi a cabeça.

— Não sei. Talvez seja porque eu gosto de uma boa briga. Não seria realmente uma vitória se os dois times não dessem tudo de si. Se você desistir agora, não vou ter a chance de te derrotar de maneira justa.

Presley sorriu.

— Não acredito em você.

— Como assim não acredita em mim?

— Eu já te vi atropelar times adversários que precisaram colocar o terceiro *quarterback* reserva por causa de lesões. Você não está pegando leve porque gosta de uma briga justa. Sabe o que eu acho?

— O quê?

Presley levantou e veio até mim. Ela se inclinou e beijou minha bochecha.

— Eu acho que você está me ajudando porque é um cara do bem. —

Ela ficou de pé e respirou fundo. — Volto já. Vou pegar a minha lista de tarefas.

Fiquei olhando-a se afastar, com sua bunda gostosa balançando de um lado para outro. Assim que ela estava fora de vista, olhei para o teto.

Não sei se você continuaria achando que sou um cara do bem se soubesse no que estou pensando agora.

CAPÍTULO 13

Presley

— Mamãe, podemos fazer uma festa do pijama em barracas amanhã para o meu aniversário?

Fiz uma pausa, com meu garfo cheio de panqueca a caminho da boca.

— Você quer dizer dormir ao ar livre?

— É. Lá no quintal.

— Oh... não sei se é uma boa ideia, Alex. Não temos barraca, e eu não sei nada sobre acampar. Além disso, não sei se as mães dos seus amigos deixariam eles dormirem do lado de fora.

— O aniversário do Freddie foi assim. — Meu filho deu de ombros. — Nenhuma das mães se importou, e ele disse que foi a melhor festa de aniversário que ele já teve.

Levi entrou na cozinha.

— Bom dia.

Sorri.

— Bom dia.

Ele foi direto até a cafeteira, e Alex não perdeu tempo ao escalar seu tio para seu lado na discussão.

— Tio Levi, você pode dizer à mamãe que não é difícil montar barracas?

Levi serviu seu café e se virou para olhar para mim.

— Posso saber no que estou me metendo aqui?

— Alex quer que eles e os amigos acampem no quintal amanhã à noite para comemorar seu aniversário.

Levi deu de ombros.

— Parece divertido.

Torci o nariz.

— Dormir com insetos parece divertido?

Ele levou a caneca de café à boca com um sorriso sugestivo.

— Está com medo de alguns pernilongos?

— Ai, meu Deus. Eu estava pensando mais em formigas. Pernilongos também fazem parte de acampar?

Levi deu risada.

— Você nem vai notá-los. Eles gostam de corpos quietos, então é provável que subam em você quando estiver dormindo.

Enquanto meu rosto se retorceu por pensar nisso, meu filho gargalhou.

— Qual é, mamãe! Não seja tão medrosa.

— Não sou medrosa. Eu poderia acampar... mas... não temos barracas. — Sorri. — Que pena.

Levi abriu um sorriso largo.

— Eu tenho barracas. Tenho quase certeza de que a minha mãe ainda guarda os nossos equipamentos de acampamento. Nós tínhamos sanduicheiras de fazer misto-quente sobre a fogueira. Elas fazem os melhores. Vou ver se ela ainda as tem guardadas também.

— Mas...

— Valeu, mamãe! — Alex levantou. — Posso ir para a casa do Billy dizer a ele que vamos ter uma festa de acampamento?

Senti como se tivesse sido enganada. Sacudi meu dedo para Levi.

— Você vai ajudar a montar as barracas.

Ele deu risada.

— Sem problemas.

Na noite seguinte, fiquei observando pela porta dos fundos Levi e Alex montarem as barracas no quintal. Levi descobriu que sua mãe havia jogado fora recentemente todos os equipamentos antigos de acampamento que eles tinham, mas ele chegou em casa com sua caminhonete cheia de equipamentos mesmo assim. Todas eram coisas novinhas em folha que ele deu de presente de aniversário para Alex: três barracas, sacos de dormir, lanternas, lonas, materiais para fazer fogueira, lanternas de cabeça, utensílios para cozinhar ao ar livre. Ele havia até mesmo encontrado as sanduicheiras de ferro fundido que tanto adorava quanto era criança. E também comprou repelente para mim. Não sabia quem estava mais animado para acampar à noite — Alex ou seu tio.

Levi apontou para o chão onde o próximo suporte da barraca deveria ficar e entregou uma marreta para Alex. Adorei ver que, além de montar as barracas, ele teve toda a paciência em mostrar para o meu filho como fazer.

A campainha tocou, interrompendo meus pensamentos, e dois garotos bem animados quase me derrubaram ao passarem por mim quando abri a porta. Eles estavam definitivamente ansiosos para chegar ao quintal. Levi veio até o deque onde eu estava para dar um pouco de privacidade aos meninos enquanto se cumprimentavam.

— Muito obrigada por cuidar de tudo — eu disse.

— Sem problemas. Foi divertido. Não faço isso há um bom tempo. Ultimamente, a aventura é acabar sendo colocado em um hotel quatro estrelas em vez de um de cinco estrelas quando o time está viajando.

Sorri.

— Eu trocaria esse tipo de aventura aqui por esse que você falou com todo gosto.

Levi enfiou as mãos nos bolsos da calça jeans.

— Você se importa se eu ficar com vocês por aqui esta noite?

— Se eu me importo? Eu ficaria aliviada se você ficasse. Eu estava brincando com alguns copos dobráveis que você comprou e nem ao menos consegui descobrir como deixá-los abertos.

Ele riu.

— Tem a maneira certa de girar.

A campainha tocou novamente, e mais alguns garotos se juntaram à festa. Durante as próximas horas, Levi e eu ficamos bem ocupados. Fizemos uma fogueira, assamos salsichas para cachorros-quentes em palitos de churrasco, fizemos sanduíches de queijo na engenhoca que Levi comprou, e nos sentamos para contar histórias de terror quando escureceu.

Embora eu tenha relutado em fazermos esse tipo de festa, acabou sendo uma das noites mais divertidas que tive em muito tempo. Às onze horas, eu disse para os meninos irem para dentro da casa para escovarem os dentes e se acomodarem para dormir em seguida. Como eram seis, Levi havia montado algumas barracas, mas todos se espremeram em uma só. Quando terminei de ajeitá-los, encontrei Levi sentado perto da fogueira, encarando as chamas.

— Posso sentar com você? — perguntei.

Ele sorriu.

— Claro que sim.

— Quer tomar uma cerveja?

— Com certeza.

Dei risada.

— Volto já.

Fui até a geladeira e peguei duas Coors Lights geladas. Entreguei uma para Levi quando voltei para o quintal e sentei ao lado dele, soltando um longo suspiro.

— Muito obrigada mesmo, Levi. A noite acabou sendo muito incrível.

Levi bebeu sua cerveja.

— Acho que eu é que deveria te agradecer. Eu me diverti bastante.

— Que bom.

— Eu estava pensando... você é uma mãe muito maneira, Presley.

— Sou? Bem, esse deve ser o melhor elogio que alguém já me deu. Mesmo que geralmente eu me ache uma trouxa, vou me permitir sentir uma mãe maneira, pelo menos esta noite.

Ele deu risada.

— Sim, faça isso.

Levi tinha tanto jeito com os meninos.

— Você quer ter filhos, algum dia?

— Quero. — Ele assentiu. — Se você tivesse me perguntado isso há alguns dias, eu provavelmente teria dito que queria ter seis. Mas, depois dessa noite, acho que isso pode ser ambicioso demais.

Dei risada.

— Concordo. Seis pode ser demais.

Ele ergueu o queixo e tomou mais um gole de cerveja.

— E você? Quer ter mais filhos?

— Eu adoraria ter mais um, talvez até mais dois. Sendo sincera, eu gostaria que eles tivessem pouca diferença de idade, mas isso obviamente não estava no meu destino.

Levi franziu a testa e assentiu. Ele ficou quieto por um momento.

— O meu irmão é um idiota.

Foi minha vez de franzir a testa.

— O Alex me perguntou três vezes hoje se o pai tinha ligado para desejar feliz aniversário. Eu até mandei uma mensagem para o Tanner para lembrá-lo disso há algumas horas, mas nada ainda.

Levi sacudiu a cabeça.

— Ele não merece vocês.

Nós dois ficamos quietos por um tempo depois disso. Falar em Tanner foi como um estraga-clima, mas me recusei a deixar que ele minasse o que havia sido uma noite maravilhosa. Então, peguei o saco de marshmallows.

— Mais um antes de encerrar a noite?

Ele confirmou com a cabeça.

— Com certeza. Talvez você consiga não colocar fogo no seu dessa vez.

Mostrei a língua para ele.

Ele sorriu, mas seu olhar se demorou nos meus lábios. Ele ergueu a cerveja até a boca novamente, sem desviar o olhar de mim até abaixar a garrafa novamente. Quando seus olhos finalmente se ergueram de novo para encontrar os meus, estavam cheios de calor, suficiente para fazer minha barriga dar uma cambalhota.

Ele endireitou as costas e limpou a garganta.

— Vou pegar palitos de churrasco para nós.

Durante a hora seguinte, assamos marshmallows e conversamos. Eu estava completamente empanturrada e prestes a ter uma overdose de açúcar, mas mesmo assim fui concordando em comer mais e mais, só para poder passar mais tempo com Levi. Quando a última lenha da fogueira apagou e Levi bocejou, deduzi que estava na hora de encerrar a noite.

— Vou lá dentro escovar os dentes — eu disse.

— Você se importa se eu dormir aqui também? Já que todos os meninos estão dormindo em uma única barraca, tem uma extra.

— Nem um pouco.

— Muito bem, então. Vá fazer o que tem que fazer lá dentro enquanto eu preparo a minha barraca. Acredito que você não quer que os meninos fiquem sozinhos nem por cinco minutos, então eu vou quando você voltar.

Sorri.

— Isso seria ótimo.

Quando terminei de fazer o que precisava dentro da casa, voltei para o quintal e sussurrei na porta da barraca de Levi.

— Terminei. Você pode ir lá.

Levi abriu o zíper e colocou a cabeça para fora.

— Entre aqui um minuto. Essa barraca tem um teto solar removível. Você tem que ver as estrelas.

— Ok.

Dentro da barraca, Levi deitou-se de costas. Ele deu tapinhas no chão ao seu lado.

— Deite-se.

Quando obedeci, fiquei boquiaberta.

— Uau! Dá para ver tantas estrelas! É absolutamente incrível.

— Não é?

Ficamos deitados lado a lado, encarando o céu, maravilhados. Nossos corpos estavam tão próximos que nossos dedos mindinhos estavam se tocando. Aquele contato tão leve estava deixando meu corpo inteiro em chamas. Eu podia estar observando o céu, mas, de repente, não conseguia mais focar nele. Uma das coisas mais lindas da natureza estava bem diante dos meus olhos, mas tudo o que eu podia ver, *tudo o que eu podia sentir*, era Levi. Minha respiração ficou mais acelerada e rasa, então fechei os olhos, esforçando-me para manter tudo abafado e me controlar.

Mas, então... o dedo dele se moveu.

Aquele mindinho inocente pousado ao meu lado, de repente, entrelaçou-se ao meu dedo e o segurou. Foi um movimento lento e delicado — parte de mim achou que talvez eu estivesse imaginando. No entanto, quando abri os olhos e virei a cabeça para o lado, para ver o que Levi estava fazendo, ele já estava com o rosto virado para mim. Ele não estava mais observando as estrelas, assim como eu.

Nossos olhares se prenderam um no outro e Levi engoliu em seco. A mão que não estava segurando meu mindinho ergueu-se e pousou na minha bochecha.

— A beleza do céu nem se compara a você, Presley.

Meu coração martelou no peito.

Os olhos de Levi desceram até os meus lábios. Seu polegar afagou minha pele.

— Eu quero te beijar — ele sussurrou. — Eu *preciso* te beijar.

Meus lábios ficaram secos, então passei a língua por eles antes de erguer um pouco a cabeça e acenar afirmativamente.

Levi sorriu. Sua mão na minha bochecha deslizou até meu pescoço e me puxou para ele, que pousou os lábios nos meus. Embora eu soubesse que isso estava prestes a acontecer, a sensação da sua boca macia e sua pegada forte me fizeram arfar. Levi apertou mais um pouco a mão no meu pescoço, e então... o estrago estava feito.

Nossas línguas colidiram, e seu sabor tomou conta de todo o meu ser, me deixando completamente desesperada. Em um segundo, eu estava deitada de costas e, no seguinte, estava rolando nossos corpos e empurrando-o para baixo, ficando com meu corpo sobre o seu. Nós nos agarramos e puxamos, chupamos e mordemos. Era como se nenhum de nós conseguisse ficar perto o suficiente ou beijar com intensidade suficiente. Levi gemeu, e a vibração do som foi direto para o meio das minhas pernas. Senti-me tão necessitada que nem tinha certeza se me lembrava de como respirar — aquele momento parecia mais importante do que oxigênio. Consumida pelo beijo, eu havia quase esquecido onde estava — em uma barraca, a três metros de distância do meu filho e seus amigos —, mas então, a realidade veio à tona.

Um maldito celular começou a tocar.

Interrompemos o beijo e nos soltamos, caindo de costas um ao lado do outro, ofegando.

No terceiro toque, Levi colocou a mão entre nós e pegou o celular irritante. Ele olhou para a tela e resmungou:

— É o seu.

Devia passar da meia-noite. Quem diabos estava me ligando tão tarde assim?

Estreitando os olhos, conferi o nome na tela, e fechei os olhos por um instante. Abri-os novamente, franzindo a testa, e olhei para Levi.

— É o Tanner. Acho que ele finalmente se lembrou do aniversário do filho...

Na manhã seguinte, levei algumas das crianças embora de carro. Alex quis ficar com um deles por algumas horas, então voltei para casa sozinha, planejando buscá-lo no fim da tarde.

Na noite anterior, acabei não voltando para a barraca após a ligação de Tanner. Em vez disso, fui direto para o meu quarto, onde fiquei rolando na cama o tempo todo, pensando no beijo com Levi e remoendo algo que Tanner havia mencionado.

Levi ainda estava na cozinha, limpando as coisas após os meninos terem comido panquecas no café da manhã, quando voltei depois de deixar Alex na casa do amigo. Essa era a primeira vez que ficávamos sozinhos desde o nosso beijo. Bom, sozinhos exceto por Fern, que provavelmente estava espreitando em algum lugar da casa.

Levi ficou limpando a bancada com um pano sem dizer nada por um tempo. A tensão no ar era densa.

Então, ele finalmente falou, ainda passando o pano na bancada.

— O que o Tanner tinha a dizer ontem à noite?

Tinha sido bem esquisito falar com o meu ex pouquíssimo tempo depois daquele beijo maravilhoso na barraca. Fiquei cheia de culpa desde então. A ligação veio em um momento muito errado, para dizer o mínimo.

— Ele não tinha muito o que dizer para mim, o que foi bom, porque eu não iria aguentar falar com ele por muito tempo depois do que aconteceu entre nós.

Levi parou de limpar a bancada de repente e assentiu. Seus ombros subiam e desciam.

— Mas antes de eu acordar o Alex para passar o celular para ele, Tanner mencionou ter visto uma foto sua com *uma mulher* depois do incêndio. Ele não fazia ideia de que era eu.

Levi suspirou.

— Eu sei. Ele disse isso quando nos falamos esses dias.

— Isso me assustou um pouco, Levi. Se ele tivesse me reconhecido, talvez pudesse ter juntado as peças. E depois do que aconteceu ontem à noite...

Ele deu alguns passos na minha direção.

— Você está se sentindo culpada por isso?

— Você não? — perguntei, ficando tensa com sua proximidade repentina.

— Sim, eu me senti culpado. Mas não o suficiente para me arrepender. — Seu olhar queimou no meu. — Eu faria tudo de novo.

Meu peito ficou ofegante.

— Não acho que *deveríamos* fazer de novo.

Ele analisou meu olhar, aproximando-se um pouco mais.

— É o que você realmente quer?

— Isso não tem nada a ver como o que eu quero, tem a ver com o que eu *não* quero. Não quero estragar o seu relacionamento com o seu irmão.

— Que relacionamento? — ele murmurou com raiva antes de jogar o pano de lado. Ele soltou uma longa lufada de ar. — Entendo que você está dizendo, ok? E respeito isso. Na verdade, você tem razão. Eu não deveria te querer desse jeito. O Tanner errou muito com você, mas ele ainda é meu irmão. Então, talvez eu seja uma pessoa terrível pra caralho por ter feito o que fiz ontem à noite. Talvez eu até me odeie um pouco. Mas, *ainda assim*, não me arrependo. De jeito nenhum. — Ele pousou sua mão grande e forte na minha bochecha. — Você me disse o que *não* quer, mas não respondeu à minha pergunta. — Ele acariciou minha pele com o polegar. — O que você *quer*, Presley? E não diga que não importa. Porque importa, *sim*. O que você quer é importante. A sua felicidade é importante, porra.

Fechei os olhos e absorvi aquelas palavras.

— Eu quero você — sussurrei.

Abri os olhos de uma vez. Falei aquilo com toda a sinceridade da minha alma.

Suas pupilas dilataram conforme ele me fitava, mas não disse nada.

— Eu não sei o que está acontecendo, Levi. Tudo o que posso dizer é que me sinto viva novamente. Me sinto revigorada sempre que estou com você. Tudo isso parece ser muito perigoso, mas, ao mesmo tempo, você me faz sentir segura. Eu nunca poderia ter previsto que *você* seria o primeiro homem a me fazer sentir dessa maneira depois de tanto tempo. — Expirei. — Eu tinha muitos conceitos pré-concebidos sobre você. Mas você não é o pegador sem coração que imaginei que fosse. Você é carinhoso e protetor. Eu simplesmente... amo estar perto de você. Também amo o tempo que passamos juntos com Alex. E estou com tanto medo de você ir embora quanto estou da possibilidade de algo a mais acontecer entre nós.

Levi me puxou para um abraço apertado. Eu podia sentir seu coração retumbando contra o meu. O que ele disse em seguida me deixou abismada.

— A minha vida durante os últimos anos tem sido bem solitária. Até mesmo quando eu vinha para cá visitar, nada parecia a mesma coisa. Até esta vez. Quando estou com você, sinto como se estivesse em casa novamente. E não é por causa dessa pousada ou de Beaufort. É você. A sua paixão, o seu espírito. O que eu sei que é irônico pra caramba, considerando o quanto nós batemos de frente no começo. — Ele se afastou um pouco para me olhar. — Eu te respeito. Te respeito como mãe, e mais do que tudo, eu te respeito como mulher. Mas também me sinto muito atraído por você, de uma maneira que nunca senti por mais ninguém. Acho que não consigo simplesmente fingir que esses sentimentos não existem. Mas vou fazer o que você me pedir. Se quiser que eu tente esquecer... eu vou. Não vou te pressionar. Sei o que está em jogo.

Talvez fosse o meu lado maternal, mas eu sempre me sentia mais inclinada a fazer o que fosse preciso para evitar que as pessoas com as quais eu me importo se magoassem.

— Eu acho que temos que ao menos *tentar* controlar isso — falei para ele. — Quando nos dermos conta, você já terá ido embora novamente. Essa é a realidade, independente da força dos nossos sentimentos nesse momento.

Ele não disse nada enquanto ficamos ali, olhando nos olhos um do outro. Apesar do que eu tinha acabado de dizer, a energia no ambiente parecia estar prestes a entrar em combustão. Parecia que *nós dois* estávamos prestes a entrar em combustão.

Movi-me para passar por ele, e no momento em que encontrei seu olhar novamente, ele me parou, agarrando meu braço e me puxando para perto. Ele me beijou com tanta intensidade que senti como se meus lábios estivessem pegando fogo aos poucos. Saboreei sua língua, reconhecendo imediatamente o gosto do nosso beijo da noite anterior. Meu coração parecia estar prestes a saltar do peito. E, de alguma maneira, eu sabia que não havia mais como voltar atrás.

Levi me ergueu e envolvi sua cintura com as pernas. No mesmo instante, senti o calor da sua ereção pressionando contra mim enquanto ele me carregava para fora da cozinha como se eu não pesasse nada. Eu realmente me *sentia* leve em seus braços fortes.

— Me peça para parar, e eu paro — ele grunhiu nos meus lábios.

Ouvi-lo dizer isso fez com que eu o beijasse com ainda mais força, em uma mensagem silenciosa de que a última coisa que eu queria era parar. Eu nem ao menos fazia ideia do quão desesperada estava por ele até esse momento, porque sentia que seria *incapaz* de parar, mesmo que quisesse.

Quando chegamos ao meu quarto, ele me deitou na cama, puxou meu lábio inferior entre os seus e o soltou lentamente.

— Eu nunca quis tanto alguém como quero você. Vou dizer pela última vez. Você precisa me pedir para parar, ou então não vou. — Ele abaixou o corpo sobre o meu e plantou um beijo nos meus lábios, mais delicado que o anterior. — Última chance — ele sussurrou. — Você quer isso?

Ergui meus quadris, pressionando minha virilha na sua ereção.

— Sim. — Confirmei com a cabeça, puxando seu rosto para o meu e beijando-o com vigor enquanto meus dedos se imiscuíam por seus cabelos cheios.

— Porra, Presley. Nem me importo se formos para o inferno por causa disso.

Quando dei por mim, ele saiu correndo do quarto. A princípio, fiquei alarmada, mas, então, cerca de trinta segundos depois, ele retornou segurando uma fileira de camisinhas.

Enquanto Levi cobria meu pescoço com beijos, eu sentia meu corpo pulsar. Além de fazer muito tempo desde que tive um homem sobre mim dessa maneira, nunca me senti tão excitada e pronta para alguém assim antes. Eu já estava tão molhada que podia sentir minha excitação formando uma poça entre as minhas pernas.

Levi tirou minha blusa antes de descer a boca nos meus seios, capturando cada um dos mamilos e chupando até eu sentir uma dor gostosa.

— Você é deliciosa pra caralho, Presley. Seu sabor é ainda melhor do que o seu cheiro, e isso diz muito. Eu quero te devorar.

— Por favor — implorei.

Levi rolou sua língua nos meus mamilos antes de deslizá-la por meu abdômen, descendo lentamente.

Ele parou bem no pé da minha barriga antes de tirar meu short e minha calcinha. Assim que eu estava completamente nua, Levi parou por alguns instantes para me assimilar.

— Puta. Que. Pariu — ele murmurou. — Você é linda pra cacete. Meu Deus. — Ele sacudiu a cabeça devagar. — Abra bem as pernas para mim.

Fiz o que ele pediu e fiquei observando-o tirar o cinto e jogá-lo de qualquer jeito para o lado. Ele deslizou a calça para baixo e a jogou no chão também.

Somente de cueca boxer, ele interrompeu-se quando colocou as mãos no cós para retirá-la. Em vez disso, baixou a cabeça e pousou bem no meio das minhas pernas. Ele não perdeu tempo e envolveu meu clitóris com os lábios, enquanto eu jogava a cabeça para trás em êxtase, gritando de prazer conforme ele atingia todos os pontos certos.

Puxei seus cabelos.

— Levi...

— Ainda não terminei... — ele provocou, movendo sua língua no meu clitóris com mais força e rapidez, me deixando perto do orgasmo.

— Pare. — Puxei sua cabeça. — Eu quase gozei.

— Preciso te foder agora. — Levi estendeu a mão para pegar a fileira de camisinhas, pegou uma e rasgou a embalagem. Ele abriu um sorriso malicioso para mim. — Espero que esteja pronta.

Ergui um pouco o tronco para vê-lo deslizar o preservativo em seu pau, que só podia ser descrito como lindo — grande e grosso, com uma glande perfeita.

Ele apertou a pontinha antes de voltar para seu lugar sobre mim.

— Se, em algum momento, eu estiver sendo muito bruto com você, me avise, ok?

Nada que ele pudesse fazer comigo agora seria demais. Eu queria que ele acabasse comigo. Incapaz de esperar mais um segundo, juntei toda a minha audácia e coloquei a mão em volta do seu membro, conduzindo-o para a minha entrada.

Levi jogou a cabeça para trás e grunhiu algo ininteligível antes de me penetrar, parando somente quando estava completamente dentro de mim.

Seus movimentos começaram lentos antes de evoluírem para estocadas mais fortes. Eu nunca quis tanto que um homem me fodesse assim na vida. Não existiam limites para o que eu queria que Levi Miller fizesse comigo. A cama sacudiu, e torci para que, por algum milagre, Fern não pudesse nos ouvir, mas, honestamente, eu não conseguiria parar o que estávamos fazendo mesmo se tivesse certeza de que ela estava nos ouvindo. Eu não estava nem aí.

Agarrando sua bunda e apertando com força, guiei seus movimentos. Nossos lábios nunca se separaram durante o ato inteiro. Eu sabia que nada seria o mesmo entre nós depois disso. Eu nunca mais seria a mesma. Talvez eu devesse pensar sobre as repercussões das nossas ações, mas isso era a última coisa na minha mente no momento. *Esse homem. Esse corpo.* Era tudo o que existia.

Impulsionando meus quadris para encontrar suas estocadas intensas, gritei de puro prazer por senti-lo tão fundo dentro de mim. Minhas mãos agarraram sua bunda redonda e durinha conforme eu sentia os músculos entre as minhas pernas se contraírem.

— Goze, linda. — Sua voz era baixa e profunda.

Fiquei maravilhada com o quão bem ele conhecia meu corpo, porque eu estava mesmo prestes a explodir. Assim que comecei a deixar meu orgasmo rolar, Levi revirou os olhos e emitiu um gemido alto e sexy.

Acho que eu nunca esqueceria os sons que ele fez ao gozar. Saber que ele estava sentindo o mesmo êxtase fez o meu orgasmo ser ainda mais intenso.

Ele desabou sobre mim e imediatamente começou a beijar meu pescoço, afastando-se apenas para se desfazer da camisinha antes de voltar para mim. Ele continuou a encher meu corpo com beijos suaves. Era como se estivesse me venerando. Ninguém fez amor comigo antes da maneira que ele fez, uma combinação entre delicado e bruto. Logo engatamos mais um beijo apaixonado enquanto rolávamos entre os lençóis.

Seria fácil assumir que, depois do sexo incrível que havíamos acabado de fazer, cairíamos no sono nos braços um do outro ou algo assim — mesmo que ainda fosse início da tarde. Mas, após cinco minutos de beijos, Levi ficou duro de novo, e antes que eu me situasse, ele já havia colocado outra camisinha e estava entrando em mim novamente.

Transamos várias vezes no período de duas horas, sem sair do meu quarto para mais nada.

A certa altura, Levi foi ao banheiro. Seu celular acendeu, e não pude evitar minha curiosidade.

A mensagem era de *Fern.*

```
Fern: Mal posso esperar para pegar meus dez
mil. Vou te dar as informações da minha conta hoje
à noite. Não quero mandar por mensagem por motivos
de segurança.
```

Mas do que ela estava falando?

BELA JOGADA

CAPÍTULO 14

Levi

Durante todo o jantar, eu não conseguia parar de olhar para a Presley. Ela estava com seus cabelos loiros compridos cobrindo o lugar em seu pescoço onde deixei um chupão. Nós passamos a tarde inteira escondidos no quarto dela, sem nos desgrudar, e ainda não tinha sido suficiente. Eu já estava pensando como poderia me esgueirar para seu quarto mais tarde, sem que Alex soubesse. *Se eu ainda não estava condenado ao inferno, isso com certeza me condenaria.*

No entanto, cada vez que Tanner passava pela minha mente, eu me lembrava de que ele a havia traído e talvez merecesse isso. Mas eu sabia que era somente uma desculpa esfarrapada para o que eu tinha feito.

Alex estava sentado de frente para mim, do outro lado da mesa, me contando tudo sobre o jogo do qual participara na casa do seu amigo mais cedo, e enquanto eu assentia e fingia estar ouvindo, tudo em que conseguia pensar era em foder a mãe dele de novo.

Pois é. Direto para o inferno.

Normalmente, quando eu dormia com uma mulher, sempre ia tomar um banho imediatamente após o sexo, querendo meu espaço. Com ela? Eu mal podia esperar que o meu pau ficasse duro de novo para poder partir para mais uma rodada. E depois, quando estávamos esgotados, tudo o que eu queria fazer era ficar deitado com ela e conversar. Sobre *qualquer coisa*. Isso nem importava. Só queria ouvir sua voz. Eu, a porra do Levi Miller, queria *conversar* depois do sexo. O inferno devia estar congelando.

Que droga está acontecendo comigo? Isso definitivamente não fazia parte do plano que eu tinha ao vir para cá, e eu ia me ferrar bonito quando tivesse que ir embora.

No entanto, isso ia tão além do fato de que eu teria que ir embora. Como eu explicaria para o Alex, se ele descobrisse algum dia? Ele havia descoberto recentemente o que sexo era, e já teria que, de alguma maneira, processar a informação de que seu tio estava fazendo isso com sua mãe? E, além disso, havia a complicação óbvia que se desenrolaria se Tanner descobrisse, que seria *péssimo*, mas me assustava menos do que o que dizia respeito a Alex.

Tirando tudo isso, como diabos eu poderia ficar com Presley com o meu cronograma insano e o fato de que eu tinha que morar no Colorado durante metade do ano? Havia tantos motivos pelos quais isso não daria certo. Tantas coisas que deveriam me desanimar. E, ainda assim, ela era tudo que eu queria agora.

A voz de Alex me fez despertar dos pensamentos.

— Você ouviu o que eu disse, tio Levi?

— Hum? — Balancei a cabeça. — Desculpe. Pode repetir?

— Eu disse para o Caden que Alex, na verdade, era apelido de *Alejandro*, como na música da Lady Gaga, e ele acreditou em mim! Agora todos os garotos estão me chamando de Alejandro.

Dei risada.

— Acho que combina com você.

Ele virou para a mãe.

— Posso comer sobremesa?

— Claro, querido. — Presley levantou e foi até o congelador, de onde tirou um pote de sorvete. Ela colocou algumas colheradas em uma tigela e entregou para ele. Depois, virou para mim. — Você quer?

Ela ruborizou logo em seguida. A maneira como disse isso soou como se estivesse me perguntando se eu queria *outra coisa*.

— Quero, sim. — Passei a língua pelo meu lábio inferior. — E provavelmente vou querer repetir.

— Duas tigelas? — Alex perguntou com a boca cheia. — Isso é muito sorvete. Você vai ficar com dor de barriga.

Mantive meu olhar nela.

— Existem coisas que nunca são demais.

Ela ficou ainda mais vermelha, e eu adorei. Eu estava tão *faminto* agora.

Depois da sobremesa. Alex colocou sua tigela na pia e saiu correndo para o quarto. Presley estava diante da pia quando me esgueirei por trás dela. Sentindo o calor do meu corpo, ela desligou a torneira e virou para mim.

— Posso ajudá-lo? — ela provocou.

— Sim. Na verdade, pode sim. — Inclinei-me para beijar seu pescoço.

Ela apontou para as escadas com a cabeça.

— Precisamos tomar cuidado.

— Posso fazer isso. Posso ficar bem quietinho também, se for preciso. Eu adoraria te mostrar esse talento esta noite.

— Nem tão quietinho assim... — Fern disse ao entrar na cozinha.

Merda.

Puta que pariu.

Presley afastou seu corpo do meu de uma vez. Mais cedo, tive que explicar para ela o que a mensagem de Fern significava. Transferi os dez mil para a velhota antes do jantar — não porque eu achava que ela merecia, mas porque nunca fui do tipo que deixa de pagar uma aposta. Além disso, eu precisava fazer tudo o que estivesse ao meu alcance para garantir que Fern ficasse de bico fechado. Nem preciso dizer que Presley *não* gostou disso quando expliquei a ela.

Presley virou-se para Fern.

— Fern, só para que fique bem claro, nós precisamos de máxima discrição em relação ao que você ouviu. Não pode mencionar isso para ninguém, nem mesmo para pessoas em quem confia. Você sabe como as coisas se espalham rápido nessa cidade. Não podemos correr o risco de Alex ou qualquer outra pessoa descobrir.

Fern abriu um sorriso sugestivo.

— Você tem a minha palavra. A última coisa que quero é causar problemas. Thatcher nunca me perdoaria se eu fizesse isso. E, só para constar, estou torcendo por vocês. É um baita escândalo, mas inevitável. — Ela piscou. — E o que o seu irmão não souber, não o afetará. Podem ter certeza de que, por mim, ele não saberá nadinha.

Somente a menção a Tanner fez meu estômago revirar.

— Bem, obrigada. Fico muito grata mesmo — Presley disse.

— Nada melhor do que viver através do amor jovem. — Ela piscou novamente.

Amor?

Não tinha pensado se, de fato, eu amava Presley, mas como nunca vivenciei esses sentimentos antes, havia uma boa chance de que seria por esse caminho que eu seguiria.

Antes que eu pudesse ao menos começar a retrucar sua sentença, ouvi passos se aproximando e Alex entrou na cozinha. Ele ergueu alguma coisa para nos mostrar. Não demorei a compreender que se tratava do meu cinto. *Meu maldito cinto.* O mesmo que eu havia puxado para tirar e jogado no chão do quarto de Presley hoje, logo antes de me enterrar nela. Eu nem poderia negar que era meu, porque ele tinha as porcarias das minhas iniciais na fivela.

Porra.

Porra.

Porra.

— Eu encontrei o seu cinto no chão do quarto da mamãe, tio Levi. Pensei que talvez a mamãe tivesse pegado meu iPad emprestado de novo, então fui procurar por lá. Isso estava no chão.

O rosto de Presley estava vermelho feito um tomate. Ela parecia prestes a pôr um ovo.

Estalei os dedos e falei:

— Ah, aí está! Obrigado. Eu estava procurando por ele. — Peguei o cinto da mão dele. — Comi demais no almoço, e o tirei quando estava consertando a luz no quarto da sua mãe. Tinha esquecido totalmente que fiz isso.

— Talvez tenha tomado sorvete demais. — Ele deu risada.

E pareceu acreditar.

— Sim. Acho que você tem razão. Preciso parar de comer tanto antes que eu passe mal.

Alex deu de ombros e desapareceu novamente.

Presley e eu soltamos um suspiro coletivo de alívio.

— Eu adoraria saber o que vocês *realmente* estavam fazendo com esse cinto — Fern gracejou.

BELA JOGADA

CAPÍTULO 15

Presley

Lábios quentes tocaram meu ombro quando eu estava diante da pia da cozinha. Quando me virei, Levi estava lambendo os lábios.

— Por que você está salgada?

— Hã... você acabou de colocar a boca em suor seco. Enquanto você estava ocupado dormindo até quase dez da manhã, eu terminei de pintar o restante da sala de estar, esfreguei o chão e poli um conjunto de candelabros pretos até eles ficarem prateados novamente.

Ele abriu um sorriso largo e deu um leve puxão em uma mecha rebelde de cabelo que cobria meu rosto.

— Eu dormi mesmo até tarde. Deve ter sido culpa de todo o exercício que fiz ontem. Sabe, já que você já está toda suada...

Senti um calor se alojar na minha barriga, mas empurrei Levi, rindo. Nós quase fomos pegos algumas vezes durante a última semana, e precisávamos ter mais cuidado.

— O Alex está lá fora andando de bicicleta. Ele pode entrar aqui de repente a qualquer momento.

Levi fez beicinho. Era tão fofo.

— Tá. Então acho que vou a Home Depot comprar parafusos para as fotos que você quer que eu pendure na sala de estar.

— Parece uma boa ideia. Obrigada.

— Você precisa que eu compre mais alguma coisa?

Sacudi a cabeça.

— Acho que não.

Ele piscou para mim.

— Volto daqui a pouco. — Ele parou ao chegar à porta da cozinha, olhando para a sala de estar, e estendeu uma mão para mim. — Vem cá.

Me aproximei e fiquei ao lado dele.

— O que foi?

— Você se lembra de como esse lugar estava quando chegou aqui?

— Sim.

— Veja só agora. Olhe bem.

Estudei a sala de estar. Estava incrível, na minha opinião. As paredes que antes estavam descascando agora estavam recém-pintadas, o piso antigo e arranhado foi lixado e restaurado, a moldura rochosa da lareira, que antes estava manchada com fuligem, foi esfregada e polida até estar brilhando, e as novas decorações das molduras das janelas, que combinavam com as almofadas do sofá, davam vida o ambiente.

Suspirei.

— Está muito bom mesmo, não é?

Levi assentiu.

— Está sim, e é tudo graças a você. Acho que eu devia ter uns dez anos de idade na última vez em que esse lugar esteve assim. Até o cheiro está incrível. Você tem feito um trabalho maravilhoso, Presley.

Sorri.

— Obrigada. Isso significa muito para mim.

Levi olhou nos meus olhos. Pensei que ele ia dizer mais alguma coisa, mas não disse. Em vez disso, enfiou as mãos nos bolsos da calça e acenou com a cabeça.

— Volto já.

Alguns minutos após ele sair, meu celular tocou. Ao ver o rosto de Harper na tela, joguei-me no sofá e coloquei os pés na mesinha de centro com um sorriso.

— Oi! Eu ia mesmo te ligar hoje mais tarde — eu disse.

— Queria que você tivesse me ligado meia hora trás. Quem sabe eu não tivesse jogado lixo na nova estagiária.

— Você jogou lixo em uma estagiária?

— Foi um acidente. Eu estava passando por um cubículo que, geralmente, está vazio, enquanto discutia com alguém ao telefone, e pelo canto do olho, acabei confundindo-a com uma lata de lixo.

— Você pensou que um *ser humano* fosse uma lata de lixo?

— Ela é magrinha e estava lá quieta, sem se mexer.

Dei risada.

— Sinto falta de ouvir sobre os seus contratempos diários.

— Bem, você poderia remediar isso muito facilmente. *Me ligue mais.*

— É, eu sei. Me desculpe. Tenho andado... bem ocupada.

— Isso significa que a The Palm está quase pronta para a grande inauguração?

Olhei em volta novamente.

— Estou chegando lá. Há dois dias, coloquei um anúncio on-line que direciona as pessoas para o nosso novo site, e consegui fechar mais algumas reservas para o fim do mês que vem.

— Ótimo. Fico feliz por isso, porque acho que vamos conseguir lotar a pousada.

Franzi as sobrancelhas.

— Como?

— Consegui uma matéria de duas páginas na revista *Southern Living* para você.

— Está brincando?

— Não. Um dos caras que trabalhavam para mim agora trabalha lá como editor. Nós mantivemos contato, então, quando voltei da visita que te fiz, mandei para ele algumas das fotos que tirei da The Palm por e-mail e pedi que ele pensasse em nós, caso algum dia tivesse a oportunidade de fazer uma matéria. Ele concordou, mas eu não tinha muita certeza se daria mesmo em alguma coisa. E então, hoje de manhã, ele me ligou e contou que eles irão fazer uma matéria sobre pousadas que são um marco histórico, e uma das que eles tinham planejado mostrar desistiu de última hora. Ele vai poder colocar a sua no lugar, em uma matéria de duas páginas!

Endireitei as costas.

— Uau!

— Só que há duas condições. Primeiro, eles estão com um prazo bem apertado, então precisam fazer uma sessão de fotos completa dentro de vinte e quatro horas.

— Bom, eu mesma posso fazer, se eles concordarem.

— Imaginei que você diria isso, então acabei de enviar um link com o seu portfólio para eles. Devo receber uma resposta rapidinho.

— Ok. Qual a outra condição?

— Eles querem Levi Miller em ao menos uma das fotos.

— Acho que não vai ser um problema para ele.

— Mas isso seria ajudar você, não é? Significaria diminuir as chances de ganhar a aposta contra você.

Na verdade, eu tinha até esquecido da nossa aposta.

— As coisas meio que... mudaram entre Levi e mim, ultimamente. É por isso que eu pretendia te ligar hoje à tarde. Ele não está mais me pressionando para vender a pousada.

— Isso é bom. — Ouvi uma batida na porta ao fundo, e Harper disse: — Pode esperar um segundo, amiga?

— Claro.

Ouvi o som abafado de uma mulher falando.

— Desculpe interromper, Harper. Mas o seu compromisso das dez e meia já chegou. E Lyle Druker, do *Chicago Tribune*, está te esperando na linha dois.

— Obrigada, Liz. Me dê apenas um minuto. — Harper voltou para a chamada. — Desculpe por isso. Consegui arranjar mais algumas coisas para a The Palm, mas tenho que ir agora. Podemos colocar o assunto em dia hoje à noite?

— Sim, claro.

— Quando tempo você precisa para confirmar com o Levi antes que eu possa dizer ao cara da *Southern Living* que está tudo certo?

— Ele deve voltar dentro de meia hora. Mas acredito mesmo que ele vai aceitar numa boa.

— Parece que as coisas realmente melhoraram entre vocês dois.

— É... eu, hã, nós transamos.

— *O quê?!* — Minha melhor amiga gritou tão alto que eu tive que afastar o celular da orelha. — Espere aí. — Ouvi sons abafados mais uma vez e, depois: — *Liz!*

— Sim? — Veio a voz ao fundo.

— Diga a Lyle Druker que retornarei a ligação daqui a uma hora. E o compromisso das dez e meia é com um cliente em potencial. Pode dizer a ele que tive uma emergência e pedir que ele comece a preencher o formulário para que não fique apenas sentado esperando, por favor?

— Claro.

— Me dê quinze minutos. Não me interrompa, a menos que o edifício esteja pegando fogo. E é melhor que seja um grande incêndio mesmo, não apenas um forninho queimando.

— Hã... ok.

— Obrigada. Feche a porta quando sair. — Harper voltou para a linha. — Comece a falar.

Durante os quinze minutos seguintes, contei a ela tudo que havia ocorrido desde o acampamento na noite do aniversário de Alex.

— Então, o que você vai fazer em relação ao Tanner?

— Não vou fazer nada, porque ele nunca irá saber. Em menos de um mês, Levi irá voltar para o Colorado, e estará tudo acabado. Isso foi só... Nós temos uma conexão física muito forte, e nos deixamos levar.

— Então, é somente atração física? Você não sente nada por ele?

Sacudi a cabeça.

— Não importa se eu sentir. Nunca poderia se tornar algo a mais, por diversos motivos.

— Por causa do Tanner?

— Bom, sim. Mas esse não é o único motivo. O Levi leva um estilo de vida bem diferente do meu. Ele é um atleta profissional que passa metade do ano viajando, e eu tenho um filho que irá para a escola aqui, e plantar raízes para ele é a minha prioridade. Também não quero confundir o Alex.

— Não sei, Presley. Tudo isso soa bem lógico e inteligente, mas o coração nem sempre vai pelo que é lógico e inteligente. Não quero que você sofra.

— Não vou sofrer. — Nem ao menos consegui dizer essas palavras com convicção suficiente para que eu mesma acreditasse, então eu sabia que Harper também não engoliria.

— Tenho que ir, mas vou te ligar mais tarde para podermos falar mais sobre isso.

Dei um sorriso sem graça.

— Ok.

— Me avise o que o garanhão decidir sobre a sessão de fotos.

Dei risada.

— Aviso, sim. E obrigada por tudo, Harp.

— Que tal eu ir buscar o Alex no acampamento para você continuar a fazer o que está fazendo? Eu diria para deixar comigo, mas minha ideia de decoração são algumas bolas de futebol americano e camisas do time presas à parede.

Sorri. Levi tinha concordado não só com a sessão de fotos, como também havia passado a tarde inteira me ajudando a organizar estantes de livros e algumas mantas para o cenário ficar bom nas fotos. Pintamos alguns vasos e os enchemos com flores frescas, fomos ao sebo e compramos livros com cores coordenadas para exibir nas prateleiras, e agora eu estava ocupada tentando preencher todos os cantos e recantos nas paredes com os melhores artigos de decoração de toda a pousada.

Coloquei um vaso azul-claro no topo da manta, sacudi a cabeça e o tirei.

— Obrigada, seria ótimo. Vou demorar um pouco aqui ainda.

— Sem problemas.

— Você se importa se eu arrumar algumas coisas no seu quarto depois de terminar aqui?

Ele negou com a cabeça.

— Fique à vontade. Deixe as coisas pesadas que precisarem ser movidas de lugar para quando eu chegar.

— Ok.

O plano era fazer a sessão de fotos logo no início da manhã no dia seguinte. Harper e eu trocamos mensagens e decidimos que as melhores áreas para focar como cenário seriam a sala de estar, o lado de fora frontal da pousada, meu quarto e o de Levi. Então, depois que decidi o lugar das coisas na sala de estar, peguei algumas das decorações restantes das prateleiras e levei para o quarto de Levi para ver o que poderia fazer com elas para enfeitar mais o cômodo.

Havia uma mochila dos Broncos sobre a cômoda, então eu a peguei para fechar o zíper, decidindo escondê-la no closet por enquanto. Mas, quando tentei, vi que havia uma caixa quase caindo dela. Tentei empurrá-la com cuidado para dentro, e no mesmo instante percebi que se tratava de uma *caixa gigante de camisinhas*. E como se não bastasse, logo abaixo da caixa enorme, havia uma segunda caixa do mesmo tamanho. As duas ainda lacradas.

Meu coração afundou. Somente *uma* dessas caixas teria durado pelos últimos cinco anos para mim. Na verdade, isso era ser bem generosa. Eu provavelmente teria feito a caixa durar pelo último ano em que Tanner e eu estávamos juntos *e* os anos seguintes. Era um forte lembrete do quão diferentes o meu estilo de vida e o de Levi eram. Ele provavelmente matava uma dessas em um mês enquanto viajava durante as temporadas. Isso me fez sentir um pouco enjoada, mas continuei ali, encarando a caixa.

Estava tão perdida na minha própria mente que não ouvi Levi chegar até ele aparecer na porta.

— Oi. O Alex quis comer na casa do amigo dele, Kyle. Te mandei mensagem, mas você não respondeu, então tomei um decisão e o deixei lá.

Virei para ele, com a caixa de camisinha ainda em mãos.

— Esse estoque dura exatamente quanto tempo para você? Somente a pré-temporada, ou vai até poucas semanas depois que a temporada começa?

Os olhos de Levi pousaram nas minhas mãos, e suas sobrancelhas franziram.

— Você acha que estou juntando para quando voltar para a estrada?

Sacudi a cabeça.

— Não é da minha conta. Não quero saber o que você faz quando está na estrada. — Sentindo-me desajeitada de repente, enfiei a caixa de volta na mochila. Mas não cabia. — Eu não estava xeretando. Tentei fechar o zíper da mochila para guardar no closet, e a caixa estava caindo de dentro.

Levi veio até mim. Eu estava evitando olhar para ele, mas senti seus olhos em mim.

— O quê? — perguntei finalmente.

Ele pegou a caixa das minhas mãos gentilmente e a jogou na cama.

— Eu comprei isso hoje. Não estava juntando para quando chegar a hora de voltar ao trabalho. Decidi que deveria escondê-las, já que Alex já encontrou um cinto e ficou fazendo perguntas.

Dei de ombros.

— Tanto faz. Não é da minha conta.

Ele estreitou os olhos.

— Como assim não é da sua conta?

— Seja quando você as comprou ou o que planeja fazer com elas, só diz respeito a você, não a mim.

Levi sustentou meu olhar ao enfiar a mão no bolso traseiro da calça. Pegando a carteira, ele a abriu e mexeu no conteúdo até encontrar o que quer que estivesse procurando. Ele desdobrou um papel pequeno e ergueu para que eu visse.

— Recibo de hoje da loja. A data está impressa no topo. Isso foi a única coisa que você viu? Só as camisinhas?

— Sim.

Ele enfiou a mão dentro da mochila e retirou de lá um pequeno frasco.

— Acho que isso vai te dizer *exatamente* quais eram os meus planos quando fiz essas compras hoje.

Dei uma olhada no frasco e, depois, olhei para ele.

— Lubrificante?

— Olhe direito.

Estreitei os olhos. *Sabor pêssego.*

— Pensei que seria engraçado — ele disse. — Mas não achei que iria te mostrar isso com você me acusando de comprar as camisinhas para me preparar para *foder outras mulheres*.

A raiva na sua voz fez meus olhos se erguerem e encontrarem os seus.

— Eu não estava. Quer dizer... eu não... eu não tinha certeza se... — Sacudi a cabeça. — Nós deveríamos parar, de qualquer jeito.

— Você quer parar?

— É a coisa certa a fazer.

— Não perguntei sobre certo ou errado. Perguntei se você quer parar. Porque eu tenho quase certeza de que o tamanho das duas caixas que comprei hoje diz claramente que parar é a última coisa que tenho em mente.

— Mas... nós estamos trabalhando juntos.

Ele deu um passo à frente.

— Não ligo.

— Você vai embora muito em breve.

Ele deu mais um passo.

— Estou aqui, agora.

— Alex...

Seus olhos desceram para os meus lábios quando ele deu mais um passo.

— ... não está em casa.

Meu corpo inteiro começou a formigar.

— Essa cidade é tão pequena. Alguém vai acabar descobrindo.

Levi lambeu os lábios, encarando meus seios.

— Por mim, eles podem até assistir.

Ele deu mais um passo, até estarmos a míseros centímetros de distância. Arqueando uma sobrancelha, ele perguntou:

— Já terminou de me dizer todos os motivos pelos quais é errado a gente transar?

Eu queria dizer que não e continuar a recitar todos os motivos pelos quais deveríamos nos distanciar. Mas ele tinha o cheiro tão bom, e meu corpo sentia uma atração magnética pelo dele.

Minha respiração ficou mais pesada, e eu grunhi.

— Só mais uma vez. É sério. Última vez.

Um sorriso perverso surgiu em seu rosto.

— Aham, sei... — Ele envolveu minha nuca com a mão e apertou um pouco ao me puxar mais para perto. — Agora, cale a boca e me beije, e me deixe te mostrar todos os motivos pelos quais isso é tão certo.

CAPÍTULO 16

Presley

Uma semana depois, minhas advertências haviam se tornado uma piada constante. Levi entrou na cozinha enquanto eu esperava o café ficar pronto. Franzi a testa ao vê-lo sem camisa — não porque a vista era decepcionante. Justamente o contrário, na verdade. Mas já estava sentindo minha determinação de não transar novamente com ele enfraquecendo.

— Você acordou tarde? — ele perguntou.

Confirmei com a cabeça.

— Também esqueci de programar a máquina de café ontem à noite antes de ir dormir, então tive que ir deixar o Alex no acampamento sem um pingo de cafeína em mim.

— Então, o Alex já saiu de casa? — A voz de Levi ficou mais profunda. Ele não precisou dizer mais nada para que eu soubesse o que ele tinha em mente.

Ergui um dedo.

— Não. Ontem foi a última vez.

Ele sorriu e se aproximou mais.

— Foi?

— Não estou brincando, Levi. — Cutuquei seu peito com a unha. — Mantenha dois metros de distância o tempo todo.

Ele pegou meu dedo e o levou à boca. Chupando-o, ele assentiu.

Minha voz encolheu e minha convicção foi junto.

— É sério. Chega de sexo, Levi.

Ele tirou meu dedo da boca, mas deu uma leve mordiscada na pontinha antes de soltá-lo.

— Tá. Chega de sexo.

Quando dei por mim, meus pés saíram do chão, e Levi estava me carregando sobre o ombro.

— Levi, com o que foi que acabamos de concordar? — protestei.

Ele deu um tapa na minha bunda enquanto marchava em direção ao seu quarto.

— Nada de sexo. Mas não dissemos nada sobre boquetes.

— Levi... — Dei risada e esperneei.

Mas quando ele me colocou de volta no chão em seu quarto e trancou a porta, sua expressão estava tudo, menos brincalhona.

Ele apontou para o chão.

— De joelhos.

— Mas... — Perdi a linha de raciocínio quando ele abaixou a calça de moletom e envolveu seu pau, já duro, com a mão. Ele o acariciou para cima e para baixo.

— De joelhos, linda.

Considerando que minha boca já estava salivando, eu sabia que aquilo já era causa perdida. Então, fiquei de joelhos.

— Tá. Mas é a última vez...

Ele enfiou as mãos nos meus cabelos e sorriu.

— Aham, sei.

Uma hora depois, nós dois havíamos feito sexo oral um no outro *e* transado. Eu estava de pé ao lado da cama me vestindo enquanto Levi me observava.

— Eu sou louco por você... — ele declarou baixinho.

— Você é louco por sexo. Já fez algum exame para checar os seus hormônios? Talvez seja por isso que você é um atleta tão bom.

— Estou falando sério, Presley.

Meu coração apertou.

— Não deveríamos ter essa conversa.

— Por que não?

— Você sabe por que não.

— Quer saber o que eu estava pensando enquanto você estava se vestindo?

Fechei o botão do meu short.

— Não.

— Eu estava imaginando você grávida, com a barriga grande. Aposto que você fica linda pra caralho assim.

Fiquei de queixo caído. Essa devia ser a coisa mais doce que um homem já me disse antes. Mas eu não fazia ideia de como responder. Então, decidi não fazer isso.

— Tenho que ir à loja de iluminação para buscar as coisas que encomendei. O eletricista virá amanhã para instalá-las.

— Quero te foder no meu antigo quarto na casa da minha mãe.

Torci o nariz.

— Sério?

— Eu estava pensando ontem à noite que existem dois tipos de mulheres: aquelas que você leva para casa para conhecer a sua mãe, e as que você quer foder. Mas você... eu quero te levar para a casa da minha mãe para jantar, depois te levar de fininho até o meu quarto antigo e te foder lá enquanto ela enche a lava-louças.

Franzi a testa.

— Tenho que ir buscar o Alex. Saí de casa hoje de manhã com tanta pressa que esqueci de entregar o almoço dele.

Levi ficou quieto enquanto eu pegava meu celular e olhava em volta para ver se estava esquecendo alguma coisa. Mas quando cheguei à porta, ele me deteve.

— Tenho que ir à escola amanhã à tarde. É o primeiro dia de testes para seleção do time da próxima temporada. O treinador me pediu para passar lá, conversar um pouco com eles e dar autógrafos depois.

— Ah, que legal.

— É, bom... deveria ser legal. Mas cometi o erro de mencionar isso para o meu agente quando nos falamos por telefone ontem à noite, e agora ele quer transformar isso em uma publicidade. Ele me perguntou se eu poderia arranjar um fotógrafo para ir também e tirar algumas fotos. Eu disse a ele que conhecia alguém que poderia fazer isso. Se você não estiver ocupada, eles irão te pagar para tirar as fotos.

— Eu ficaria feliz em tirá-las. Eles nem precisam me pagar. Deus sabe que eu te devo milhares de favores.

Levi sorriu e olhou para os meus joelhos. Um deles estava bem vermelho.

— Acho que você já me retribuiu todos os favores uma hora atrás. Falando nisso, desculpe pela queimadura de tapete nesse joelho aí. Acho que me empolguei demais.

Dei risada.

— Amanhã que horas?

— Às três. Podemos levar o Alex? Ele provavelmente irá jogar naquele campo, um dia.

— Tenho certeza de que ele adoraria. Obrigada. — Sorri e coloquei a mão na maçaneta. — Te vejo mais tarde.

— Espere. Posso te perguntar uma coisa?

— O quê?

— O único momento em que você me beija é quando estamos na cama. Não é estranho sair desse quarto agora sem me dar um beijo de despedida?

Era sim, com certeza. E cada vez que eu o deixava, ficava mais difícil e menos natural simplesmente sair pela porta. Mas eu me forçava a fazer isso, porque também parecia algo que eu precisava fazer para proteger meu coração. No entanto, explicar isso para Levi significaria admitir que eu sentia algo por ele em voz alta, o que só pioraria as coisas. Então, decidi ignorar sua pergunta e acenei.

— A gente se vê.

Mais tarde, no acampamento de futebol americano, os garotos estavam dando um intervalo para beber água quando o treinador Jeremy se afastou deles para vir falar comigo.

Eu estava meio que me escondendo debaixo de uma árvore sombreada quando ele se aproximou. Acabei cancelando nosso último encontro, então vinha evitando iniciar qualquer conversa com ele.

— Oi, Presley. Faz tempo que não nos falamos.

— É — falei, limpando a garganta. — Como vai, Jeremy?

Ele inclinou um pouco a cabeça para o lado.

— Estou bem. Tenho pensado bastante em você, ultimamente. Será que a gente podia sair para comer alguma coisa, qualquer hora dessas? Faz um tempo desde que colocamos o papo em dia.

Pensei que talvez Jeremy tivesse se tocado de que eu não estava interessada depois que recusei seu convite de ir ao festival de música. Mas será que eu realmente não tinha interesse, ou estava tão intoxicada por Levi que nada mais importava no momento?

— As coisas estão um pouco agitadas lá na The Palm atualmente. Acho que, no momento, é melhor eu não aceitar a sua oferta.

Ele olhou para trás, em direção às crianças.

— Estou ficando um pouco velho demais para ficar comendo pelas beiradas, sabe? E eu gosto muito de você. Se não pretende mais sair comigo, prefiro que simplesmente me diga para eu não ficar fazendo papel de bobo e continuar te chamando. Prometo que não guardarei nenhum rancor.

Decidi ser o mais honesta possível no momento.

— Eu te acho um cara incrível, e me diverti de verdade com você. Mas tem algo... pessoal acontecendo no momento que prefiro não discutir. E isso significa que estou indisponível para sair com você, por enquanto.

— Eu também me diverti muito com você — ele disse, assentindo, cabisbaixo. — Mas é justo. Sem pressão. Apenas saiba que a oferta está sempre de pé. — Ele olhou para trás da árvore contra a qual eu estive recostada durante o treino e falou com alguém. — Oh, não tinha te visto aí.

Virei-me.

Levi.

Ele estava segurando dois copos de café. Meu estômago afundou. Levi deveria estar em casa supervisionando o trabalho que estava sendo feito enquanto eu estava no treino. Devia ter terminado cedo.

A tensão no ar estava densa quando Jeremy falou:

— Enfim, é melhor eu voltar para os meninos. A gente se vê, Presley. — Ele fez um aceno de cabeça para Levi e foi embora.

O olhar frio de Levi me deixou apreensiva conforme ele me entregava um dos cafés. Ele abriu o seu e soprou, tomou um gole e continuou sem dizer nada.

— Há quanto tempo você estava atrás da árvore? — perguntei.

— Tempo suficiente para te ouvir prometer ao treinador um encontro num futuro próximo.

Merda.

— Não foi isso que eu disse.

— Ah, você tem razão. Acredito que o que você disse foi que tem algo pessoal acontecendo e que não podia sair com ele *por enquanto*. — Ele colocou a tampa de volta em seu copo de café. — Esse cara, que é o seu *algo pessoal* que está rolando, tem um nome? Me deixe adivinhar: é o idiota que gosta de você de verdade, mas você *parece ver* somente como um cara que fode geral?

— Levi...

— Você está deixando o seu leque de opções aberto. Saquei. — Ele olhou em direção ao campo. — Enfim, pensei em te fazer uma surpresa. Mas parece que quem acabou tendo uma surpresa fui eu.

— Eu não estou interessada no Jeremy — insisti.

— Não está interessada *agora*. Isso eu entendi. Mas talvez fique depois que eu for embora. Deixar implícito que as coisas podem mudar no futuro disse tudo. Me deixe traduzir o que você quis dizer: "Quando o Levi for embora e eu não puder mais transar com ele, talvez eu fique interessada em transar com *você*, Jeremy".

Eu merecia cada gota da sua ira. Se os papéis fossem invertidos, e eu o tivesse ouvido falando assim com uma mulher, ficaria tão brava quanto ele. Mas essa era minha oportunidade de falar a real com ele.

— Só estou tentando ser realista, Levi. Muito em breve, você vai embora da cidade e voltará para a vida da qual veio. Brincar de casinha comigo... é só uma fase para você.

Raiva preencheu seus olhos.

— E o que eu fiz para te dar essa impressão? Não use o meu passado, nem mesmo Tanner, na sua resposta. Isso é sobre você e mim, Presley. *Nós*. Quando foi que eu te dei a impressão de que não te levo a sério?

Não consegui responder sua pergunta. E aquilo me aterrorizou. Fiquei me perguntando se meu próprio medo havia distorcido tudo. Ele não fora nada além de carinhoso, atencioso e, até ouso dizer, *amoroso* comigo. Mas o medo era uma droga, e eu não conseguia me conformar com isso diante de todos os obstáculos que teríamos que superar para poder ficarmos juntos. Não era uma possibilidade realista, pelo que eu sabia.

— Você me assusta, Levi. Por tantos motivos.

— E por isso você está se impedindo de se aproximar mais de mim. Mesmo motivo pelo qual você me deixa te foder de todo jeito, mas nem ao menos me beija fora do quarto...

Estremeci.

— Merda. — Ele fechou os olhos. — Me desculpe. Isso foi desnecessário. Eu só estou frustrado. Não é hora nem lugar para essa conversa. — Ele começou a se afastar.

Quando o segui e coloquei a mão no seu braço, ele virou bruscamente.

— Qual é realmente o motivo disso tudo, Presley? É só por causa do

Tanner, ou você simplesmente não confia em mim?

Permaneci em silêncio, sem querer admitir que eu me preocupava, *sim*, com sua habilidade de ser um homem de uma mulher só, mesmo que ele não tenha feito nada em específico para justificar minha insegurança. Eu sabia que velhos hábitos são difíceis de morrer, e não conseguia aceitar que ele havia mudado.

Ele interpretou meu silêncio como uma confirmação.

— Bom, então estou lutando em vão. Se você não consegue confiar em mim, isso é pior do que se preocupar com a reação do Tanner. Sem confiança, não temos mais nada para dizer um ao outro. — Ele jogou o restante do seu café na grama e amassou o copo na mão. — E, a propósito, estou tão assustado quanto você em relação a essa porra toda. Mas não vou fingir que o que temos não significa nada só para tentar neutralizar o meu medo.

Ele parou de falar de repente quando vimos Alex correndo na nossa direção.

— Tio Levi! Eu não sabia que você vinha hoje — Alex disse quando chegou.

— Oi, amigão. Pensei em tentar pegar o finalzinho.

— Por que você estava gritando com a mamãe?

Levi piscou.

— Parecia que eu estava gritando?

— Sim. Parecia que vocês dois estavam discutindo sobre alguma coisa.

— Não. Eu estava apenas reclamando sobre o meu dia. — Ele ergueu o copo amassado. — E esse café estava péssimo. Me deixou de mau humor. Tinha gosto de lama.

— Ah. Pensei que vocês estavam brigando de novo, como faziam quando você chegou aqui.

— Não, Alex — neguei.

— Está tudo bem, amigão. Ninguém está brigando. — Levi bagunçou os cabelos do meu filho.

— Você perdeu um bocado do treino — Alex falou.

— Me desculpe. Da próxima vez, estarei aqui para assistir tudo, ok?

Alex olhou em direção aos seus colegas de time.

— Tenho que voltar! — ele avisou, já correndo para o campo.

Fiquei observando Alex se distanciar.

— Você viu como ele se afeta com tudo? Só com a mera suspeita de que estamos brigando? Se deixarmos isso ir longe demais e não dermos certo, ele vai ficar devastado.

— Não estou desconsiderando isso. — Levi mordeu o lábio e olhou para baixo. Suas orelhas ficaram vermelhas.

Eu podia *sentir* as emoções emanando do seu corpo.

Ele olhou para cima de repente, encontrando o meu olhar.

— Você tem razão.

— Sobre o quê, especificamente?

— Sobre nós. Acho que deveríamos parar. Pra valer, dessa vez. Não vou ficar insistindo em algo que não é possível, já que você não acredita em mim.

Ele estava me dando o que eu acreditava ser o certo, mas ouvi-lo dizer aquilo me deixou desolada. Ficamos ali, nos encarando. Eu não sabia o que dizer. Foi o que pedi a ele, certo? Por que eu estava me sentindo tão devastada por ele ter concordado?

Quando ele começou a se afastar, eu o chamei.

— Levi?

Ele não virou de volta para mim. Em vez disso, seguiu até a arquibancada do outro lado do campo e ficou assistindo Alex jogar pelo resto do treino, enquanto permaneci no meu canto, debaixo da árvore.

BELA JOGADA

CAPÍTULO 17

Levi

Em um esforço para cumprir a tarefa de me manter longe de Presley, fui jantar na casa da minha mãe, em vez de voltar para a pousada.

Na verdade, considerei até mesmo passar a noite na casa da minha mãe, se isso significasse colocar um espaço entre Presley e mim. Eu sabia que voltar para lá esta noite não resultaria em nada de bom. Precisávamos de tempo para esfriar a cabeça depois do que havia acontecido no treino hoje.

Minha mãe fez milho cozido na espiga e peixe frito. Comemos no quintal, com vista para o pequeno pântano perto da casa dela.

Quando o sol terminou de se pôr, ela olhou para mim.

— Fale comigo. O que está acontecendo com você?

— Deu para perceber, né?

— Quando você era mais novo e ficava chateado com alguma coisa, nunca terminava de comer a sua refeição. Assim como esta noite. Isso não é do seu feitio, normalmente. Sei que algo está te incomodando.

— Acho que você não vai querer saber.

— Vamos fazer assim, então — ela disse. — Tenho quase certeza de que já sei do que se trata. Ou, melhor dizendo, sobre *quem* se trata. E a minha imaginação está a mil aqui, então você não tem nada a perder se me disser a verdade. — Ela tomou um longo gole de vinho. — Me diga o que está acontecendo entre você e a Presley.

— Depois de hoje, acho que mais nada. Coloquei um fim nisso. Quer dizer, na verdade, eu finalmente concordei em *deixá-la* pôr um fim nisso.

— Suspeitei que você não daria ouvidos às minhas advertências quanto a se envolver com ela. Quão longe vocês foram com isso?

Ergui a sobrancelha.

— Você quer *mesmo* que eu diga com todas as letras?

— Meu Deus. Como vocês conseguiram fazer isso, considerando que o Alex estava em casa?

— Onde há uma vontade, há um jeito.

Minha mãe tomou mais um gole de vinho.

— Ok, então... você pôs um fim nisso. Isso é bom, não é? Vou rezar para que o seu irmão nunca descubra. — Ela suspirou. — Presumo que ela queria mais do que você poderia dar a ela?

— Na verdade, foi o oposto. Ela parece achar que estou apenas brincando de casinha com ela e, assim que retornar para o Colorado, voltarei a ser o pegador de antes. Ela não confia na veracidade dos sentimentos que desenvolvi por ela.

Minha mãe olhou em direção ao pântano e sacudiu a cabeça.

— Eu simplesmente não entendo como você pôde deixar isso acontecer, Levi. Além de não conseguir entender como você pôde fazer isso com o seu irmão, não compreendo como pode querer estar com alguém que o deixou da maneira que ela fez. Isso não está fazendo sentido algum para mim.

Eu sempre sentira que não cabia a mim contar à minha mãe o que realmente acontecera entre Tanner e Presley, mas me senti compelido a defendê-la, e não podia fazer isso sem contar a verdade.

— As coisas não aconteceram da maneira que você pensa — eu disse. — Todos esses anos, nós pensamos que ela o deixou porque ele sofreu aquela lesão e estava mal na vida, quando isso estava bem longe da verdade. — Cerrei os dentes. — Tanner a traiu. Mais de uma vez. Ela nunca errou com ele. Presley não disse nada por tanto tempo porque queria manter a paz por Alex.

Minha mãe estreitou os olhos.

— Não foi essa a história que ele nos contou.

— Claro que não foi. Mas, infelizmente, essa é a verdade. E é por isso que tem sido bem difícil sentir pena dele. Sem contar a maneira como ele tratou tanto Presley quanto Alex, ficando quase completamente ausente, exceto por algumas ligações de vez em quando. Sim, eu ainda me sinto culpado. Mas, às vezes, ele faz isso ser difícil, também.

— Bem, agora me sinto mal por tê-la tratado mal todo esse tempo. Eu não conseguia me conter, pensando que ela tinha largado o meu filho quando ele mais precisava dela, secretamente culpando-a, em parte, por ele estar viciado em apostas.

— Ela é uma boa mulher, mãe. Uma boa mulher *de verdade*. E uma mãe maravilhosa para o seu neto. — Expirei. — Terminei com ela hoje, ou pelo menos tentei, não porque eu quis, mas porque isso entre nós a está estressando. Está complicando a vida dela de uma maneira que eu nunca quis que acontecesse. Não acredito nem um pouco que ela não iria querer ficar comigo se as coisas fossem diferentes. Mas não posso forçar se ela insiste em deixar o medo atrapalhar.

— Eu nunca te vi assim por uma mulher. Estava começando a pensar que você simplesmente não era capaz disso. Só queria que fosse com *qualquer* mulher, menos Presley Sullivan.

— É, bem, nem sempre podemos escolher por quem nos... — hesitei, percebendo que a palavra quase saiu da minha boca.

Eu estava prestes a admitir que estou me apaixonando por ela?

— Você me colocou numa posição difícil — minha mãe disse, interrompendo meus pensamentos. — Porque, da próxima vez que o seu irmão me ligar, como vou simplesmente fingir que não sei nada sobre isso? Acho que teria sido melhor se você tivesse mentido.

— Sinto muito por fazer isso com você.

— Não vou dizer nada a ele, por mais que esconder isso acabe comigo.

— Obrigado.

— Mas acho que, no fim das contas, *você* vai querer contar a ele. Caso contrário, a culpa vai te corroer por dentro.

Eu sabia que ela tinha razão. Seria impossível esconder isso do

Tanner se Presley e eu não parássemos de nos envolver.

— Em um mundo perfeito, ele nunca precisaria descobrir. E é claro que eu não soltaria essa notícia para ele sem falar com a Presley antes. Seria decisão dela. Se dependesse de mim, eu apenas viveria com a culpa. Sendo sincero, minha preocupação número um é o Alex, mais do que qualquer coisa.

Mamãe assentiu.

— Como deve ser.

Fiquei olhando para o nada.

— Ele precisa de mim na vida dele, principalmente porque Tanner quase nunca está por perto. Eu não conseguiria viver em paz comigo mesmo se ele passasse a me odiar por algum motivo.

— Bom, eu acho que você deveria pensar bem sobre isso. Descobrir sobre você e a mãe dele não ajudaria de jeito nenhum no seu relacionamento com Alex. Talvez isso seja motivo suficiente para confiar no seu taco e terminar tudo de uma vez por todas antes que aquele garoto descubra.

— Entendo o que quer dizer. Mas você está me pedindo para fazer algo que não me parece nada natural. Eu sei qual é a decisão *correta*, e o porquê de ser assim. Mas é muito mais fácil dizer do que fazer. — Fechando os olhos por um momento, pensei sobre alguns dos momentos simples que Presley e eu havíamos compartilhado. — Ela me faz querer coisas que eu nunca soube que queria. Nós conversamos, damos risada de coisas estúpidas, falamos sobre Beaufort... todas as coisas que eu nunca realmente apreciei antes. Um ano atrás, eu teria dito a você que estava completamente conformado em ter casos de uma noite só e encontros insignificantes para sempre. Eu nunca quis a responsabilidade que vem em um relacionamento. Mas, com ela, a sensação não é essa. Sinto como se ela melhorasse muito a minha vida, ao invés de deixá-la pesada. Ela compreende de onde eu venho e vice-versa. Ela simplesmente... me faz feliz. Não sei outra maneira de descrever.

— Meu Deus, filho. — Minha mãe soltou um longo suspiro. — O triste de tudo isso é que tudo o que eu sempre sonhei para você foi que sossegasse algum dia, que fosse feliz com uma mulher e começasse a sua própria família. Sinto tanto por não ser mais fácil para você apenas curtir essa experiência, por tudo isso ser maculado por um escândalo. Porque, não se engane, é exatamente isso que se tornaria se viesse à tona. — Os olhos dela se arregalaram, como se estivesse se dando conta de alguma coisa. — Por favor, me diga que aquela senhora com quem vocês moram atualmente não ficou sabendo disso.

Ai, ai. Ela não vai ficar feliz quando eu contar.

— Fern sabe. Eu basicamente dei dinheiro a ela para que ficasse quieta. É uma história para outro dia. Mas eu confio que ela não vai dizer nada.

— Que ótimo. — Minha mãe revirou os olhos. — Isso parece bem confiável.

No fim das contas, decidi não ser um covarde. Então, voltei para a The Palm naquela noite.

Para minha surpresa, Presley estava me esperando na porta quando cheguei pouco depois das dez da noite.

Ela parecia preocupada.

— Onde você estava?

— Isso importa?

— Importa, sim, quando você deixou as coisas como deixou mais cedo. Pensei que, pelo menos, você estaria em casa para o jantar. Normalmente você me diz quando não vai vir.

O fato de que ela estava me esperando me fez sentir um merda.

— Fui para a casa da minha mãe para desabafar.

Um olhar de pânico instalou-se em seu rosto.

— Você contou a ela sobre nós?

— Que não estamos mais nos envolvendo? Sim. — Suspirei e baixei o tom de voz, já que sabia se Alex estava dormindo. — Ela adivinhou que eu estava chateado por sua causa. Ela sabe sobre nós há um tempo. Mas também foi por dedução. Eu nunca disse nada a ela, de verdade. Ela prometeu que não vai mencionar isso para o Tanner, embora não seja fácil para ela.

Presley colocou a mão na barriga.

— Meu estômago ficou revirado o dia inteiro, Levi. Eu nunca quis te chatear. E não te culpo nem um pouco por ter ficado bravo com a minha resposta para o Jeremy. Foi uma tentativa patética de mantê-lo por perto como um tipo de mecanismo de autoproteção da minha parte. A verdade é que eu só penso em você. Quase sinto vontade de rir por você pensar que eu estou interessada no Jeremy, quando tenho certeza de que estou viciada em você.

— Sexualmente, você quer dizer, né? — acrescentei rapidamente.

— Não. Não apenas sexualmente. Esse é o problema.

Nós dois ficamos em silêncio por um momento, até que murmurei:

— Por que eu não te encontrei primeiro?

Ela estendeu a mão e prendeu meu mindinho no seu. Parecia que o meu voto de ficar longe dela foi pura balela, porque eu já conseguia sentir minhas barreiras desabando novamente.

— Eu disse a mim mesmo que iria chegar em casa e não dizer uma palavra para você, Presley. E, mais uma vez, estou vendo como sou fraco pra caralho. Porque tudo o que eu quero fazer agora é te foder até te deixar dolorida por ter me feito sentir tantos ciúmes hoje.

Seus olhos brilharam.

— Faça isso.

— Não me desafie, mulher. — Meu pau enrijeceu.

Sempre que eu me estressava, perdia o apetite para comida, mas meu apetite para sexo era o exato oposto. Depois de um dia desses, não havia nada que eu precisava mais do que me enterrar nela. Não resolvemos nada em relação à nossa discussão de mais cedo. As coisas entre nós estavam mais bagunçadas do que nunca. Mas, de alguma maneira, meu pau acabou me convencendo de que fodê-la sem dó esta noite era a resposta certa, como se sua boceta fosse mágica e capaz de solucionar tudo isso.

Ela lambeu os lábios.

— Qual é o lugar nessa casa que fica mais distante do quarto do Alex?

— A despensa da cozinha — eu disse.

Ela começou a andar em direção à despensa antes de virar as costas para mim. Fiquei ali paralisado, assistindo sua bunda rebolar de um lado para o outro e me perguntando como eu tinha chegado a esse ponto novamente.

Presley virou para me olhar.

— Você vem?

Com certeza.

— A propósito, você está fazendo um ótimo trabalho com a sua promessa de nunca mais transar comigo — sussurrei ao segui-la.

Entramos na despensa e fechamos a porta. Rodeados por comidas enlatadas e lanches, Presley ficou de joelhos no escuro.

Abaixei o zíper da minha calça o mais rápido que pude e coloquei meu pau duro para fora. Presley não perdeu tempo e me colocou por completo na boca até bater em sua garganta, voltando em seguida para a extremidade e mexendo a cabeça para cima e para baixo por todo o comprimento, chupando meu pau como se fosse seu trabalho — um no qual ela era extremamente boa.

Enredando meus dedos em seus cabelos, empurrei mais fundo dentro da sua boca, puxando para fora em seguida de repente para me impedir de gozar em sua garganta. Foi a melhor sensação do mundo.

Puxei seu cabelo, fazendo-a levantar antes de girá-la de costas para mim. Ela abriu a calça, deixando-a cair no chão. Graças aos céus eu tinha uma camisinha no bolso. Nunca se sabe o que pode acontecer, então eu sempre carregava pelo menos uma comigo.

Rasgando a embalagem o mais rápido quanto humanamente possível, coloquei o preservativo antes de localizar sua abertura quente. Empurrei fundo dentro dela, tentando ao máximo não gemer alto.

Suas mãos ficaram apoiadas na parede da despensa enquanto eu a fodia por trás. Meu único arrependimento era ali não ter luz suficiente para me permitir uma visão clara da sua bunda maravilhosa enquanto eu metia dentro dela.

Quando ela soltou um barulho um pouco alto demais, cobri sua boca com a mão, continuando a estocar com mais força.

— Você gosta de me deixar louco pra caralho, não é, Presley? — falei, com a boca no seu pescoço.

Ela emitiu um som abafado na minha mão.

— Não estou nem aí para o que você tente dizer para si mesma, essa boceta linda é minha. Pertence a mim. Você está entendendo?

Ela assentiu, emitindo mais um som ininteligível.

Dentro de segundos, meu orgasmo me tomou e liberei vários jatos de gozo na camisinha. Eu sempre tentava esperar que ela gozasse primeiro, mas esse foi intenso e veio de repente.

Felizmente, conforme meus movimentos começaram a desacelerar, pude sentir que ela estava esfregando o clitóris enquanto eu ainda me movia dentro dela. Sua respiração acelerou e seus músculos se contraíram ao redor do meu pau.

Permaneci assim enquanto nós dois recuperávamos o fôlego.

Após um tempo, saí de dentro dela, mesmo que estivesse gostando se sentir seu calor e soubesse que poderia partir facilmente para a segunda rodada se tivesse mais uma camisinha comigo.

Quando ela virou para ficar de frente para mim, sussurrei:

— Eu quero um beijo.

No instante em que ela se aproximou para obedecer, ouvi movimentos na cozinha.

Congelamos ao mesmo tempo.

— *Porra* — falei sem emitir som.

Quando olhei pelas pequenas frestas da porta de madeira da despensa, percebi que estávamos prestes a nos ferrar mais do que poderíamos imaginar.

Alex estava na cozinha. Ele deve ter vindo beber água, ou pior... fazer um lanche.

Por favor, que não seja para fazer um maldito lanche. Porque a maioria das opções estava na despensa.

Não podíamos nem ao menos reagir verbalmente ao que estava acontecendo, porque ele poderia nos ouvir. Tudo o que nos restava fazer era ficarmos imóveis — sem nos mexer nem ao menos para vestir nossas malditas calças — e rezar para que ele não chegasse nem perto da despensa. Eu seguraria a porta fechada se fosse preciso, com toda a força do meu ser. De jeito nenhum eu deixaria esse garoto me ver na despensa com sua mãe seminua e uma camisinha cheia pendurada no meu pau. Eu preferia morrer.

A geladeira abriu. Não consegui ver com clareza, mas soou como se ele estivesse bebendo algo direto da garrafa, já que não o ouvi abrir o armário para pegar um copo. Depois, ouvi o som da geladeira fechando, seguido por passos desaparecendo aos poucos conforme se distanciavam.

Essa foi a maior enrascada da qual já me livrei na minha vida.

Presley e eu continuamos a respirar um contra o outro. Eu a puxei para mim e pude sentir seu coração batendo acelerado. O meu estava batendo mais rápido ainda.

Apoiei minha testa na dela.

— Está tudo bem.

— Nós temos que parar — ela sussurrou.

Sim. Nós vamos parar.

Por hoje.

BELA JOGADA

CAPÍTULO 18

Presley

Quando estava começando a pensar que nada mais poderia mexer com a minha cabeça, estar de volta a Beaufort High School me fez entrar em um caleidoscópio de novas emoções.

Atrás de mim, estavam as arquibancadas. Olhei para cima, em direção à cabine do locutor, e contei quatro fileiras para baixo, chegando ao local onde minhas amigas e eu costumávamos sentar em todos os jogos de futebol americano durante o ensino médio. Eu adorava assistir ao Tanner jogar. Se eu fechasse os olhos, poderia visualizar os rostos da multidão, que aplaudia e gritava toda noite de sexta-feira. Acho até que, se eu inspirasse profundamente o suficiente, conseguiria sentir o cheiro de cachorro-quente e pretzels. Tivemos muitos bons momentos aqui. Pensar neles me fez sentir uma dor maçante no peito.

Mas virar e olhar para o campo diante de mim me causou um emaranhado de emoções ainda maior. Os testes já haviam acabado, mas muitos dos garotos ficaram por um tempinho depois para arremessar bola com Levi. No momento, ele estava no meio de uma versão mais leve de uma partida de futebol americano, com meu filho como seu *running back*. Levi curvou-se para arremessar a bola, e Alex saiu correndo. O sorriso do meu filho iluminava o campo mais do que as luzes de um jogo de sexta-feira à noite. Eu já havia tirado todas as fotos que o agente de Levi precisava, mas, ainda assim, ergui a câmera e tirei mais algumas. Essas não eram para publicidade, e sim para mim.

Eu clicava o botão da câmera tão rápido que parecia que alguém estava digitando.

Alex agarrando a bola.

Alex no ar, cumprimentando Levi com um *bate aqui* depois que eles marcaram um ponto.

Levi bagunçando os cabelos do meu filho após ajudá-lo a levantar do chão.

Levi olhando para o meu filho como um...

Ai, meu Deus.

Fiquei sem fôlego quando percebi no que estava pensando...

Levi estava olhando para o meu filho como um *pai orgulhoso.*

Deus, eu devia ser o pior ser humano do planeta, mas, naquele momento, *desejei* que Levi fosse o pai de Alex, e não Tanner. Durante os poucos meses desde que eu voltara para Beaufort, os dois já haviam passado mais tempo juntos do que Tanner havia passado com Alex durante toda a vida dele. Aquela era uma conclusão bem triste.

Abaixei minha câmera e observei como Levi ensinava as coisas para ele, como ele parecia estar sempre de olho onde Alex estava, mesmo enquanto arremessava a bola para outro jogador ou corria pela linha defensiva. Ele era protetor, tinha um jeito natural de pai.

Contudo, ali estava eu, ainda usando meu filho como uma desculpa para me manter longe de Levi, quando a verdade era que Alex ficava radiante perto dele. É claro que, se levássemos nosso relacionamento adiante e as coisas entre Levi e mim não dessem certo, seria difícil para Alex. Mas esse não era um risco que eu correria com qualquer homem? E diferente de um estranho qualquer, eu sabia, no meu coração, que Levi agora estava na vida do meu filho pra valer, independente do que pudesse acontecer entre nós.

Um tempinho depois, Alex estava jogando na posição de *quarterback*, no lugar de Levi. Ele olhou para a esquerda para procurar um receptor, e quando curvou-se para arremessar a bola, um dos garotos do ensino médio do time adversário correu na direção dele pela esquerda e o atingiu com mais força do que o necessário. Alex voou pelo ar e caiu de bunda no chão. Levi estava ao lado dele em dois segundos, certificando-se de que ele estava bem.

Quase meia hora mais tarde, Levi encerrou o jogo, mas permaneceu no campo por mais vinte minutos dando autógrafos, porque um monte de crianças e jovens apareceram depois que a notícia de que ele estava na escola se espalhou. Alex ficou ao lado dele o tempo inteiro. Quando o amontoado de pessoas finalmente se desfez, eu já tinha tirado umas quinhentas fotos.

Meu filho ainda estava sorrindo quando os dois vieram até onde eu estava sentada.

— Mamãe, vamos apostar corrida subindo e descendo as arquibancadas!

Dei risada.

— Você não está cansado depois de tanto correr o dia todo? Estou exausta só de ter visto você fazer isso.

Alex olhou para Levi, dando de ombros e apontando para mim com o polegar.

— Ela está com medo de que eu ganhe dela.

Levi assentiu e cruzou os braços no peito.

— Aham. Resposta clássica dos medrosos.

Os dois abriram um sorriso pretensioso. Então, que escolha eu tinha, além de soltar minha câmera e aceitar o desafio?

— Tudo bem. Mas o perdedor vai lavar os pratos após o jantar hoje à noite.

— Fechado.

Levi deu risada.

— Me dê a câmera. Quero capturar o meu amigão aqui ganhando de você.

Estreitei os olhos e mostrei a língua para ele. Mas também lhe entreguei a câmera e mostrei como usá-la.

Assim que estávamos prontos, Levi estendeu as mãos, mantendo-nos atrás de uma linha de partida imaginária.

— No três. Um. Dois. Três!

Saí correndo e me dirigi ao primeiro lance de escadas. Meu filho podia ser rápido, mas minhas pernas ainda eram mais longas que as de Alex, então meus passos me mantiveram adiante até eu chegar à metade das arquibancadas. Comecei a me sentir um pouco sem fôlego ao chegar ao topo, mas Alex pareceu ganhar ainda mais energia. O danadinho me ultrapassou e desceu correndo de volta até a linha de chegada com uns bons quatro metros e meio de vantagem. E eu nem tinha deixado ele ganhar de propósito.

Levi cumprimentou Alex batendo seu punho no dele, e os dois ficaram se gabando.

— A mamãe vai lavar os pratos! — meu filho cantou. — A mamãe vai lavar os pratos!

Curvei-me para recuperar o fôlego. Aparentemente, eu precisava tomar vergonha na cara e ir à academia com mais frequência.

— Tá. Mas eu disse que o perdedor iria lavar os pratos. Não disse que ia cozinhar ou que teria pratos para serem lavados. Acho que vamos pedir comida esta noite, e o tio Levi que vai pagar.

Levi deu risada.

— Vou fazer melhor ainda. Que tal eu levar vocês dois para comer em algum lugar?

— Tá — resmunguei. — Mas vou escolher o prato mais caro do cardápio, já que vocês dois parecem estar conspirando contra mim.

Para o jantar, tivemos aperitivos, prato principal, sobremesa e mais uma sessão de autógrafos de última hora do lado de fora do restaurante quando algumas pessoas reconheceram Levi. Quando chegamos em casa, já estava bem tarde. Alex pediu que Levi escrevesse para ele algumas das jogadas que ele executou naquela tarde, e Levi disse que iria repassá-las com ele enquanto o colocava na cama para dormir.

Então, sentei na cozinha sozinha, tomando uma taça de vinho enquanto esperava as fotos que tirara à tarde passarem da câmera para o laptop. Eu tinha conseguido capturar imagens incríveis de Levi com os garotos do ensino médio. Mas quando as fotos que ele tirara de Alex e eu correndo pela arquibancada começaram a preencher a tela, chamaram de verdade a minha atenção. Levi tinha acionado o zoom e tirado algumas fotos minhas de perto dando risada. Analisei meu rosto. Geralmente, eu sempre abria o mesmo sorriso em fotos. Era treinado e posado — não exibia muitos dentes ou enrugava muito o meu rosto. Mas, nessas fotos, nada era falso. Meu rosto inteiro sorria; eu parecia estar feliz pra caramba. Olhando bem, percebi que não era porque eu *parecia* estar feliz. Eu *estava* feliz — pela primeira vez em muito tempo. E boa parte disso tinha a ver com o homem por trás das lentes da câmera.

Eu ainda estava olhando para as fotos que Levi havia tirado quando ele entrou na cozinha. Ele se aproximou de mim por trás e começou a massagear meus ombros.

— Acho que ele vai apagar em cinco minutos. Estava bocejando enquanto eu mostrava as jogadas para ele.

Fechei o laptop.

— Ele se divertiu demais hoje. Obrigada por convidá-lo.

— O prazer foi meu. Ele é um garoto incrível.

— Obrigada. — Deixei minha cabeça cair um pouco para trás quando Levi apertou o músculo da curva do meu pescoço com o polegar. — Consegui tirar fotos maravilhosas hoje. Acho que o seu agente e o seu relações públicas vão ficar bem felizes. Amanhã de manhã, depois que eu deixar o Alex no acampamento, vou passar em uma papelaria e imprimi-las para que você possa escolher quais quer que eu envie para eles.

— Obrigado.

Gemi, conforme seus dedos me massageavam com mais vontade.

— Nossa, isso é tão bom.

Levi se inclinou para levar a boca à minha orelha e baixou o tom de voz.

— Tem alguma *outra coisa* que eu possa fazer que seja bom para você?

Deus, essa era uma oferta muito tentadora, mas Alex havia acabado de ir para a cama, e eu ainda precisava ir até o quarto dele para dar boa-noite. Era mais seguro fazer isso nesse momento, antes que a pouca força de vontade que eu tinha perto desse homem desaparecesse completamente.

Levantei um pouco abruptamente.

— Vou dizer boa-noite ao Alex.

Levi assentiu.

Dei alguns passos, mas parei na porta da cozinha e me virei.

— Levi?

— Sim?

— O Alex não foi o único que se divertiu muito hoje.

Ele sorriu.

— Ah, é?

Assenti.

— Estou feliz por ter ido. Boa noite, Levi.

— Boa noite, linda.

Na manhã seguinte, meu novo chefe me ligou para perguntar se eu poderia ir à escola para tirar minha foto para o cartão de identificação. Eu havia agendado para ir fazer isso na semana seguinte, mas, aparentemente, houve alguma confusão. Então, depois de pegar as fotos impressas na papelaria, eu precisava ir direto tomar um banho e tentar ficar apresentável.

Levi estava na cozinha quando cheguei em casa.

— Bom dia, dorminhoco. — Sorri. — Aqui estão as fotos de ontem. Eu ia dar uma olhada nelas e selecionar as melhores para você escolher entre elas, mas tenho que tomar um banho rápido e correr até o meu novo emprego para fazer o cartão de identificação. Você se importa se eu deixar todas para você escolher as suas favoritas? Eu sei que o seu agente precisa que eu as entregue até hoje à tarde. Você pode fazer uma pilha para mim com as que mais gosta, para que eu as envie para o seu agente eletronicamente quando chegar em casa?

— Sim, claro. Sem problema.

— Valeu. Desculpe por não ter tempo para conversar. Estou com pressa.

— Faça o que tem que fazer.

Tomei um banho rápido, sequei os cabelos e me maquiei. Quando estava saindo, vi que Levi ainda estava escolhendo as fotos.

— Essas fotos ficaram incríveis — ele disse. — É difícil escolher poucas.

— Obrigada.

— Você se importa se eu ficar com algumas?

— Não, nem um pouco. — Peguei as chaves do meu carro do gancho. — Fique com quantas quiser.

— Você vai estar em casa mais tarde?

— Tenho algumas coisas para fazer. Mas terminarei a tempo de buscar o Alex e o amigo dele do acampamento. Alex vai dormir na casa do Kyle hoje à noite, mas a mãe dele trabalha até tarde. Então, vou buscá-los e dar jantar a eles, e depois irei deixá-los lá para dormirem.

— Então, você estará livre depois disso? Eu disse a alguns amigos que iria com eles ao novo bar que acabou de abrir na Main Street. Terá dança country hoje lá. Você quer ir? A maioria das pessoas que vão são conhecidas suas.

Uma noite de dança country parecia uma ideia muito divertida. Deus sabe que eu não fazia isso com frequência. Então, dei de ombros.

— Claro. Por que não?

Levi sorriu.

— Excelente. Tenho algumas reuniões esta tarde, mas vou sair lá pelas oito.

— Perfeito. Te vejo aqui um pouco antes disso.

Mais tarde, naquela noite, depois que deixei Alex e Kyle, voltei para casa e dei uma arrumada nas áreas comuns da The Palm enquanto esperava por Levi. Ele havia deixado um casaco em uma cadeira da cozinha, então pensei em pendurá-lo no closet. Quando peguei a peça de roupa, caiu uma coisa do bolso. Ou melhor, um monte de coisas: fotos. Abaixei-me para recolhê-las.

Havia provavelmente uma dúzia no total, mas a que estava no topo da pilha era uma das que ele havia tirado de mim nas arquibancadas. Quando ele perguntou se poderia ficar com algumas, presumi que estava se referindo a fotos dele mesmo em ação. Mas, quando passei todas as fotos, percebi que ele escolhera cinco fotos diferentes só minhas. Eu rindo. Eu correndo. Eu olhando diretamente para a câmera e sorrindo.

E cinco fotos de Alex jogando. Alex comemorando na zona final. Alex se preparando para arremessar a bola. Alex sorrindo nas linhas laterais do campo.

E duas fotos dele e Alex juntos: uma em que estavam se cumprimentando com um *bate aqui*, e outra em que Levi estava girando Alex no ar. Não havia uma foto de Levi sozinho.

Durante as últimas semanas, Levi vinha tentando me convencer de que o que ele sentia por mim não era apenas algo efêmero. Ele tentou me assegurar de que era mais do que atração sexual. Mas eu não acreditei nele — *até agora*. No que me dizia respeito, fiz tudo o que pude para manter meus sentimentos guardados bem lá no fundo. Estava com medo de não ser recíproco. Isso parecia tão ridículo agora.

Eu ainda estava agachada, olhando para as fotos, quando a porta se abriu e Levi entrou. Ele viu as fotos, e seus olhos encontraram os meus cautelosamente.

Levantei e sacudi a cabeça.

— Você realmente sente algo a mais por mim, não é?

Levi manteve o olhar no meu e deu um passo à frente.

— Sim. Muito mais.

Olhei para as fotos e soltei um suspiro estremecido.

— Eu também, por você.

Ele sorriu.

— Sei que sim, linda. Você só precisava encontrar uma maneira de aceitar isso.

— O que nós vamos fazer, Levi?

Ele se aproximou e segurou uma das minhas mãos, levando-a aos lábios.

— Ver no que isso vai dar.

— Mas... você vai embora daqui a algumas semanas, e a sua mãe me odeia, e ainda tem o Alex e o Tanner, e...

Levi colocou um dedo nos meus lábios.

— Calma. Vamos resolver uma coisa de cada vez. Ok?

Assenti, e ele tirou o dedo da minha boca.

— Primeiro, a minha mãe não te odeia. Segundo, só porque vou embora não significa que as coisas têm que acabar. Quando eu fizer as malas, a minha lealdade virá comigo para a estrada. Muitos caras têm namoradas em casa. Muitos deles têm até mesmo esposas e famílias. Eles arrumam uma maneira de fazer dar certo.

Eu não conseguia acreditar que estávamos falando sobre isso. Levi leu a ansiedade no meu rosto e sorriu.

— Tenho mais coisas a dizer, mas estou começando a ficar com medo de que você comece a hiperventilar se eu continuar.

Soltei um longo suspiro e sacudi a cabeça.

— Estou nervosa, Levi.

— Anos atrás, quando eu estava tentando decidir para qual faculdade ir, recebi ofertas de muitas delas. Tinha uma pela qual me interessei logo de cara. Ela tinha um bom cronograma acadêmico e um programa de futebol americano bem consolidado. Fui até lá para visitar e dar uma olhada, e quando cheguei em casa, eles tentaram me pressionar a dar uma resposta imediata, antes mesmo de eu estar preparado para decidir. Eu ainda não tinha ido visitar as outras faculdades. Meu avô me disse: "Se você não tem medo de perder certa coisa, ela não vale o seu tempo". Por alguma razão, aquelas palavras ficaram marcadas em mim no decorrer dos anos e me ajudaram a tomar muitas decisões importantes. Se você não estivesse nervosa, eu ficaria na dúvida se realmente sou importante para você. — Ele fez uma pausa e apertou minha mão. — Quando o momento chegar e você estiver pronta, vou enfrentar meu irmão e minha família. E Alex... podemos cuidar da situação com ele como você achar melhor.

Mordi meu lábio.

— Meu Deus, Levi.

— Durante a maior parte da minha vida, eu não achava que relacionamentos valiam o trabalho que vinha no pacote. E são ainda mais difíceis quando se tem a vida que tenho. Não vou dizer que seria fácil. Teríamos que lutar por isso. Mas você me faz querer muito mais do que apenas lutar por nós. Você me faz querer ir para a guerra, Presley.

Senti suas palavras na minha alma. Havia tanta coisa que eu achava que deveria dizer nesse momento, mas palavras não poderiam expressar o que estava no meu coração. Então, fiz o que senti que seria o certo e pressionei meus lábios nos dele.

Emoções inundaram nosso beijo. Levi me envolveu com um dos braços, abraçando-me com força, e eu arqueei as costas para ficar ainda mais perto. Sua outra mão subiu até minha nuca, e seus dedos se emaranharam nos meus cabelos. Nossas línguas se entrelaçaram, e acho que nenhum de nós se lembrava mais de como respirar. Quando finalmente nos separamos, estávamos ofegando.

Levi acariciou meu nariz com o seu.

— Você me beijou. Fora do quarto.

— Beijei.

Ele se afastou um pouco para olhar nos meus olhos.

— Não fuja mais. Me deixe te mostrar como as coisas entre nós podem ser. Vamos levar um dia de cada vez.

Assenti. Que diferença algumas fotos fizeram. Nos últimos meses, foi como se eu tivesse um portão trancado dentro de mim, e ver o que era importante para ele em fotos foi a chave para destrancá-lo. Além de não querer mais fugir, eu também mal podia esperar para mostrar a ele como me sentia.

— Você acha que os seus amigos se importariam se furássemos de última hora? — perguntei. — A casa está vazia. Até Fern saiu.

Um sorriso perverso se espalhou pelo rosto lindo de Levi. Sem aviso prévio, ele me ergueu nos braços e me aninhou no seu peito.

— Estou pouco me lixando se eles se importam. Esta noite, não vamos foder, linda. Vamos fazer amor, e isso vai levar a noite inteira.

Ergui as sobrancelhas.

— A noite inteira?

— A. Noite. Inteira.

BELA JOGADA

CAPÍTULO 19

Presley

Os dias seguintes pareceram um sonho.

Levi e eu nos tornamos inseparáveis. Trabalhávamos na pousada juntos, fazíamos refeições juntos, e alternávamos para ir de fininho para o quarto um do outro depois que Alex dormia. Na noite anterior, ficamos acordados até duas ou três da manhã, apenas deitados na cama, conversando. Levi me contou sobre o que ele queria fazer quando não pudesse mais jogar futebol americano, e contei para ele sobre o meu sonho de ter minha própria galeria um dia, como a que eu trabalhava em Nova York.

Como não tínhamos dormido muito, fiquei surpresa quando Levi entrou na cozinha no momento em que eu estava me preparando para levar Alex para o acampamento. Ele sorriu, e um monte de borboletas começou a bater asas no meu estômago.

— Bom dia — ele disse com a voz rouca. Eu amava tanto sua voz matinal. Era profunda, sonolenta, com um toque áspero.

Sorri.

— Você levantou cedo.

— Um sonho me acordou.

— Foi mesmo? Sobre o que era o sonho?

Os olhos de Levi pousaram rapidamente em Alex, que estava lendo o verso de uma caixa de cereais enquanto comia. Ele baixou o tom de voz.

— Eu estava na banheira.

A ideia de Levi ter sonhado que estava na banheira era engraçada, por algum motivo.

— Estava tomando um banho de espuma?

Ele negou com a cabeça lentamente.

— Não exatamente. Ainda sobrou algum pedaço daquela corda de ontem, depois que penderei o balanço de pneu na árvore do quintal?

— Acho que sim. Por quê?

Levi olhou para trás sobre o ombro para conferir Alex mais uma vez. Meu filho estava absorto enquanto tomava o leite da sua tigela.

Ele aproximou a boca da minha orelha e sussurrou:

— Quanto peso você acha que o chuveiro consegue aguentar? Encontre-me aqui depois que deixar o Alex. Vou pegar a corda na garagem.

Oh. Ai, nossa. Engoli em seco e limpei a garganta.

— Alex, você está pronto para ir para o acampamento? Preciso voltar logo para casa para fazer algumas coisas.

Levi abriu um sorriso enorme — um sorriso perverso e sacana que fez meu coração palpitar —, levando sua caneca de café aos lábios.

— Sim, o dia será bem ocupado, não tem jeito. A sua mãe vai estar *de mãos atadas*.

Tenho quase certeza de que ultrapassei o limite de velocidade ao dirigir de volta para casa depois de deixar Alex no acampamento. Também pisei no acelerador em um sinal amarelo a algumas quadras da pousada e não consegui passar antes que se tornasse vermelho. Mal podia esperar para voltar para Levi.

Quando cheguei em casa, abri a porta da frente e pude ver a parte de trás da cabeça de Levi, que estava sentado na cozinha. Por meio segundo, considerei tirar a roupa na porta mesmo e surpreendê-lo nua, mas não sabia se Fern estava em casa ou não. Então, decidi permanecer vestida. Só por mais alguns minutos.

— Acho que vou receber uma multa por ter ultrapassado o sinal vermelho no caminho para casa — eu disse ao entrar na cozinha. — E acho que você deveria pagá-la, já que...

Congelei. Levi não estava sozinho.

Um homem estava sentado de frente para ele, do outro lado da mesa.

Piscando algumas vezes, tive certeza de que a minha imaginação estava me fazendo ver coisas. Mas, infelizmente, o rosto sorridente ali era completamente real.

O homem ficou de pé.

— Aí está a minha garota.

Meu coração subiu à garganta.

— Tanner. O que você está fazendo aqui?

Ele abriu um sorriso torto.

— Surpresa?

Limpei minhas palmas suadas no short.

— Sim. Com certeza, é.

Meu olhar desviou para Levi, que permanecia sentado com os braços cruzados. Ele parecia perturbado, mas comiserado — como se estivesse me dizendo silenciosamente que *sentia muito* nesse momento.

Sinto muito também.

Isso não estava nos planos desta manhã.

— Pensei que estava na hora de vir para casa — Tanner disse, finalmente.

— Por que agora? — perguntei, com um tom mais amargo.

Ele assentiu.

— Bom, sendo sincero, já faz tempo que quero fazer isso. Desde o momento em que descobri que você e o Alex iriam se mudar para cá, senti que estava ficando de fora. Decidi há um tempo que viria para cá ficar com vocês. Mas não falei para ninguém, porque eu mesmo não confiava que iria seguir o plano. Já errei tantas vezes com o meu filho, e não queria fazer nenhuma promessa que não iria cumprir.

— Estou seriamente confusa, Tanner. Você mal o visitava quando estávamos em Nova York.

Ele deu alguns passos na minha direção.

— Eu sei. Isso tem menos a ver com Beaufort e mais a ver com o estágio da vida em que me encontro, Presley. Acontece que vocês estão *aqui* agora, mas isso também aconteceria se estivessem em Nova York. Eu só precisava chegar a esse ponto da minha vida primeiro. — Ele suspirou. — Olha, sei que tenho muito a explicar, ok? Tanto para você quanto para o Alex. Espero que possa me dar essa chance.

Meus olhos encontraram os de Levi mais uma vez. A felicidade que eu via em seu rosto durante os últimos dias sumira completamente. Ela foi drenada, substituída pelo mesmo medo, raiva e confusão que eu sentia nesse momento.

Virei-me para Tanner.

— Por que você não me ligou para avisar que vinha?

— Teria feito diferença? Eu pensei nisso, mas, no fim das contas, achei que seria melhor se eu fizesse essa surpresa para o Alex.

— Onde você pretende ficar? — perguntei.

Ele olhou em volta.

— Bom, já que esse lugar tem vários quartos, eu estava esperando que você me deixasse ficar por aqui.

A cadeira de Levi arranhou o chão quando ele levantou. Ele abriu a geladeira e pegou uma cerveja, jogando a tampa da garrafa de lado com raiva. Tanner nem tinha dado atenção àquilo, mas *eu* podia ver a fumaça saindo das orelhas de Levi.

— Por quanto tempo você pretende ficar em Beaufort? — indaguei.

— Sinceramente, eu não sei.

— Como pode não saber?

Ele deu risada.

— Se eu não te conhecesse bem, pensaria que você não está feliz em me ver, Presley. Não te culpo por isso, ok? Mas saiba que não voltei para cá para causar problemas. Quero ficar com o meu filho. — Ele se virou para Levi antes de olhar novamente para mim. — Meu irmãozão aqui me contou tudo o que você tem feito, todos os planos maravilhosos que tem para a pousada do vovô. Sabe, quando eu descobri que ele tinha deixado a metade da The Palm para o Alex, fiquei preocupado com o que isso significava. Pensei que era loucura você não querer vender. Mas Levi me contou o progresso que você já fez. Onde há uma vontade, sempre há um jeito, né? E estou muito orgulhoso de você.

— Obrigada — murmurei, tentando fazer meu estômago parar de revirar.

— Nem sei como te agradecer por ajudar — ele falou para Levi.

Levi assentiu.

— É verdade — eu disse. — Nada disso teria sido possível sem a ajuda do Levi. Ele pagou por um sistema de ar-condicionado inteiro e novinho, entre outras coisas.

Tanner inclinou a cabeça para o lado.

— Pensei que você estava querendo vender. O que mudou, Levi?

Os olhos de Levi encontraram os meus.

— Acho que a *paixão* da Presley acabou me contagiando.

Senti minhas bochechas esquentarem conforme a tensão se formava no ar.

— Bem, que bom que vocês estão de acordo agora. Isso poderia dar problema. — Ele olhou alternadamente entre nós antes de pousar o olhar em mim. — Então, hã... você não respondeu à minha pergunta. Tudo bem se eu ficar aqui?

— Você não respondeu à *minha* pergunta sobre quanto tempo pretende ficar — retruquei.

— Bom, você sabe que comecei a trabalhar como agente esportivo há alguns meses. Posso fazer isso daqui. Só preciso viajar quando tenho que me reunir com novos clientes, então faço a maior parte do meu trabalho de casa mesmo. Eu estava esperando passar ao menos o restante do verão por aqui. Sei que Levi vai voltar para o Colorado daqui a algumas semanas. Pensei em preencher o lugar dele aqui quando ele for embora.

Levi bateu sua garrafa na mesa.

Por mais que eu quisesse agradar ao Alex, que com certeza iria querer que o pai ficasse conosco, meu instinto me disse que eu precisava cortar as asas do Tanner.

— Bom, eu não sei se é uma boa ideia você ficar aqui.

Tanner baixou a cabeça, olhando para seus sapatos.

— Quer saber? Eu não deveria ter jogado tudo isso em cima de você de uma vez só. Vou ficar na casa da minha mãe, por enquanto. Se você mudar de ideia, vai ser ótimo. Mas entendo que precisa se acostumar com a ideia de me ter por perto primeiro.

Silêncio preencheu o ambiente por vários segundos antes de Tanner falar novamente.

— Olha... sei que tenho sido um pai de merda, um irmão de merda, um ex de merda. — Ele olhou para nós dois. — Mas vocês dois ainda são as pessoas mais próximas a mim no mundo todo, então sinto que posso me abrir com vocês agora, mesmo que não estejamos em bons termos. — Ele respirou fundo. — Levei um bom tempo para chegar ao ponto em que me encontro hoje. Não contei a vocês o quanto eu vinha realmente sofrendo. — Ele expirou. — Vocês sabem sobre o meu vício em apostas. Bom, eu finalmente comecei a fazer terapia, algo que eu deveria ter feito há muito tempo. Meu terapeuta está me tratando não só em relação ao problema com apostas, mas também ao comportamento autodestrutivo que me fez chegar onde cheguei.

Levi engoliu em seco, parecendo amolecer um pouco pela primeira vez desde que entrei.

— Fico feliz em saber que você está se tratando.

Tanner assentiu.

— Olho para a minha vida agora e, sinceramente, não sei dizer como cheguei a esse ponto. E também não vou ficar usando a minha lesão como desculpa. Cometi esse erro por tempo demais. É claro que a lesão deu início à minha decadência, mas preciso assumir a responsabilidade pelos meus atos. — Ele virou para mim. — Tudo o que eu fiz foi uma escolha, desde magoar você, Presley, ao vício em apostas e a não estar presente na vida do Alex. E eu sinto muito, muito mesmo.

Eu conhecia Tanner há tempo suficiente para saber quando ele estava mentindo e quando estava sendo honesto. Acreditei que ele estava sendo sincero nesse momento, embora eu não necessariamente confiasse que essa sua consciência recém-estabelecida fosse durar para sempre.

Fern entrou na cozinha, interrompendo nossa conversa. Ela arregalou os olhos.

— Ora, ora, ora. Parece que temos uma festinha aqui.

Tanner sorriu.

— Oi, Fern. Bom te ver de novo. Faz muito tempo desde a última vez.

— Faz mesmo. O que te traz aqui, filho?

— Saudades da minha família. Só isso.

Ela ergueu uma sobrancelha.

— Você vai ficar aqui conosco?

— Pretendo ficar na casa da minha mãe hoje. — Tanner olhou para mim. — Mas estou torcendo para que Presley mude de ideia e me deixe ficar aqui em algum momento, se ainda tiver alguma vaga para mim quando isso acontecer. Eu sei que ela tem muitas coisas para lidar, então não vou forçar nada.

— É... — Fern deu risadinha. — Está um pouco cheio por aqui, no momento. Você aqui pode ser demais para a Presley agarrar... — Ela sacudiu a cabeça. — Quer dizer, *aguentar*.

Aff! Era de se esperar. Lancei um olhar irritado para ela, que pareceu entender o recado.

— Bem, aproveite sua estadia, seja lá onde fique hospedado. — Ela piscou. — Só vim dar um olá e ver qual era o motivo de tanta empolgação por aqui.

Levi cerrou os dentes, parecendo estar prestes a explodir.

Fiquei aliviada quando Fern voltou para seu quarto.

Levi saiu da cozinha pouco tempo depois e ficou bem ausente pelo resto do dia. Ele disse para Tanner que precisava encontrar uma pessoa, mas eu suspeitava de que ele só precisava aliviar a tensão em particular. Não era como se pudéssemos desabafar um com o outro com Tanner bem debaixo dos nossos narizes.

Tanner disse que queria ir comigo buscar Alex no acampamento. Era o último dia, e eu sabia que ele iria ficar muito surpreso em ver o pai. Por mais que o fato de Tanner ter aparecido sem avisar tenha sido chocante, eu estava feliz e animada pelo meu filho — contanto que isso não acabasse sendo mais uma decepção.

Enquanto Tanner e eu nos acomodávamos no meu carro, tomei a decisão silenciosa de não ceder em relação à minha decisão quanto a ele ficar na The Palm. Ele podia dormir na casa da mãe pelo tempo em que ela concordasse. Eu sabia que era provável que Alex fosse insistir para ele ficar conosco, mas eu precisava me manter firme.

Enquanto dirigia para o acampamento, Tanner pousou sua mão levemente na minha perna.

— É tão bom te ver — ele disse.

Afastei minha perna abruptamente.

— Desculpe — ele pediu, após um momento. — É muito estranho estar com você e não te tocar. Mas isso foi ultrapassar um limite.

— Foi sim.

— Não espero nada de você, Presley, exceto que não me afaste. Você não precisa dizer nada para mim ou fingir que está feliz em me ver. Só não me peça para desaparecer, mesmo que eu mereça.

Mantive os olhos na rua.

— Eu não o faria, e você sabe disso.

— Sim, eu sei. Porque você é uma pessoa doce pra caralho que sempre foi boa demais para mim. — Ele apoiou a cabeça no encosto do seu assento. — Sabe, quando eu saí do avião hoje de manhã e me deparei com o calor agradável daqui, senti como se tivesse acordado de um pesadelo, de certa forma. Passei tanto tempo preso a uma rotina maçante que tinha esquecido de quem realmente sou. E, naquele momento, inalando o cheiro do ar, senti um pedaço de quem eu costumava ser. Muitos aspectos de quem realmente sou vêm desse lugar. Não demorei muito a compreender por que você quis voltar para cá.

— Bom, fico feliz por você entender agora, porque você não foi nada compreensivo quando eu te disse que iria voltar.

— Eu sei que não fui. E peço desculpas, por isso e tantas outras coisas.

Apertei o volante.

— Quantas vezes você vai me pedir desculpas, Tanner?

— Quantas vezes forem necessárias, porra! — ele gritou antes de baixar o tom de voz. — Você tem noção do quanto dói ver a decepção no seu rosto quando olha para mim? E saber que mereço? Quando olho para *você*, Presley, vejo tudo o que eu sempre quis e todos os erros que já cometi em um pacote só.

Quando finalmente olhei para ele, seus olhos estavam marejados. Não havia dúvida alguma de que ele estava sendo sincero. Talvez eu não sentisse pena dele se não estivesse tendo um caso com seu irmão, mas senti.

Também me sentia mal por Levi. Ele se manteve em negação mais do que eu em relação ao que implicaria nos envolvermos, sobre o quão difícil seria quando chegasse o momento de enfrentar Tanner. Acho que o jeito com que ele se fechou hoje provou o quão difícil a realidade era. Nenhum de nós se preparou para isso.

Quando chegamos ao acampamento, meus pensamentos ficaram na espera e deram espaço à empolgação de expectativa pela reação do meu filho. No instante em que Alex avistou o pai à distância caminhando ao meu lado, seus olhos se arregalaram. Quando percebeu o que estava acontecendo, foi um momento inestimável.

— *Papai?* — Li em seus lábios antes de ele vir correndo na nossa direção.

Tanner abriu os braços.

— Sou eu, filho.

— Papai! — Alex correu mais rápido, jogando-se nos braços do pai.

Tanner fechou os olhos ao abraçar Alex com firmeza. Quando os abriu, uma lágrima solitária caiu por seu rosto.

Jesus. Não conseguia me lembrar da última vez que vira Tanner chorar. Ele ficou emocionado no carro minutos atrás, mas eu não estava esperando que fosse chorar. E ele não era o único em lágrimas. Meu filho também estava chorando.

Alex parecia compreensivelmente confuso.

— O que você está fazendo aqui?

— O que você acha que estou fazendo aqui? Eu vim ver você.

Ele enxugou os olhos.

— Sério?

— Sério. — Tanner deu um beijo na testa de Alex. — E não vou embora tão cedo, ok?

Alex levou alguns segundos para absorver aquilo, e então sua boca se curvou em um sorriso.

— Esse é o melhor dia da minha vida!

— Para mim também, acredite.

— Você vai ficar com a gente na The Palm, não é? Com a mamãe e o tio Levi?

Tanner abriu a boca, mas parecia não saber como responder.

Não. Nisso, eu não vou ceder.

— Na verdade, o seu pai vai ficar com a sua avó — eu disse a ele.

Meu filho franziu a testa.

— Por quê?

O olhar de Tanner encontrou o meu.

— A sua mãe tem muitas coisas para lidar no momento, filho, com a casa e tudo mais. Ela está tentando reformar todos os quartos. É melhor eu não atrapalhar. Mas não se preocupe, isso não vai interferir no nosso tempo juntos.

Alex olhou para mim.

— Mamãe, *por favor*, o papai pode ficar com a gente? Ele não vai atrapalhar. Ele pode ficar no meu quarto.

— Acho que não, Alex.

— Por favor! — Alex suplicou.

Seu olhar triste me atingiu diretamente no coração. Meu filho nunca me pedia nada de mais. Ele já havia aguentado muita coisa, com o relacionamento ferrado que seu pai e eu tivemos. *Estou mesmo sendo justa com ele?*

— Acho... que podemos arranjar um espaço para o seu pai — eu disse, engolindo a ansiedade que proferir aquelas palavras me trouxe.

— Tem certeza? — Tanner perguntou. Quando assenti, ele sussurrou:
— Obrigado.

Eu tinha certeza de que havia acabado de cometer um erro gigantesco. Mas eu faria qualquer coisa pelo Alex, e essa era a prova.

Levi estava em casa quando voltamos para a pousada.

Alex mal podia esperar para contar a ele que Tanner ficaria conosco.

— Tio Levi, o papai vai ficar aqui com a gente! Isso não é incrível?

O olhar de Levi encontrou rapidamente o meu. Franzindo a testa, fiz o meu melhor para oferecer um pedido de desculpas silencioso.

E ele fez o melhor que pôde para fingir que estava feliz por isso, forçando um sorriso.

— É uma ótima notícia, amigão.

Tanner bagunçou os cabelos de Alex.

— Pelo que me lembro, a sua comida favorita é pizza. Ainda estou certo?

— Bom, agora é pizza *e* o frango frito do Iggy's.

— Ah. Você descobriu o Iggy's, hein?

— O tio Levi me levou. Jantamos lá uma vez, quando a mamãe tinha saído. Ele me contou um monte de histórias sobre o tempo em que vocês iam lá.

Tanner olhou para seu irmão e sorriu.

— Obrigado por mostrar a ele.

— O prazer foi meu. — Levi sorriu. — Nós nos divertimos muito naquela noite, não foi, Alex?

Alex assentiu.

— Nós sempre nos divertimos.

Um olhar de tristeza cruzou o rosto de Tanner, como se ele estivesse percebendo pela primeira vez que não era apenas da *pousada* que Levi vinha cuidando durante esse tempo.

Se ele soubesse...

Olhando para Alex, Tanner bateu as palmas uma na outra.

— O que acha de darmos uma folga para a sua mãe hoje e pedirmos pizza para todos nós?

— Você não precisa fazer isso — eu disse.

— Eu quero fazer.

Alex deu pulos.

— Mamãe, por favor! Vamos comer pizza!

Ele não sabia que minha hesitação não tinha nada a ver com a pizza, e sim com Tanner forçando-se em nossas vidas tão rápido assim. Mas tudo o que pude fazer foi suspirar.

Tanner acabou pedindo três pizzas grandes. Levi e eu ficamos quietos durante o jantar, enquanto Tanner e Alex compensavam o tempo perdido. Alex contou para seu pai como tinha sido o acampamento o verão inteiro e sobre a próxima temporada de futebol americano infantil.

Após o jantar, Alex foi tomar banho. Tanner perguntou a Levi se ele queria pegar umas cervejas na geladeira e ir para o quintal. Ele concordou, e eu os observei saírem, ficando subitamente ainda mais nervosa. Sobre o que discutiriam em sua conversa de homem para homem? Só me restava imaginar o que estava passando pela cabeça de Levi. Ele tinha sido forçado a guardar suas emoções bem lá no fundo desde a chegada de Tanner, e eu estava morrendo por dentro por não ter tido a chance de conversar com ele ainda.

Mais tarde, naquela noite, depois que coloquei Alex na cama, fui para o meu quarto mais cedo do que de costume. No segundo em que fechei a porta, Levi mandou mensagem.

Levi: Você está bem?

Presley: Estou. E você?

Levi: "Bem" é um termo relativo.

Presley: Sinto muito, fui pressionada a deixá-lo ficar aqui.

Levi: Você fez a coisa certa.

Presley: Eu não queria te causar desconfortos.

Levi: A única coisa que está me deixando desconfortável agora é pensar que ele está te chateando.

Presley: Sinto sua falta. Era para termos nosso dia juntos. Em vez disso, sinto como se o mundo tivesse virado de cabeça para baixo.

Antes que Levi pudesse responder, recebi uma mensagem de Tanner.

Tanner: Mal consigo expressar o quanto sou grato por você me deixar ficar.

Antes de eu responder a Tanner, mais uma mensagem de Levi chegou.

Levi: Queria poder ir para o seu quarto esta noite. Porra, que saco isso.

E mais uma mensagem de Tanner.

Tanner: Você estava tão linda hoje.

Depois, de Levi.

Levi: Eu preciso de você esta noite, Presley. Não sei o que deu em mim. Eu sei que ele é meu irmão, e eu o amo, e você pertenceu a ele primeiro e tudo... mas estou me sentindo possessivo PRA CACETE agora.

Merda.

Tanner: Sério, Presley. Sei que não é fácil para você me deixar ficar aqui.

Meu cérebro estava girando.

Levi: Você está aí?

Sacudi a cabeça e respondi a Levi.

Presley: Sim, estou aqui.

Tanner mandou mais uma mensagem.

Tanner: Será que você pode arrumar um tempinho para conversarmos amanhã? Tem muita coisa que eu preciso te dizer.

Respondi a Tanner.

Presley: Não sei se ainda temos algo sobre o que conversar.

Mas foi Levi que me respondeu.

Levi: O que diabos você está dizendo?

Olhei para baixo e percebi que havia enviado a última mensagem para o irmão errado.

Presley: Desculpe. Essa mensagem era para o Tanner.

Levi respondeu imediatamente.

Levi: Ele está te mandando mensagem agora?

Pude sentir sua raiva através do celular.

Tanner: Você está aí, ou apenas escolheu ignorar minhas mensagens? Estou ficando nervoso.

Então me ocorreu que eu ainda precisava responder a Tanner. Antes que eu pudesse digitar qualquer coisa, chegou mais uma mensagem de Levi.

Levi: Isso não me surpreende. Quando estávamos lá fora no quintal, ele ficou fazendo perguntas sobre você. Ele queria saber se você está saindo com alguém. Senti muita vontade de contar a ele sobre nós naquele exato momento. Mas não consegui.

Meu coração começou a acelerar.

Levi: Está aí?
Presley: Sim. Só estou me sentindo sufocada agora.

Após mais ou menos um minuto, ele respondeu.

Levi: Tudo bem, linda. É melhor você ir dormir. Acredito que ele vá sair em algum momento amanhã, e então poderemos ficar sozinhos um pouco e processar isso juntos.
Presley: Espero que sim.
Levi: Bons sonhos.
Presley: Para você também.

Cliquei no nome de Tanner e finalmente o respondi.

Presley: Falo com você amanhã.

Os pontinhos saltaram na tela conforme ele digitou.

Tanner: Ótimo. Obrigado.

Eu precisava encerrar a comunicação com Tanner esta noite.

```
Presley: Indo dormir.
Tanner: Bons sonhos.
```

Não deixei de perceber que seu irmão tinha acabado de me dizer a mesma coisa — "bons sonhos". Não havia possibilidade de eu sonhar naquela noite, a menos que fossem pesadelos sobre a enrascada na qual me meti. Eu provavelmente não dormiria *de jeito nenhum* a noite inteira.

CAPÍTULO 20

Levi

Fui até o quarto de Alex na manhã seguinte. Era seu primeiro dia de treino no time infantil de futebol americano, e o plano era que eu fosse levá-lo.

— Está pronto para ir para o treino?

— O papai vai me levar — ele disse.

Não vou mentir, meu coração murchou um pouco.

— Ele vai, não é?

— Sim, eu vou. — A voz de Tanner veio por trás de mim. — Acho que você já fez o suficiente. Tenho muito tempo perdido para compensar.

Eu entendia, mas ainda me senti na merda. Alex e eu havíamos criado um vínculo durante a ausência de Tanner. Agora que o pai dele estava aqui, era como se ele não precisasse mais de mim. E quer saber? Não teria problema algum nisso, se não fosse a minha preocupação de que Tanner iria, de alguma forma, decepcioná-lo e se mandar novamente.

Alguns minutos depois, os dois saíram, e a casa ficou quieta pelo que parecia ser a primeira vez em eras, embora fizesse apenas um dia. A única coisa boa em Tanner ter levado Alex era que isso me daria a chance de finalmente ficar sozinho com Presley.

No segundo em que o carro de Tanner saiu da frente da casa, corri até Presley na cozinha. Ela estava tão linda, recostada na bancada, segurando seu café e perdida em pensamentos.

— Oi — cumprimentei.

Ela ergueu o olhar e sorriu.

— Oi.

Puxei-a para os meus braços.

— Parece que faz uma eternidade desde que te abracei — falei contra seu pescoço.

Presley expirou.

— O que nós vamos fazer, Levi?

Dei um beijo suave no topo da sua cabeça.

— Eu pensei que teria todo o tempo do mundo para pensar sobre isso antes de termos que enfrentá-lo. Claramente, esse não é o caso.

— É. *Tudo* era mais fácil quando ele não estava aqui.

Afastei-me um pouco para olhar para ela.

— Ontem à noite, quando estávamos lá fora tomando cerveja, ele ficou dizendo como você estava linda. Esse misto de culpa e ciúmes me atingiu como uma tonelada de tijolos. E eu não sabia quem odiava mais naquele momento: ele ou eu.

— Você não tem motivos para sentir ciúmes — ela contestou, correndo dos dedos pelos meus cabelos.

Fechei os olhos, querendo mais do que tudo carregá-la para o meu quarto e me enterrar nela. Mas tive a impressão de que ela não estava no clima. Presley parecia estar preocupada *demais*.

— O que mais ele disse ontem à noite quando te mandou mensagens? — Eu tinha que saber.

— Ele me disse que eu estava linda ontem e que queria conversar comigo hoje.

— Porra. Ele te quer de volta, Presley.

— Você não sabe disso.

— Eu sei, sim. Ele não expressou com muitas palavras ontem à noite, mas está óbvio. — Comecei a sentir o pânico surgindo, junto à necessidade de marcar meu território. — Você está uma pilha de nervos. E sinto como se estivesse prestes a perder a cabeça. Não sei por quanto tempo nós dois ainda conseguiremos aguentar. Talvez devêssemos contar a ele sobre nós hoje à noite.

Ela sacudiu a cabeça.

— Não. De jeito nenhum.

Sua postura inflexível me confundiu um pouco.

— Não?

— Eu não quero que ele descubra o que aconteceu.

Sua escolha de palavras me abalou.

— *Aconteceu*? Você percebeu que acabou de usar o verbo no passado?

— Não foi o que eu quis dizer — ela gaguejou. — É só que... não é o melhor momento.

— E quando será, Presley? Sério. Você acha que vai ficar mais fácil com o passar do tempo?

— Não. Eu só não acho que é o momento certo de jogar isso nele.

Afastei-me dela.

— Você parece estar *muito* preocupada com os sentimentos do Tanner.

Presley balançou a cabeça.

— Eu preciso de um tempo. Sinto como se um tapete tivesse sido puxado de debaixo dos nossos pés, e ainda não tive a chance de recuperar o meu equilíbrio. Vamos dar um pouco de tempo.

Senti tantas emoções, mas a que mais me assustou foi o medo — medo de perdê-la. Infelizmente, acobertei isso com minha raiva.

— Ok. Tire todo o tempo que precisar. Só me avise se vai durar para sempre.

— Levi... — Ela tentou me alcançar, mas dei um passo para trás e ergui as mãos.

— *Não*. Eu preciso de ar.

Saí pela porta.

Levi: Me desculpe por ter agido como um idiota mais cedo.

Três horas mais tarde, eu havia finalmente recuperado a compostura o suficiente para me desculpar. Mais cedo, entrei no meu carro e saí dirigindo, parando apenas quando, de alguma maneira, cheguei em Folly Beach, ao sul de Charleston. Nem me lembrava do caminho até ali.

Estacionei perto do píer e caminhei até a extremidade para olhar para a água. Queria poder dizer que isso me proporcionou alguma clareza. Mas ainda me sentia zangado e confuso, com medo e com ciúmes. No entanto, acabei chegando à conclusão de que descontar esses sentimentos em Presley não ia fazer bem a nenhum de nós dois.

Meu celular apitou, e tomei uma respiração profunda, incerto em relação ao que ela esteve pensando sobre a maneira como agi.

Presley: Tudo bem. Eu entendo. A chegada do Tanner nos tirou dos eixos.

Sorri. Era a cara da Presley ser tão compreensiva. Era uma das coisas que eu amava nela.

Meu sorriso sumiu de repente. *Amava. Porra, eu a amo mesmo, não é?* Já fazia um tempo que eu estava sentindo isso, mas não tinha conseguido aceitar ainda. Nada como a ameaça de perder alguém para te fazer perceber o que tem.

Levi: Obrigado por entender.
Presley: Eu só quero garantir que o que quer que aconteça entre você, Tanner e mim não atinja o Alex. Não quero que ele fique no meio disso. O Tanner fica dizendo que mudou, mas não sei se ele seria capaz de colocar suas próprias mágoas de lado pelo bem do nosso filho. Não podemos tomar decisões precipitadas na base da emoção, porque não seremos os únicos a pagar o preço por elas.

Respirei fundo. O que ela estava dizendo era uma droga, mas eu a admirava muito por levar a sério suas prioridades.

Levi: Você é uma ótima mãe.

Ela respondeu com uma carinha sorridente. Um minuto depois, meu celular vibrou novamente.

Presley: Você vai vir jantar em casa? Eu sei que não é fácil sentarmos à mesa todos juntos, então pensei que o mínimo que eu poderia fazer era te consolar com a minha comida. Vou fazer seus pratos favoritos.
Levi: Frango frito?
Presley: E biscuits amanteigados, usando a receita da sua avó.

Se ela já não tivesse meu coração, isso selaria o acordo. Meu estômago roncou, como se estivesse respondendo por mim. Então, traduzi o sentimento.

Levi: Parece bom. Voltarei na hora do jantar, e vou me comportar.

Toda a positividade que eu estava sentindo depois de todo o longo caminho que percorri dirigindo e de admirar o oceano saiu voando pela janela quando estacionei em frente à The Palm. A cena que estava acontecendo no jardim frontal fez meu coração afundar no estômago.

Presley estava no gramado com Alex e Tanner, jogando futebol americano. Fiquei assistindo do carro Alex arremessar a bola para sua mãe. Presley a agarrou e tentou fingir que estava indo para a direita para dar a volta em Tanner, mas ele a agarrou por trás, envolvendo sua cintura com os braços e puxando-a para o chão, por cima dele. Os dois deram risada ao caírem, e Alex correu até eles com um sorriso enorme no rosto.

Massageei meu peito e pensei em sair com o carro de novo. A família feliz provavelmente nem notaria. Mas, antes que eu pudesse fazer isso, Alex avistou minha caminhonete. Ele acenou e apontou.

Merda.

Agora, eu tinha que ficar. Os três estavam olhando para mim enquanto Alex dizia alguma coisa. Se eu saísse rápido, Alex ficaria confuso, e eu também teria que me explicar para Tanner, em algum momento. Então, respirei fundo e desliguei a ignição.

— Tio Levi! — Alex correu na minha direção conforme eu saía do carro. — Você pode ficar no time da mamãe. O papai e eu a estamos detonando. Está tipo... cinco milhões a zero.

Olhei para Presley. O sorriso que estava no seu rosto antes de ela me ver se transformou em uma testa franzida, e seus olhos estavam cheios de arrependimento. Não tinha certeza se ela estava arrependida por eu tê-la visto se divertindo, ou por eu tê-la visto nos braços de Tanner. Mas de jeito nenhum eu ia jogar com eles agora.

— Desculpe, amigão. Hoje, não. Meu joelho está meio ruim.

Tanner sorriu para Alex de maneira sugestiva.

— Parece que ele está com medo de que acabemos com ele também, não é?

Alex abriu um sorriso largo. Ele colocou as mãos sob as axilas e começou a bater os cotovelos como uma galinha.

— Có-có-có! Có-có-có!

Abri o melhor sorriso que pude e continuei a andar em direção à casa.

Lá dentro, a cozinha estava com cheiro de frango frito, o que normalmente me animaria, até mesmo nos meus piores dias. Mas hoje, não. Então, fui para o quarto e decidi tomar um banho. Depois que me vesti, pensei em dizer a Presley que não poderia ficar para o jantar. Mas eu sabia que sair e deixar Tanner e ela juntos me enlouqueceria, tentando imaginar o que estava acontecendo enquanto eu estivesse fora. Então, decidi ficar para ver a situação se tornar cada vez mais desastrosa.

Presley estava retirando *biscuits* do forno quando voltei para a cozinha.

— Oi — ela disse suavemente. Ela olhou em volta para ver se a barra estava limpa. — Como foi a sua tarde?

Fui até a geladeira e peguei uma cerveja. Tirando a tampa, dei de ombros.

— Legal.

Ela franziu as sobrancelhas.

— O Alex queria jogar, e não pude dizer não.

Assenti e bebi metade da cerveja.

— O cheiro aqui está divino. — Tanner entrou na cozinha. — Não me lembro da última vez que comi comida caseira. — Ele foi até Presley e roubou um *biscuit* da assadeira que ela havia acabado de tirar do forno. Dando uma mordida, ele falou: — Obrigado por fazer o meu jantar favorito. Sinto falta da sua comida, P. — Ele olhou para mim e piscou. — Dentre outras coisas.

Presley fechou os olhos e respirou fundo.

— O jantar está pronto. Algum de vocês pode, por favor, ir avisar ao Alex e garantir que ele lave as mãos?

— Claro — Tanner e eu concordamos ao mesmo tempo. Mas eu precisava de um minuto.

— Aproveite o seu *biscuit*. — Ergui o queixo para o meu irmão. — Vou chamar o Alex.

Assim que estávamos todos à mesa, Alex estava ainda mais animado do que de costume. Ele deu uma mordida em uma coxa de frango e falou com a boca cheia.

— Tio Levi, você sabia que o meu pai provavelmente teria o número mais alto de passes concluídos no primeiro ano dele no time profissional? Antes de ele se machucar.

Olhei para o meu irmão. Ele tivera um ótimo primeiro ano, mas não teria conseguido o número mais alto de passes concluídos nem mesmo se não tivesse sofrido a lesão. Eu sabia disso porque *eu* consegui esse título naquele ano. Mas, quando olhei para Alex, que estava praticamente radiante de orgulho do pai, não tive coragem de mandar a real. Em vez disso, cerrei os dentes e assenti.

— Sim, teria mesmo.

— Ele também poderia ter sido o *All Pro* daquele ano.

Revirei os olhos internamente.

— Sem dúvidas.

Enquanto Tanner estava ocupado se empanturrando de comida, nem um pouco afetado por andar distorcendo a verdade para o filho, Presley encontrou meu olhar e sorriu com gratidão para mim. Ela sabia a verdade.

— Sabe — Tanner disse. — Percebi hoje que eu tinha mais ou menos a sua idade quando conheci a sua mãe.

— Sério?

— Aham. Estávamos na segunda série juntos. Ela era líder de torcida do meu time infantil de futebol americano, e era a garota mais linda da equipe. Na verdade, ela era a garota mais linda de toda a escola. Lembro de dizer aos garotos do meu time que iria beijá-la um dia.

Alex torceu o nariz.

— Que nojento, pai.

Tanner deu risada.

— Por que isso é nojento?

— Primeiro de tudo, você é estranho por querer beijar uma garota quando tinha a minha idade. E segundo... ela é a mamãe.

— Bom, não se preocupe. A sua mãe é uma garota legal. Ela me fez esperar anos até conseguir aquele primeiro beijo, de qualquer jeito. — Tanner virou para Presley. — Lembra daquele dia? Eu gravei as suas iniciais naquela árvore no Redmond Park.

— Você também se cortou com o canivete fazendo isso.

Tanner recostou-se em sua cadeira.

— Valeu totalmente a pena.

Bebi o restante da minha cerveja e bati a garrafa sobre a mesa com um pouco de força extra.

— Preciso de mais uma. Mais alguém?

— Eu aceito uma — meu irmão disse.

Presley franziu a testa.

— Não, obrigada.

Durante a meia hora seguinte, Tanner continuou a contar lembranças. Tive que ouvir histórias sobre quando eles foram para o baile da escola, quando conseguiram o primeiro apartamento, e sobre como meu irmão costumava adormecer com a cabeça sobre a barriga grávida de Presley, ouvindo as batidas do coração de Alex. Cada história foi ficando progressivamente mais difícil de engolir, então contei com a ajuda da cerveja, bebendo mais do que bebia normalmente. Mas foi o que aconteceu depois do jantar que me fez passar para uma bebida mais forte.

— O papai e eu vamos acampar no quintal juntos esta noite — Alex contou.

Eu sabia que isso era estúpido. Nós só havíamos acampado uma vez; no entanto, de uma maneira egoísta, eu sentia como se acampar fosse algo *nosso*. Não consegui nem ao menos esboçar um "que ótimo" para o garoto. Em vez disso, fui até o armário onde o meu avô sempre guardou as bebidas alcoólicas e tirei a tampa de uma garrafa intocada de uísque.

Presley olhou para mim com preocupação conforme eu me servia uma dose, mas não disse nada.

— Mamãe, podemos ir comprar marshmallows? O papai e eu vamos fazer uma fogueira quando acamparmos.

— Hã... claro, querido. Me deixe apenas colocar os pratos na lava-louças antes de irmos até o mercado. Vá lavar as mãos, enquanto isso.

— Ok, mamãe!

Depois que Alex saiu correndo, Tanner se aproximou de Presley por trás, na pia. Ele colocou as mãos nos ombros dela, e senti um calor subir dos meus dedos dos pés até o topo da cabeça.

— Levi e eu podemos cuidar de tudo isso, amor. Você já cozinhou.

Presley virou, fazendo com que ele retirasse as mãos dos seus ombros.

— Tanner, por favor, pare de me chamar assim.

— Desculpe. É só que é tão bom estar morando com você de novo que eu esqueço que ainda temos um longo caminho a percorrer.

Presley sacudiu a cabeça.

— Nós *não* estamos morando juntos. Você está hospedado em um dos quartos, assim como qualquer estranho poderá fazer quando a pousada estiver aberta ao público novamente. — Ela baixou o tom de voz. — Você precisa parar de dar a impressão errada ao Alex, Tanner.

Ele franziu a testa.

— Que impressão? A de que eu amo a mãe dele? Não é uma impressão errada. É um fato.

— Você está fazendo ele pensar que somos um casal.

— Não estou, não.

— Sim, você está.

— Ele é um garoto esperto. Talvez apenas enxergue as coisas como devem ser.

Presley sacudiu a cabeça novamente.

— Vou levar o Alex ao mercado. Você precisa de mais alguma coisa para o acampamento?

— Não.

Ela me lançou um olhar rápido antes de pegar suas chaves e gritar por Alex.

Quando estávamos apenas Tanner e eu, precisei de mais uma dose de uísque. Enchi o copo e tomei de uma vez, curtindo a queimação descer pela minha garganta.

Tanner enxaguou um prato e o colocou na lava-louças.

— Você anda bebendo mais hoje em dia do que me lembro...

— Nem sempre.

— Tem algo te incomodando?

— Nada que eu esteja a fim de falar sobre.

Tanner deu risada.

— Problemas com mulher, hein?

Eu não disse nada, o que fez meu irmão presumir que tinha acertado na mosca.

— Era mais fácil quando tínhamos dezoito anos, não era? Agora, até um tabuleiro ouija tem mais respostas sobre o que uma mulher quer do que eu.

Servi mais uma dose.

— Não é tão complicado assim.

— Talvez não seja mesmo para você. Quanto você tá ganhando? Vinte, trinta milhões por ano? Você só precisa exibir aquele seu anel do Super Bowl e as calcinhas caem na hora. Nós, meros mortais, temos que nos *esforçar* para isso.

O músculo da minha mandíbula pulsou.

— É melhor você pegar o seu tabuleiro ouija e ter uma boa conversa com ele se acha que tudo o que as mulheres querem é dinheiro.

Tanner desligou a água. Ele encostou o quadril na bancada e cruzou os braços contra o peito, de frente para mim.

— Muito bem, irmãozão. Já que você sabe tanto sobre mulheres, me diga o que a Presley quer.

Olhei bem nos olhos do meu irmão.

— Confiança, lealdade e segurança são importantes para Presley.

Tanner deu de ombros.

— Posso dar essas coisas a ela.

Eu queria dizer "Agora você pode dar essas coisas a ela? Onde diabos você estava sete anos atrás?". Mas, em vez disso, cerrei os dentes e apontei para a pia com o olhar.

— Você dá conta disso aqui? Preciso fazer uma coisa.

— Sim, claro. Vá fazer o que precisa fazer. — Tanner abriu um sorriso sugestivo. — Ou *com quem* precisa fazer.

Eu deveria ter ido para o bar a algumas quadras de casa para terminar de encher a cara, mas, em vez disso, fui para o meu quarto, incapaz de sair da pousada. Como meu quarto ficava no fim do corredor, longe das áreas comuns da casa, não pude ouvir quando Presley voltou do mercado. O que, provavelmente, foi uma boa coisa.

Mas, cerca de uma hora depois, ouvi uma leve batida na minha porta. Quando a abri, encontrei Presley.

Ela olhou para trás, por cima do ombro.

— Posso entrar?

Por dois segundos, pensei em dizer não, mas a quem eu estava querendo enganar? Eu era incapaz de negar algo a essa mulher.

Então, dei um passo para o lado e estendi a mão.

Dentro do quarto, ela ficou olhando para o chão.

— Que situação ferrada. Não sei o que fazer.

— Eu sei. Temos que contar a ele.

Os olhos de Presley se arregalaram quando ela ergueu a cabeça.

— Não, não podemos!

Passei uma mão pelos cabelos.

— Se eu tiver que vê-lo colocar as mãos em você ou ouvi-lo te chamar de *amor* mais uma vez, vou perder a cabeça.

Ela sacudiu a cabeça.

— Eu sinto muito. Mas não sei como fazê-lo parar. Você me ouviu dizer a ele para não fazer mais isso. Não estou fazendo nada para encorajá-lo.

— Não? Você não acha que ficar brincando de jogar futebol americano com um homem que já deixou bem claro que quer te tocar em todas as partes é encorajá-lo? Ou fazer a comida favorita dele para o jantar na casa onde você o convidou para ficar?

— Eu fiz para *você* o seu jantar favorito.

Soltei uma risada de escárnio.

— Não é isso que ele pensa.

— Eu não ligo para o que ele pensa.

— Ótimo. — Coloquei as mãos nos quadris. — Então, estamos de acordo. Se você não liga para o que ele pensa, vamos contar a ele.

— Levi, não distorça as minhas palavras. Você não está sendo justo.

Estreitei os olhos.

— Justo? Quer saber o que não é justo? Ter que responder ao meu irmão quando ele me pede conselhos para conseguir te reconquistar.

Presley fechou os olhos e soltou uma grande quantidade de ar pela boca.

— Meu Deus, eu sinto muito.

— Sente mesmo? Porque estou começando a achar que talvez você queira manter as suas opções em aberto.

Ela comprimiu os lábios e me lançou um olhar irritado.

— Você sabe que isso não é verdade. Pare de agir como um babaca.

— Me diga, *amor*. Se eu te chupar agora, você vai gemer o meu nome como costuma fazer, ou existe o perigo de escapar o nome do Tanner?

Se olhos pudessem atirar adagas, eu estaria todo perfurado naquele momento. Diante da sua expressão, pensei que estava prestes a experimentar a ira de Presley, mas, em vez disso, ela saiu pisando duro em direção à porta em silêncio. Segurei seu braço quando ela tentou passar por mim, sabendo que eu precisava impedi-la, mas sem ter certeza do que raios dizer.

Ela virou, e nossos olhares se prenderam. Senti tantas emoções queimarem nas minhas veias: raiva, tristeza, confusão, *terror*. O peito de Presley estava ofegante; ela parecia tão furiosa quanto eu me sentia. Respirei fundo para tentar me acalmar e, assim, tentar buscar uma maneira de consertar isso, mas só serviu para que eu inspirasse o aroma do seu perfume.

Porra.

Ela tinha o cheiro tão bom. De repente, a raiva correndo pelas minhas veias se misturou com outra coisa, e a tentativa de me recompor saiu voando pela janela. Puxei seu braço, pressionei-a no meu peito e usei os dentes para capturar sua boca.

Porra.

Como bálsamo sobre uma ferida, seu sabor acalmou a minha dor. Senti-me ganancioso, querendo-a inteira para apagar as dúvidas na minha mente. Prendendo-a contra a parede, envolvi seu rosto entre as minhas mãos e plantei os lábios nos seus. Foi como se os dois últimos dias desaparecessem conforme ela gemia na minha boca e erguia as pernas para colocar em volta da minha cintura. Seus seios pressionaram o meu peito, e ela agarrou o botão da minha calça jeans. *Isso*. Era disso que eu precisava para esquecer qualquer outra coisa no mundo. Quando ela deslizou os dedos para dentro da minha calça, envolveu meu pau em sua mão e apertou, o zumbido de adrenalina correndo pelos meus ouvidos ficou tão alto que eu não conseguiria nem ao menos ouvir o alarme de incêndio se disparasse.

No entanto, não era o alarme de incêndio que eu precisava ouvir.

Era a batida na porta do meu quarto.

CAPÍTULO 21

Levi

— O que vamos fazer? — Presley arregalou os olhos.

Ergui meu dedo até os lábios e rezei para que Fern respondesse quando perguntei:

— Quem é?

— É o Tanner. Posso entrar?

Merda. Fechei os olhos. Eu queria contar a ele sobre Presley e mim, mas esse não era o jeito de fazer isso. Então, apontei para o banheiro e disse para Presley sem imitir som:

— *Entre ali.*

Presley assentiu e seguiu apressada para lá, fechando a porta silenciosamente. Meu coração estava tão acelerado quanto um trem quando fui abrir a porta. Respirar fundo não ajudou a me recompor, mas, se eu demorasse mais, definitivamente levantaria suspeitas. Então, abri a porta e fiquei segurando-a, bloqueando a entrada e torcendo para que ele se tocasse.

Tanner olhou por cima do meu ombro.

— Demorou, hein? Estava começando a achar que você estava com uma mulher aí dentro e eu estava interrompendo alguma coisa.

Engoli em seco.

— Não. Estava prestes a entrar no chuveiro.

— De novo? Você tomou banho faz uma hora ou duas.

Merda. Dei de ombros.

— Verão na Carolina do Sul.

— É, eu também não estou acostumado com o calor. Enfim, eu queria te perguntar se você sabe onde estão as sanduicheiras para a fogueira. Alex me disse que você as tinha quando acamparam no aniversário dele.

— Estão no armário da garagem.

— Ótimo, valeu.

Tanner virou para ir embora, e eu quase soltei um suspiro de alívio. *Quase.* Ele virou de volta para mim.

— Por acaso você sabe onde a Presley está? Fui até o quarto dela primeiro, mas ela não está lá.

Olhei nos olhos do meu irmão. Ele sabia que ela estava aqui? Ou estava apenas fazendo uma pergunta sincera? Meus nervos estavam desgastados, e eu não conseguia ter certeza se era uma coisa ou outra. Então, respondi o mais verdadeiramente possível, incerto com o quão bem minha expressão esconderia a mentira.

— Estou aqui no quarto desde que ela saiu para o mercado.

Meu irmão assentiu.

— Ela mencionou que talvez fosse visitar sua amiga Katrina. Mas fico me perguntando se ela deve estar saindo com alguém.

— Por que você pensaria isso?

Ele sacudiu a cabeça.

— Não sei. Tenho a sensação de que tem algo no meu caminho.

Engoli em seco.

— Você me diria se ela estivesse com alguém, não é? Mesmo que ela te pedisse para não dizer nada? Tipo, irmãos vêm em primeiro lugar...

Analisei seu rosto. Será que ele sabia? Decidi ficar na dúvida, porque, porra, eu não fazia ideia. Mas já estava saindo demais do personagem. Então, assenti.

— Claro.

Ele colocou a mão no meu ombro.

— Que bom que você está aqui. Sinto falta de ter alguém com quem conversar.

E obrigado por bater o último prego no caixão dos meus princípios. Acho que ele já está no ponto de enterrar.

— É. Eu também.

Ele acenou.

— Preciso voltar para o Alex. Tenha uma boa noite.

Assim que ouvi seus passos desapareceram, fechei a porta e tranquei. Todo cuidado é pouco. Eu não me surpreenderia se ele voltasse e abrisse a porta sem bater. Fui até o banheiro e abri a porta devagar.

— Ele já foi.

Presley assentiu. Suas mãos estavam tremendo.

— Você ouviu?

Ela assentiu novamente.

— Não sei se me sinto pior pelo fato de que não consigo ficar longe de você e quase fomos pegos nos beijando, ou por ter feito você mentir para o seu irmão.

Arrastei uma mão pelos cabelos.

— É uma situação muito fodida.

Ela franziu a testa.

— É, sim. E sinto muito por você estar no meio dessa confusão entre Tanner e mim.

— Não foi você que me colocou nela. Eu quis tanto quanto você, se não mais.

Ela sacudiu a cabeça.

— É melhor eu ir, antes que ele venha procurar por mim de novo.

Normalmente, quando ela tinha dúvidas, eu não deixava que se afastasse sem tentar convencê-la de que ficaria tudo bem. Mas eu estava sem energia para isso no momento. Ou talvez, pela primeira vez, eu estivesse começando a deixar de acreditar nisso...

No dia seguinte, meu irmão apareceu na entrada do meu quarto enquanto eu estava dobrando as roupas lavadas.

— Ei, cara. Essa gravata fica feia com essa camisa? — ele perguntou.

Tanner estava usando uma camisa social azul, com uma gravata marrom-avermelhada perdurada no ombro.

— Não, fica bem. — Olhei-o de cima a baixo. — Aonde você vai todo arrumado?

— Tenho uma entrevista.

— Uma entrevista? Onde?

— A Pinehurst tem uma vaga para treinador de futebol americano. Então, me candidatei e eles me chamaram.

Pinehurst era uma faculdade pequena a duas cidades de distância. Não tinha me passado pela cabeça que Tanner podia estar considerando ficar aqui de forma permanente, embora eu provavelmente devesse saber, diante da maneira como ele estava agindo ultimamente.

— Por que você quer esse emprego? Pensei que gostasse do trabalho de agente.

— Tenho apenas alguns clientes no momento. Posso conciliar os dois trabalhos facilmente por um tempo. Se eu acabar não conseguindo, vou focar somente no de treinador. Não faço tanta questão de viajar. E se eu quiser levar a sério meu compromisso de estar presente para o Alex e me estabelecer por aqui, preciso encontrar algo mais estável, de qualquer forma. — Ele atou o nó da gravata. — Você não acha que é uma boa ideia?

Tentei pensar em qual seria o conselho que uma pessoa daria ao irmão, se essa pessoa *não* tivesse intenções secretas. O trabalho de treinador parecia o emprego dos sonhos para alguém na situação dele. Se eu o incentivasse a desviar disso, seria somente pelos meus motivos egoístas — por não querê-lo perto de Presley. E isso não era justo com ele ou com Alex.

— Não. Acho que o emprego de treinador seria bom para você, se estiver querendo se estabelecer em Beaufort — forcei-me a dizer.

— É, eu também. Espero mesmo que eu consiga. Assim como estou bem ansioso para voltar para o campo. O futebol americano ainda está no meu sangue, e essa seria uma maneira de me envolver novamente sem ter que jogar, o que eu obviamente não posso fazer. É a oportunidade perfeita para mim.

Inspirei um pouco.

— Bom, então espero que você consiga o emprego.

Tanner examinou meu rosto.

— Você está bem?

Na verdade, não. Nem um pouco. Aparentemente, não devo ter me saído muito bem na tentativa de fingir que estava feliz por ele.

— Por que está perguntando?

Ele se encostou na parede e cruzou os braços.

— Estou sentindo uma *vibe* estranha em você desde que cheguei. E o jeito como tem bebido... bom, eu sei uma coisa ou duas sobre vícios.

Eu estava *mesmo* bebendo muito, mas isso estava diretamente relacionado à presença dele aqui e nada mais; mas eu não podia admitir isso.

— A frequência com que estou bebendo não quer dizer nada. Eu só... estou passando por umas merdas aí, sabe? Você não é o único que está reavaliando a vida.

Ele balançou a cabeça.

— Nossa, me sinto um péssimo irmão. Não tenho feito nada além de descarregar todos os meus problemas em você desde o segundo em que cheguei, e nem ao menos me dei ao trabalho de parar e perceber que você não está bem.

Claro. *Ele* é o péssimo irmão.

Minhas malditas emoções estavam uma bagunça. Em um segundo, tudo o que eu queria era contar a ele sobre Presley e mim para marcar o meu território, e, no seguinte, queria proteger meu irmão mais novo da decepção de descobrir isso. No momento, eu estava mais inclinado para a segunda opção.

Ele piorou tudo ainda mais quando disse:

— Olha, eu preciso te pedir desculpas, Levi.

Ergui minha palma.

— Não, não precisa.

— Sim, eu preciso. — Ele suspirou. — Eu me afastei intencionalmente de você no decorrer dos anos, porque não sabia lidar com o seu sucesso. Eu sou seu irmão, caramba. Isso não se faz com o próprio irmão, apagá-lo da sua vida porque não consegue ficar feliz por ele. Meu terapeuta me ajudou a aprender que o seu sucesso não tem nada a ver com a falta disso na minha vida. Você merece cada uma das suas vitórias. Me desculpe por ter sido tão inseguro por tantos anos, e por ter desperdiçado um tempo precioso que eu poderia ter passado torcendo por você das arquibancadas. É onde eu deveria ter ficado todo esse tempo, não no meu próprio mundinho sendo um teimoso idiota. Eu...

— Tanner, pare. — A culpa dentro de mim parecia estar transbordando e prestes a entrar em erupção. — Eu sempre entendi por que você se manteve afastado. Não te culpo por isso, e não posso dizer que eu agiria diferente se fosse você.

— Sabe — ele disse. — Eu percebi uma coisa no voo até aqui. O papai e o vovô já morreram. Você e eu somos os únicos Millers restantes, além do Alex. Essa é uma grande responsabilidade. Nós deveríamos dar o exemplo de que família tem que ficar unida, não importa o que aconteça. Não é tarde para fazer isso.

— Bom, é uma via de mão dupla. Acabei me afastando de você, também.

— Sim, mas você esteve presente e cuidou do meu filho recentemente. Quero te agradecer por isso. E você pelo menos fez um esforço para me contatar nos últimos anos, enquanto eu te afastava. O responsável por ter azedado o nosso relacionamento sou eu. Mas não vou mais me esconder, e quero melhorar.

Ficando sem palavras, assenti e mordi o lábio.

— Então, não quer me contar o que está acontecendo com você? — ele insistiu.

O interesse aparentemente genuíno de Tanner em querer me ajudar com o meu "problema" foi como colocar sal na ferida da minha culpa. O que estava tão claro para mim no dia anterior parecia ser uma completa impossibilidade agora. Foi loucura minha achar que poderia começar uma vida com Presley sem repercussões sérias?

— Estou um pouco perdido no momento — falei finalmente. — Pensei que amava a minha vida, até voltar aqui e me dar conta de tudo o que faltava nela. Acho que pode-se dizer que estou resolvendo as coisas da mesma maneira que você parece estar tentando.

Meu irmão assentiu.

— Talvez tudo isso seja apenas um sinal de que estamos ficando velhos. Você começa a enxergar as coisas mais claramente, incluindo os erros que cometeu. Estou percebendo agora o quanto me custou ter ficado tanto tempo preso na minha própria cabeça. Mas estou determinado a conseguir tudo de volta, Levi. Não somente a confiança do meu filho, mas da Presley também. Eu amo aquela mulher. Nunca deixei de amá-la. Eu só não soube ser o homem que ela merecia. Sinto de verdade que mudei, que estou pronto para ser esse homem.

Senti uma dor subir pela minha nuca, e a massageei. Ali estava a confirmação do meu pior medo. Não consegui esboçar uma resposta para aquilo. Em vez disso, mudei de assunto, sentindo minha cabeça girar.

— A que horas é o seu compromisso?

Ele checou seu celular.

— Merda. Tenho que me apressar. — Ele seguiu em direção à porta, mas virou para mim uma última vez. — Não terminamos esta conversa, ok? — Ele apontou para mim. — Você e eu vamos conversar hoje à noite e resolver as nossas merdas. Juntos. — Ele deu tapinhas no peito e piscou para mim. — Força Miller.

Fingi um sorriso antes de ele desaparecer pelo corredor. Agarrando meu travesseiro, coloquei-o no rosto e caí de costas na cama. Meu coração martelava no peito conforme eu respirava contra o tecido.

Presley tinha razão. Contar a ele seria um grande erro. Meu irmão tinha feito muita merda na vida. Mas não merecia ouvir que eu havia me infiltrado em sua família quando ele não estava por perto. Ele não merecia isso de jeito nenhum.

Eu não sabia o que fazer. Era como se estivesse despertando da letargia na qual estive esse tempo todo e duvidando, pela primeira vez, da minha coragem de traí-lo, não importa o quanto eu amava Presley. Ao mesmo tempo, perdê-la era inimaginável.

Não me lembrava de algum dia ter desejado alguém tanto quanto a desejo — não somente ela, mas uma *vida* com ela. Mas isso não era somente sobre mim ou o que eu queria. Tínhamos que pensar em Alex e, honestamente, em Tanner. Ele podia não merecê-la, mas ainda era meu irmão, e eu devia lealdade a ele. Era mais fácil desconsiderar esse fato quando eu achava que ele não estava nem aí. Mas agora que eu sabia que, aparentemente, ele se importava e queria ser um homem melhor... isso mudou todo o jogo.

Meu celular apitou, interrompendo meus pensamentos.

Olhei para baixo e encontrei uma mensagem de Presley. Meu peito apertou.

Presley: Tanner acabou de sair. Você pode vir até o meu quarto?

Eu não fazia ideia se ela queria apenas conversar ou se estava querendo *outra coisa.* Mas, por mais que eu quisesse estar com ela nesse momento, não estava pronto para enfrentá-la até compreender melhor o que aquilo que eu tinha acabado de perceber significaria para nós. Eu não podia arriscar e levar as coisas adiante se, no fim das contas, eu teria que ir embora — mesmo que isso fosse a última coisa que eu queria.

Digitar aquelas palavras me causou uma dor real.

Levi: Estou ocupado hoje. Não posso. Desculpe.

CAPÍTULO 22

Presley

Perdi as contas de quantas vezes li a mensagem de Levi, tentando decifrar o verdadeiro significado das palavras.

Ele estava ocupado? Aquilo era a maior conversa para boi dormir. E Levi nunca foi do tipo que foge de uma conversa, então eu não conseguia entender por que ele havia me evitado. Isso me deixou meio em pânico. Não me importa o quão ocupado ele disse estar; sempre dá para arranjar tempo para as coisas que importam.

Eu havia deixado Alex na casa de um amigo, então estava sozinha, exceto pelo fato de que Fern estava em algum lugar da casa.

Decidi pintar uma parede em um dos quartos e fiquei ruminando conforme passava tinta pelos mesmos lugares repetidamente, sem cabeça para fazer direito.

A certa altura, Tanner apareceu no vão da porta, muito bem-vestido. Eu sabia que ele tinha uma entrevista de emprego, mas não tinha falado com ele antes que ele saísse pela manhã.

Abaixei meu pincel.

— Oi.

— Oi.

— Como foi a entrevista?

— Correu tudo bem. — Ele sorriu. — Eles vão me contatar para me dizer se consegui até o fim da semana. Acho que ainda vão entrevistar mais algumas pessoas.

Eu não soube o que pensar quando Tanner anunciou que ia se candidatar para um emprego de treinador. Por mais que eu quisesse que ele morasse mais perto do nosso filho, estava difícil respirar com ele por perto ultimamente.

— Que ótimo — eu disse, sentindo dificuldade em abrir um sorriso.

Ele inclinou a cabeça para o lado.

— Você não parece muito entusiasmada.

— As coisas estão ficando complicadas com essa reforma — menti. — Estou sentindo a pressão.

— Então, tudo bem para você a possibilidade de eu permanecer em Beaufort?

— Sempre estarei bem com o que for melhor para o Alex. Ele merece ter o pai na vida dele.

— Cruzando os dedos para que dê certo. Estou com um bom pressentimento. — Ele fez uma pausa. — Não tenho mais nada para fazer pelo resto da tarde. Me deixe te ajudar a pintar.

— Não, não precisa mesmo.

— Eu insisto. Vou trocar de roupa rapidinho. — Ele saiu pelo corredor.

Merda.

Tanner retornou alguns minutos depois, usando uma calça jeans e uma camiseta. Seus músculos estavam maiores do que eu me lembrava.

Ele passou o resto da tarde pintando junto comigo. Depois que terminamos, acabei mostrando a ele as fotos antigas que eu achara na casa, e isso nos fez relembrar os velhos tempos.

A certa altura, Fern colocou a cabeça na porta quando estava passando pelo corredor e abriu um sorriso malicioso. Ela estava curtindo essa novela até demais.

Tanner me seguiu até a cozinha e pegou uma garrafa de vinho do armário.

— Que tal levarmos isso lá para o quintal para comemorar um trabalho bem-feito? Já são quase cinco da tarde, mesmo.

Antes de responder, chequei meu celular pela milésima vez. Ainda sem notícia de Levi.

Que mal faria? Seria ótimo tomar um vinho para adormecer um pouco essa ansiedade. Dei de ombros.

— Claro. Um vinho agora seria bom.

Tanner pegou a garrafa de tinto junto com duas taças do armário. Sentamos na varanda e fiquei observando-o servir uma taça para cada um de nós.

Ao me entregar a minha, ele disse:

— Será que esse seria um bom momento para termos aquela conversa que venho querendo ter com você?

Eu já devia saber que ele estava com segundas intenções. Tomei um longo gole.

— Não vou a lugar algum, então é um momento tão bom quanto qualquer outro.

— Ótimo. — Ele colocou sua taça no chão e enxugou as palmas na calça. — Não sei por que estou tão nervoso.

Seus olhos refletiam uma vulnerabilidade rara, que só me lembro de ter visto nos primeiros anos do nosso relacionamento, antes da lesão mudá-lo.

Permaneci quieta e ele começou a falar.

— Eu não espero que você me dê a sua confiança tão cedo, Presley. Eu sei que tenho que conquistá-la novamente e fazer muito mais além disso. Mas quero me dedicar a isso.

— Você só precisa se preocupar em reconquistar a confiança do Alex.

— E eu pretendo fazer isso. Mas não estou aqui para me reconectar somente com o Alex. — Seus olhos queimaram nos meus. — Minha esperança é que possamos reparar o que perdemos.

Senti gotas de suor se formarem na minha testa.

— Tanner...

— Me escute, por favor. — Ele tomou um longo gole de vinho. — Eu sei que estraguei as coisas mais de uma vez. E você não me deve uma nova chance. Mas estou me esforçando muito para mudar e ser o tipo de homem que você sempre mereceu. Como falei para o meu irmão hoje de manhã, estou ficando mais velho, e minhas prioridades estão mais claras do que nunca.

Meu coração afundou no estômago.

— Você falou com o Levi sobre isso?

— Sim. Nós conversamos um pouco antes da minha entrevista de manhã. Ele disse que está passando por algumas coisas, também.

Sentindo-me tonta, pisquei.

— Que coisas?

— Ele não quis elaborar, mas soou como uma crise de vida, similar à minha. Sabe, ele e eu não somos tão diferentes assim. Estamos ficando mais velhos e mais sábios, e percebendo que a vida que estamos vivendo talvez não sejam a que queremos a longo prazo. — Ele expirou. — Falei com ele sobre o meu desejo de reconquistar a minha família.

Permaneci em silêncio, mal me lembrando de respirar.

— Eu não quero mais ser aquele cara solteiro, Presley. Quero uma família. E não somente qualquer família; a *minha* família. Você e Alex. Vocês são a única família que eu tenho, e a única que sempre vou querer.

Senti como se minha cabeça estivesse girando. Eu já sabia que Tanner estava tentando cair novamente nas minhas graças e por isso ficava me jogando flertes, mas não tinha acreditado realmente que ele queria que voltássemos.

Ele não fazia ideia do quão complicadas as coisas realmente eram.

— Eu não sei o que dizer — consegui proferir.

— Você está saindo com alguém? — ele perguntou.

Desviei da sua pergunta.

— Tanner, nós não vamos reatar.

— Por que você está se fechando totalmente para a possibilidade?

— Eu amadureci. Sou uma mulher diferente do que costumava ser. Me conheço melhor e sei o que realmente quero. Além disso, nós simplesmente não damos certo.

— Nós dávamos certo antes de eu ferrar com tudo. Por favor, tente se lembrar disso. Houve uma época em que você me amava. E eu nunca deixei de te amar.

Minha única resposta foi virar o restante do meu vinho. Eu poderia ter mentido e dito a ele que não queria um relacionamento com ninguém. Mas essa não era a verdade. Contar a ele a real — que eu estava interessada em um relacionamento somente com o outro Miller — não era uma opção. E saber que Tanner conversara com Levi sobre mim pela manhã explicava por que Levi havia desaparecido. Aquilo me deixou com ainda mais medo do que poderia estar passando pela cabeça de Levi.

— Quer saber? — Tanner disse, após um momento. — Eu posso ser paciente. Essa conversa foi mais para que eu pudesse te comunicar sobre as minhas intenções. Não espero que me aceite de volta agora mesmo ou ao menos reaja ao que eu disse. Mas quero que saiba que estou falando muito sério. Estou aqui por Alex e por você, Presley. Não pretendo sair com mais ninguém, mesmo que você me diga que não vai me dar uma chance. Estou escolhendo me agarrar à esperança, e quero me guardar para você.

Isso é loucura.

— Você só vai acabar se decepcionando, Tanner.

Fiquei, sim, imaginando qual seria a minha reação a isso se Levi e eu não tivéssemos nos envolvido. Embora Tanner tenha me dado inúmeras razões para não confiar nele, eu realmente senti que ele estava sendo genuíno naquele momento. Era mesmo possível que ele tenha mudado e estava determinado a me reconquistar, como estava alegando? Talvez. Eu cederia e me abriria a dar uma nova chance a ele se as coisas fossem diferentes? Não dava para descartar essa possibilidade.

Mas a realidade era que eu havia mudado. Eu não podia apagar o que já havia aprendido sobre as coisas que quero e preciso durante os últimos meses com Levi, que me fez sentir coisas que nunca vivenciei. Era essa paixão, esse ardor que eu tanto ansiava. Mesmo que as coisas estivessem condenadas a terminar entre Levi e mim, por causa dele, eu sempre saberia o que é realmente um nível superior de paixão. E eu sabia que merecia aquilo, o que com certeza era mais do que o que Tanner tinha a oferecer.

— Como eu disse... — Ele pegou a taça da minha mão e me serviu mais vinho. — Não espero que você esteja aberta a isso agora. Só quero que saiba que não vou a lugar algum, dessa vez.

Sacudi a cabeça.

— Por favor, continue a focar no Alex, e não em mim. Não estou interessada em mais nada além de melhorarmos o nosso relacionamento para criarmos o nosso filho. Isso, sim, é algo para o qual eu estaria disposta a me esforçar.

— Vamos começar por aí. — Ele piscou. — Mas vou continuar tendo esperança.

Permanecemos na varanda conversando com poucas palavras, mas a tensão se manteve densa após a revelação de Tanner.

Ele, então, me disse para ficar ali e relaxar enquanto ele ia buscar Alex na casa do amigo e sugeriu que nós três comêssemos juntos. Mas, em vez disso, perguntei se ele estaria disposto a cuidar do jantar com seu filho enquanto eu fazia algumas coisas na rua. Ele concordou, e depois que saiu para ir buscar o Alex, peguei minhas chaves.

Assim que entrei no carro, mandei uma mensagem para Levi no celular.

Presley: Me diga onde você está. Estou indo te encontrar.

CAPÍTULO 23

Levi

A mesa de cabeceira ao lado da minha cama estava coberta de embalagens de doces. Eu tinha o hábito nervoso de me empanturrar com porcarias em hotéis quando estava estressado. Eu não fazia ideia de quanto tempo ficaria aqui, mas precisava ficar em algum lugar que não fosse a Pousada The Palm. E como não queria lidar com questões relacionadas a essa situação ferrada, também não podia ir ficar na casa da minha mãe.

Depois que recebi a mensagem de Presley, contei onde estava hospedado, e agora ela estava a caminho. Por mais que eu estivesse muito apreensivo quanto ao assunto inevitável sobre o qual teríamos que discutir, também estava louco de vontade de vê-la. Senti uma empolgação ricochetear meu corpo, como sempre acontecia quando eu sabia que ficaríamos sozinhos juntos, só que, dessa vez, era um tanto agridoce.

A TV estava ligada, mas eu não fazia ideia do que estava passando enquanto andava de um lado para o outro. Eu não sabia o que era pior: a culpa ou os ciúmes.

Não era para ser desse jeito. Eu não deveria me importar tanto assim com o meu irmão distante. Mas algo *havia* mudado em Tanner. E eu não podia ignorar. Saber que ele parecia genuinamente ter se arrependido dos seus atos no decorrer dos anos fazia ser bem mais difícil desconsiderar seus sentimentos, como eu tinha planejado fazer. Agora, eu estava questionando tudo. Ele já não havia perdido coisas o suficiente quando sua carreira terminou? Ele não merecia uma chance de recuperar sua família? O problema era que eu sentia como se a família dele agora fosse a minha. E eu não queria abrir mão de Presley e Alex. Como escolher entre a mulher dos seus sonhos e o seu irmão? Os laços de sangue são mesmo automaticamente mais significativos? Eu sinceramente não sabia a resposta, mas não queria que perder qualquer um deles fosse uma opção.

Presley estava decididamente contra a opção de Tanner saber o que aconteceu entre nós, e eu estava começando a concordar com ela, mesmo que tenha insistido em contar a ele a verdade há apenas um dia. Se ele nunca poderia descobrir, como diabos Presley e eu teríamos alguma chance? Não podíamos esconder para sempre.

Meu estômago revirou. Parecia cada vez mais que essa decisão já estava sendo tomada por nós. Eu só não conseguia aceitar.

Houve uma batida na porta.

Abri e encontrei Presley ali de pé, usando um vestido curto e florido e uma jaqueta jeans. Seus olhos estavam cheios de preocupação, e apesar de toda essa culpa, tudo o que eu queria era levá-la para a cama desse quarto de hotel para podermos afogar nossas tristezas um no outro.

— Por que você passou o dia inteiro me evitando? — ela perguntou, entrando no quarto.

— Desculpe.

Seu peito subiu e desceu.

— Eu sei que você e o Tanner conversaram hoje de manhã.

— É. Foi por isso que saí de lá. Isso me afetou.

Ela assentiu, baixando o olhar para seus pés.

— Ele me contou que te disse que pretende tentar reatar comigo.

Expirei.

— Ainda bem que você me convenceu a não contar a ele sobre nós. Não sei o que eu estava pensando. Agora consigo perceber que isso o devastaria. — Lutando contra a vontade de puxá-la para os meus braços, olhei-a de cima a baixo. — O que mais ele te disse?

— Que quer reconquistar a minha confiança. Acha que, quando isso acontecer, poderemos reatar. Ele não faz ideia de como isso é bem mais complicado.

Senti o ciúme queimar pelo meu corpo. Olhei para o teto e sacudi a cabeça.

— Posso te perguntar uma coisa?

— Claro.

— Você pensaria em aceitá-lo de volta se você e eu nunca tivéssemos ficado juntos?

Ela fez uma pausa.

— Sinceramente, acho que não. Mas é difícil dizer, já que eu provavelmente seria uma pessoa completamente diferente agora se não tivéssemos nos envolvido. Mas nós nos envolvemos. Agora eu sei que mereço muito mais. E a maneira como você me trata é a que quero ser tratada. Eu nunca quis outra pessoa como eu te quero, Levi. Não posso simplesmente esquecer nós dois. Ao mesmo tempo, não quero que ele descubra. — Sua voz falhou. — É uma bagunça.

Mesmo que desse para ver que Presley acreditava no que havia acabado de me dizer, era possível que estivesse confusa.

— Como você sabe que os seus sentimentos por mim são reais? — perguntei.

Ela estreitou os olhos.

— Como assim? Quando você sabe, apenas... sabe.

— Não há dúvidas de que somos viciados um no outro sexualmente, mas e se isso for apenas uma atração física muito forte que está afetando o seu julgamento?

Ela aumentou o tom de voz.

— Porque eu penso em você o tempo todo, mesmo quando você não está comigo, e porque você me faz feliz. Não vou negar que sou extremamente atraída por você fisicamente. É uma parte *bem* expressiva nisso. Mas o que temos é muito mais do que apenas sexo.

— Significa muito mais do que isso para mim, também — sussurrei.

— Você me faz sentir segura, Levi, de uma maneira que ninguém foi capaz antes, muito menos o Tanner.

Eu finalmente a puxei para os meus braços e a abracei com força. Mas quanto mais eu a abraçava, mais as sementes da dúvida pareciam crescer.

Afastei-me para olhá-la.

— Mesmo que, de alguma maneira, pudéssemos continuar juntos em segredo, o Tanner não é a única complicação. O nosso relacionamento tem funcionado até agora porque estou aqui com você todos os dias, mas em breve não vai mais poder ser assim. Teríamos que viver separados por uma grande parte do ano, e isso é o oposto do que você precisa para continuar a se sentir segura comigo. É algo instável. As coisas teriam que mudar drasticamente. E estou começando a duvidar de que sou mesmo o que é melhor para você e o Alex.

Presley fechou os olhos, como se minhas palavras lhe causassem dor. Ela os abriu antes de começar a falar.

— Você acabou de me dizer todas as razões pelas quais não deveríamos ficar juntos, Levi, e ainda assim, estou aqui na sua frente, querendo você mais do que qualquer coisa. Isso não vai mudar. — Ela colocou as mãos no meu rosto. — Tenho medo de te perder.

O medo em seus olhos era palpável. Eu não tinha resposta para aquilo. Tudo o que eu podia oferecer a ela no momento era conforto físico, porque as palavras me fugiram. E, além disso, eu precisava tanto dela.

Então, embora essa fosse a última coisa que eu deveria estar fazendo, pressionei meus lábios nos dela. Presley derreteu-se contra mim com um suspiro, e eu sabia o que ela estava sentindo. Durante o dia inteiro, minhas mãos estiveram fechadas em punho, minha mandíbula cerrada com força, e minha testa havia ganhado algumas rugas novas de tanto franzi-la. No entanto, no instante em que nos conectamos, tudo pareceu desaparecer ao fundo, como se nada no mundo fosse mais importante do que esse beijo. Erguendo-a nos meus braços, chutei a porta do quarto do hotel para fechá-la e a carreguei até a cama.

Parecia que eu estava sonhando conforme a colocava sobre a cama. Nunca na minha vida eu senti isso por uma mulher. Presley estava deitada no meio da cama com seus cabelos dourados espalhados pelo travesseiro, e fiquei pairando sobre ela, encarando-a. Passei o polegar em sua bochecha macia.

— Por mais que as coisas entre nós sejam complicadas, me apaixonar por você foi a coisa mais simples que já fiz. Não importa o que aconteça, eu quero que você saiba que eu *nunca* vou me arrepender de você. Você me transformou, Presley. — Tive que engolir para evitar que eu me engasgasse.

Ela abriu um sorriso triste.

— Faça amor comigo, Levi.

Dessa vez, quando a beijei, foi diferente de todas as outras vezes — mais apaixonado e mais íntimo. Eu não sabia o que o amanhã nos reservava, mas, nesse momento, eu estava completamente apaixonado e tudo o que eu mais queria era demonstrar isso a ela com meu corpo.

Após tirarmos as roupas, alcancei minha carteira na mesa de cabeceira para pegar uma camisinha. Mas Presley cobriu minha mão, impedindo-me.

— Estou tomando pílula, e antes de você, passei muito tempo sem estar com ninguém, se você quiser... não usar camisinha.

Soltei um suspiro trêmulo.

— Eu adoraria isso. Só espero não passar vergonha quando te sentir sem nada entre nós.

Ela sorriu e deslizou a carteira da minha mão, deixando-a cair no chão.

— Você vai poder me compensar com uma segunda rodada. Agora, vem cá e me beija mais.

Sorri.

— Sim, senhora.

Nós beijamos pelo que pareceram ser horas, devagar e profundamente, exatamente da maneira que eu queria estar dentro dela quando chegasse o momento. Mas, por enquanto, meu foco era encher Presley com toda a atenção que não pude dar a ela ultimamente. Levei minha boca para o seu pescoço macio, chupando a linha do seu pulso e trilhando beijos molhados por sua clavícula, de um lado até o outro. Subi meus beijos até sua orelha, onde sussurrei:

— Eu sonhava em gozar dentro de você. Preencher essa sua boceta linda e apertada até estar tão cheia que poderei ver meu gozo escorrer pelas suas pernas.

Presley gemeu. Senti como se fosse explodir se não entrasse logo nela, então agarrei meu pau, arrastei a extremidade sobre seu clitóris e o esfreguei por suas dobras antes de me alinhar à sua entrada. Sem barreiras, seu calor molhado já era a melhor coisa que eu já sentira na vida, então a penetrei lentamente, torcendo para durar alguns minutos. Mas ela era tão quentinha e apertada, só com minha glande dentro dela, que me vi prestes a atingir o ápice. O desejo de preenchê-la era carnal, quase animalesco, como se eu fosse um leão que precisava marcar o território para espantar outros predadores. Fechei os olhos com força, tentando pensar em qualquer coisa que pudesse me fazer desacelerar, mas a sensação de estar dentro dela sem barreiras era intensa demais para permitir que meus pensamentos fossem para outra direção.

Presley ergueu a mão e tocou minha bochecha, fazendo-me abrir os olhos.

— Não se segure, por favor. Apenas deixe rolar. Não há nada que eu queira mais.

Engoli em seco e assenti antes de tomar mais uma respiração e penetrá-la até o fim. Quando minhas bolas atingiram sua bunda, meu corpo começou a estremecer.

Presley prendeu seu olhar no meu. Ela parecia tão desesperada quanto eu me sentia.

— Me preencha, Levi. *Por favor.*

Depois disso, perdi tudo. Presley envolveu minha cintura com as pernas, e desisti de qualquer tentativa de fazer amor apaixonado lentamente, partindo para fodê-la até perdermos os sentidos. Nós nos esfregamos e nos agarramos, arranhamos e gritamos, e eu a penetrei com tanta força que eu tinha certeza de que nunca estivera tão fundo assim em uma mulher antes.

— Levi... mais rápido... mais... — Ela arfou. — Ai, Deus... eu vou...

Meu corpo vibrou dos pés à cabeça. O som dos nossos corpos suados e escorregadios se chocando um contra o outro era a única coisa que importava. Podia surgir um incêndio debaixo da cama e mesmo assim eu não seria capaz de parar. Presley deixou o queixo cair, seus olhos revirando, e então eu senti — seus músculos se contraindo ao meu redor, apertando meu pau com muita firmeza, e comecei a gozar junto com ela.

— Merda... Presley... porra, *porra... pooorra*. — Meu pau pulsou dentro dela conforme eu me liberava.

Visualizei o que tanto tinha sonhado — só que, agora, não era um sonho. Estava realmente acontecendo, e eu podia visualizar com muito mais clareza: meu gozo preenchendo sua boceta conforme meu pau deslizava para dentro e para fora, tanto que vazou por volta do ponto em que nos conectamos, e o creme grosso e quente deslizava por suas pernas. Imaginar isso enquanto estava realmente acontecendo fez as coisas irem a um nível totalmente diferente.

Depois, nós dois estávamos ofegando conforme eu continuava a deslizar devagar para dentro e para fora.

— Uau... — Presley expirou, abrindo um sorriso. — Isso foi...

— Foi, sim. — Sorri e rocei meus lábios nos dela. — Você é incrível.

— Ainda bem que fizemos isso pela primeira vez sem camisinha aqui e não em casa. O Alex com certeza teria ouvido.

Sorri.

— A Fern teria até gostado de ouvir.

Nós dois rimos, mas, alguns segundos depois, a expressão eufórica em seu rosto desmanchou, e olhamos um para o outro. Nenhum de nós precisou proferir o que passou por nossas mentes, mas isso não fez com que fosse menos assustador.

Tanner teria surtado.

BELA JOGADA

CAPÍTULO 24

Levi

Fiquei com o quarto de hotel.

Não tinha muita certeza do que me fez decidir isso, mas, quando fui fazer o checkout, deslizei a chave pelo balcão da recepção e logo em seguida a puxei de volta, perguntando à recepcionista se eu poderia estender a minha estadia.

Durante os últimos dias, fiquei debatendo por que havia feito isso. Eu estava garantindo que teria um lugar para onde fugir se precisasse sair da casa, ou estava esperando que Presley e eu pudéssemos nos encontrar lá novamente, em algum momento? Se fosse a segunda opção, eu provavelmente já teria dado a ela uma das chaves, ou ao menos mencionado isso. No entanto, ainda não tinha feito nem uma coisa nem outra. Em vez disso, voltei para a The Palm.

Eu estava de pé na cozinha escura, perdido em pensamentos enquanto bebia meu café pela manhã, quando Presley entrou no cômodo. Ela foi direto até a geladeira e pegou uma caixa de leite. Depois, virou e seguiu em direção à cafeteira. Ela ainda não havia erguido o olhar.

— Bom dia — eu disse.

Presley deu um pulo e cobriu o coração com a mão.

— Meu Deus! Você já estava aí quando entrei?

Confirmei com a cabeça.

— Estou aqui faz uns quinze minutos.

— Não tinha te visto.

Tomei um gole do meu café.

— Você parecia estar bem perdida em pensamentos.

Ela suspirou, colocando a caixa de leite na bancada.

— Sinto que isso é o que mais faço ultimamente. Pensar.

— Sei como é.

Ela serviu seu café e recostou-se na bancada ao meu lado.

— Você vai embora daqui a quinze dias.

Assenti.

— Quinze dias e quatro horas. Meu voo será às dez e meia.

Presley baixou o tom de voz.

— Você vai voltar, em algum momento?

— A maioria dos jogos é aos domingos. Às segundas-feiras, temos reuniões do time e consultas fisioterapêuticas. Treinamos das terças às sextas. Aos sábados, viajamos quando os jogos são em outros lugares ou nos reunimos para planejar os jogos locais.

— E durante as semanas que não têm jogos? Você tem uma semana ou duas de folga, não é?

— Só teremos uma nessa temporada, e geralmente substituímos o dia de jogo por mais treinos.

Ela franziu as sobrancelhas.

— Como... como as pessoas conciliam isso?

— A maioria dos caras levam suas famílias para morarem no estado onde ficam seus times, para que assim possam pelo menos ir para casa à noite. Os outros pagam voos para suas namoradas irem visitá-los de vez em quando.

Presley ficou em silêncio por um longo tempo. Eu não fazia ideia do que estava passando na cabeça dela, o que ela esperava ou queria fazer quando eu tivesse que ir embora. Por fim, ela virou-se para mim.

— O Alex vai começar a escola alguns dias depois de você ir embora. — Ela sacudiu a cabeça. — Ele acabou de começar a plantar raízes por aqui, e...

Por um segundo ou dois, não entendi bem por que ela parou de falar. Mas então, a luz acendeu, e percebi que ela tinha visto Tanner chegando.

— Por que vocês estão aqui no escuro? — ele perguntou.

Presley abriu a boca, mas nada saiu. Então, intervi.

— Acordei com dor de cabeça. A luz faz piorar.

Tanner olhou para nós dois. Seus olhos se estreitaram levemente, como se talvez ele não acreditasse em mim. Mas, por fim, assentiu e apagou a luz. Quando se aproximou para servir seu café, enfiou o corpo bem entre nós. Tive que dar alguns passos para que não ficássemos um em cima do outro.

Ele ergueu o queixo para mim.

— Consegui uma segunda entrevista para aquele emprego de treinador hoje.

— Conseguiu? — Presley perguntou.

Tanner confirmou com a cabeça.

— Aham. Eles fizeram uma eliminação e ficaram entre outro cara e mim. Disseram que tomarão a decisão até o fim da semana.

Presley franziu a testa.

— Bem, boa sorte.

— Sim. — Maneei minha caneca de café para ele. — Manda ver. — Afastei-me da bancada. — Vou tomar um banho. Tenho coisas para fazer hoje.

Meus olhos encontraram os de Presley, e assenti antes de voltar para o meu quarto. Deixar os dois sozinhos na cozinha me enlouqueceu. Então, como diabos eu iria sobreviver quando tivesse que ir embora, em duas semanas?

Fiquei com uma sensação inquietante na boca do estômago durante a manhã inteira, desde a conversa que tive com Presley na cozinha. Então, depois que fui ao oftalmologista e fiz exercícios com meu personal trainer, decidi fazer uma parada para ver o treino do time infantil de futebol americano de Alex. Presley estava sentada na arquibancada com um monte de mulheres que nunca vi antes.

— Ai, meu Deus — uma delas disse. — Você é Levi Miller, o *quarterback*.

Abri meu sorriso educado padrão e assenti.

— Sou. Prazer em conhecê-la.

— Você vai ficar aqui por muito tempo? Meu filho é muito fã seu. O treino vai terminar daqui a uns vinte minutos, e ele morreria se soubesse que você esteve aqui e não pôde te conhecer.

Troquei olhares com Presley.

— Bom, não queremos que isso aconteça. Claro, vou assistir ao resto do treino, mesmo. Qual deles é o seu filho?

— Ele é o *running back*. Número quarenta e quatro.

— Vou ficar de olho nele e ver se posso dar algumas dicas quando o treino acabar. — Olhei para Presley e acenei em direção ao time com a cabeça. — Vou até o outro lado do campo para ver mais de perto.

Ela levantou.

— Vou com você.

Ouvi todas as mulheres sussurrarem conforme nos afastávamos da arquibancada. Uma delas disse algo sobre a minha bunda.

Sacudi a cabeça.

— E dizem que os homens é que são terríveis.

Presley sorriu.

— Você consegue mesmo quebrar a casca de uma noz com a sua bunda durinha? Eu gostaria de ver isso, se for verdade.

Dei risada.

— Foi isso que ela disse?

— Foi, sim.

— Bom, eu nunca tentei. Mas topo tentar, se você curtir esse tipo de coisa.

Nós dois gargalhamos, e a tensão que eu vinha sentindo desde o momento na cozinha de manhã se esvaneceu pela primeira vez.

Mas aquele momento efêmero de calma foi interrompido abruptamente por um grito angustiante. *O grito de Alex.*

Quando você pratica um esporte no qual mais da metade dos caras geralmente têm que lidar com algum tipo de lesão, acaba se tornando um expert em interpretar o nível de dor através de um grito. E esse grito... não era nada bom. A abertura para entrar no campo ficava a umas vinte jardas de distância de onde eu estava, então pulei a cerca e corri até onde Alex estava deitado no chão. Dois treinadores pairavam sobre ele.

— Meu tornozelo! Meu tornozelo! — Ele rolou de lado.

Ajoelhei-me.

— Não tente mexê-lo, amigão.

— Tio Levi, *dói muito*!

Um dos treinadores ergueu o olhar para mim.

— Puta merda. Você é Levi Miller.

Eu o ignorei.

— Me diga como é a dor, Alex.

— É bem forte, e está subindo pela minha perna.

Seu pequeno tornozelo estava começando a inchar e formar um hematoma. *Não era um bom sinal.*

Presley chegou até nós.

— Você está bem?

— Acho que é melhor levá-lo para o hospital para garantir.

Ela concordou com a cabeça.

— Ok. Sim, vamos fazer isso.

Um dos treinadores ficou de pé e apontou com o polegar para o estacionamento.

— Quer que eu pegue uma cadeira de rodas? Tenho uma guardada nos fundos da van, só por precaução.

Ergui Alex do gramado nos meus braços, tomando cuidado para não encostar no seu tornozelo.

— Não precisa. Pode deixar comigo.

Minha caminhonete tinha mais espaço do que o carro pequeno de Presley, então fomos até o pronto-socorro nela e deixamos seu carro no campo. Ela mordeu a unha enquanto pegávamos a rodovia.

— Eu tinha esquecido de como pode ser estressante quando alguém que você ama joga futebol americano.

— Ele vai ficar bem.

Ela expirou com força e assentiu.

Assim que chegamos ao hospital, levaram Alex para a área de triagem com Presley, e fiquei andando para lá e para cá na sala de espera. Ela voltou cinco minutos depois.

— Aqui não está muito cheio, então o levaram logo para ser examinado — ela disse. — Só permitem uma pessoa lá dentro de cada vez, então quis vir te avisar. Volto quando souber de alguma coisa.

Assenti e beijei sua testa.

— Ok. Boa sorte.

Mais ou menos uma hora depois, eu estava mexendo no meu celular, tentando me ocupar com alguma coisa, quando ouvi uma voz familiar.

— Estou procurando por Alex Miller.

— E você é?

— O pai dele.

— Ele está na sala de exames com a mãe. Me dê um minuto para ver se consigo alguma notícia para você. Só é permitido um acompanhante por paciente.

— Ok, obrigado.

Meu irmão veio até a área de espera onde eu estava sentado. Ele parou de repente quando me viu. Sua testa franziu.

— O que você está fazendo aqui?

— Eu passei pela escola quando estava voltando da consulta com o oftalmologista e vi os garotos treinando, então parei lá para assistir.

— Você estava lá quando aconteceu?

— Sim. Pelo barulho, pode ter quebrado.

Meu irmão passou uma mão pelos cabelos.

— Merda.

— Como você soube que ele estava aqui?

— Presley me ligou.

— Ah.

Devo ter franzido a testa, porque os olhos do meu irmão sondaram meu rosto e depois estreitaram.

— Algum problema com isso? Eu não deveria estar aqui com meu filho machucado?

Sacudi a cabeça.

— Não... é que eu nem estava pensando direito. Eu deveria ter te ligado. Só isso.

Meu irmão assentiu, mas não tinha certeza se ele tinha engolido a mentira que tentei lhe enfiar goela abaixo.

Alguns minutos depois, uma enfermeira abriu a porta que levava à área de exames.

— Miller? — ela gritou.

Sem pensar, levantei, assim como meu irmão. Ele me lançou um olhar estranho.

— Oh, desculpe. É com você.

Tornei a sentar e a enfermeira se aproximou.

— Você é o pai do Alex?

— Sim. Tanner Miller.

— O seu filho está bem. Ele acabou de fazer uma radiografia, e estamos esperando um ortopedista vir para ler os resultados. Mas o médico de plantão do pronto-socorro acha que não está quebrado, e sim que foi uma torção bem grave.

Tanner respirou fundo.

— Ok. Ótimo. Posso vê-lo?

— Nós geralmente só podemos deixar uma pessoa entrar por paciente. Mas estamos em um dia bem tranquilo, então acho que posso dar uma leve quebrada nas regras. — Ela acenou em direção à porta. — Venha comigo.

Meu irmão não olhou para trás ao seguir a enfermeira. Assim que estava sozinho novamente, comecei a sentir como se estivesse me intrometendo em um assunto de família. Por mais que eu quisesse estar ali por Alex, era função do pai dele — não minha — estar ao lado dele. E isso era uma droga.

No entanto, não consegui ir embora. Cerca de quinze minutos se passaram, e Presley surgiu pela porta da área de exames.

Levantei e enxuguei o suor das minhas palmas na calça.

— Como ele está?

— O ortopedista acabou de vê-lo. Por sorte, foi apenas uma torção grave. Vão engessar a perna e lhe dar muletas. O médico disse que vai sarar sozinho em algumas semanas.

Assenti e soltei uma grande quantidade de ar pela boca.

— Ótimo. Como está a dor dele?

— Deram anti-inflamatório, e parece que ajudou. Mas ele ainda não tentou colocar peso sobre o tornozelo machucado.

— Entendi. Mas ele vai ficar dolorido mesmo. É normal.

Presley olhou para baixo.

— Sinto muito se foi desconfortável quando Tanner chegou. Eu liguei para avisar a ele o que aconteceu, mas não tive a chance de mencionar que você estava aqui porque vieram buscar Alex para levá-lo para a radiografia enquanto eu estava ao telefone.

— Tudo bem. Contanto que Alex esteja bem.

Alguns segundos estranhos se passaram. Limpei a garganta.

— É melhor eu ir. Eu... tenho algumas coisas para fazer, de qualquer jeito.

— Ah... ok.

Eu odiava ter que deixá-los, mas não tinha mais o direito de ficar aqui. Enfiando as mãos nos bolsos, forcei um sorriso.

— Te vejo depois.

Ela assentiu.

— Ok.

Cada passo que dei conforme saía do pronto-socorro parecia cada vez mais pesado. Eu estava quase chegando à caminhonete quando Presley gritou meu nome da porta. Virei e ela correu até mim.

— Desculpe. Sei que deve estar se sentindo muito desconfortável agora. Eu só queria dizer que eu preferia ter você lá dentro comigo do que o Tanner.

Ela já tinha merdas demais com que se preocupar. Eu não queria piorar as coisas alimentando sua culpa. Além disso, podia até querer estar ao lado dela, mas não era meu lugar. Era do Tanner. Para reassegurá-la de que eu estava bem, puxei-a para um abraço.

— Tudo bem. Não se preocupe com isso, nem um pouco. Estamos de boa. — Ela olhou para mim, buscando reconforto, e eu sorri e afastei uma mecha rebelde de cabelo da sua bochecha. — De verdade.

Vi alívio tomar conta do seu rosto.

— Ok. Obrigada.

Inclinei-me e beijei sua testa, sorrindo em seguida e tocando seu nariz com meu dedo indicador.

— Respire fundo. Te vejo daqui a pouco em casa. Vai ficar tudo bem.

Mas logo após eu dizer essas palavras, comecei a me perguntar se eram mesmo verdadeiras. Porque, quando ergui o olhar, vi um homem nos observando da porta.

Tanner.

BELA JOGADA

CAPÍTULO 25

Levi

Tanner não reagiu depois que me avistou consolando Presley, e eu também não. Presley não precisava de mais uma coisa com que se preocupar, então guardei o que vi para mim mesmo, e após um momento, Tanner simplesmente virou para voltar para dentro do hospital.

Eu não fazia ideia do que ele realmente tinha visto. Ele não desconfiava mesmo ou estava apenas fazendo vista grossa?

Respirei fundo quando Presley retornou para o hospital, e tinha acabado de entrar na caminhonete quando percebi que havia deixado meu boné em uma cadeira na sala de espera.

Voltei para buscá-lo e avistei Presley, Tanner e Alex enquanto conversavam com uma enfermeira, próximo à porta que levava à área de exames. Felizmente, eles estavam de costas para mim, então não podiam me ver espionando-os desse ângulo.

Tanner afagava as costas de Alex, enquanto Presley conversava com a enfermeira. Eles pareciam a família que essencialmente ainda eram, apesar da minha tentativa de negar isso — a família cujas chances de terem qualquer tipo de futuro eu estava destruindo aos poucos pelas costas do meu irmão.

A voz da minha mãe atrás de mim interrompeu meus pensamentos.

— Como está o meu garoto?

Virei-me.

— Ele está bem. Foi só uma torção.

— É, eu sei. Pobre Alex. O Tanner me ligou quando eu já estava a caminho daqui para me avisar que o tornozelo dele não estava quebrado.

— Ela colocou a mão no meu braço. — Mas eu estava me referindo a *esse* meu garoto. Como *você* está?

Soltei uma grande quantidade de ar pela boca.

— Já estive melhor.

Ela assentiu.

— Acredito que essa situação não está ficando nem um pouco mais fácil para você.

Virei-me novamente e fiquei olhando para eles por um momento.

— Veja como o Alex parece tão feliz por ter o pai ao lado dele. Não posso competir com isso. Nunca poderei. — Olhando para baixo, admiti: — O Tanner me viu abraçando a Presley mais cedo.

Minha mãe arregalou os olhos.

— Você acha que ele suspeita que é mais do que algo platônico?

— Não. — Sacudi a cabeça. — Esse é o problema. Acho que ele nem imagina que eu seria capaz de fazer algo assim. Ele acha que sou apenas um cara legal e decente que cuidou da sua família enquanto ele estava longe, e que talvez Presley e eu tenhamos nos aproximado por isso. Deve ter parecido que eu a estava apenas consolando. Pelo menos, é o que eu espero. Mas, mesmo assim, fiquei nervoso.

— Toda essa situação é enervante. — Ela suspirou. — Você vai embora em breve. Aposto que não se sente pronto para isso.

— Nem um pouco.

Minha mãe gesticulou em direção à saída.

— Vamos dar uma volta. Quero te contar uma coisa que nunca contei antes.

Aquilo despertou a minha curiosidade. Comecei a acompanhar seus passos ao seu lado.

— O que foi?

— Na verdade, é sobre o seu pai. Algo que você não sabe.

— Não sei se estou gostando da direção dessa conversa.

Ela expirou quando passamos pelas portas automáticas.

— No tempo em que ele e eu nos separamos, vocês já tinham saído de casa, então não acompanharam algumas coisas que aconteceram... na verdade, uma coisa em particular que eu nunca quis que vocês soubessem.

Meu pulso acelerou.

— Como assim?

— Me refiro às circunstâncias exatas que envolveram o fim do meu casamento com o seu pai.

— Ok...

— Aparentemente, ele e eu tínhamos ideias diferentes sobre o que a separação significava para nós. Quando concordamos com isso pela primeira vez, acreditei que, mesmo que não estivéssemos mais morando juntos, permaneceríamos fiéis um ao outro. — Ela fez uma pausa. — Mas o seu pai conheceu outra pessoa durante aquele tempo.

Assenti, em silêncio. Fiquei enjoado diante da ideia do meu pai com qualquer outra mulher. Embora eu tenha deduzido que ele saiu com outras pessoas após o divórcio, sempre tentei bloquear isso da minha mente.

— Eu tinha pensado que a separação seria temporária, que, de alguma maneira, acabaríamos reatando — minha mãe continuou. — Pensei que só precisávamos de um tempo afastados para reparar as coisas e esperava que o objetivo final fosse um casamento mais fortalecido. O seu pai interpretou a separação como um passe livre para curtir sua crise de meia-idade.

— Merda — murmurei, começando a me perguntar qual era o objetivo da minha mãe ao me contar tudo isso agora.

— Enfim... — ela disse. — Eu não pude deixar isso passar. Ele namorou uma mulher por um tempo, e quando os dois terminaram, ele tentou reatar comigo. Ele ficava usando a desculpa de que estávamos separados no tempo em que ele teve outro relacionamento. Mas não pude enxergar aquilo como outra coisa além de traição. Então, eu disse que não só queria que continuássemos separados, como também queria o divórcio.

A situação que ela havia acabado de descrever era bem distante da maneira como eu tinha imaginado o fim do casamento dos meus pais.

Sempre achei que havia sido uma decisão mútua que não envolveu outras pessoas; achei que eles tinham apenas se afastado.

— Então, você nunca realmente *quis* o divórcio... — eu disse. — Se ele não tivesse se envolvido com outra pessoa, você teria tentado consertar as coisas com ele?

— Eu amava o seu pai. Mas eu fiquei... muito, muito magoada.

Caramba. Isso tudo era novidade para mim.

— Nossa, mãe.

Ela parou de andar por um momento e ficou de frente para mim.

— Depois de passar um tempo resistindo, ele finalmente cedeu ao meu pedido de divórcio. Mas a verdade é que não deixamos de nos amar de verdade.

Uma lembrança dos meus pais se beijando na cozinha quando eu era criança passou pela minha mente. Eu sempre achava aquilo nojento, e saía correndo de lá. Mas saber que ainda se amavam depois de tanto tempo me dava um pouco de conforto.

— Isso me consola um pouco. Embora seja agridoce.

Ela abriu um sorriso triste.

— Quando o seu pai estava morrendo, ele me disse que seu maior arrependimento foi ter se afastado de mim. Eu acredito que ele realmente se arrependeu por ter se relacionado com aquela mulher. Embora eu tenha sido firme na minha decisão de não aceitá-lo de volta, ele sentiu que não tinha lutado o suficiente por nós, que poderia ter feito mais para impedir o divórcio. Nosso sonho sempre foi nos aposentarmos e dirigirmos em direção ao pôr do sol juntos. Nós não esperávamos que o nosso fim fosse ser da maneira que foi.

— Me parte o coração saber que vocês não puderam fazer isso.

Os olhos da minha mãe ficaram marejados.

— Me parte o coração também... saber que o seu pai morreu com tanto arrependimento e que influenciei isso. Se eu soubesse que ele ia ficar doente e morrer de câncer um ano depois, talvez pudesse tê-lo perdoado. Sempre pensamos que temos todo o tempo do mundo para consertar certas coisas, mas tempo é uma coisa que nunca nos é garantida.

Eu ainda não sabia bem por que ela tinha decidido me contar tudo isso.

— Algo me diz que você está tentando me dizer algo muito além da confissão da verdade sobre você e o papai.

— O que aconteceu com o seu pai e eu me lembra muito o que está acontecendo com Tanner e Presley. O seu irmão tomou algumas decisões muito erradas, e agora está tentando se redimir. Ele tem a chance de fazer algo que o seu pai nunca pôde.

Merda. É claro que esse era o ponto no qual ela estava querendo chegar — mais evidências comprovando o fato de que eu era o vilão em toda essa situação, impedindo o meu irmão de recuperar sua família. Eu sabia que deixá-lo tentar era a coisa certa a fazer. Isso nunca esteve em questão. Era a sensação de que eu não conseguiria ficar longe da Presley que fazia a coisa certa parecer ser impossível.

— Não estou minimizando os sentimentos que desenvolveu pela Presley — minha mãe disse. — Mas acho que você precisa ver as coisas de um modo geral. A sua carreira não vai permitir que você sustente um relacionamento com ela, de qualquer forma. E não parece que Tanner vai desistir de tentar recuperar a família tão cedo, já que está tentando conseguir o emprego de treinador aqui e tudo mais. Mas você também precisa pensar na Presley, no arrependimento que talvez ela vá sentir quando essa fase de lua de mel entre vocês acabar. Vocês dois tiveram um verão juntos. Tanner e ela têm anos de história... e um filho.

Sim, mãe. Me diga algo que eu ainda não sei.

Ela colocou a mão no meu braço.

— Eu sei que você deve estar sentindo que não estou do seu lado. Por favor, não sinta isso. Eu acho que o que é melhor para eles também será o melhor para você. A história do seu pai e seu arrependimento deveria servir de lição sobre como você poderia se sentir algum dia em relação ao seu irmão. Seguir em frente com o que você quer, agora que sabe que ele está tentando acertar as coisas, seria uma tremenda traição, Levi. Eu estava em dúvida se você deveria ou não contar a ele, mas estou começando a achar que é melhor ele nunca descobrir. No entanto, quanto mais tempo você passar perto da Presley, maior será a probabilidade de ele descobrir. Tenho a sensação de que você está prestes a fazer um estrago irreversível, e agora é a sua única chance de impedir que isso aconteça antes que seja tarde demais.

Meu peito doeu tanto, cheio de emoções, pensando sobre o meu pai e meu irmão. Mas o que a minha mãe tinha acabado de me contar sobre o papai me fez chegar ao limite. Sair de cena daria ao Tanner a segunda chance que o nosso pai nunca teve. E eu também acreditava que o meu pai teria me dado o mesmo conselho que a minha mãe. Valeria a pena magoar toda a minha família por amar a Presley? Independentemente da resposta, eu sabia que seria incapaz de resistir a ela enquanto estivéssemos juntos fisicamente. A única coisa que colocaria um fim nisso seria a distância.

Desgastado pelo estresse, enfiei a mão no bolso para pegar minhas chaves.

— Preciso ir.

Minha mãe franziu a testa.

— Eu te deixei chateado?

— Não. Agradeço por você ter compartilhado tudo comigo. Me deu mais coisas em que pensar.

Ela me puxou para um abraço.

— Eu te amo tanto, Levi. Por favor, não se esqueça disso. E tenho tanto orgulho de você, apesar de parecer decepcionada com as suas ações ultimamente. Eu sei que você não teve a intenção de magoá-lo. Posso ver a tristeza nos seus olhos, e queria poder tirar isso de você.

— Obrigado, mãe. — Abracei-a com força antes de finalmente ir para o carro.

Naquela noite, eu não quis voltar para a The Palm até que todos estivessem dormindo. Então, fiquei em um bar, sozinho, ponderando meus próximos passos.

Por volta das dez e meia, meu celular tocou. Era meu agente, Rich Doherty.

— E aí, Rich? — atendi.

— O quanto você me ama?

— Depende do quão bêbado eu esteja. E acho que essa pode ser a sua noite de sorte.

— Acho melhor você aproveitar, então. Preciso que volte bem recuperado.

— Bom, ainda tenho duas semanas para beber até apagar.

— Na verdade, voltando à pergunta do quanto você me ama... e se eu te pedisse para voltar agora?

— Por que raios eu faria isso se ainda tenho tempo de folga no meu contrato?

— Porque o time me pediu para entrar em contato com você. Queríamos saber se, pela bondade do seu coração, você poderia ter empatia pelos novos receptores que precisam desesperadamente das suas habilidades nos treinos pré-temporada.

— Isso não faz parte do acordo, Rich.

— Eu sei que não. Seria simplesmente um favor.

Meu primeiro instinto foi recusar imediatamente. Por que diabos eu deveria voltar agora, principalmente com as coisas tão mal resolvidas entre Presley e mim?

Mas então, percebi que talvez essa ligação tenha acontecido por uma razão. Talvez aceitar a oportunidade de ir embora mais cedo fosse meu passe para me livrar de toda essa situação. Talvez fosse a coisa certa a fazer, mesmo que não fosse o que eu queria.

Puxei um punhado dos meus cabelos.

— Pode me fazer um favor? Me deixe pensar sobre isso esta noite. Bebi demais para conseguir tomar uma decisão sobre qualquer coisa nesse momento. Vou dar uma pensada e te aviso amanhã de manhã.

— Bem, isso não foi um não, então eu aceito.

— Tchau, Rich.

Desliguei e larguei o celular no balcão do bar antes de esfregar meu rosto.

Alguns minutos depois, chamei um Uber e deixei um maço de dinheiro para o barman. Eu havia planejado direito e meu carro ficou na The Palm mais cedo antes de pegar um Uber para cá. A última coisa que eu precisava era ser preso por dirigir embriagado, além de tudo.

Na manhã seguinte, ao acordar, me deparei com uma cabeleira linda cobrindo o meu peito. Pisquei algumas vezes, vendo Presley montada em mim. Ela começou a beijar meu torso.

Tanto excitado quanto em pânico, sussurrei:

— O que você está fazendo?

— Tanner levou Alex para comer donuts. Não temos muito tempo, mas fiquei ansiosa para te acordar. Senti tanto a sua falta ontem à noite.

Seus beijos foram descendo cada vez mais.

Coberto por uma onda de culpa e com uma ereção já dolorida, eu não sabia se impedia isso ou cedia. Antes que pudesse pensar mais, senti sua boca envolver meu pau. Gemi, jogando a cabeça para trás e me permitindo curtir por alguns segundos antes de me forçar a voltar à realidade. Estando ciente da decisão que tomei depois de passar a noite inteira me revirando na cama, não podia deixá-la fazer isso.

Puxei meu corpo para trás. Ver sua expressão enquanto ela piscava, confusa, doeu em mim.

— Qual é o problema?

— Não podemos. É muito arriscado. Eles podem voltar antes do esperado.

Se não estivesse me sentindo tão culpado quanto ao meu plano de ir embora mais cedo, nunca recusaria sexo com ela. Mas eu não tinha esse direito agora.

Os olhos de Presley se encheram de preocupação conforme ela se afastou para sentar-se no canto da cama.

Sentei-me e segurei seu rosto antes de dar um beijo profundo e apaixonado em seus lábios. Fechei os olhos com força, tentando gravar a sensação na minha memória antes de finalmente interromper o contato. Lambi os lábios, sem saber se essa seria a última vez que sentiria seu sabor.

— Por que não vai se vestir? Vou fazer um café da manhã rápido para conversarmos antes que eles voltem — eu disse.

Ainda com uma expressão irritada, Presley assentiu antes de sair da cama e voltar para o seu quarto.

Não era assim que eu queria que as coisas ficassem. Eu estava me sentindo completamente enjoado, mas, por uma vez na vida, precisava fazer a coisa certa em vez do que me faria sentir bem.

Depois que vesti minha calça jeans e camiseta, segui para a cozinha e fiz café, ovos, bacon e torradas para Presley e mim. No entanto, era provável que eu nem fosse conseguir comer nada daquilo.

Um pavor se alojou na boca do meu estômago, porque eu tinha que descobrir uma maneira de me explicar. Porra, não sabia como dar essa notícia. Seria mais fácil simplesmente dar no pé no meio da noite? Talvez, assim, ela me odiaria e não se importaria tanto assim. Ela ficaria magoada de qualquer jeito, e de certa forma, eu preferia que ficasse com raiva de mim do que com o coração partido.

Estava prestes a chamá-la para a cozinha quando a porta da frente se abriu.

Alguns segundos depois, Tanner e Alex entraram, enquanto eu colocava os ovos nos pratos.

Forcei um sorriso conforme Alex vinha até mim com suas muletas. Apoiei a frigideira.

— Como está o meu cara durão?

— Minha perna ainda dói — meu sobrinho disse, com cobertura de donut cor-de-rosa no canto da boca.

— Sei que sim, amigão.

— Mas eu ainda vou para a festa do time na sexta-feira à noite, mesmo que não possa jogar essa semana.

— Esse é o espírito.

Tanner não disse nada enquanto ia até a geladeira e retirava algo de lá.

— Você tem que ir à festa, tio Levi. Um monte de amigos meus querem te ver mais uma vez antes de você ir embora.

Meu peito apertou, e tomei a decisão impulsiva de deixar que esse fosse o momento em que eu daria a notícia. Porque, sejamos sinceros, isso não ficaria mais fácil se eu esperasse.

— Na verdade, cara, eu não vou poder.

— Por que não?

— Tenho que voltar para o Colorado antes do previsto. Vou embora amanhã.

— Ah, não! Você não pode ir embora ainda. Por quê? — ele perguntou, com pânico na expressão.

— O quê? — O som da voz chocada de Presley veio por trás de mim.

Eu não havia percebido que ela podia ouvir. Meu coração apertou. De repente, ficou impossível formular as palavras para me explicar apropriadamente.

Porra.

— Eu ia te contar durante o café da manhã — falei, olhando nos seus olhos.

— Amanhã? — ela ofegou. — Amanhã?

Confirmei com a cabeça.

— Meu agente me ligou e disse que precisam de mim agora para os treinos pré-temporada, para ajudar os novos receptores. Pensei que, já que teria que ir em duas semanas mesmo, podia voltar logo.

Presley parecia devastada, como se toda a alegria tivesse sido drenada do seu corpo. Enrijeci os músculos, jurando permanecer forte e lembrando a mim mesmo de que, no fim das contas, eu estava fazendo o que era melhor para ela. Para todo mundo.

No entanto, me arrependi por ter contado para Alex primeiro, e queria que Presley e eu tivéssemos essa conversa sozinhos. Mas era tarde demais.

— Por favor, tio Levi, não vá. — A voz de Alex falhou, e aquilo me partiu o coração.

E eu pensava que ele já tinha tudo o que precisava com seu pai aqui. Mas ele parecia estar arrasado com a bomba que eu tinha acabado de jogar nele.

Ajoelhei-me e coloquei as mãos em seus ombros.

— Prometo que volto para te visitar na primeira oportunidade que tiver, ok?

Aconteça o que acontecer, eu precisava manter essa promessa, mesmo que as coisas ficassem estranhas entre Presley e mim. Meu sobrinho não deveria sofrer por causa das minhas imprudências. Apesar de Tanner estar de volta na vida dele, eu desenvolvi algo especial com Alex, e não estava disposto a jogar aquilo fora, mesmo que eu estivesse fadado a vir sempre em segundo lugar.

Eu sabia que, se conseguisse manter o que aconteceu entre sua mãe e mim em segredo, meu relacionamento com Alex continuaria firme. Entretanto, meu relacionamento com Presley? Eu não fazia ideia de como ficaria depois dessa minha decisão. Mas eu a amava, e às vezes, amar alguém significa fazer o que é melhor para essa pessoa a longo prazo.

— Obrigada por fazer o café da manhã, mas não estou com fome — Presley disse, saindo da cozinha.

Meu coração doeu. Eu queria correr atrás dela, mas estava praticamente preso em algemas com meu irmão bem ali.

Depois que Presley saiu, finalmente olhei para Tanner.

— Que pena você não poder ficar — ele declarou.

Só que seu tom não soou nem um pouco sincero. Talvez ele não estivesse tão desatento como parecia, afinal.

BELA JOGADA

CAPÍTULO 26

Presley

— Será que você pode ir a Home Depot para comprar os parafusos que precisamos para pendurar o balanço na varanda?

Tanner franziu a testa.

— O balanço que coloquei na garagem naquele dia?

— Sim.

— Os parafusos para pendurá-lo vêm junto com ele. Eu li as instruções na caixa.

Achei que ele poderia dizer isso, então já tinha ido até a garagem de fininho meia hora antes, abri a caixa, retirei os parafusos e os escondi na gaveta da minha cômoda.

Sacudi a cabeça e enfiei a mão no meu bolso para pegar o manual.

— O manual diz que é para virem na caixa, mas não vieram. Eu abri hoje mais cedo. — Desdobrando o papel, apontei para a imagem dos parafusos e das partes do balanço com suas descrições. — Esse é o tamanho que precisamos.

Tanner pegou o papel.

— Vou comprá-los amanhã. Tenho que ir à faculdade assinar alguns papéis. Fica na mesma rua da Home Depot.

Sacudi a cabeça.

— Não. Precisamos montá-lo hoje. O cara que renovou o site da pousada quer adicionar um vídeo do balanço à página inicial antes da inauguração oficial. Ele disse algo sobre colocar movimento para chamar a atenção dos visitantes da página.

Tanner suspirou.

— Tudo bem, então.

— Você também poderia passar no mercado e comprar café em grão?

— Tem café no armário.

— Não tem mais. Fiz mais café hoje à tarde e acabou o restante dos grãos. — *Ou a lata está na minha gaveta de calcinhas, do lado dos parafusos do balanço.*

Tanner assentiu.

— Ok, claro.

— E... você se importaria de ir no meu carro e colocar o fluido do limpador de para-brisa? Ah, e eu disse ao Alex que ele poderia ficar na casa do amigo dele Kyle esta noite, então seria ótimo se você pudesse ir deixá-lo.

Tanner ergueu as sobrancelhas.

— Mais alguma coisa?

— Não, é só isso.

Mas só porque te pedir para ir dirigindo até a Flórida para pegar laranjas frescas talvez seja um exagero.

Normalmente, eu me sentia mal ao pedir favores para alguém, mas aquela era uma exceção. Eu estava incapaz de me sentir mal por outra pessoa além de mim mesma. Esse dia inteiro vinha sendo uma tortura completa. Tanner não tinha saído de casa em momento algum, e achei que iria explodir se não pudesse ter um tempo sozinha para conversar com Levi. Então, não tive escolha a não ser inventar algumas tarefas para fazer isso acontecer. Levi esteve distante o dia inteiro, escondido em seu quarto com a porta fechada, como estava no momento. Então, assim que consegui tirar Alex e Tanner de casa, fui direto até seu quarto e respirei fundo antes de bater.

— Entre.

Abri a porta. Uma mala arrumada pela metade estava sobre a cama, e Levi segurava uma pilha de camisetas nas mãos. Sua expressão fez meu coração se contorcer no peito. Ele parecia tão arrasado quanto eu me sentia. Sem dizer uma palavra, entrei no quarto e fechei a porta.

Levi olhou por cima do meu ombro e depois de volta para mim.

— Não se preocupe. Mandei o Tanner ir fazer algumas coisas. Ele deve ficar fora por pelo menos uma hora. E o Alex vai ficar na casa do amigo esta noite, mas prometi buscá-lo amanhã às sete da manhã, porque ele quer passar o máximo de tempo possível com você antes de você nos deixar.

Como se fosse possível, o rosto de Levi ficou ainda mais triste. Ele passou uma mão pelos cabelos.

— Sinto muito por ele estar triste porque vou embora.

Estive à beira das lágrimas o dia inteiro, mas, de repente, senti uma emoção diferente. *Raiva*. Coloquei as mãos na cintura.

— É mesmo? Você sente muito por magoar apenas o Alex? Você parou para pensar, em algum momento, que talvez uma *outra pessoa* também possa estar magoada com sua notícia abrupta?

Levi soltou ar pela boca, trêmulo, e massageou a nuca.

— Me desculpe por não ter conseguido te contar isso a sós, como planejei.

Minha voz aumentou, ficando um tom acima de um grito agudo.

— Ah, então você sente muito por ter me dado a notícia de uma maneira inoportuna, e não por estar indo embora mais cedo?

Levi ficou apenas balançando a cabeça, com o olhar baixo.

— Me desculpe. O trabalho me chamou, e agora preciso ir embora.

— *Porra nenhuma*. Eu me lembro de como essas coisas funcionam, Levi. Não sou idiota. Se o contrato diz que vocês têm que comparecer às dez da manhã do dia vinte e três de julho, vocês não aparecem um minuto antes das nove e cinquenta e nove. E a união dos jogadores nem ao menos quer que você dê ao time esse minuto extra. Então, isso foi uma *escolha* sua.

Ele assentiu.

— Você tem razão. Foi sim. Eu escolhi voltar um pouco mais cedo para ajudar os novos receptores.

Sacudi a cabeça. Levi ainda não estava me olhando nos olhos, então fechei o espaço entre nós.

— Olhe para mim, Levi. E me diga a verdadeira razão pela qual você está indo embora.

Ele ergueu o olhar e ficou fitando o meu antes de fechar os olhos e respirar fundo.

— Estou indo embora porque as coisas entre você e mim precisam acabar.

Senti a tristeza envolver o meu coração e espremer toda a raiva. Fiz o meu melhor para piscar e afugentar a ardência das lágrimas, mas eu sabia que não conseguiria segurá-las por muito tempo.

— Por quê? Por que precisa acabar?

Levi apoiou a testa na minha.

— Eu não sou o que é melhor para você. Você se mudou de volta para Beaufort para dar a você e ao seu filho a vida que merecem. Essa vida está aqui, e não me inclui.

Lágrimas escorreram pelas minhas bochechas.

— Mas você disse que poderíamos encontrar uma maneira de fazer dar certo.

— Nós nos deixamos levar pelo calor do momento. Eu me importo com você, Presley. De verdade. E com o Alex também. Mas o que aconteceu entre nós nunca deveria ter acontecido. Foi um erro.

Senti como se tivesse acabado de levar um tapa na cara. Dizer que tínhamos que terminar era uma coisa, mas se arrepender do que aconteceu e chamar de erro era outra completamente diferente. Dei dois passos para trás.

— Um erro? Como pode dizer isso? Você me disse que nunca se arrependeria de nós.

— Você deveria dar uma chance à sua família, Presley. O Alex merece ter o pai na vida dele, e você merece ter alguém que possa estar ao seu lado todos os dias.

— Mas eu não quero ficar com o Tanner. Quero ficar com você. Sei que é confuso e algumas pessoas irão se magoar, mas podemos dar um jeito. Eu sei que podemos. Foi isso que você disse o tempo todo. Você me fez acreditar que poderia dar certo.

Levi fechou os olhos com força. Ele ficou em silêncio por um longo tempo. Por fim, olhou para cima e engoliu em seco.

— Eu não *quero* fazer dar certo, Presley.

Senti como se todo o fôlego tivesse sido arrancado de mim.

Levi sacudiu a cabeça.

— Me desculpe se te iludi e levei as coisas longe demais. Eu serei presente para o Alex. Isso, eu posso prometer. Mas você e eu? Nunca ia durar. Nós levamos vidas muito diferentes, e não quero ficar preso enquanto estiver viajando durante a temporada de jogos.

Meus lábios tremeram.

— Entendi.

Ele olhou para baixo novamente.

— Eu sinto muito, Presley. Sinto muito mesmo.

Levi deu um passo à frente, com os braços abertos, como se fosse me consolar. Mas de jeito nenhum eu o deixaria fazer isso. Eu já estava à beira de um colapso. Só precisava sair logo dali. Então, coloquei a mão no seu peito e o empurrei para impedi-lo.

— *Não.* Eu vou ficar bem. — Ergui o queixo, mesmo que as lágrimas estivessem pingando do meu rosto. — Adeus, Levi.

Tive que colocar saquinhos de gelo nos olhos na manhã seguinte para reduzir o inchaço o suficiente para poder ir buscar o Alex. A noite passada havia sido brutal. Fiquei repassando na mente os meses que Levi e eu compartilhamos para ver o que eu tinha deixado passar. Devia ter sinais de que as coisas entre nós eram apenas um caso passageiro para ele, sinais que deixei passar devido aos meus sentimentos. As pessoas não acordam simplesmente um dia e decidem do nada que não vale a pena lutar por um relacionamento. Mas, por mais que eu tenha repensado e analisado todo o nosso tempo juntos, não conseguia prever o que nos aguardava.

E aquilo me assustou pra caramba. Eu já havia sido pega de surpresa pelo amor uma vez — por Tanner — e achei que tivesse aprendido com aquela experiência e amadurecido como mulher. Me apaixonar por outro homem somente para ser descartada como o lixo do dia *mais uma vez* era doloroso demais; me fazia sentir como uma completa idiota.

Por sorte, um dos benefícios de ser mãe era o fato de que não dava para passar muito tempo chafurdando em autopiedade. No instante em que busquei Alex na casa do amigo, ele começou a tagarelar sobre seu tio Levi, e não tive escolha além de engolir.

— A vovó me disse que o time do tio Levi vai aposentar a camisa de futebol americano do vovô esse ano. Toda a família vai para uma cerimônia enorme em setembro. Vai ser em Denver, então o tio Levi vai estar lá também. Nós podemos ir com eles, mamãe? A vovó disse que poderíamos se você concordasse.

— Não sei, querido. As coisas podem estar bem ocupadas por aqui nesse tempo. É melhor falarmos sobre isso quando estiver mais perto.

— Vai ser daqui a cinquenta e um dias. Eu contei. Vou perguntar ao tio Levi sobre isso esta manhã.

Não tive coragem ou energia para dizer ao Alex que seu tio provavelmente não iria querer que fôssemos visitá-lo. Então, apenas assenti e forcei um sorriso.

— Você acha que o tio Levi vai voltar para a The Palm no próximo verão? Talvez ele possa ajudar a treinar o meu time no acampamento de verão.

Senti como se um elefante estivesse sentado no meu peito.

— Não sei quais os planos do tio Levi para o próximo verão. Ainda falta quase um ano.

— Trezentos e quarenta e três dias.

Não pude evitar abrir um sorriso genuíno. Estendi a mão e baguncei os cabelos do meu filho.

— Parece que alguém encontrou um calendário.

Quando estacionamos em frente à pousada, Tanner estava do lado de fora no balanço com seu café. Eu não havia saído do quarto depois de falar com Levi na noite passada para ver se o Tanner havia instalado o balanço, após voltar da caçada inútil para a qual o mandei ontem.

Ele levantou conforme nos aproximamos.

— E aí, campeão? — Ele estendeu o punho para Alex, que retribuiu o cumprimento. — Como foi a sua noite? Você não saiu de fininho da casa do Kyle para encontrar garotas, fumar cigarros e beber uísque, certo?

Alex deu risada.

— Garotas são nojentas, papai.

Tanner piscou para mim.

— Só garotas? Bebidas e cigarros não?

— Ai, *paaaai*... você não tem graça nenhuma.

Tanner deu risada e acenou com a cabeça em direção à casa.

— Que tal você entrar e lavar as mãos para tomar café da manhã? Comprei gotas de chocolate quando fui ao supermercado ontem para fazer panquecas. Vou começar a fazê-las em alguns minutos, porque tenho que ir levar o tio Levi para o aeroporto esta manhã.

— Ok!

Tanner olhou para mim depois que Alex correu para dentro de casa.

— O que achou do balanço?

— Ficou ótimo. Obrigada por fazer isso.

— Bati à sua porta ontem à noite para te dizer que estava pronto, mas você não me respondeu.

— Eu acabei caindo no sono bem cedo.

Tanner assentiu. Ele pareceu estudar meu rosto por um minuto.

— Você está bem?

— Sim, por que não estaria?

Ele manteve o olhar no meu.

— Você parece um pouco inchada... como se tivesse chorado ou algo assim.

Desviei o olhar.

— Estou com a alergia atacada. Vou tomar um banho agora. A água quente e o vapor geralmente ajudam a melhorar essa minha sinusite.

— Tome banho rápido. Vou fazer panquecas com gotas de chocolate para todos nós. Não são as favoritas apenas do nosso garoto, são as do meu irmão também.

Tentei ao máximo não franzir o rosto, mas a gravidade fez os meus lábios se curvarem para baixo.

— Não estou com fome. Então, não precisa esperar por mim. — Caminhei em direção à porta e olhei para trás. — Obrigada mais uma vez por pendurar o balanço.

Tanner piscou.

— O prazer foi meu, linda.

Aparentemente, hoje era a minha vez de ficar no quarto. Talvez fosse justo, considerando que Levi havia feito o mesmo no dia anterior. Eu tinha visto o itinerário do seu voo sobre a mesa da cozinha quando peguei meu café mais cedo, então sabia que não demoraria muito antes de ele ter que ir para o aeroporto. Não me despedir ia acabar comigo, mas eu não conseguiria fazer isso na frente de todo mundo sem explodir em lágrimas. Conseguimos chegar até aqui sem deixar que Tanner soubesse que aconteceu algo entre nós, então não tinha motivos para estragar tudo com uma despedida extremamente emocional. Eu só precisava ficar na minha por mais um tempinho e, aí, tudo estaria acabado.

Bom, não estaria acabado. Não no meu coração, pelo menos. Porque não é possível desligar um interruptor e parar de amar alguém. Mas, pelo menos, o risco de Tanner descobrir seria mínimo depois que Levi fosse embora.

Fiquei no quarto contando os minutos, com meu coração ricocheteando no peito. E então, a porta do meu quarto abriu abruptamente.

Dei um pulo sentada na cama, cobrindo meu coração com a mão.

— Alex, você me deu um susto do caramba! Lembra da nossa regra? Sempre batemos nas portas fechadas, principalmente aqui na pousada.

— Desculpe, mamãe. Eu só queria perguntar se posso ir com o papai deixar o tio Levi no aeroporto. O papai disse que eu tinha que falar com você para ver se você não tinha algum outro plano.

Suspirei.

— Tudo bem. Pode ir.

Assim como Tanner fizera mais cedo, meu filho analisou meu rosto antes de franzir a testa.

— Você está bem, mamãe?

Abri um sorriso triste. Eu odiava mentir para o meu filho, mesmo quando era para o seu próprio bem.

— Estou bem, meu amor. É a minha alergia me incomodando.

Ele se aproximou e segurou minha mão.

— Eu também estou triste porque o tio Levi está indo embora.

Pisquei algumas vezes.

— O quê?

— Quando a sua alergia está te incomodando, você espirra o tempo todo. Acho que você só está triste como eu porque o tio Levi está indo embora. É legal quando ele está com a gente.

Afaguei a bochecha do meu filho. Ele era um garotinho tão perceptivo.

— Que tal você e eu fazermos uma pequena viagem para a praia amanhã? Talvez nos hospedarmos em um hotel para passarmos a noite e ficar dois dias em Myrtle Beach?

Meu filho deu um soco no ar.

— Podemos comprar uma prancha nova para mim antes de irmos?

Sorri.

— É claro.

— Ok! — Alex apertou minha mão. Depois, ele começou a caminhar em direção à porta, mas parou quando percebeu que eu não o estava seguindo. — Venha! O tio Levi está colocando as coisas dele no carro. Você precisa se despedir.

— Hã... — Não consegui pensar em uma maneira de evitar fazer isso, então assenti, relutante. — Ok.

Na cozinha, Levi estava colocando seu laptop em uma mochila quando entrei. Ele ergueu o olhar e, se não o conhecesse bem, pensaria que ele estava sofrendo tanto quanto eu.

Ele abriu um sorriso triste.

— Oi.

— Oi.

Tanner entrou no cômodo, balançando um par de chaves penduradas em um chaveiro em seu dedo. Ele sorriu.

— Está pronto para ir, *superstar*?

Os olhos de Levi encontraram os meus novamente antes de ele olhar para baixo para fechar o zíper da mochila.

— Sim.

— Vamos pegar a estrada, então.

Mais uma vez, o olhar de Levi encontrou o meu. É claro que meu plano tinha sido evitar uma despedida, mas agora pareceria estranho se nem ao menos nos abraçássemos ou algo assim. Então, respirei fundo e me aproximei dele.

— Adeus, Levi. Boa sorte nessa temporada.

O abraço foi sem jeito, mas, quando tentei me afastar, Levi me segurou com mais força.

— Boa sorte com esse lugar — ele sussurrou no meu ouvido. — Meu avô era um homem sábio.

Quando ele me soltou e dei um passo para trás, vi que havia lágrimas em seus olhos. Levi limpou a garganta e desviou o olhar.

— Vamos. Não quero perder o voo.

Eu os segui até a porta, completamente dormente. Levi não olhou para trás ao entrar no SUV de Tanner e colocar o cinto de segurança. Alex entrou no banco de trás e o carro foi ligado, mas, no último segundo, Tanner abriu a porta do motorista e veio correndo até a varanda, onde eu estava. Ele beijou minha bochecha e me puxou para um abraço.

— Esqueci de dizer tchau.

Tanner e eu já tínhamos deixado para trás muitos rancores e nos tratávamos de forma amigável ultimamente, mas não estávamos no estágio de trocar beijos e abraços para nos despedirmos, então achei aquilo estranho.

Até que ergui o olhar e vi Levi nos observando do carro. Esse era o objetivo de Tanner. Aparentemente, meu filho não era a única pessoa perceptiva na casa, e Tanner quis que essa fosse a última lembrança do seu irmão antes de partir.

Me permiti chorar por uma hora inteira, e depois tomei mais um banho. Considerei ligar para Harper para desabafar, mas isso só iria me fazer chorar mais, e eu não queria estar com o rosto vermelho e inchado quando meu filho voltasse para casa. Então, em vez disso, fiz uma xícara de chá de camomila.

Enquanto eu mergulhava o saquinho na água e encarava o nada, alguém bateu à porta da frente. Ultimamente, cada vez mais pessoas passavam aqui para perguntar sobre a disponibilidade dos quartos. Mesmo que fosse uma coisa boa, também estava feliz por ainda faltar uma semana até a grande inauguração, porque eu não conseguia nem pensar em ter que sorrir e dar as boas-vindas a estranhos agora.

Mas, quando abri a porta, não era uma pessoa estranha que estava do outro lado.

A mãe de Tanner olhou para o meu rosto e franziu as sobrancelhas.

— Posso entrar?

A última coisa que eu queria era discutir qualquer coisa sobre os filhos dela, mas também não podia rejeitá-la. Então, assenti e dei um passo para o lado para que ela entrasse.

Ela entrou na cozinha e viu minha xícara de chá sobre a bancada.

— Posso me juntar a você?

Não.

— Claro que sim. Vou fazer uma xícara para você.

Ficamos em silêncio enquanto eu preparava mais chá. Após colocar a xícara diante dela, sentei-me no outro lado da mesa.

Shelby envolveu a xícara com as mãos.

— Eu sei que você está sofrendo agora. Mas, às vezes, as decisões mais difíceis que temos que tomar acabam sendo as certas, no fim das contas.

Engoli em seco.

— Nada parece certo no momento.

Shelby estendeu a mão sobre a mesa e pegou a minha.

— Na vida, há tantos caminhos diferentes que podemos tomar. Somos frequentemente compelidos a atravessar ponte após ponte para chegar a um lugar novo. Então, acabamos não levando em consideração uma ponte pela qual já passamos, a menos que a seguinte esteja derrubada e não tenhamos escolha. Nesse momento, você deve estar sentindo que perdeu o seu caminho. Mas eu prometo que tudo acontece por uma razão. Só porque você está sendo forçada a seguir por uma ponte diferente não significa que não possa encontrar felicidade do outro lado, Presley.

Eu havia dito a mim mesma que não ia mais chorar, mas uma lágrima escapou e deslizou pela minha bochecha. Eu a limpei.

— Não estou pronta para falar sobre isso, Shelby. Mas agradeço por você tentar me fazer sentir melhor.

Ela afagou minha mão.

— Vai levar um tempo. Mas se, a qualquer momento, você quiser conversar, sabe onde me encontrar.

— Obrigada.

— Você gostaria que eu ficasse com o Alex por alguns dias?

Sacudi a cabeça.

— Acho que nós vamos à praia por um dia ou dois.

Shelby sorriu e assentiu.

— É uma boa ideia. É como diz o velho ditado: água salgada cura tudo.

Ela terminou o chá e levou a xícara para a pia antes de recolher sua bolsa. Abrindo o zíper, ela retirou de lá um envelope e o estendeu para mim.

— Quase esqueci. Levi me pediu para te entregar isso.

Meu coração, que parecia estar vazio, começou a bombear de novo, de repente.

— O que é isso?

Ela deu de ombros.

— Eu não abri, e ele não me disse o que era.

Peguei o envelope.

— Ok. Obrigada.

Shelby mal havia saído pela porta quando rasguei o envelope para abri-lo. Não sei o que estava esperando; acho que presumi que era algum tipo de carta — a despedida que não pudemos ter, ou algum atestado dos seus verdadeiros sentimentos por mim.

Mas não era uma carta.

Dentro do envelope, havia uma pilha grampeada de documentos jurídicos, mas eu não sabia bem do que se tratava.

Escritura de renúncia?

Concessor e beneficiado?

Passei as páginas, vendo que a última tinha a assinatura de Levi, e voltei para ler tudo do começo. O significado do documento só ficou claro para mim quando cheguei ao segundo parágrafo.

> Eu, Levi Sanford Miller, por meio deste, abdico, renuncio e libero para sempre todo o meu interesse em relação à propriedade Pousada The Palm, localizada no endereço Palm Court, 638, Cidade de Beaufort, estado da Carolina do Sul, em favor de Presley Sullivan.

Ah, meu Deus.

Levi não me escreveu uma carta de amor. Ele passou sua metade da pousada para o meu nome.

E cortou o último vínculo que nos unia.

CAPÍTULO 27

Presley

As ondas quebravam na beira da praia enquanto eu estava sentada na areia, vendo Alex procurar conchas. Era nosso primeiro dia em Myrtle Beach, e o tempo não poderia estar mais perfeito.

— Olha só essa! — Alex veio correndo e me entregou uma concha branca quase simétrica, com pontinhos laranja queimado.

Passei o dedo pelas linhas da superfície.

— Essa com certeza vai para o pote.

Tínhamos trazido um pote grande da cozinha e nos comprometemos a enchê-lo somente com as conchas mais bonitas para levar para casa.

Quando Alex correu de volta em direção à margem da água, meu celular tocou. Sorri ao atender.

— Oi, Harp.

— Recebi a sua mensagem com aquela foto do mar de tirar o fôlego. Como estão as coisas em Myrtle Beach?

Inspirei o ar salgado.

— Viajar por alguns dias foi realmente uma boa ideia.

— O Tanner está com vocês?

— Não. Ele quis vir, mas eu disse a ele que preferia passar esse tempo sozinha aqui com o Alex. Sinceramente, eu precisava me afastar dele. Levi acabou de ir embora, então ainda estou processando tudo.

— Como ficaram as coisas entre vocês?

Por onde eu começo? Contei para Harper sobre os dias antes da partida de Levi e finalizei com o fato de que ele havia passado sua metade da pousada para mim.

— Uau. Isso foi muito generoso da parte dele.

— Queria poder enxergar dessa forma. Quero dizer, óbvio que foi muito generoso. Mas também foi como um tapa na cara, como se ele não quisesse mais nada comigo, e essa foi uma forma de garantir isso. Me sinto uma trouxa por ter acreditado que ele poderia me amar o suficiente para não fugir.

Harper ficou em silêncio por alguns segundos.

— Você acha mesmo que ele não gosta mais de você, ou tudo isso se trata de culpa em relação ao Tanner?

Essa era a pergunta de um milhão de dólares.

Desenhando linhas na areia, sacudi a cabeça.

— Eu não sei. E não sei dizer qual opção me parte mais o coração. De certa forma, seria mais fácil se ele tivesse mesmo perdido o interesse em um futuro comigo. Assim eu teria certeza de que ele não está sofrendo por dentro. É tudo tão confuso. Eu tinha quase certeza de que ele tinha desistido de nós, até o momento em que ele estava indo embora e vi lágrimas nos seus olhos.

— Ai, meu Deus. *Levi Miller* chorou?

Me doía pensar nisso.

— Foi bem sutil, e ele estava tentando esconder. Ainda não faço ideia se ele só estava se sentindo mal por me fazer sofrer ou se era *ele* que estava sofrendo. Eu deveria estar curtindo esse tempo com o meu filho, mas essa dúvida está me assombrando. — Suspirei. — Mesmo que eu soubesse a resposta, isso não mudaria nada. Não importa se o motivo da sua decisão foi falta de amor ou culpa; está tudo acabado. Ele ter me dado a pousada provou isso, e eu preciso aceitar. — Senti emoções me invadirem, e sussurrei: — Eu sinto tanta falta dele.

— Você vai ficar bem?

Respirei fundo.

— Eu tenho que ficar. Pelo Alex. Essa vai ser a última vez que falo sobre isso, Harper. Assim que eu encerrar essa ligação com você, vou deixar para lá pelo resto da viagem.

— Você quer que eu vá até aí? — ela perguntou.

— Não. É claro que eu adoraria te ver, mas tenho que fazer isso sozinha. Mesmo que me destrua, eu vou me forçar a seguir em frente.

Ela suspirou.

— Se mudar de ideia, estarei no próximo voo, ok?

Uma amiga que pegaria um avião só para te fazer sentir melhor é definitivamente a melhor coisa para se ter.

— Obrigada, Harp. Eu te amo.

Alguns dias depois, voltamos para a realidade depois que Alex e eu retornamos à The Palm. A viagem tinha sido exatamente o que eu queria. Fiz o melhor que pude, dando a Alex toda a minha atenção ao passearmos por Myrtle Beach. Passamos bastante tempo juntos na água, comemos em restaurantes locais, tomamos sorvete e exploramos as lojas.

No entanto, voltar para casa reacendeu o vazio de saber que Levi tinha ido embora.

Tanner entrou na cozinha enquanto eu estava guardando as compras do mercado. A última vez em que eu fora ao mercado tinha sido antes de Levi ir embora, e precisava muito reabastecer a despensa.

— Que tal deixarmos o Alex na casa da minha mãe esta noite e sairmos para jantar, só você e eu? — ele sugeriu.

Fiz uma pausa antes de dar uma desculpa, que não era uma completa mentira.

— Nós acabamos de voltar de viagem. Eu meio que estou com vontade de ficar apenas em casa por um tempo.

Ele assentiu, parecendo um pouco triste.

— Bom, então podemos fazer algo juntos em casa mesmo. Que tal eu cozinhar algo para nós? Te dar uma folga, se estiver cansada?

Seu uso da palavra *juntos* me forçou a fazer uma abordagem mais direta.

— Tanner, eu já te disse como me sinto. Nada mudou. Nós somos pais separados criando o nosso filho, e só. Sem contar que o meu foco nesse momento precisa estar todo voltado para a grande inauguração semana que vem, e as aulas do Alex vão começar em breve. — Fechei a porta da despensa. — Mas mesmo que essas coisas não existissem, eu não estou mais interessada em um relacionamento romântico com você. Pensei que já tinha deixado isso bem claro.

Ele fez uma careta.

— Ah, você deixou. Mas não posso desistir sem lutar. Você é muito importante para mim. Vou continuar tentando, de tempos em tempos, esperando ser rejeitado mesmo por enquanto. E quer saber? Considerando todos os erros que cometi no passado, isso era de se esperar. Mas não vou desistir de você, Presley. Eu *não* vou desistir de nós. Você e o Alex são as pessoas mais importantes do mundo para mim. Todo dia, a partir de agora, será um passo para conseguir reconquistar a sua confiança. — Ele deu alguns passos para se aproximar de mim. — Por enquanto, estou aqui para te ajudar. Me diga o que precisa que eu faça. Estou ao seu lado, no seu time. Me coloque para trabalhar, e iremos fazer a inauguração mais incrível que essa cidade já viu.

Durante a semana seguinte, Tanner definitivamente acabou demonstrando ser um homem de palavra. Ele fez muitas coisas para me ajudar, desde cuidar de Alex até fazer limpeza nos quartos para prepará-los para os hóspedes.

Em apenas alguns dias, as pessoas iriam começar a chegar para se hospedar na The Palm, e o dia da grande festa de inauguração havia chegado. Convidamos a imprensa local e contratamos um bufê. Dois dos repórteres até passariam a noite hospedados nos quartos reformados recentemente em troca de fazerem matérias sobre a pousada.

Eu estava terminando de arrumar a cozinha para a equipe do bufê quando Tanner e Alex voltaram das compras de volta às aulas. Alex levou um monte de sacolas para seu quarto, enquanto Tanner se juntou a mim na cozinha. Eu sabia que não teria conseguido focar e me preparar para a festa se Tanner não estivesse aqui prestando atenção em Alex. Eu estava cada vez mais grata pela sua presença.

— Como está a minha garota? — Tanner sacudiu a cabeça e se corrigiu. — Desculpe. Força do hábito.

Espirrei produto de limpeza sobre a bancada e passei um pano ali, sentindo-o se aproximar por trás de mim.

— Você está tão tensa, Presley. Precisa relaxar.

Quando dei por mim, as mãos de Tanner estavam apertando os meus ombros com firmeza. Ele pressionou os dedos nos meus músculos, massageando-os. Por mais inapropriado que fosse, fechei os olhos e me deleitei com a sensação da tensão se desfazendo na base do meu pescoço.

Por um momento, enquanto estava de olhos fechados, imaginei que era Levi me tocando. Meu corpo se agitou antes de eu despertar do transe e me afastar.

— Obrigada — eu disse, expirando.

Saí rapidamente da cozinha, e dei de cara com uma Fern muito sorridente no corredor.

— Sentindo-se renovada? — ela zombou.

Ótimo. Dava para imaginar a impressão que aquela cena na cozinha passou. Mas eu não tinha tempo para me preocupar com as suposições dela agora.

Passei direto por ela, fui para o meu quarto e fechei a porta antes de deitar na cama. Meu corpo estava vibrando depois da massagem — não porque as mãos de Tanner estiveram em mim, mas porque ser tocada me lembrou de tudo o que eu ainda tanto desejava.

Estava com saudades de Levi. Sentia falta da maneira como ele me olhava, da maneira que ele me fazia sentir, do quão feliz eu era com ele. Não fazia ideia de como poderia simplesmente esquecer tudo aquilo e seguir em frente com a minha vida.

Massageando as têmporas, comecei a suar. Esfreguei as pernas nos lençóis macios, frustrada. Peguei meu celular da mesa de cabeceira e abri a lista de contatos.

Meu dedo ficou pairando sobre o nome de Levi enquanto eu pensava em mandar mensagem para ele.

O que eu ia dizer? Admitir o quanto eu sentia sua falta ou que estava pensando nele não iria facilitar nossas vidas. Não teria propósito algum. Joguei o celular na cama e enterrei a cabeça em um travesseiro, esperando que esse momento passasse. E, eventualmente, passou. Em vez de ceder à minha necessidade de entrar em contato com Levi, fugi para o chuveiro e comecei a me arrumar para a noite.

Algumas horas depois, eu estava no andar de baixo, usando um vestido roxo longo e recebendo pessoas para a celebração.

Tanner e Alex estavam usando ternos azul-escuros iguais, e até mesmo Fern havia trocado seus vestidos do dia a dia por uma roupa mais chique. Ela complementou o visual com um chapéu enorme, adornado com flores.

Fiz minhas rondas, puxando conversa com os convidados e respondendo perguntas dos repórteres locais.

Era difícil falar sobre o processo de reforma sem citar Levi, então dei a ele os créditos quando devidos. Mais de uma pessoa me perguntou por que ele não estava na festa, e expliquei, com um sabor amargo na boca, que ele já tinha voltado ao Colorado para trabalhar. Talvez o fato mais agridoce nessa celebração toda era que Levi havia planejado tudo. No tempo em que as coisas estavam melhores entre nós, ele cuidou de toda a organização da festa, desde a lista de convidados até as opções do cardápio.

Depois que todo mundo foi embora, eu estava completamente exausta por ter ficado "ligada" por tantas horas seguidas como a porta-voz oficial da Pousada The Palm. E não tinha comido uma porçãozinha sequer da comida pela qual Levi pagara.

A cozinha estava finalmente quieta quando abri a geladeira e vi o que havia sobrado. Bem ali, olhando para a minha cara, estava uma travessa de torta de pêssego. Levi pedira aquela sobremesa em particular por uma razão, e naquele tempo, a intenção não era me magoar.

Tirei a travessa da geladeira e peguei um garfo, sabendo muito bem que essa seria mais uma noite preenchida por pensamentos em Levi Miller.

BELA JOGADA

CAPÍTULO 28

Presley

Duas semanas depois, a The Palm estava oficialmente aberta ao público, e os primeiros clientes já estavam hospedados. Além disso, as reservas estavam esgotadas por dois meses, até o início de outubro. Tudo estava indo muito bem, tirando o fato de que eu estava exausta.

Esse empreendimento era demais para uma pessoa só. Tanner começara em seu novo emprego de treinador, e ainda estava conciliando com o trabalho de agente, então não podia mais me ajudar tanto quanto antes. E eu havia começado o emprego de professora de arte na escola de ensino médio local, o que consumia uma boa porção do meu tempo.

Tanner tinha acabado de deixar Alex na escola quando retornou para tomar café comigo antes do trabalho.

— Você parece muito estressada. Aconteceu algo com algum hóspede? — ele perguntou ao servir uma caneca de café.

— Não, nenhum problema. Só estou percebendo que preciso de ajuda. As reservas estão esgotadas pelas próximas oito semanas. Preparar o café da manhã todos os dias já é um baita trabalho. E agora que eu comecei a dar aulas, acho que não consigo dar conta de toda a limpeza e arrumação dos quartos, sem falar nas roupas de cama para lavar. Eu sei que devia ter previsto isso, mas é mais difícil do que imaginei.

Ele apoiou sua caneca.

— Não precisa dizer mais nada. Depois que eu resolver algumas coisas com clientes essa manhã, vou procurar alguém para vir fazer a limpeza.

— Você não precisa fazer isso.

— Eu *quero* fazer. E vou pagar. Tirando refeições que compro vez ou outra, estou morando aqui sem pagar aluguel, e isso não é justo. Eu sei que ainda estou te devendo bastante, mas pode contar comigo para cuidar dos custos com a limpeza e também para começar a ajudar a cobrir outras despesas.

Era bom ter a ajuda dele, mas era impossível não ter a sensação de que essa era mais uma tentativa de ficar permanentemente nas nossas vidas novamente. Mas é claro que eu não iria rejeitá-lo se ele queria contribuir.

Depois que Tanner subiu para seu quarto para trabalhar, fiz algo que quase nunca fazia. Levei meu café para a sala de estar e liguei a TV. Eu não tinha muito costume de assistir televisão; preferia ler, na maior parte do tempo. Mas eu tinha um tempinho antes de ter que ir à escola para dar minha primeira aula de arte do dia.

Por cerca de dez minutos, assisti ao *The Today Show*, e durante um comercial, fiquei zapeando pelos canais.

Normalmente, eu passaria direto pela ESPN, só que, dessa vez, o rosto familiar na tela me fez congelar. Os grandes olhos azuis de Levi estavam fixos na repórter.

Engoli o bolo na garganta ao assisti-lo falar.

A linda loira perguntou a ele qual era sua opinião sobre um novo jogador que havia sido transferido para os Broncos para a temporada que estava prestes a começar.

Levi coçou o queixo.

— Todos o receberam de abraços abertos. Está sendo legal pegar o ritmo e voltar aos treinos. O time está mais forte do que nunca, e estou animado para o início da temporada.

A mulher continuou a fazer perguntas, com um cintilar nos olhos. Ela parecia estar flertando. Meu estômago afundou, e mudei de canal. Não consegui aguentar.

Se eu não conseguia lidar com uma repórter flertando com ele, como poderia lidar com todas as outras mulheres se jogando em cima dele, dia após dia?

Mais duas semanas se passaram, e as coisas pareciam estar mais sob controle na The Palm agora que eu tinha ajuda. Tanner contratara uma amiga de Fern para fazer a manutenção e limpeza da pousada algumas vezes por semana, então eu pude tirar esse peso das minhas costas.

Cuidar da parte do café da manhã também estava mais fácil agora que eu tinha menos coisas para dar conta. Eu só precisava ir para o trabalho de professora às onze da manhã, então isso me dava bastante tempo para preparar café e comida para os hóspedes. E, às vezes, quando eu estava atrasada, Tanner se dispunha a me substituir se não tivesse que comparecer ao trabalho de treinador. Alex também já estava se adaptando à nova escola, e tudo estava correndo perfeitamente bem no que se dizia respeito às coisas de casa.

O único problema era o desejo persistente dentro de mim por um homem que eu não podia ter. O mesmo homem cujo irmão parecia estar fazendo tudo que era humanamente possível para ganhar uma nova chance.

Por falar em Tanner, eu finalmente decidi ceder a um dos seus tantos pedidos para passarmos tempo juntos fora de casa. Ele me convenceu de que eu merecia dar uma saída e prometeu que não trataria isso como um encontro, se eu concordasse.

Então, certa noite, nós dois deixamos Alex na casa da mãe de Tanner antes de encontrarmos Lily e Tom Hannaford em um dos meus restaurantes italianos favoritos, o Carducci's. Lily e Tom eram um dos poucos casais com quem estudamos durante o ensino médio que ainda estava junto. Nós costumávamos ter encontros em dupla com eles nos velhos tempos, então estar com eles esta noite definitivamente trouxe uma sensação de *déjà vu*.

A certa altura, depois que o garçom anotou nossos pedidos, Lily me fez a temida pergunta.

— Então, o que está rolando entre vocês dois? — Ela olhou alternadamente para Tanner e mim. — Por favor, me digam que estão tentando se reconciliar.

Eu esperava que Tanner, que marcou esse jantar, tivesse explicado as coisas para eles, para eu não ter que fazer isso.

— Na verdade, somos apenas amigos e compartilhamos a criação do nosso filho — eu disse a ela.

Tanner pousou a mão no meu braço.

— Esse é o plano *por enquanto*. — Ele sorriu para mim, mas não retribuí. — Tenho esperança de que ela me dê mais uma chance. Ferrei bonito as coisas no passado, então estou me esforçando para reconquistar a confiança dela. Um dia de cada vez.

Lily abriu um sorriso largo.

— Bem, isso é louvável da sua parte. Mas e se nunca acontecer?

Tanner estreitou os olhos.

— Como assim?

— E se ela nunca conseguir voltar a confiar em você?

Ele suspirou e olhou para mim.

— Então, sempre estaremos um na vida do outro, e sempre estarei ao lado dela e de Alex, não importa o que aconteça.

Tomei um gole de água e senti a necessidade de esclarecer o meu lado da história.

— Tem algumas coisas na vida que é melhor não revisitar — expliquei. — Acho que é possível ter respeito e amor por alguém e, ao mesmo tempo, reconhecer que é melhor ficarem separados. Esse é o caso com Tanner e eu.

Tanner franziu o rosto.

Por mais que fosse péssimo murchar sua esperança mais uma vez, eu precisava continuar mandando a real, até que ele aceitasse de uma vez por todas. Ele havia claramente enganado nossos amigos, fazendo-os pensar que isso era algum tipo de saída de casais.

Após algumas taças de vinho, consegui finalmente curtir um pouco, quando o foco do assunto desviou de Tanner e mim. Nós quatro ficamos relembrando os velhos tempos, falando sobre momentos como entrar de fininho em salas de cinema quando estávamos no ensino médio.

Tudo estava bem agradável, até Tom citar a palavra com L durante a sobremesa.

Ele virou-se para Tanner.

— Como vai o seu irmão?

— Bem — Tanner respondeu. — Ele está de volta aos treinos, se preparando para a temporada.

— Fiquei sabendo que os Broncos conseguiram descolar o Chip Reid. Foi uma aquisição enorme.

Tanner assentiu.

— É. Tem tudo para ser uma temporada bem interessante.

Tom deu risada.

— Nossa, Levi deve estar levando uma vida e tanto. Só imagino quantas mulheres aquele cara consegue pegar.

Senti como se meu vinho estivesse regurgitando conforme uma pontada de ciúmes me atingiu. Não foi como se ele tivesse dito algo que eu não sabia, mas ter que ouvir foi uma droga. E também era uma droga o fato de que isso tinha um efeito tão profundo em mim. Mas eu continuava tão apaixonada por Levi quanto no dia em que ele foi embora. Diante disso, a maneira como o comentário de Tom me fez ferver por dentro foi normal. Gotas de suor começaram a se formar na minha testa enquanto eu virava o resto do vinho.

Lily inclinou a cabeça para o lado enquanto olhava diretamente para mim, parecendo examinar meu rosto.

— Ele ficou aqui na cidade por um tempo, não foi?

Limpei a garganta.

— Sim. Ele ajudou bastante quando estávamos começando as reformas na The Palm.

— Estou em dívida com ele por ter ficado aqui até eu me recompor — Tanner acrescentou.

Lily olhou para mim novamente.

— Ele estava morando na The Palm com você antes do Tanner chegar?

Sentindo minhas bochechas esquentarem, confirmei com a cabeça.

— Sim.

— Interessante. Vocês já tinham passado um longo período de tempo juntos antes?

— Não, foi a primeira vez que pude conhecê-lo melhor.

— Entendi. — Ela abriu um pequeno sorriso sugestivo.

E foi aí que eu soube. Ela percebeu minha reação e ligou os pontos. De alguma maneira, só pela minha expressão, Lily descobriu o que Tanner ainda estava por descobrir — que algo havia acontecido entre seu irmão e mim.

Como raios eu ia esconder de Tanner meus sentimentos por Levi para sempre, se essa mulher descobriu em questão de minutos?

CAPÍTULO 29

Levi

O treinador Williams pediu que eu fosse até sua casa imediatamente após o treino.

Ele estava quieto ao abrir a porta da frente para mim. Eu o segui até a cozinha, suspeitando de que ele queria comer o meu rabo por causa do meu desempenho nada estelar no campo mais cedo.

Sua esposa estava arrumando um buquê enorme de flores quando entramos no cômodo. Kristen era um doce de pessoa e sempre me tratou como se eu fosse da família. Dei um beijo em sua bochecha e vi o treinador trocar um olhar com ela antes que ela nos deixasse a sós. Eu estava prestes a levar a maior bronca e ele queria fazer isso em particular.

Como previ, depois de me entregar uma cerveja, ele sentou-se e foi direto.

— O que está acontecendo com você?

Puxei uma cadeira e sentei.

— Desculpe. Eu sei.

— Você deixou passar um receptor em campo. E não é a primeira vez que isso aconteceu desde que você voltou das férias. É melhor você tomar jeito antes da temporada começar.

Eu aprendera da maneira mais difícil no decorrer dos anos que, sempre que eu tentava esconder algo, ele acabava descobrindo. Como ele havia se tornado meio que um pai para mim, senti-me confortável em admitir a verdade. Ele merecia isso, principalmente quando minhas ações podiam afetar seus resultados.

— Aconteceram algumas coisas quando eu estava na Carolina do Sul, e não estou conseguindo superar.

Ele ergueu a sobrancelha.

— Que coisas? Tem a ver com a propriedade?

— Quem me dera.

— Se não é isso, só consigo pensar em outra coisa capaz de te deixar tão fodido assim. — Ele tomou um gole. — Qual é o nome dela?

Expirei.

— Presley.

— Essa não é a mulher com quem você estava brigando por causa da pousada?

— Sim.

Ele inclinou a cabeça para o lado, começando a entender aos poucos.

— A ex do seu irmão...

— Sim — respondi baixinho.

— Ah, merda. — Ele sacudiu a cabeça e tomou um longo gole de cerveja.

Durante os vários minutos seguintes, contei tudo a ele e terminei na parte em que Tanner apareceu.

— Eu sei o que você vai dizer, treinador...

Ele ergueu a mão.

— Não tão rápido assim. Você acha que vou te dizer para esquecer isso e se recompor, mas eu sei que não é tão fácil quanto parece quando uma mulher está fodendo com a sua cabeça.

Puxei meus cabelos.

— Então, qual é a solução?

— Bom, continuar a se envolver com a mulher do seu irmão que não é... — Ele deu risada.

— *Ex-mulher* — esclareci.

— De qualquer jeito, é uma situação ferrada, e você precisa seguir em frente. Mas o que isso prova é que você está precisando de companhia.

Talvez tenha cansado da vida de solteiro. Sempre chega um momento da vida em que todo homem precisa de uma boa mulher para quem voltar para casa. Provavelmente, a única coisa que vai te fazer tirar uma mulher da cabeça é encontrar uma melhor e ficar com ela.

Meu primeiro pensamento foi: *não existe uma mulher melhor*. Eu sabia disso. Presley era a melhor. Isso não tinha a ver com a necessidade de substituí-la. Por mais que eu apreciasse seu conselho, sabia que não iria segui-lo. Eu não tinha o menor interesse em começar um relacionamento forçado com ninguém. O que aconteceu entre Presley e mim foi natural. Foi orgânico. Era como se ela fosse o meu lar, e isso não podia ser replicado. Eu preferia ficar sozinho a tentar.

— Agradeço o conselho. Mas não estou interessado nisso agora.

— Ok, então vamos para o plano B. — Ele bateu sua cerveja sobre a mesa.

— E qual é?

— Levar você lá para fora e te fazer ficar em forma na base da porrada. Porque essa merda não pode continuar durante a temporada!

Joguei a cabeça para trás, frustrado, e esfreguei os olhos.

— Prometo que vou melhorar, ok? Não vou te decepcionar.

Embora tenha sido bom desabafar com o treinador, eu ainda estava de mau humor quando voltei para casa naquela noite, que parecia tão fria e vazia, comparado a estar em casa com Presley. Eu não tinha percebido como era ruim até estar de volta. Eu tinha coisas caras, mas não era isso que fazia de uma casa um lar. Era as pessoas que estavam nela, e aqui no Colorado, eu não tinha um lar.

Falar sobre Presley hoje mexeu com a minha cabeça. Eu estava tentando esquecer, mas quanto mais esforço eu fazia para isso, mas parecia ferrar o meu desempenho nos jogos. Falar, *de fato*, sobre a situação em voz alta me fez sentir ainda pior em relação ao modo como deixei as coisas com ela.

Tive muitas oportunidades de afogar as mágoas com outras mulheres, mas não tinha o menor desejo de fazer isso. Seria desleal com a Presley e, mais surpreendente ainda, eu não tinha desejo sexual por mais ninguém. Não estava pronto para seguir em frente, mesmo que eu tenha encorajado Presley a fazer exatamente isso. Em vez disso, eu fechava os olhos à noite e imaginava seu cheiro, seu sabor, a sensação de deitar ao lado dela, abraçá-la. E então, ficava enjoado só de imaginar Tanner fazendo a mesma coisa.

Não importava se eu era um homem adulto. Quando se está para baixo assim, existe apenas uma pessoa que pode fazer você se sentir melhor.

Pegando meu celular, rolei pelos contatos até encontrar seu nome.

Após alguns toques, ela atendeu.

— Levi?

— Oi, mãe. Como vão as coisas?

— É tão bom ouvir a sua voz.

— É bom ouvir a sua também.

— Você parece cansado.

Outra maneira de dizer que eu parecia estar na merda.

— É, os treinos têm sido bem frenéticos. Como estão as coisas por aí?

— Bem, estou com o seu sobrinho aqui.

— É mesmo? — Sorri. — Coloque-o na linha.

— Ok. Espere aí.

Minha mãe chamou Alex e pude ouvi-lo correr até ela.

— Tio Levi!

O som da sua voz me atingiu direto no coração.

— Oi, amigão. O que tá rolando?

— Nada de mais. Estou aqui com a vovó. Sinto sua falta.

— Também sinto a sua falta. — Fechei os olhos. — Acredite em mim.

— Você sabia que eu estava aqui na casa da vovó? Foi por isso que ligou?

— Não, eu não sabia, na verdade. Mas é uma ótima surpresa. Como vai a escola?

— Tudo bem. Meus amigos ainda perguntam sobre você. Eles me pediram para te mandar um oi.

— Bem, mande um oi para eles por mim.

— Queria que você estivesse aqui. A gente podia jogar Trouble.

— Eu preferia mesmo estar aí jogando Trouble com você agora do que aqui.

— A vovó sempre me deixa ganhar. Não tem graça. Aposto que você ia tentar ganhar de mim.

— Você tem razão. — Preparei-me. — Onde está a sua mãe?

— Ela saiu para um encontro com o papai.

As palavras dele foram como um soco no estômago. Meu coração acelerou.

Não percebi que tinha ficado mudo até ele dizer:

— Você está aí?

— Aham. — Engoli em seco. — A sua mãe te *disse* que ia sair para um encontro com o seu pai?

— O papai me disse.

Enquanto saber que foi Tanner que se referiu a isso como um encontro tivesse me dado um pouco de alívio, ainda era uma droga. Fosse oficialmente um encontro ou não, eles tinham saído juntos, o que significava que estavam se dando bem.

Porra. Isso era o que eu supostamente esperava que fosse acontecer, o que precisava acontecer, mas nunca me acostumaria com a ideia.

Conversamos por mais alguns minutos, até Alex devolver o telefone para a minha mãe.

Aparentemente, ela leu a minha mente.

— Não sei se eles estão mesmo em um encontro, Levi. — Ela baixou o tom de voz. — Pelo que Tanner me disse, ele ainda está tentando reconquistar a confiança dela.

Meu coração martelou no peito.

— Como ela está?

— Presley parece estar bem. Bem, mas ocupada. A The Palm está aberta e funcionando, com as reservas dos dois próximos meses esgotadas.

Sorri.

— Uau. Isso é ótimo.

Ela fez uma pausa.

— Você fez a coisa certa, filho. Estou orgulhosa de você.

Queria ao menos sentir que isso era verdade. Em vez disso, sentia como se estivesse todo retorcido por dentro.

Depois que encerramos a ligação, fiquei desesperado por uma distração. Apesar de saber que pagaria o preço por isso no dia seguinte, eu precisava de alguma coisa para adormecer esse sentimento. Peguei uma garrafa de Jack Daniels e caí na cama.

CAPÍTULO 30

Presley

Seis semanas após a partida de Levi, finalmente consegui estabelecer uma rotina. Eu arrumava Alex para a escola, preparava o café da manhã para os hóspedes, dava quatro aulas de arte, buscava Alex, voltava para casa e fazia o jantar, checava os hóspedes, fazia dever de casa com meu filho e lhe dava banho, arrumava as áreas comuns, tomava um banho e caía na cama, exausta. Ensaboar. Enxaguar. Repetir. Era fácil esquecer que dia da semana era, já que todos eram praticamente iguais.

Eu tinha acabado de dar uma arrumada na pousada e estava prestes a apagar as luzes e subir para tomar um banho quando alguém bateu à porta da frente. Shelby Miller sorriu quando abri. Tive que forçar um cumprimento similar. Não é que eu não gostasse da mãe de Tanner, mas a maioria das conversas que já tivemos foram cansativas, e o dia já tinha sido bem longo.

Mesmo assim, afastei-me para o lado para deixá-la entrar e abri meu melhor sorriso falso.

— Oi, Shelby. Não sabia que você vinha. O Tanner não está aqui. Ele e o treinador-assistente estão trabalhando em algumas novas jogadas. Ele disse que provavelmente chegaria em casa bem tarde.

— Eu sei. Foi por isso que eu vim. Esperava poder conversar com você a sós por alguns minutos.

— Hummm... sim, claro. Gostaria de uma xícara de chá?

— Se você for tomar uma, seria ótimo.

Ficamos batendo um papo leve enquanto eu preparava dois chás, falando principalmente sobre Alex e como ele estava se adaptando à escola. Quando terminei e coloquei creme e açúcar na mesa, sentei-me de frente para ela e tomei um gole do meu chá.

— Como estão as coisas com Tanner? — ela perguntou.

— Estamos nos dando muito bem. Mas somos apenas amigos, se é isso que está perguntando. Não vejo mais Tanner de forma romântica, e já disse isso a ele inúmeras vezes.

Shelby suspirou.

— Foi o que pensei.

— Ele... ele disse alguma coisa que te fez pensar o contrário?

Ela sacudiu a cabeça.

— Não diretamente. Mas eu recebi todas as confirmações de presença para a cerimônia de aposentadoria da camisa do time de Jim no próximo fim de semana, e notei que tinha uma suíte no nome de Tanner com três hóspedes listados. Então, perguntei a ele sobre isso.

— E?

— Ele disse que você, Alex e ele iam ficar todos juntos em uma suíte. Todas têm um quarto separado com uma cama king-size e uma sala de estar com um pequeno sofá, mas não é um sofá-cama. Avisei isso ao Tanner, achando que talvez ele tenha pensado que o sofá se transformava em cama onde ele poderia dormir, mas ele disse que isso não seria um problema, porque o *Alex* caberia no sofá. — Shelby encontrou meu olhar. — Ele também perguntou se eu podia ficar com meu neto uma das noites, para que vocês dois pudessem passar um tempo a sós.

Soltei uma lufada de ar pela boca.

— Eu realmente não estava sabendo disso. Só decidi isso há algumas semanas, porque foi impossível dizer não às súplicas do Alex. Tenho andado tão ocupada que nem ao menos pensei sobre onde nos hospedaríamos ou nos planos para dormir. Tanner disse que teriam quartos reservados para todo mundo, mas não fazia ideia de que ele tinha pensado que eu concordaria em dividirmos uma cama. — Fiz uma pausa. — Shelby, eu juro que não estou dando esperança alguma a ele. Tenho sido muito direta quanto ao que sinto, mesmo que ele fique dizendo que pretende esperar por mim.

Ela balançou a cabeça.

— Eu não achei que você estava fazendo alguma coisa para fazê-lo pensar essas coisas. Mas sei como o meu filho pode ser. Às vezes, ele coloca certas ideias na cabeça e fica tão focado nelas que acaba se perdendo da realidade.

— Eu não quero magoá-lo. As coisas entre nós estão boas no momento, em um nível de amizade. E ele tem passado bastante tempo conhecendo Alex melhor. Mas não existe a menor chance de voltarmos. — Olhei para baixo, encarando meu chá. — Meu coração pertence a outra pessoa, mas, mesmo que não fosse assim, eu não teria interesse em reacender um romance com Tanner.

Shelby ficou em silêncio por um momento. Ela parecia estar deliberando sobre algo, como se quisesse dizer mais alguma coisa. Por fim, ela apoiou a xícara.

— Você... tem falado com o Levi?

Neguei com a cabeça e franzi a testa.

— Toda essa situação entre os meus meninos é muito confusa. Nunca tenho certeza sobre o que devo dizer e o que não devo. Eu deveria ser leal aos meus dois filhos, mas estou escondendo um segredo de um deles, e odeio ver o outro sofrendo. E você, Presley... sei que deve parecer que não sou a pessoa mais amigável desde que você voltou para cá, mas acreditei em algumas coisas que não deveria, e sinto muito por isso. Você sempre foi como a filha que nunca tive, e tenho um grande carinho por você. Também não quero ver você sofrer.

— Obrigada. E sinto muito por você ter sido colocada no meio dessa bagunça.

Shelby ficou quieta por mais alguns instantes. Eventualmente, ela suspirou.

— Levi me ligou semana passada. Foi na noite em que Alex estava lá em casa porque você e o Tanner tinham saído com alguns amigos. Alex disse a Levi que estava lá porque os pais dele tinham saído para um encontro.

Arregalei os olhos.

— Ai, não.

Shelby assentiu.

— Quando meu neto me passou de volta o telefone, Levi começou a me fazer um interrogatório. Eu disse a ele que foi Tanner que chamou aquilo de encontro, e não tinha certeza de que você também considerava a mesma coisa. Mas ele pareceu ficar bem chateado.

Senti-me enjoada por saber que Levi podia estar pensando que Tanner e eu ficamos juntos pouco tempo após ele ir embora, que nosso relacionamento tenha significado tão pouco para mim que eu poderia seguir em frente rápido assim, especialmente com seu irmão. Mas também achei a reação de Levi confusa.

— Foi ele que terminou comigo.

Shelby estendeu a mão para apertar a minha.

— Eu não quis chatear você. Só achei que deveria saber, não somente devido à reação de Levi, mas também porque, claramente, Tanner está dizendo ao Alex coisas que não são exatamente a verdade. Não quero que ele pense que os pais estão juntos de novo só para se decepcionar depois.

Assenti.

— Obrigada por me contar. Fico muito grata mesmo.

Depois que Shelby foi embora, fui para o quarto e tomei um banho. Mas, em vez de ir para a cama, decidi ir para a sala e esperar Tanner voltar para casa. Estava na hora de termos uma conversa muito séria.

— Ei. — Senti lábios tocarem minha testa. — Você deve ter caído no sono.

Esfreguei os olhos e os abri, encontrando Tanner.

— Que horas são?

— Quase meia-noite. — Ele sorriu. — Você fica muito fofa quando baba, sabia?

Limpei meu rosto ao me sentar.

— Eu não estava babando.

Ele deu risada.

— Quer que eu te carregue para o seu quarto, dorminhoca?

— Não, eu estava esperando por você.

— Ah, é? — Ele abriu um sorriso largo. — Estou gostando disso.

Franzi as sobrancelhas.

— Vamos conversar na cozinha. Preciso de água.

Enquanto eu estava na pia com a torneira ligada, Tanner se aproximou por trás de mim. Ele ficou bem perto, e o aroma de algo doce flutuou pelo ar. Virei-me e inspirei.

— Você está com cheiro de perfume de mulher.

Tanner não me olhou bem nos olhos ao responder.

— A esposa do Jack se despediu de mim com um abraço quando vim embora.

Fazia sentido, e eu não tinha motivo algum para não acreditar nele — bom, exceto por seus antecedentes —, mas, ainda assim, por alguma razão, senti que ele estava mentindo. Entretanto, diferente de quando senti perfume feminino nele anos atrás, eu nem ligava se ele tivesse saído com alguma outra mulher. Na verdade, isso facilitaria muito a minha vida.

— É melhor sentarmos — eu disse.

Nos acomodamos à mesa da cozinha. Sentei-me na mesma cadeira que sentara mais cedo com Shelby, mas, ao invés de ficar do outro lado da mesa como sua mãe fizera, Tanner se acomodou na cadeira ao meu lado. Ele a puxou para mais perto de mim, deixando-nos praticamente um em cima do outro.

Ele segurou a minha mão.

— Sobre o que você queria conversar?

Desentrelacei meus dedos dos dele.

— Sobre *isso*, Tanner. Você tem que parar de fazer coisas do tipo segurar a minha mão e colocar o braço em volta de mim, principalmente quando Alex estiver por perto. Não quero dar a impressão errada a ele.

Tanner franziu as sobrancelhas.

— Tudo bem.

— Além disso, eu liguei para a sua mãe esta noite quando percebi que não tinha reservado um quarto para a cerimônia de aposentadoria da camisa do time do seu pai. Ela me disse que você já tinha reservado uma suíte para mim, você e o Alex.

— Pensei que seria legal se nós três ficássemos juntos como uma família. Os quartos geralmente têm um sofá, e pensei que eu poderia dormir nele. Você e o Alex poderiam ficar com a cama.

Eu não queria colocar sua mãe no meio disso, então não mencionei a versão que ela me contara mais cedo.

— Não me sinto confortável em dividir um quarto com você, Tanner.

Seu rosto franziu, como se ele estivesse genuinamente perplexo.

— Por que não? Não é como se eu nunca tivesse te visto nua.

— Esse não é o ponto. Nós não somos um casal. Estou finalmente sentindo que estamos nos relacionando melhor, mas se você continuar insistindo em nos forçar a um nível para o qual não quero ir, as coisas vão começar a dar errado de novo.

— Tudo bem. Vou ligar para o hotel amanhã e reservar um quarto separado para você.

— Obrigada.

— Mas ainda não vou desistir de nós. Em algum momento, sei que ficaremos juntos novamente, porque estamos destinados a isso.

Suspirei. Às vezes, parecia que eu estava falando com uma parede.

— Não, Tanner. Não estamos.

— Veremos.

Era inútil ter essa conversa mais uma vez, e meu sono era bem mais importante.

— Estou cansada. Vou dormir. Boa noite, Tanner.

— Boa noite, linda.

CAPÍTULO 31

Presley

A semana seguinte passou voando, e quando dei por mim, estava desembarcando de um avião em Denver e fazendo check-in no hotel Four Seasons perto do estádio. Somente o fato de estar na mesma cidade de Levi me deixou nervosa, e me peguei olhando por cima do ombro em volta do ambiente a cada dois minutos, até mesmo no balcão de recepção.

Shelby pegara um voo para cá no dia anterior, mas estava esperando no saguão quando cheguei. Ela veio até mim e ficou ao meu lado enquanto eu esperava a recepcionista me entregar a chave do meu quarto.

— Ele não está hospedado neste hotel.

— Quem?

Ela sorriu.

— Levi.

Suspirei.

— Estou sendo tão óbvia assim?

Ela bateu o ombro no meu.

— Bom, você está sondando o saguão melhor do que um agente do serviço secreto esperando o presidente chegar.

Abri um sorriso triste.

— E eu pensei que estava sendo tão discreta. Obrigada por me contar. Agora sinto que posso relaxar um pouco, sabendo que não vou esbarrar com ele acidentalmente. Pelo menos agora posso concentrar toda a minha preocupação em ter deixado a The Palm aos cuidados da mulher que contratamos para fazer a limpeza há algumas semanas.

— Ela não está dando certo por lá?

— Está, sim. Estou brincando. Ela tem sido ótima. Melinda é super organizada e capaz, mas ainda é estranho estar longe.

Shelby olhou para trás, por cima do ombro. Tanner estava no mesmo voo que nós em Beaufort, junto com alguns dos seus primos, mas pegou um Uber diferente do aeroporto até aqui, então estava um pouco distante de mim na fila para fazer o check-in. Ela acenou para o filho e virou de volta para mim.

— Você também não precisa se preocupar em esbarrar com o meu outro filho. Consegui com que o gerente te colocasse em um quarto na extremidade do hotel oposta ao de Tanner. Pensei que se ele não estivesse em um quarto ao lado do seu, seria menos fácil ficar dando desculpas para aparecer por lá.

Soltei uma lufada de ar pela boca.

— Obrigada, Shelby. Fico muito grata mesmo por isso.

— E quanto a Levi, ele está no treino agora. Mas estará no jantar esta noite.

Vários antigos colegas de time do pai de Tanner e Levi estavam na cidade para a cerimônia, além de toda a família. Então, haveria um jantar em um salão particular em um restaurante ali perto para dar a todos a chance de conversar antes da cerimônia no dia seguinte.

— Ok. Obrigada pelo aviso.

Sem chances de esbarrar com Levi, e com Tanner do outro lado do hotel, eu tinha cerca de três horas para tentar relaxar — ou para me preocupar sobre como conseguiria aguentar estar no mesmo ambiente que Levi mais tarde. Infelizmente, eu tinha quase certeza de que a segunda opção venceria.

Após fazer o check-in, Alex e eu fomos para o quarto. Passei uma hora zapeando pelos canais de televisão, inquieta, antes de decidir que o melhor a fazer para acalmar meus nervos era tomar um banho quente e começar a me arrumar. Isso pelo menos me daria algo em que focar.

Coloquei um vestido verde de seda casual, mas que exibia um pouco de decote e pernas. E já que estava com tempo de sobra, apliquei mais maquiagem do que o de costume, criando um efeito esfumado nos olhos e fazendo o contorno nas maçãs do rosto. Quando terminei, olhei meu reflexo no espelho enorme e fiquei muito feliz com o que vi. Fazia um tempo desde que me arrumara toda assim, e isso me deu o reforço de confiança de que eu precisava para aguentar esta noite.

Alex ainda estava no quarto assistindo TV, e quando veio até mim, arregalou os olhos.

— Uau! Você está bonita, mamãe.

Sorri.

— Obrigada. Terei um acompanhante muito gato esta noite, então quis ficar bem-arrumada.

— O papai?

— Não, bobo. Eu estava me referindo a *você*.

— Ah. — Alex sorriu.

Mas diante da maneira como ele presumiu que Tanner seria meu acompanhante, pensei que era uma boa hora para deixar as coisas bem claras para ele.

Sentei-me no sofá e dei tapinhas no espaço ao meu lado.

— Venha sentar aqui um minuto, querido.

— Você não vai colocar aqueles trecos no meu cabelo como fez para aquele casamento que fomos ano passado, vai? Eu odeio como o meu cabelo fica com aquilo.

— Não. — Dei risada. — Só quero conversar um pouquinho.

— Ok, mamãe.

Afastei uma mecha de cabelo do rosto do meu filho e sorri.

— Acho que deveríamos falar sobre o papai, e o meu relacionamento com ele.

— Vocês vão se casar?

Meu sorriso murchou.

— Não, querido. O seu pai e eu somos apenas amigos. Era sobre isso que eu queria conversar com você.

— Mas vocês estão saindo para encontros, não é? As pessoas que saem para encontros não se casam?

Sacudi a cabeça.

— Não estamos saindo para encontros. Eu sei que o seu pai usou esse termo pelo menos uma vez no passado quando saímos para jantar com nossos amigos, mas não somos namorados, e não saímos para um encontro. Ele só meio que chamou assim. E sei que isso pode ser muito confuso, porque o papai está ficando com a gente na pousada enquanto se estabelece na cidade, mas isso também não é a mesma coisa que estar morando com ele. Então, ele mora na mesma casa que a gente, mas não mora *com* a gente.

Alex deu de ombros.

— Vocês são estranhos.

Sorri.

— Acho que somos mesmo. Mas fiquei preocupada por pensar que você poderia achar que o papai e eu éramos um casal novamente, porque você se decepcionaria quando percebesse que não éramos. Um dia, o seu pai vai morar em outro lugar, e talvez até arranje uma namorada.

— Isso te deixaria triste? — ele perguntou.

— De jeito nenhum. Eu quero que o seu pai seja feliz.

Alex pareceu ponderar por um minuto, e então, deu de ombros novamente.

— Ok. Posso voltar a assistir TV agora?

Dei risada. Ele com certeza compreendeu aquela conversa melhor do que eu esperava.

— Na verdade, está quase na hora de irmos para o jantar. É melhor você ir se vestir. Deixei as suas roupas na poltrona perto da cama.

— Mas você não vai colocar o treco que deixa o meu cabelo todo crocante, não é?

Afaguei a mão do meu filho.

— Nada de gel. Eu prometo.

— Tio Levi!

Meu coração quase parou quando meu filho gritou.

Fiquei olhando para a entrada desde o momento em que nos sentamos, mas, quando a garçonete começou a anotar os pedidos, me distraí olhando o cardápio.

Alex estava sentado ao meu lado, e nós dois estávamos de frente para Tanner. Alex empurrou-se da mesa, arrastando a cadeira no piso, e saiu correndo para a porta. Quando alcançou Levi, jogou-se nos braços do tio com um sorriso enorme. Meu coração ficou apertado por tantos motivos. Eles se abraçaram, depois Levi o colocou de volta no chão e eles trocaram um longo cumprimento com tapinhas, apertos de mão e batendo os punhos um no outro. Estive tão presa na maneira como estava me sentindo com a iminência de ver Levi novamente que não tinha parado para pensar no quanto Alex ficaria feliz. Eles se aproximaram bastante durante o verão, e a expressão em seus rostos deixava claro que sentiram falta um do outro.

Ao verem Levi, algumas outras pessoas no salão levantaram e se aproximaram para cumprimentá-lo. Tanner estava de costas para a porta, mas virou para ver toda a comoção, assim como os outros. Quando uma pequena multidão começou a se formar em volta do seu irmão, Tanner permaneceu no lugar. Sua mandíbula estava tensa, e ele ergueu a mão para chamar a garçonete.

— Vou querer mais uma *vodka seltzer*. — Ele tomou o restante da bebida em seu copo e depois o ergueu para ela, chacoalhando o gelo.

Ela olhou para mim. Minha taça de vinho estava quase vazia, mas eu precisava apenas liberar um pouco de tensão, não encher a cara. Neguei com a cabeça.

— Não, obrigada. Estou bem.

Após alguns minutos, a multidão em volta de Levi começou a diminuir, e meu coração acelerou conforme eu lançava olhares para ele. Ele estava lindo. Seus cabelos estavam mais compridos, chegando até a gola da camisa, e as pontas estavam enroladas de um jeito bagunçado que achei insanamente sexy. Ele usava uma camisa social azul com calça social azul-marinho, e sua roupa exibia muito bem toda a sua silhueta masculina. Ombros largos criavam a abertura do V que se completava com sua cintura estreita. *Meu Deus, ele está ainda mais lindo do que eu me lembrava.*

Ficar babando nele meio que me pegou desprevenida. Eu não tinha pensado em como estava sua aparência ultimamente. Eu sentia saudades do homem por *dentro* daquele corpo. Mas ver o pacote completo em exibição me fez doer de desejo por ele inteiro.

Quando Levi finalmente trocou o último aperto de mãos, ele olhou em volta do salão e seus olhos pousaram em mim. Senti seu olhar em cada parte do meu corpo. Meu coração saltou e ficou preso na garganta, meu corpo formigou e meus olhos marejaram. Por sorte, meu filho puxou a mão do tio, o que fez com que ele desviasse o olhar. Os dois caminharam até Shelby, e Levi abraçou e beijou a mãe. Havia assentos vazios na extremidade da mesa, mas Tanner, Alex e eu estávamos sentados bem no centro e não havia mais espaço.

Levi deu a volta pela mesa, cumprimentando todos que não havia cumprimentado ainda, enquanto meu filho permaneceu ao seu lado. Quando chegou ao irmão, Tanner nem se deu ao trabalho de se levantar. Ele virou a metade do seu copo de vodca que a garçonete lhe servira há dois minutos e ergueu a mão.

— Você ainda sabe fazer uma grande entrada, hein? — Tanner resmungou. — Chegar atrasado significa ganhar mais atenção, todinha para você.

Os lábios de Levi formaram uma linha severa.

— Eu vim assim que o treino terminou. — Ele olhou para mim e acenou com a cabeça. — Presley.

Forcei um sorriso.

— Oi, Levi.

Alex pegou a mão de Levi e começou a puxar.

— Tio Levi, venha sentar ao meu lado.

Os olhos de Levi encontraram os meus antes de sua atenção retornar a Alex.

— Não tem mais espaço aqui, amigão. Vou sentar lá na ponta da mesa perto da vovó.

— Já sei! — Meu filho saiu correndo em direção à ponta da mesa. Ele pegou uma cadeira que era quase do seu tamanho e a carregou até onde estávamos sentados. Colocando-a no chão, ele parecia muito orgulhoso de si mesmo. — Agora tem uma cadeira. A mamãe pode afastar um pouquinho e eu também. Tem bastante espaço.

Na verdade, não tinha. Mas Alex estava determinado em sua missão, e antes que eu pudesse dizer qualquer coisa para desencorajá-lo, ele já estava afastando sua cadeira e perguntando para a mulher do seu outro lado se ela podia afastar um pouco.

— Mamãe, você pode afastar um pouco?

— Hã… sim, claro.

Quando meus olhos encontraram os de Levi, pude ver que ele estava tão hesitante quanto eu me sentia. Mas ele olhou em volta da mesa e encontrou todo mundo olhando para ele. Em vez de fazer uma cena, ele sorriu.

— Valeu, amigão.

Levi era um homem grande, então, mesmo que o meu filho tenha conseguido enfiar uma cadeira ali, seus ombros e pernas mal cabiam no espaço onde ele sentou — o que significava que nossos corpos estavam praticamente se tocando. Sua perna musculosa estava a menos de dois centímetros de distância da minha. Eu podia sentir o calor emanando dela, que pareceu viajar por toda a minha perna e aquecer tudo da minha cintura para baixo. Tive uma vontade muito forte de mover minha coxa e encostá-la na dele. Porque eu sabia que isso seria o mais próximo de Levi que eu poderia ficar o fim de semana inteiro, e eu desejava tanto seu toque… mesmo que apenas através de uma perna pressionada na outra, por mais triste e desesperador que fosse.

Mas, em vez disso, respirei fundo, ergui o olhar e sorri. Sobreviver a esse jantar com todos sentados juntos ia ser um grande desafio.

Embora outras pessoas, incluindo meu filho, tenham monopolizado a maior parte da conversa, houve momentos em que Alex tentava fazer com que eu me juntasse a eles, contando para Levi histórias sobre os diferentes hóspedes que ficaram na pousada. Durante o tempo inteiro, tive que agir como se meu coração não estivesse acelerado e como se não estivesse completamente consumida pelo homem sentado ao meu lado. Vez ou outra, nossos olhares se encontravam e trocavam palavras não ditas — e tudo isso sob o olhar atento de Tanner, que agora estava finalizando seu quarto ou quinto drinque. Perdi as contas.

Tanner olhou em volta, segurando seu copo vazio.

— Onde diabos está a garçonete?

— Ela está ocupada servindo sobremesas — Levi disse. Ele pegou o copo cheio de água diante dele e o colocou diante do irmão. — Já que você está com sede, que tal beber um pouco de água?

Tanner fez uma carranca.

— Vou deixar a água para os *atletas profissionais* que estão treinando para a temporada. — Ele deslizou o copo de água de volta para Levi, respingando um pouco sobre a mesa. Depois, olhou em volta novamente. Como a garçonete não estava em nenhum lugar à vista, Tanner empurrou sua cadeira para trás. — Parece que eu mesmo terei que ir pegar. Alguém quer alguma coisa?

Levi e eu negamos com a cabeça, mesmo que Tanner nem ao menos tenha esperado por nossas respostas. Ele já estava a caminho da porta, que presumi levar até o bar no restaurante principal. Ele não precisava de outra bebida, mas fiquei aliviada por poder ficar um minuto sem tê-lo me observando como um falcão.

— Ele tem bebido muito assim ultimamente? — Levi sussurrou para mim.

Sacudi a cabeça.

— Não mesmo.

Os olhos de Levi percorreram meu rosto. Ele parecia querer dizer mais alguma coisa, mas apenas assentiu e desviou o olhar.

Alguns minutos depois, a porta do salão de jantar privado abriu novamente, e Tanner entrou. Só que, agora, ele não estava mais sozinho. Uma ruiva alta e curvilínea, usando um vestido que era com certeza um número menor do que deveria, caminhava ao lado dele.

Prendi a respiração conforme ele se aproximava da mesa com uma bebida na mão e um sorriso perverso.

— Esta é Arielle. — Ele apontou para ela e tomou um gole da bebida. — Como no filme da Disney, *Alladin*.

— Ou *A Pequena Sereia* — murmurei baixinho.

— Ei, mano, a Arielle aqui é uma grande fã dos Broncos. — Ele apontou para a mulher novamente. — Anda, diga qual foi a taxa de passes dele ano passado.

A mulher abriu um sorriso brilhante.

— Sessenta e sete vírgula sete por cento. A mais alta da NFL.

— E por quantas jardas ele arremessou?

— Quatro mil setecentas e setenta.

— E no ano anterior?

— Quatro mil trezentas e doze.

Tanner gesticulou para seu irmão com o copo.

— De nada. — Ele então virou-se para todos à mesa. — Vocês podem, por favor, afastar para abrir espaço para Arielle?

Eu queria dizer a ele para parar com isso, mas tive medo de que ele fizesse um barraco ainda maior se eu o desafiasse. Algumas pessoas olharam para Tanner com preocupação nas expressões, mas, ainda assim, afastaram suas cadeiras. Tanner foi até o fim da mesa, pegou uma cadeira vazia e voltou para colocá-la ao lado da sua.

Se aquilo era uma tentativa de me deixar com ciúmes, ele falhou em perceber que não funcionaria. Os ciúmes só fazem sua aparição quando algo que você *quer* é ameaçado.

Ele estendeu a mão para Arielle sentar e abriu um sorriso maquiavélico para mim.

— Presley, querida, por que não vem sentar aqui comigo para Levi poder sentar com a nova amiga dele?

Levi olhou para mim e depois para o irmão. Seus dentes estavam cerrados quando ele falou:

— Isso não é necessário, Tanner.

— Claro que é. E a Presley não se importa nem um pouco, não é, amor?

Através da minha visão periférica, vi que praticamente toda a mesa estava assistindo à cena. Então, levantei-me em silêncio e dei a volta na mesa para o outro lado, torcendo para que essa situação acabasse logo. Arielle agradeceu com um gritinho e correu para sentar no meu lugar ao lado de Levi.

Tanner terminou de tomar sua bebida e serpenteou o braço sobre o encosto da minha cadeira. Levi não disse nada, mas ficou atirando adagas em seu irmão com o olhar. Comecei a ficar com medo de que aquilo terminasse em briga. Fiz o melhor que pude para manter a calma, mas, quando notei a mão de Arielle deslizando pela coxa de Levi, cansei. Joguei meu guardanapo na mesa, sem ter ao menos encostado na sobremesa.

— Está ficando tarde. Vou levar o Alex de volta para o hotel.

— O quê? A noite mal começou — Tanner disse.

— Na verdade, acho que essa noite já foi longa até demais. — Fiquei de pé.

Tanner tentou levantar, mas se desequilibrou e tornou a se sentar.

— Eu vou com você.

Coloquei a mão com firmeza no seu ombro.

— Por favor, não venha. Talvez Arielle possa encontrar uma amiga para você. — Olhei para o meu filho. — Vamos, Alex. — E então, olhei para Levi. — Boa noite, Levi. Aproveite a sua noite.

Uma hora depois, eu estava de volta ao quarto de hotel e ainda não tinha conseguido me acalmar. Meu coração batia com força no peito, e estava difícil ouvir qualquer coisa com o som do sangue pulsando nos meus ouvidos. Deve ter sido por isso que meu filho teve que me dizer que tinha alguém batendo à porta do quarto.

— Não ouvi ninguém bater.

— Eu ouvi.

Fiquei com pavor só de pensar em ter que fazer parte de mais uma ceninha de Tanner.

— Ok. Fique na cama. Vou ver quem é.

Quando olhei pelo olho mágico, fiquei aliviada por ver que não era Tanner, mas sua mãe. Mas mesmo que estivesse respirando um pouco melhor, ainda não estava a fim de conversar. No entanto, tirei a corrente da fechadura superior e abri a porta.

Shelby deu um sorriso caloroso.

— Espero não ter te acordado.

— Não acordou. O Alex está na cama, mas ainda está acordado, e eu estava... desanuviando.

Ela assentiu.

— Tenho certeza de que eu precisaria de duas garrafas de vinho para desanuviar depois do que você teve que aguentar esta noite.

Suspirei.

— Não foi uma noite muito relaxante.

— Compreendo. — Ela baixou o tom de voz. — Odeio te incomodar, especialmente a essa hora, mas o meu filho me pediu para vir ficar com o Alex para ele poder falar com você.

— Está tarde, Shelby. E, sendo sincera, não acho que seja uma boa ideia eu falar com o Tanner agora. Preciso esfriar um pouco a cabeça.

— Oh... não. — Shelby sacudiu a cabeça. — Me desculpe. Não quis dizer o Tanner. Foi o Levi que me pediu para vir.

BELA JOGADA

CAPÍTULO 32

Levi

Usando um moletom com capuz e óculos escuros, esperei em frente ao hotel e rezei para que ninguém me reconhecesse. Vir aqui não era muito inteligente, mas eu não podia de jeito nenhum ficar longe depois da Presley ter saído do jantar chateada daquela forma.

No instante em que coloquei os olhos nela, foi como se toda a força de vontade que eu vinha tentando reunir desde que deixei Beaufort desaparecesse no ar. Tudo o que eu queria era ir embora daquela porcaria de jantar, levá-la para casa comigo e fazer amor com ela a noite inteira. Em vez disso, tudo o que fui capaz de fazer foi observá-la. Presley não parecia estar nem um pouco feliz. E o comportamento bizarro de Tanner só piorou tudo.

Meu coração acelerou conforme eu continuava a andar de um lado para o outro fora do hotel, torcendo para que minha mãe não voltasse aqui para me dizer que Presley havia se recusado a me ver. Um homem que estava passando ficou me olhando, e rezei para que ele não viesse até mim. Ajustei o capuz para cobrir ainda mais meu rosto.

Virei e me senti instantaneamente mais calmo quando vi Presley se aproximando através das portas deslizantes de vidro. Ela usava o que parecia uma calça de pijama de bolinhas e estava com um casaco com capuz sobre os ombros. Seus cabelos voaram com o vento conforme ela caminhava na minha direção.

Acenei para que ela me visse, considerando que eu estava irreconhecível do jeito que estava vestido. Quando ela parou a alguns centímetros de distância, precisei de todas as minhas forças para não erguer a mão e tocá-la. Tive que me lembrar de que eu não tinha o direito de fazer isso. Ela não era mais minha, mesmo que tocá-la fosse algo tão natural.

Atrapalhando-me com minhas mãos, eu disse:

— Obrigado por ter vindo me ver. Você estava dormindo?

Ela sacudiu a cabeça.

— Não.

Coloquei a mão em suas costas com delicadeza e a conduzi para sairmos dali.

— Vamos para o outro lado do prédio. Não quero que ninguém me reconheça.

Caminhamos pelo gramado na lateral do hotel antes de pararmos em um local quieto, iluminado por um poste.

Ela cruzou os braços.

— O que está acontecendo, Levi? Por que queria me ver?

— Você precisa mesmo perguntar? Não consigo pensar direito desde o momento em que te vi esta noite. E depois da maneira abrupta como você foi embora do jantar, eu sabia que não conseguiria dormir a menos que falasse com você.

Pude ver seu rosto ficar vermelho.

— Você deveria simplesmente ter me esquecido e levado aquela mulher para casa — ela disparou.

Ergui meu tom de voz.

— Está de brincadeira? Eu não sei que porra o Tanner estava pensando ao levá-la para a mesa. Eu não tinha o menor interesse nela.

— Muitas opções, não é? Acho que é isso que acontece quando se pode ter qualquer mulher que quiser. Como é difícil ser você.

Juntei as sobrancelhas.

— É isso que você pensa?

Ela expirou, suavizando seu tom.

— Não sei, Levi. Eu não sei mais o que pensar. Só sei que estar perto de você esta noite, depois de tudo o que passamos, é doloroso demais para mim. É mais difícil do que eu imaginava. E só de pensar em você com outra pessoa...

— Você acha que eu estou por aí me envolvendo com outras mulheres?

— Não faço ideia do que você tem feito, porque você nunca entrou em contato comigo!

Minha voz estremeceu.

— Eu não entrei em contato com você porque é doloroso pra cacete, Presley! Tudo o que estou tentando é fazer a coisa certa por nós. Mas se você pensa que eu conseguiria simplesmente seguir em frente e começar a sair com mulheres aleatórias como se nada tivesse acontecido, está subestimando os meus sentimentos por você. — Me aproximei mais dela. — Não estive com absolutamente ninguém desde que voltei para cá. E, enquanto isso, fiquei sabendo que o Tanner está te levando para sair. Tenho ficado *louco* de ciúmes, mesmo sabendo que tenho que aceitar tudo isso.

Ela sacudiu a cabeça.

— Não está acontecendo nada entre Tanner e mim. Sim, eu saí com ele, mas não era um encontro romântico. Estou parecendo um CD arranhado tentando enfiar na cabeça dele que não estou interessada nele dessa maneira.

Meu pulso acalmou um pouco.

— Eu liguei para a minha mãe na noite em que ela estava com o Alex. Pensei que...

— Sei o que você pensou. Mas não era o caso, Levi. Tanner e eu estamos nos dando bem, mas não é nada além disso. Nós saímos para jantar com Tom e Lily. E assim que Tom mencionou o seu nome, eu só conseguia pensar em você pelo resto da noite. É tão patético.

Um alívio imenso me preencheu. E isso era confuso, porque era o oposto de como eu deveria me sentir. Eu não deveria querer que ela resolvesse as coisas com o Tanner, pelo bem do Alex? Mas será que ele ao menos a merecia? A maneira como ele agira mais cedo me fez imaginar se meu irmão estava mesmo mudado como dizia.

— Pude ler sua expressão esta noite, pude ver o quanto você ficou chateada quando Tanner levou aquela garota para a mesa — eu disse. — Eu não queria que você tivesse a impressão errada e pensasse que fui embora com ela ou algo assim. De algum jeito, eu sabia que você ficaria preocupada.

Isso a despertou.

— Você não queria que eu me preocupasse ou ficasse chateada? — Ela jogou os braços no ar. — Como acha que me senti quando você me expulsou da sua vida e se mandou para Denver antes do esperado? Por que esta noite seria diferente para você? Quer dizer que, de repente, você se importa com os meus sentimentos?

Tentei defender meus atos.

— Você sabe por que fiz isso. Foi um sacrifício.

— Você me sacrificou para o seu irmão, como se eu fosse um objeto que pode ser passado de mão em mão. Você não pode simplesmente me *dar* para alguém, Levi. O que você e eu tivemos não era passível de troca. — Sua voz falhou. — Se não quer ficar comigo, então apenas me deixe em paz. Não precisa ver como estou ou me consolar. Não dá para ter as duas coisas. Ou você está na minha vida, ou fora dela.

Quando ela começou a chorar, não consegui mais aguentar. Puxei-a e a abracei com muita força. Surpreendentemente, ela não resistiu. Todos os sentimentos que eu vinha tentando controlar desde que chegara em Denver me atingiram de uma vez como um grande soco.

Beijei o topo da sua cabeça.

— Porra, eu sinto muito — sussurrei.

Quando ela me encarou com lágrimas nos olhos, perdi todo o controle e juntei minha boca na sua. Um gemido faminto me escapou conforme eu me deleitava com o seu sabor. Meu pau enrijeceu com o desejo de estar dentro dela novamente. Envolvi seu rosto entre as minhas mãos e aprofundei ainda mais o beijo. *Porra, como eu senti falta disso. Senti falta de nós.* Na minha cabeça, ela era *minha*. Apesar do tempo que havia passado, não existia parte de mim que realmente concordava em deixar que eu a perdesse para Tanner, ou para qualquer outra pessoa.

Ficamos perdidos no beijo por uns instantes, até que ela se afastou de repente.

Ofegando, fitamos um ao outro. Sempre foi difícil resistir à atração física que existe entre nós, e esta noite não tinha sido diferente.

O que ela disse em seguida me desfez completamente.

— Não importa o quanto eu te amo. Eu prefiro nunca mais te ver a te ver com outra pessoa ou ter que me lembrar constantemente do fato de que nunca poderei ficar com você.

Meu peito se comprimiu. *Ama?*

Ela me ama?

Sabia que *eu* estava apaixonado por Presley. Mas ouvi-la usar essa palavra poderosa me chocou.

Estudei seu olhar.

— Você me ama?

Presley piscou repetidamente, como se não tivesse sido sua intenção dizer aquilo em voz alta. Mas era tarde demais. Ela já havia dito. Entretanto, em vez de responder à minha pergunta, ela sacudiu a cabeça.

— Isso importa? Se eu disser que sim, isso vai mudar as coisas entre nós?

Quando demorei demais para responder, ela desviou o olhar.

— Foi o que pensei. — Ela franziu a testa. — Tenho que voltar para o Alex. Boa noite, Levi.

Essa foi a última coisa que ela disse antes de sair correndo e desaparecer dentro do hotel.

Ela me deixou atordoado, tentando processar como eu poderia continuar a abandonar alguém que eu amava — e que me amava de volta. Eu odiei ver que ela pareceu estar quase envergonhada por admitir seus sentimentos por mim. Olhei para cima, encarando o céu escuro, e rezei por uma resposta. Alguma solução tinha que surgir. Eu não podia continuar assim. Ia acabar arruinando a minha carreira, porque minha falta de foco tem me feito um grande inútil para o meu time, mas também, e mais importante, eu não sabia como viver sem ela.

Mas eu seria capaz de trair o meu irmão? Essa era a única pergunta que restava. Eu estava disposto a fazer isso para poder ficar com a mulher que eu amava?

Fiquei dez minutos inteiros andando de um lado para o outro antes de seguir em direção ao meu carro no estacionamento em frente ao hotel. Notei um homem cambaleando para fora de um veículo estacionado à beira da calçada. Somente quando ouvi sua risada foi que me dei conta de que era Tanner.

Que porra é essa?

Olhei dentro do carro e vi quem era a pessoa que estava dirigindo. Era a ruiva que ele levara para a mesa no jantar mais cedo. Eu nem ao menos conseguia me lembrar da porcaria do nome dela.

Ele murmurou algo para ela antes de bater a porta do carro para fechá-la. Meu estômago apertou. Ela foi embora, deixando-o na calçada.

Meu sangue ferveu. Ele não notou que eu estava bem ali, então foi pego de surpresa quando agarrei seu colarinho e o arrastei por alguns metros.

— Ei! Que merda você está...

— Que merda *você* está fazendo? — bradei, ainda segurando-o pelo colarinho.

— Levi? O que você está fazendo aqui?

— Me diga que porra está acontecendo, Tanner.

Seus olhos estavam vítreos.

— Como assim?

— O que você estava fazendo com aquela garota?

— Não foi nada de mais — ele disse, com a fala arrastada.

— Me responda! — gritei, puxando seu colarinho com ainda mais força.

O álcool em seu hálito era pungente.

— Eu só estava me divertindo. Estava precisando.

— Defina essa diversão. — Soltei-o bruscamente. Ele quase tropeçou e caiu no chão antes de suas costas atingirem a parede da fachada do hotel.

Ele não fez contato visual comigo.

— O que você quer que eu diga?

— Quero que me diga exatamente o que estava fazendo com ela — exigi. Quando ele permaneceu calado, reformulei a pergunta. — Você transou com aquela garota ou não, Tanner?

Seu silêncio me disse tudo que eu precisava saber. Mas eu ainda queria ouvi-lo dizer.

— Responda! — gritei.

— Sim! — ele finalmente admitiu. — Ok? Sim. Eu... fui para o apartamento dela, e uma coisa levou a outra. — Ele hesitou. — Nós transamos.

Joguei a cabeça para trás, fitando o céu, sentindo-me prestes a explodir. *Deus, me segure para não matá-lo agora mesmo.*

De alguma maneira, consegui me conter e não socá-lo, fechando minhas mãos em punhos para me refrear.

— Como você pôde fazer isso?

— Você age como se não fosse uma coisa que faz todo maldito dia da sua vida.

— Não ouse virar isso contra mim. Isso é sobre *você*. Pensei que estivesse tentando reconquistar a confiança da Presley. Você disse a ela que queria que fossem uma família novamente. E é *assim* que demonstra isso? Ficando bêbado e fodendo uma mulher aleatória enquanto o seu filho e a mãe dele estão na cidade com você?

— Buscar um alívio rápido não anula meus sentimentos por ela. A Presley não quer nada comigo sexualmente. Eu estava me sentindo estressado e precisava relaxar, porra. Um homem só consegue aguentar até certo ponto. Com o novo trabalho e a Presley me rejeitando repetidamente, eu não estava aguentando mais. Eu só precisava me sentir bem por uma noite, droga.

Algo me dizia que essa não devia ser a primeira vez que ele fazia algo assim.

— Uma noite, hein? Olhe nos meus olhos e me diga que essa foi a única vez que você fodeu com outra pessoa desde que chegou a Beaufort.

Quando ele baixou o olhar para seus sapatos, tive minha resposta. *Jesus Cristo.* Eu queria matá-lo. Eu tinha passado todo esse tempo na merda, longe da mulher que eu amava, em respeito a um homem que não tinha respeito algum por ela.

— Nada disso tem a ver com o meu amor pela Presley — ele disse.

— Você não a ama de verdade — rebati.

— Do que você está falando? Não venha me dizer como me sinto.

— Não — repeti. — Você não a ama. Não é possível que você a ame.

— E como você sabe disso?

Respirei fundo.

— Porque, quando você ama alguém, não consegue nem ao menos pensar em estar com outra pessoa. Quando ama alguém, você *pertence* a essa pessoa de todas as maneiras... mente, corpo e coração. E mesmo quando não está perto dela fisicamente, você a respeita. Amor e respeito andam de mãos dadas. Não dá para se ter um sem o outro.

Os olhos de Tanner analisaram os meus.

— Você estava falando da Presley, não é? Eu vi o jeito que você olhava para ela em Beaufort. Pensei que você só estivesse mesmo secando uma gostosa, como sempre faz. Mas, então, vi vocês dois no hospital... — Ele sacudiu a cabeça e deu uma risada malvada. — Mas tirei essa ideia da cabeça, porque o meu irmão nunca faria isso comigo. *Meu irmão* é um cara decente.

Eu não fazia ideia do que dizer ou fazer. Mas, aparentemente, ele conseguia me ler melhor do que eu conseguia lê-lo.

Ele sacudiu a cabeça.

— Você está fodendo a minha garota.

Estivesse eu do lado errado da história ou não, não podia deixar que ele a chamasse assim. Cerrei os dentes.

— Ela não é a sua garota. Faz muito tempo que ela não é mais a sua garota.

— Ela é minha!

— A Presley não é uma posse para você reivindicar. Você não se interessa por ela há anos. Nem pelo seu filho, por falar nisso. Ninguém achava que você voltaria. Você nos deu todos os sinais de que não faria isso. O que aconteceu entre Presley e mim não teve nada a ver com você, somente conosco. E, sim, eu me senti culpado, mas não o suficiente para parar. Você já a magoou o suficiente. Você não a merecia antes, e não a merece agora.

Ele me encarou, incrédulo.

— Como você pôde fazer isso comigo, porra?

— Não planejei isso. Apenas aconteceu. Ficamos próximos, e acabou sendo a melhor coisa que já me aconteceu. Sinto muito... mas eu a amo, Tanner.

Seu punho veio na minha direção. Para minha sorte, ele estava muito bêbado para mirar corretamente e acabou não me acertando. Eu não podia ter algum machucado agora, então tive que tomar as rédeas. Não foi muito difícil, diante do quão inebriado ele estava.

Consegui imobilizá-lo, virando-o de costas e passando meu braço por seu pescoço.

— Nós precisamos conversar melhor sobre isso amanhã de manhã, quando você estiver sóbrio — falei em seu ouvido. — Se tiver amor à sua vida, é melhor deixá-la em paz esta noite. Ela não fez nada de errado, e você já a fez sofrer o suficiente. Volte para o seu quarto.

Quando o soltei, ele deu alguns passos para trás em direção à entrada do hotel, com um olhar de ódio para mim. Me senti um merda, mas, ao mesmo tempo, um peso enorme havia sido tirado do meu peito.

E então, uma onda de pânico me atingiu.

E se ele for até o quarto dela?

Ele já havia desaparecido no saguão, então corri atrás dele. As portas automáticas da entrada se abriram no instante em que ele estava passando pelos elevadores. Minha mãe me disse que Presley estava no último andar em um quarto que ficava na outra extremidade do hotel, e eu precisava me certificar de que ele não ia incomodá-la.

    Baixei um pouco a cabeça e o segui de longe, vendo-o caminhar pelo saguão e entrar em um corredor que levava até os quartos de hóspedes do andar térreo. Fiquei escondido na esquina do corredor, dando espiadas e observando-o cambalear de um lado para outro. Quando chegou mais ou menos à metade do caminho, ele parou diante de uma porta e passou um minuto inteiro tentando tirar a chave do bolso. Quando finalmente conseguiu, precisou de algumas tentativas para enfiá-la na porta, mas finalmente entrou no quarto. Esperei um tempinho para ver se ele voltaria a sair, e então caminhei devagar até seu quarto para ouvir através da porta. Após se passarem dez minutos e eu não ouvir nenhum sinal de movimento, deduzi que ele devia ter caído no sono. No entanto, eu ainda precisava alertar Presley, então peguei meu celular e comecei a digitar uma mensagem para ela.

    Mas, então, pensei melhor. A noite já tinha sido difícil para ela, e Alex devia estar dormindo. Além disso, essa era uma conversa que precisávamos ter pessoalmente. Ela costumava levantar cedo, então eu a encontraria bem cedinho antes do treino e antes que Tanner tivesse a chance de acordar com uma ressaca dos infernos.

    Na manhã seguinte, eu estava decidido a não correr riscos. Após uma péssima noite de sono, segui para o hotel às seis da manhã. A veia no meu pescoço pulsava enquanto eu subia de elevador até o último andar. Não conseguia me lembrar da última vez em que estivera tão nervoso assim.

    E se eu tiver perdido sua confiança por admitir a verdade para Tanner ontem à noite?

    E se ela não me aceitar de volta?

    E se o tempo que ficamos separados tiver feito com que ela percebesse que a vida com um atleta que passa metade do ano viajando não é o que ela quer para ela e para Alex?

    Tudo o que podia dar errado ficou girando na minha mente.

E se o Tanner causar problemas?

Será que ele conseguiria colocar Alex contra mim?

Merda... como Alex receberia essa notícia?

Quando o elevador abriu no andar dela, minhas palmas começaram a suar, e os pensamentos que circulavam na minha mente começaram a vazar pela minha boca. Fiquei murmurando feito um maluco.

— Se acalma, cara.

— Você já jogou no Super Bowl sem suar desse jeito.

— Qual é a porra do seu problema?

Ainda bem que estava cedo e não havia pessoas por perto, ou elas sairiam correndo se vissem um homem do meu tamanho falando sozinho.

Quando cheguei ao quarto de Presley, respirei fundo antes de bater levemente. E então, esperei.

E esperei.

Quando se passaram alguns minutos e nada de ela vir atender à porta, presumi que ainda devia estar dormindo. Eu odiava ter que acordá-la, mas precisava falar com ela antes de Tanner, e de ter que ir para o treino. Então, bati novamente, mais alto dessa vez.

E esperei.

E esperei.

Bati mais uma vez. Quando, mesmo assim, continuei sem resposta, comecei a ficar desesperado, e as merdas mais loucas começaram a me passar pela mente.

E se o Tanner tiver vindo fazer alguma coisa com ela?

E se ela estiver machucada lá dentro?

Então, bati com muita força na porta.

— Presley? Alex? Vocês estão aí?

Eles continuaram sem responder, mas a porta do quarto ao lado abriu, e um cara que parecia estar bem irritado saiu de lá. Ele olhou para mim.

— Que merda você está... — Ele piscou algumas vezes. — *Puta merda*. Você é Levi Miller.

Arrastei uma mão pelos cabelos.

— Sim. Desculpe por acordá-lo. Você viu a mulher que estava hospedada nesse quarto?

Ele confirmou com a cabeça.

— Ela estava saindo quando cheguei. Fiquei fora até bem tarde.

— Ela estava bem?

O cara deu de ombros.

— Ela parecia bem, para mim.

— Por acaso ela mencionou para onde estava indo?

— Não. Mas ela estava com as malas e as coisas dela. E o garotinho estava carregando uma mochila, então deduzi que estavam indo embora do hotel.

Porra.

— Isso foi há quanto tempo?

— Acho que eram umas quatro e meia da manhã. Uma hora e meia atrás, então.

— Valeu. — Saí correndo pelo corredor.

— Espere! Pode me dar um autógrafo?

— Fica para a próxima!

Corri para o elevador, incerto quanto ao meu próximo passo. A última pessoa que falou com Presley foi minha mãe na noite anterior, e ela definitivamente *não* costumava acordar cedo. Liguei para ela mesmo assim.

Ela atendeu no terceiro toque. Sua voz estava grogue.

— Levi? O que aconteceu? Está tudo bem?

— Eu acabei de ir até o quarto da Presley, e ela não está lá.

— Que horas são?

— Por volta das seis.

— Ela provavelmente está no aeroporto agora. Ela estava bem chateada quando voltou para o quarto depois de falar com você ontem à noite. O Alex estava dormindo, então conversamos por um tempo. Ela achou melhor ir para casa. É muito difícil para ela ficar perto de você, e com Tanner fazendo aquela cena durante o jantar... ela me pediu para dizer a todo mundo que houve um problema na pousada e ela teve que voltar mais cedo.

Porra. Fechei os olhos.

— Eu preciso falar com ela. O Tanner sabe, mãe.

— O Tanner sabe o quê?

— Que estou apaixonado pela Presley. Que ficamos juntos durante o verão.

Minha mãe suspirou.

— Ai, Deus. Como ele ficou?

— Não dou a mínima. Só preciso falar com a Presley. Você pode me fazer um favor?

— Qual?

— Não comente com Tanner que Presley foi embora.

— Levi, eu não quero ficar no meio disso ao mentir para o seu irmão.

— Então não minta. Desligue o celular. Você vai tomar café da manhã com o amigo do papai e a esposa dele, não é?

— Sim. E depois vou para o salão fazer o cabelo para a cerimônia.

— Então é provável que você nem ao menos o veja até mais tarde. Só me ajude a ganhar tempo e não atenda ao celular. Por favor.

— Ganhar tempo? O que você vai fazer? Você não tem treino? E temos a cerimônia hoje à noite.

— Eu vou pagar a multa por perder o treino. E me desculpe, mãe, mas não vou poder ir à cerimônia. Eu nunca perdi um jogo do papai, então acho que ele vai me perdoar. Além disso, poderei olhar para cima e honrá-lo toda vez que entrar em um estádio para um jogo.

— Tudo bem. Vá. Faça o que tem que fazer. Vou dizer a quem

perguntar que você não estava se sentindo bem.

— Obrigado, mãe.

— Espero que tudo isso valha a pena, filho.

— Vai sim, mãe. Ela é a mulher da minha vida.

Duas horas mais tarde, eu estava em um voo para a Carolina do Sul, esperando o avião decolar. Liguei para Presley uma dúzia de vezes, mas sempre ia direto para a caixa postal. Apertei o botão de rediscagem mais uma vez, mas aconteceu a mesma coisa — sem chamada, direto para a caixa postal. Então, pelo menos ela não estava ignorando seu celular; devia estar desligado.

A aeromoça anunciou no alto-falante que a porta da cabine já estava fechada, e que o avião começaria a andar e decolar. Todos os aparelhos eletrônicos precisavam ser desligados e guardados. Eu estava prestes a colocar o meu celular no modo avião quando vibrou com a chegada de uma mensagem. Torci que fosse Presley, me dizendo que havia corrido tudo bem com sua viagem e que viu todas as minhas chamadas perdidas, mas não era. Era a minha mãe.

Mamãe: Tanner sabe que a Presley foi embora. Algum funcionário da recepção disse a ele que ela fez o checkout. Acho que ele deve estar voltando para a Carolina do Sul.

CAPÍTULO 33

Presley

Na noite anterior, depois que Shelby e eu conversamos, reservei um voo para casa e desliguei meu celular. Depois, quando acordei esta manhã, percebi que havia plugado o carregador, mas esqueci de colocar na tomada. Então, meu celular estava completamente descarregado, e meu voo seria tão cedo que não tive tempo de lidar com isso. Por sorte, o avião era novo e moderno, e tinha tomadas em cada assento para que eu pudesse recarregá-lo, mesmo que não pudesse ligá-lo durante o voo.

No minuto em que desembarquei e o liguei, mensagens começaram a pipocar na tela. *Todas de Tanner.* Eu sabia antes de ler a primeira que não seriam boas notícias. Eu precisava de um momento para ver o que havia causado o grande fluxo de mensagens, mas meu instinto me disse para fazer isso em particular. Então, parei Alex quando passamos em frente a um banheiro logo após o portão.

— Querido, eu preciso ir ao banheiro. Você pode esperar aqui fora um minuto?

— Ok.

Balancei o dedo para ele.

— Não vá escapulir, hein?

Ele revirou os olhos.

— Tá, mãe.

Assim que fiquei sozinha no banheiro feminino, respirei fundo e abri a cadeia de mensagens.

Tanner: VAGABUNDA

Meu Deus. Meu coração começou a acelerar conforme rolei para baixo para ler o restante.

Tanner: Como você pôde?

Tanner: Meu irmão?

Tanner: Meu irmão, porra?

Tanner: Onde você está, cacete?

Tanner: Você estava tão desesperada assim para trepar?

Tanner: Ele está te usando, sabia?

Tanner: Ele sempre quis tudo que era meu. Isso tudo é só um jogo para ele.

Lágrimas preencheram meus olhos.

Tanner: Espero que você não esteja se enganando e pensando que era especial. Ele tem uma mulher em cada cidade.

Eram várias mensagens. Pareciam alternar entre zangadas e tristes. Algumas demonstravam as duas coisas:

Tanner: Eu te amo desde a oitava série. Como você pôde fazer isso com a gente, PORRA?

Mas a última foi a que mais me assustou.

Tanner: Estou indo atrás de você.

Lágrimas começaram a descer pelo meu rosto. Meu Deus, como ele tinha descoberto? E o que eu ia fazer agora?

Eu queria me deitar em posição fetal, mas o meu filho estava me esperando do lado de fora. Então, joguei um pouco de água no rosto em uma tentativa de me recompor para não preocupar Alex. Mas eu estava tão abalada que até mesmo o som do meu próprio celular tocando me deu um susto do cacete. Pulei e me atrapalhei com ele nas mãos. Não consegui segurar a porcaria direito. Ele acabou se chocando contra a lateral da pia antes de cair no chão com um barulho alto.

Merda.

Quando me curvei para pegá-lo, a tela estava estilhaçada. E pior ainda, não consegui religá-lo. Suspirei. Por mais que aquilo tenha me deixado chateada, talvez um celular quebrado fosse a melhor coisa para mim no momento. Meu filho de oito anos estava do lado de fora do banheiro, e eu precisava nos levar para casa sem desmoronar. Então, respirei fundo algumas vezes, alisei a minha blusa e saí.

Por sorte, Alex estava muito ocupado brincando com um joguinho em seu iPad para notar o meu nariz vermelho.

— Venha, meu amor. Vamos para casa.

Horas depois, eu estava de volta à Pousada The Palm e com as malas desfeitas, mas ainda muito inquieta. Usei o telefone da pousada para ligar para Levi e Shelby, mas as duas chamadas foram direto para a caixa de mensagens. Eles provavelmente estavam juntos na cerimônia de aposentadoria da camisa do time de Jim, onde eu esperava que Tanner estivesse também.

Estou indo atrás de você.

Toda vez que um hóspede entrava ou saía, minha alma praticamente deixava o meu corpo. Ficava pensando que era Tanner.

Quando Alex perguntou se podia ir para a casa de um amigo, fiquei aliviada por poder levá-lo para outro lugar. O dia estava bem agradável, e Kyle morava a apenas algumas quadras, então fui caminhando até lá com ele. Eu esperava que talvez um pouco de ar fresco e exercício me fizesse bem.

No caminho de volta, fiz um desvio e andei um pouco por um parque local, temendo o que poderia estar esperando por mim em casa. Tanner havia deixado seu carro no aeroporto, então, se tivesse voltado, esse seria o meu sinal de alerta. Segurei a respiração ao virar a última esquina, ficando assim até terminar de checar todos os carros estacionados no quarteirão. Felizmente, o dele não estava lá.

Assim que cheguei em casa, não senti vontade de entrar. A pousada estava lotada novamente este fim de semana, e as áreas comuns ficavam cheias com as pessoas andando por lá. Então, sentei-me no balanço da varanda para tentar decidir como resolveria as coisas assim que Tanner inevitavelmente aparecesse.

Não encontrei resposta alguma, mas, em certo momento, meus pensamentos foram interrompidos quando um casal saiu da pousada. Eles me notaram ali e pararam.

— Ah, oi. Será que poderia nos dizer como chegar à Sorveteria do Coyle?

Abri um sorriso sem entusiasmo e apontei para o fim da rua.

— Claro. Vire à esquerda naquela esquina, siga por dois quarteirões e vire à direita na Main Street. Não tem erro.

— Ótimo. Obrigado.

Eles desceram a varanda de braços dados, e o rapaz virou para mim mais uma vez.

— Ei, se você for fã de futebol americano, tem um *quarterback* bem famoso lá dentro.

A mulher sorriu e puxou sua camiseta.

— Ele foi muito gentil. Consegui seu autógrafo na minha blusa.

Meu primeiro pensamento foi *"Ai, meu Deus, Tanner está aqui"*. Mas, então, percebi que o casal devia ter apenas uns vinte e poucos anos. Eles eram provavelmente adolescentes quando Tanner jogou em sua única temporada. Não dava para imaginar que o conheciam, ou se esse fosse o caso, que o consideravam famoso. Então, inclinei-me para frente no balanço para ver melhor a blusa da mulher. A assinatura era basicamente só um rabisco, mas a primeira letra parecia muito ser um L, não um T.

Meu coração acelerou.

— Qual é o nome dele? Do *quarterback*.

— Miller.

— Você sabe o primeiro nome dele?

— Levi.

— *Levi?* Você tem certeza? Tem certeza de que não era o irmão dele?

O rapaz sorriu.

— Tenho sim. Sou um grande fã dos Broncos.

Arregalei os olhos. Eu estava sentada com um dos pés sobre o balanço, então quase caí de cara no chão quando pulei de lá e corri em direção à porta. Abrindo-a bruscamente, senti meu coração parar quando encontrei Levi de pé do outro lado.

— O que... o que você está fazendo aqui?

Ele olhou por cima do meu ombro. Aparentemente, tínhamos plateia. O jovem casal, de quem eu já havia esquecido completamente, estava nos observando avidamente. Levi gesticulou em direção ao fim do corredor.

— Podemos conversar no seu quarto?

Seu rosto estava sério, então tentei não ficar animada demais com o fato de ele estar aqui. Ele provavelmente sabia que Tanner descobrira sobre nós e se sentiu obrigado a vir aqui para consertar as coisas.

Assenti.

— Claro.

Eu o segui para longe dos olhos curiosos. Ele abriu a porta do meu quarto para que eu entrasse primeiro, depois a fechou atrás de nós.

— O que aconteceu? — perguntei. — O que você está fazendo aqui?

Ele engoliu em seco.

— O Tanner sabe sobre nós.

— Eu sei. Ele me mandou um monte de mensagens. Como ele descobriu?

Levi passou uma mão pelos cabelos.

— Acho que já fazia um tempo que ele suspeitava de que algo estava acontecendo. Tivemos uma discussão ontem à noite depois que te vi, e quando ele me perguntou sobre isso, deu para ler na minha expressão. Não consegui negar a verdade, mas sinto muito por ter acontecido assim. Tenho certeza de que ele está te perseguindo.

— Ele está vindo para cá.

Levi sacudiu a cabeça.

— Não, não está. Ele foi para o aeroporto quando acordou, mas, aparentemente, o resto dos voos de hoje estavam todos reservados. Eu falei com a minha mãe quando estava a caminho daqui, depois que desembarquei. Ele está com ela na cerimônia nesse momento.

— Ai, meu Deus! — Cobri minha boca. — A cerimônia! Por que você não está lá?

Levi baixou o olhar.

— Porque eu ferrei tudo. De tantas formas. Eu sinto tanto, Presley.

— Tudo bem. Isso ia acabar acontecendo. Depois eu me viro com o Tanner.

— Não foi só com ele. Eu ferrei tudo entre nós. Nunca deveria ter te deixado. Pensei que fosse a coisa certa a fazer. Mas sinto tanto a sua falta. — Sua voz falhou. — Eu te amo tanto.

Senti o peso que esteve sufocado meu peito durante as últimas vinte e quatro horas ir embora. Ficou mais fácil respirar.

— Você... me ama?

Levi fechou a distância entre nós e segurou minha mão.

— Sim, e já faz muito tempo. Eu só achava que seria egoísta da minha parte admitir. Mas estou cansado de me importar tanto com o meu irmão ou as nossas famílias, porque percebi que, por deixar de compartilhar com você como eu me sentia, estava sendo egoísta em relação à única pessoa que mais importava: você.

Minha respiração acelerou.

Levi segurou meu rosto entre suas mãos.

— Eu te amo, Presley. Estou loucamente apaixonado por você.

Lágrimas caíram dos meus olhos. Devia ser a quarta vez que isso acontecia naquele dia, mas essas foram as primeiras de felicidade.

— Eu também te amo.

Ele enxugou a umidade das minhas bochechas com os polegares antes de baixar o rosto e grudar seus lábios nos meus. Enquanto nos beijávamos, Levi me ergueu e me carregou até a cama. Ele me pôs de volta no chão e olhou nos meus olhos enquanto desabotoava minha calça. Eu o desejava tanto que só queria arrancar nossas roupas de uma vez. Então, levei as mãos à barra da minha blusa, mas ele me deteve.

— Me deixe fazer isso, por favor.

Assenti. Foi uma tortura vê-lo tirar minhas roupas sem pressa, fazendo o mesmo com as suas. Quando terminou, ele nos posicionou sobre a cama e olhou nos meus olhos por um longo tempo, pairando sobre mim.

— Eu te amo.

— Eu também te amo.

Sem desviarmos nossos olhares, ele me penetrou lentamente. Parecia ser tão incrivelmente certo tê-lo me preenchendo quando meu coração também estava tão cheio. Assim que ele estava completamente dentro de mim, seus braços começaram a estremecer, e ele se abaixou e tomou minha boca novamente.

— Porra. Como é bom te sentir — ele murmurou. — Tão bom.

Não demorou muito até nós dois estarmos à beira do ápice. A certa altura, Levi se afastou e olhou para mim novamente. Suas pupilas estavam dilatadas, seus olhos tão cheios de amor. Envolvi seu corpo com minhas pernas, e juntos fizemos amor como nunca antes. Foi como se o mundo lá fora não existisse mais. Depois de meses e meses de idas e vindas, estávamos finalmente em perfeita harmonia. Até gozamos juntos, no mesmo exato momento. Nossos corpos, mentes e almas se tornaram um só enquanto eu gemia durante o meu orgasmo. Foi diferente de qualquer coisa que já havia vivenciado antes. E eu sabia que nunca mais seria a mesma, porque tinha acabado de me entregar por completo a esse homem.

Horas depois, Levi saiu para comprar comida para nós. Tínhamos passado a tarde inteira na cama e estávamos famintos. Ele insistiu que comêssemos no meu quarto, dizendo que ainda não estava pronto para me dividir com ninguém. Como a pousada estava lotada e eu já havia pedido à minha funcionária que ficasse no meu lugar por todo o fim de semana, pensei: por que não? Levi teria que voltar para seu time em breve, e sabe-se lá quando teríamos outra chance de ficarmos a sós.

As estrelas pareceram se alinhar perfeitamente quando a mãe do amigo de Alex ligou assim que saí do chuveiro e Levi retornou com a comida.

— Você nunca vai adivinhar quem era — eu disse para Levi, ao colocar o telefone sem fio sobre a mesa de cabeceira e prender a ponta da toalha para fechá-la em volta do meu corpo.

— Quem?

Remexi na cômoda em busca de uma muda de roupas.

— A mãe do amigo de Alex, com quem ele está agora.

— Está tudo bem?

Peguei uma calcinha fio-dental de seda e a girei no meu dedo.

— Ela perguntou se ele podia dormir lá esta noite.

Levi apoiou a comida e veio até mim. Ele pegou a calcinha da minha mão e a jogou por cima do ombro.

— Então, não vamos precisar disso.

Dei risadinhas.

— Ou disso. — Ele estendeu a mão e, em um só movimento, a toalha caiu no chão.

— Você quer que eu coma nua?

— Porra, com certeza. — Ele tirou suas próprias roupas. — Nada de roupas para nenhum de nós dois até amanhã.

Eu estava delirantemente feliz, e teria concordado com praticamente qualquer coisa que ele quisesse, então dei de ombros e sorri.

— Ok!

Sentamos na cama sem uma única peça de roupa e comemos frango frito com *biscuits* e molho. Quando terminei, caí de costas, com as mãos na barriga.

— Isso estava tão delicioso.

— Eu também trouxe sobremesa. Então é melhor você ter guardado espaço.

Sacudi a cabeça.

— Acho que você vai ter que comer duas sobremesas.

Ele agarrou meu braço e me puxou para que eu me sentasse novamente.

— Não. Eu só comprei uma. E é definitivamente para você.

Levi pegou a embalagem onde trouxera a comida. Ele colocou a mão dentro, tirou de lá um recipiente e ergueu a tampa. Dentro dele, havia uma fatia de *torta de pêssego*. Ele me entregou um garfo e deitou-se de costas na cama, colocando as mãos atrás da cabeça.

— Suba aqui, *cowgirl* — ele disse com uma piscadela. — Pretendo realizar cada uma das suas fantasias.

BELA JOGADA

CAPÍTULO 34

Levi

A vida estava uma bagunça. E linda, ao mesmo tempo. Refleti sobre tudo o que havia acontecido desde o verão enquanto estava no avião, indo para a Carolina do Sul para fazer uma visita rápida. Eu só teria dois dias com Presley, mas os aproveitaria ao máximo. Essa viagem seria a primeira vez que eu a veria depois que confrontamos Tanner quando ele voltou de Denver.

Para poder ser feliz, é preciso tomar decisões difíceis e superar os obstáculos que surgem no caminho. Às vezes, isso significa abrir mão de pessoas tóxicas que você amou um dia — pelo menos por um tempo. Eu amava o meu irmão, e sempre amaria. Mas havia tomado a minha decisão. Eu escolhi Presley. E por mais que torcesse para que Tanner e eu pudéssemos retomar o nosso relacionamento, não estávamos nem perto disso.

Um mês havia se passado desde que tudo aconteceu, e ele ainda não estava falando comigo. Mas estava tudo bem para mim, porque ele havia voltado a falar com Presley, pelo bem de Alex. Isso era mais importante do que fazer as pazes comigo. Ainda assim, eu tinha fé de que, um dia, nós descobriríamos uma maneira de agir como irmãos novamente.

Depois de voltar da cerimônia da camisa do papai, Tanner se mudou para a casa da nossa mãe, e aparentemente, ele havia recentemente encontrado um apartamento fora de Beaufort, mais perto da faculdade onde ele era treinador. Durante a minha última viagem para casa, fiquei com Presley até Tanner e mamãe retornarem de Denver, recusando-me a deixá-la enfrentá-lo sozinha. Como esperado, ele foi direto à The Palm para nos confrontar. Graças a Deus, Alex ainda estava na casa do amigo no momento, porque rolaram muitos gritos e xingamentos — e choro, da parte de Presley.

Eu sabia que ela se culpava por arruinar o meu relacionamento com Tanner. Eu odiava o fato de ela se sentir assim porque, na minha cabeça, eu tinha feito todas aquelas escolhas e assumi total responsabilidade da minha parte. E mais que isso, foram as escolhas de Tanner que colocaram todos nós nesse caminho, e não havia nada que Presley e eu pudéssemos fazer para mudar isso.

Felizmente, Tanner e eu nunca chegamos ao ponto de partir para a porrada. Mas Fern assistiu a tudo se desenrolar como um maldito capítulo de novela. Só faltou ela pegar a pipoca. Foi um saco. Apesar de suas ações em Denver, doía ver Tanner sofrer. Mas o fato de que ele não amava Presley como eu a amava continuava a ser verdade.

Mais do que qualquer coisa, acho que ele ficou chateado porque via essa situação como mais uma vitória para mim e derrota para ele. Esse podia até ser o caso, mas o meu relacionamento com a Presley não teve nada a ver com ele, e com certeza não se tratava de um jogo ou competição. Nós nos amávamos e merecíamos poder expressar isso livremente. Se o meu irmão não tivesse ficado de sacanagem por aí quando deveria estar tentando reconquistá-la, *talvez* eu não tivesse escolhido seguir o meu coração. Mas sua indiscrição foi a gota d'água. Ele me mostrou ali que só ia acabar magoando Presley novamente se um dia ela o aceitasse de volta. E isso seria bem pouco provável, de qualquer jeito, porque ela *me* amava.

Ela deixou isso bem claro, e quem era eu para impedi-la de estar com o homem que amava? Eu tinha uma sorte do caramba por poder dizer que esse homem era eu. O preço a ser pago para estar com a mulher que eu amava era bem grande, mas valia muito a pena.

Entretanto, o *maior* obstáculo de todos ainda precisava ser enfrentado. Isso mudaria pouco tempo depois que eu pousasse em Beaufort, porque era o dia que Presley e eu havíamos escolhido para contar a Alex sobre nós. Até mesmo Tanner concordara que precisávamos esperar pelo momento certo, e também concordara em deixar que Presley e eu cuidássemos disso.

Tanner havia dito para Presley que não queria a responsabilidade de contar a notícia que "estragaria seu filho". Mas apesar da atitude do meu irmão em relação a isso, não havia escolha melhor além de sermos diretos com Alex agora. Era um milagre ele ainda não ter percebido nada.

Quando entrei pela porta da frente da pousada, fui recebido com o cheiro de frango frito, e encontrei Presley na cozinha. Ela limpou as mãos em um pano de prato e correu até mim, jogando os braços em volta do meu pescoço. Dei um beijão nos seus lábios e inspirei profundamente seu cheiro. A combinação de aromas desse lugar era essencialmente o cheiro de lar. A Pousada The Palm era o meu lar. *Essa mulher* era o meu lar e sempre seria, mesmo que eu só pudesse estar aqui durante uma pequena fração do ano. Teríamos que aproveitar ao máximo cada minuto juntos.

— Como foi o seu voo? — ela perguntou.

— Foi muito rápido, como todos os pensamentos girando na minha mente. Fiquei tentando ensaiar o que vou dizer para ele.

Ela suspirou.

— Acho que vamos ter que improvisar isso. Não vou conseguir decorar coisa alguma agora.

— Você deve ter razão. Acha que tem um livro na internet sobre isso que possamos ler para ele? — Pisquei.

O som de passos se aproximando fez com que nos separássemos rapidamente.

Alex entrou correndo na cozinha.

— Tio Levi!

Dei um abraço nele.

— Oi, amigão.

Ele olhou para mim.

— Por quanto tempo você vai poder ficar?

— Só dois dias, infelizmente.

Alex fez beicinho.

— Queria que fosse mais.

— Eu também.

Presley e eu olhamos um para o outro. Meu pulso começou a acelerar.

— *Agora?* — sussurrei para ela.

Ela deu de ombros e sussurrou de volta:

— Temos um tempinho antes do jantar. Então, não existe momento melhor do que agora.

Olhei para Alex.

— Ei, amigão. Você pode vir se sentar conosco um pouquinho? Precisamos conversar sobre uma coisa.

Meu coração batia com força no peito. Não me lembrava de ter ficado tão nervoso assim antes em toda a minha vida.

A postura feliz de Alex pareceu mudar conforme ele se sentou de frente para nós. Seu rosto ficou vermelho e ele não estava mais sorrindo. *Alex também está nervoso.* Ele já sabia? Será que Tanner não cumpriu sua palavra e acabou contando a ele? Isso não fazia sentido... Alex pareceu estar tão feliz quando me viu um minuto antes.

Presley esfregou as palmas na calça jeans ao se sentar. Eu sabia que um de nós tinha que começar, e senti que esse dever era meu.

Limpei a garganta e fui direto ao assunto.

— Alex, nós temos algo muito importante para falar com você.

Sua respiração estava trêmula.

— Aham...?

— E quero que saiba que isso não muda em nada o nosso relacionamento.

Ele ficou inquieto, olhando para qualquer lugar além de mim e parecendo ficar mais ansioso a cada segundo que passava. O fato de que ele estava tão tenso não ajudou em nada.

— Você está bem? — perguntei a ele.

— Sim. Apenas diga de uma vez! — ele gritou.

Merda.

Surpreso com sua atitude, fiquei sem fala por um minuto. Presley lambeu os lábios, parecendo tão paralisada e tensa quanto eu estava.

Eu estava prestes a contar logo quando Alex disse abruptamente:

— Eu juro que não tive má intenção!

Pisquei.

— O quê?

— Foi só uma aposta boba.

Presley estreitou os olhos.

— Do que você está falando?

— Da aposta que fiz contra o tio Levi antes do jogo dos Dolphins.

Espere. O quê? Não consegui evitar minha risada.

— Você apostou contra mim?

— Bom, você está jogando mal pra caramba desde que a temporada começou. E alguns garotos da escola fizeram uma aposta. Eu apostei três meses da minha mesada que os Broncos perderiam para os Dolphins. E aí o menino que perdeu a aposta ficou zangado e disse que ia te contar que apostei contra você.

Alex estava praticamente em lágrimas, e me senti tão mal por ele.

Presley sacudiu a cabeça.

— Eu queria que você não tivesse apostado a sua mesada, Alex. Isso não é muito inteligente. Mesmo que tenha ganhado, esse não é um hábito que quero que você adquira.

— Eu não vou fazer de novo.

— Olha, Alex, eu nunca ficaria zangado com você por apostar contra mim. — Dei de ombros. — Você foi esperto na sua análise. Eu realmente estou jogando mal pra caramba. Isso se deve principalmente ao fato de que estou com muitas coisas na cabeça agora. Então, não te culpo por isso.

— Eu sinto muito mesmo. — Ele baixou o olhar, fitando seus tênis.

— Não se preocupe mais com isso. Na verdade, isso foi um bom chute na bunda para me fazer acordar e melhorar, para que assim você tenha motivos para apostar a *meu favor*, e não contra mim. — Corrigi-me rapidamente. — Mas como a sua mãe disse, não é uma boa ideia fazer apostas, no geral. Então, não faça mais isso.

Alex olhou para nós dois.

— Estou encrencado por alguma outra coisa? Por que vocês queriam conversar comigo?

— Não, querido — Presley respondeu.

Respirei fundo, preparando-me novamente.

— Então... — eu disse. — Sabe como nós dois ficamos próximos quando eu estava morando aqui no verão?

— Sim. — Ele assentiu. — Foi muito maneiro.

— Também foram algumas das melhores semanas da minha vida. Além de nós dois termos tido a chance de nos conhecermos melhor, a sua mãe e eu... nós passamos bastante tempo juntos também. E nós... aprendemos a gostar muito um do outro. Muito. — Olhei para ela. — Não foi algo que estávamos esperando. Mas nós nos tornamos mais do que amigos. — Fiz uma pausa. — Nós nos apaixonamos, e queremos ficar juntos.

Alex piscou várias vezes, mas não disse nada. Ele parecia compreensivelmente pego desprevenido e confuso.

— Oh... — ele murmurou.

Presley finalmente se pronunciou.

— O papai sabe, Alex. Ele não está muito feliz com isso, mas temos esperança de que ele aprenda a aceitar aos poucos. O seu pai e eu nunca íamos reatar, meu amor. Eu sempre terei carinho por ele, mas decidi há muito tempo que é melhor sermos apenas amigos. Eu te disse isso antes. Então, isso não é uma escolha entre o tio Levi e ele. E os dois te amam muito. Isso não muda em nada. Quero que você entenda isso.

— E eu também não estou tentando atrapalhar o seu relacionamento com o seu pai, Alex — eu disse quando Presley pausou. — O seu pai sempre será seu pai. Eu sempre serei seu tio. E nós dois *sempre* estaremos presentes na sua vida.

A voz de Presley estremeceu.

— Nós não queríamos esconder isso de você. Você é a coisa mais importante do mundo para nós. E espero que fique bem com isso, porque Levi me faz muito feliz.

Quando Alex permaneceu em silêncio, decidi que ele precisava de um incentivo.

— O que você pensa sobre isso, Alex?

Ele expirou e deu de ombros.

— É meio nojento, mas tá, né?

Presley ergueu as sobrancelhas.

— Só isso?

— Eu estava com medo do tio Levi estar zangado comigo. Pensei que ele tinha vindo até aqui para gritar comigo. Qualquer coisa é melhor que isso.

Presley e eu trocamos olhares arregalados. Nunca me senti tão grato por um mal-entendido. Isso definitivamente aliviou o peso desse anúncio.

— Isso significa que você vai morar com a gente de novo? — Alex perguntou, após um momento. — Quer dizer, sempre que estiver na cidade?

— Só se estiver tudo bem para você.

— Sim. — Ele assentiu. — Tudo bem.

— Obrigado, amigão.

Ele virou para Presley.

— Posso sair da mesa?

Presley olhou para mim, parecendo tão confusa quanto eu estava diante do fato de que, para ele, a conversa já estava acabada.

— Hã... sim — ela disse. — Mas você tem certeza de que está bem? Não quer conversar mais sobre isso?

— Não. Eu tô bem. — Ele saiu da cadeira e foi em direção ao corredor.

Presley parecia perplexa.

Sacudi a cabeça.

— Isso foi quase fácil demais. Deveríamos nos preocupar?

— Vou falar com ele depois de um tempinho. Talvez ele precise processar isso sozinho um pouco. Mesmo que fique chateado e não aceite, somente o tempo fará com que seja mais fácil aceitar. O importante é que ele sabe, e não precisamos mais nos esconder.

— É. Estou aliviado, sem dúvida, embora eu obviamente queira que ele fique bem com isso, não apenas diga que está.

Ela estendeu a mão para segurar a minha.

— Eu sei.

Após o jantar, fiquei surpreso quando Alex veio me procurar no meu quarto. Presley e eu havíamos decidido que não iríamos dividir um quarto tão cedo.

— Ei, amigão. O que está rolando?

Ele pareceu hesitante, ficando no vão da porta.

— Você e o papai não estão se falando?

Isso provavelmente era o resto da conversa que eu estava esperando. Presley tinha razão. Ele precisava processar o choque inicial antes que pudesse ao menos começar a fazer perguntas.

— No momento, não — respondi, chamando-o para sentar na beira da minha cama comigo. — Você falou com ele esta noite? É por isso que está perguntando?

Ele assentiu, parecendo culpado.

— Tudo bem você conversar com ele sobre isso. Você nunca deve sentir como se tivesse que se impedir de falar qualquer coisa conosco. O que ele disse? Se você não se importa que eu pergunte.

— Ele só disse que sabia sobre você e a mamãe e que estava tentando me proteger, por isso não tinha me contado. E aí ele disse que você e ele não estão se falando agora.

Eu esperava que ele não tivesse dito mais nada além disso, mas se isso foi mesmo tudo que Tanner disse, era um milagre.

— A vida é complicada, Alex. Se tem uma coisa que, às vezes, não podemos controlar é como nos sentimos. Em um mundo ideal, eu teria conhecido a sua mãe sob circunstâncias diferentes. O seu pai tem todo direito de estar chateado. Eu sou irmão dele, e o magoei. Tenho que assumir isso. Mas eu juro que nunca ao menos consideraria interferir no relacionamento dos seus pais se houvesse de verdade uma chance de eles reatarem. Eu sei que preciso me esforçar em vários aspectos, e te prometo que farei tudo o que puder para consertar as coisas com o seu pai, para você não ter que se preocupar.

Ele assentiu e começou a ir em direção à porta. Mas, antes de sair, virou de volta para mim.

— Se a mamãe não está com o papai, eu prefiro que ela fique com você do que com um cara estranho qualquer.

Senti um imenso alívio tomar conta de mim.

— Bem, eu definitivamente tenho minhas tendências *estranhas*, mas é tão importante para mim ouvir você dizer isso, Alex.

— Eu quero que ela seja feliz. Ela parece feliz quando está com você.

— Ela também me faz feliz, amigão.

— Seja bom para ela — ele acrescentou.

— Pode apostar nisso.

Ele deu risada.

— Eu não posso mais apostar em nada, lembra?

Eu queria abraçá-lo, mas antes que eu tivesse a chance de fazer isso, ele se mandou pelo corredor.

Alguns segundos depois, Presley apareceu na porta.

— Eu o vi entrar aqui — ela sussurrou. — Está tudo bem?

— Aham. — Sorri. — Só tivemos uma conversinha de homem para homem. Estou bem mais confiante de que tudo vai, sim, ficar bem. — Alcancei sua mão e a apertei. — Mas esse foi um dia e tanto. Sinto que preciso de uma bebida do tamanho da minha cabeça agora.

— Acho que você merece. — Ela me puxou em direção à porta. — Vou arranjar algo para o meu homem.

Nossa, como eu amava ouvi-la me chamar assim. *Seu homem.* Eu já conquistei tantos títulos na minha vida e marquei pontos de tantas maneiras, mas conseguir ter Presley e ser amado por ela? Isso era melhor do que qualquer vitória em qualquer campeonato.

Era melhor do que qualquer coisa.

EPÍLOGO

Levi
Dois anos depois

Eu estava sentado de frente para o meu irmão e Alex no Iggy's enquanto terminávamos de jantar nossos frangos fritos. *Finja até conseguir*. Dizem que, quando você quer muito algo, fingir que já está acontecendo fará com que, um dia, o sonho se torne realidade.

A situação entre Tanner e mim estava longe de estar totalmente consertada, mas éramos um trabalho em andamento e já havíamos progredido muito. Desde o momento em que eu disse a ele que estava apaixonado por Presley, me comprometi a me esforçar para consertar as coisas, mesmo que levasse a vida inteira. Eu sabia que havia quebrado sua confiança, e era minha responsabilidade acertar as coisas. Por mais que Tanner tenha magoado Presley, ele sempre seria o meu irmão caçula. Eu sempre o amaria, apesar de todos os seus defeitos.

Há um tempo, Tanner e eu havíamos concordado em nos encontrar uma vez por mês no Iggy's. Alex batizou como o Encontro Mensal dos Homens Miller. Só que não éramos mais somente nós três. Havia um *quarto* Miller: dois irmãos Miller mais velhos e dois mais novos. O pequeno Eli tinha um ano e meio. Ele estava em sua cadeira de bebê na extremidade da mesa, mastigando salgadinhos enquanto o restante de nós comia.

— Como vai a Presley? — meu irmão perguntou.

— Ela está bem. A pousada a está mantendo bem ocupada. Ela te mandou lembranças. Está muito feliz por termos começado a fazer isso todo mês.

Tanner virou-se para Alex.

— É. O Encontro Mensal dos Homens Miller foi uma boa ideia, filho.

Alex deu de ombros ao colocar uma batata frita na boca.

— Eu sei.

— Quando você vai viajar de novo? — Tanner perguntou.

— Ainda faltam algumas semanas. Os próximos dois jogos serão aqui.

Meu irmão mastigou.

— Ah, que bom.

Comecei a jogar nessa temporada no Carolina Panthers. Os jogos e os treinos eram a algumas horas de distância, na Carolina do Norte, mas era muito melhor do que antes e me permitia passar mais tempo em casa, mesmo que significasse longas horas de viagem de carro pela interestadual 77. Deixar os Broncos foi uma das decisões mais difíceis que já tomei, mas precisei fazer isso. Não queria mais ficar longe da minha família por tanto tempo — principalmente agora.

— Tenho certeza de que Presley está aliviada por você não estar mais em Denver — ele disse.

— É. Isso nunca teria funcionado a longo prazo.

Meu irmão assentiu.

Eu nunca sabia bem no que ele estava pensando quando mencionava o nome dela. E o que era irônico nisso tudo? Foi uma situação com mulher que havia separado Tanner e eu, e foi uma situação com mulher que nos unira novamente. Eu nunca esqueceria aquela noite.

Alguns meses depois da nossa briga em Denver, Presley e eu estávamos na The Palm durante uma das minhas visitas rápidas entre jogos. Tanner ligou para o meu celular pela primeira vez desde que paramos de nos falar. Ele perguntou se poderíamos nos encontrar para conversar.

Eu tinha certeza de que ele ia usar essa oportunidade para soltar os cachorros em mim novamente por ter arruinado sua vida, mas acabou que a conversa não tinha nada a ver comigo. Meu irmão tinha me ligado porque estava desesperado por um conselho e precisava de um ombro para se apoiar depois de receber uma notícia que o deixou bem abalado de surpresa.

Arielle, a mulher com quem ele tinha transado no Colorado, ligara para ele do nada para lhe contar que engravidou depois da noite que tiveram juntos. Tanner estava surtando, e fiz o melhor que pude para acalmá-lo e assegurá-lo de que mesmo a pior das opções — a confirmação de que o bebê era realmente seu — não seria o fim do mundo.

Prometi-lhe que ele aprenderia a amar a criança tanto quanto amava Alex. Ele me pediu para não contar para ninguém até ele poder se certificar de que o que ela estava dizendo era verdade. Por mais que tenha sido um pesadelo, o fato de que ele viera até mim em um dos seus piores momentos provou que a nossa conexão ainda existia. Aquela noite foi um ponto de virada.

Tanner acabou pegando um voo para Denver para pedir um teste de paternidade gestacional, que confirmou que ele era, de fato, o pai do bebê de Arielle. Ele ficou na minha casa durante aquela viagem, e também algumas vezes depois dessa — sempre que ia visitar Arielle e acompanhá-la em suas consultas.

Quando chegou o mês de junho, meu sobrinho, Eli James Miller, nasceu. Mesmo após meses de preparação mental, meu irmão ainda parecia não compreender bem o que estava acontecendo. Ele havia se mudado para Beaufort para ficar mais próximo de Alex, e agora tinha um filho do outro lado do país para cuidar. Foi uma reviravolta do destino muito louca, e a prova da imprevisibilidade da vida.

Durante uma das suas viagens para ver o bebê, ele e Arielle decidiram começar a namorar para ver aonde o relacionamento poderia ir. Aquilo havia começado pelo bem do filho deles, mas, com o passar do tempo, acabaram se apaixonando. Arielle concordou em se mudar para a Carolina do Sul, o que significou muito para o meu irmão. Eu não sabia dizer se Tanner se manteria fiel à Arielle. E ele ainda não a havia pedido em casamento. Só me restava ter esperança de que, em algum momento, ele amadureceria e sossegaria de vez, sem estragar as coisas.

Tanner pegou Eli de sua cadeira.

— Bem, foi muito legal estar com vocês, Millers, mas esse carinha aqui precisa trocar a fralda. E o banheiro daqui é péssimo, então...

Dei risada. Eu nunca tive a chance de testemunhar o meu irmão como pai de um bebê, já que não estive por perto quando Alex era pequeno. Pensar nele trocando fraldas me divertia muito.

— Mande um oi para Arielle — eu disse a ele.

— Pode deixar. Ela quer receber vocês lá em casa, qualquer dia desses.

— Claro. Vou te mandar o meu cronograma.

— Legal. — Ele olhou para Alex. — Te busco na sexta-feira, amigão.

Alex ficava um fim de semana a cada duas semanas na casa de Tanner e adorava passar tempo com seu irmãozinho.

— Tchau, pai.

Quando Alex e eu voltamos para a pousada, encontrei Presley no quarto que planejávamos transformar em um quartinho de bebê. Minha mulher estava grávida de quatro meses do nosso primeiro filho, e eu estava nas nuvens de tão empolgado. Presley e eu nos casamos na The Palm no último verão, durante a temporada sem jogos. Foi uma cerimônia íntima, com a presença apenas dos nossos amigos mais próximos e família — e, sim, isso incluiu Tanner. Presley e eu dançamos ao som de uma das gravações antigas do meu avô e trocamos o bolo de casamento por torta de pêssego. Foi um dia perfeito, sem uma nuvem no céu.

— O que você está fazendo? — indaguei, abraçando-a no quarto quase vazio.

— Só estou colocando algumas amostras de tinta na parede, tentando escolher uma cor neutra. Mas seria mais fácil se soubéssemos o sexo.

— É o que tenho falado. — Olhei para ela, provocando-a.

Nós vínhamos discutindo bastante sobre isso ultimamente, porque eu queria muito saber o sexo do bebê, enquanto Presley não conseguia decidir se queria descobrir. Ela ficava indo e voltando entre querer que fosse uma surpresa e fazer um chá revelação.

— Eu acho que ainda quero que seja uma surpresa — ela falou.

Beijei sua testa.

— Então, será uma surpresa.

Durante o último ultrassom, o médico escreveu o sexo em um pedaço de papel dobrado, que Presley guardou em um pote de biscoitos vazio na cozinha, e nós dois juramos não encostar nele até tomarmos uma decisão concreta.

— Como foi o almoço? — ela perguntou.

— Foi bom. Eli está ficando tão grande.

— Deve estar mesmo.

— Eles querem nos receber na casa deles em breve — eu disse.

— Uau. Ok. — Ela assentiu. — Isso vai ser bom, eu acho. Para o Alex principalmente, sabe?

— Aham. — Apertei-a com um pouco mais de força. — Senti sua falta hoje.

Ela suspirou contra o meu ombro, e quando ergueu o olhar para mim, vi preocupação em seus olhos.

— Você está bem? — indaguei.

— Sinceramente, tenho me sentido um pouco ansiosa, ultimamente.

— Por quê?

— Tudo está correndo tão perfeitamente. Às vezes, eu tenho medo de que seja inevitável algo ruim acontecer. Acho que devem ser os meus hormônios. Toda vez que você viaja agora, fico ansiosa o tempo inteiro até você voltar.

Afastei-me um pouco para examinar seu rosto.

— Por que você não me disse isso antes?

— Acho que não queria que você se preocupasse por eu estar preocupada.

— Você tem razão. Eu não gosto de pensar que você está nervosa quando não estou aqui. Mas acho que isso demonstra o quanto você me ama. — Ajoelhei-me e beijei sua barriga. — Uma parte do meu coração está nesse corpo, sabia?

Ela passou os dedos pelos meus cabelos. Não havia sensação melhor do que saber que eu poderia dormir ao lado dela à noite. Eu vivia por cada momento que passava com ela na The Palm e ansiava pelo dia em que me sentiria confortável em dar adeus à minha carreira em troca da liberdade de poder ver a minha família sempre que eu quisesse. Mas, primeiro, eu ainda tinha alguns anos de trabalho pela frente.

Levantei.

— Sabe o que eu acho?

— O quê?

— Acho que o que você precisa para melhorar essa ansiedade é de um pouco de sorvete.

Ela afagou a barriga.

— Isso seria ótimo.

Segurando minha mão, Presley me seguiu para a cozinha.

Chamei Alex e servi tigelas de sorvete de menta com gotas de chocolate para eles dois antes de colocar para mim também. Comemos juntos à mesa, enquanto Alex contava para nós algumas coisas que estavam acontecendo na escola.

Fern entrou na cozinha.

— Quer sorvete, Fern? — perguntei.

— Não, obrigada. Só vim fazer um chazinho. Estou com a garganta um pouco dolorida.

Quando se dirigiu à bancada, ela abriu o pote de biscoitos.

— Não abra isso! — Presley gritou.

— Por que não? — ela indagou.

— Foi aí que escondemos o pedaço de papel com o sexo do bebê. Não queremos olhar ainda.

— O quê? — Alex arregalou os olhos.

Presley se virou para ele.

— Você também não tem permissão para olhar, Alex. Prometa que não vai olhar.

Ao invés de nos dar ouvidos e guardar de volta imediatamente, Fern espiou o papel antes de dobrá-lo e devolvê-lo ao pote. Ótimo.

— Não se preocupem. — Ela sorriu. — O segredo está bem guardado comigo.

É claro que esse segredo não iria durar por cinco meses se essa bocuda sabia. Mas, mais importante que isso, será que eu seria capaz de resistir a pedir que ela me contasse? Não saber o que teríamos estava me matando. Me tornar pai seria a coisa mais empolgante que já tinha me acontecido, e eu estava me corroendo de curiosidade. Eu amaria meu bebê de qualquer maneira, mas queria *muito* saber. Acho que, se Fern deixasse escapar *acidentalmente*, não teria problema. Mas eu nunca iria contra o desejo de Presley de não descobrir ainda.

— O bebê vai ser meu *prirmão* ou *prirmã* — Alex disse, com a boca cheia de sorvete.

— Hã? — Presley estreitou os olhos.

— Meu primo ou prima *e* meu irmão ou irmã. *Prirmão* ou *prirmã*.

Cacete. Graças ao seu tio pegando sua mãe, aquilo era verdade. *Coitado do garoto.*

— Agora entendi. *Prirmão* ou *prirmã*. Assim como *tixo*: tio lixo. — Dei risada.

Alex gargalhou.

— *Tixo* era mesmo tio lixo. Agora, é *tineiro*: tio maneiro.

— Legal! Subi de nível. Valeu, amigão.

— Por nada. — Ele deu risadinhas e levantou para colocar sua tigela na pia antes de sair correndo.

Presley bocejou ao passar a mão na barriga.

— Acho que o açúcar está me derrubando. Estou cansada.

— É isso ou, sabe, o fato de que você está carregando um serzinho aí.

— Obrigada pelo sorvete. — Ela levantou da cadeira. — Vou para o quarto me deitar um pouco.

— Vou me juntar a você já, já. — Balancei as sobrancelhas. — Prometo que entendi que você está muito cansada. Não vou tentar nenhuma gracinha. Vou só massagear os seus pés, se não estiver a fim.

— Eu nunca estou cansada demais para isso — ela sussurrou. — Só preciso de uma soneca para me recarregar.

Fern ficou dando risadinhas no canto da cozinha, enquanto preparava seu chá. Aquela mulher tinha audição supersônica.

Ficamos somente ela e eu na cozinha depois que Presley saiu.

Fern mergulhou o saquinho de chá em sua xícara ao dirigir-se para o corredor e voltar para o seu quarto.

— Você está morrendo de vontade de saber, não é? — ela disse ao passar por mim.

Fiquei olhando para ela em silêncio. É claro que eu quero saber. Mas de jeito nenhum eu ia quebrar a minha promessa e perguntar.

Fern tomou um gole do chá.

— Seria bem engraçado se esse bebê se parecesse com Tanner, e não com você, não é?

— Aposto que você ficaria bem satisfeita se isso acontecesse.

Ela piscou.

— Eu ficaria rosa de satisfação.

E então, ela desapareceu pelo corredor.

Levei um segundo para perceber.

Rosa de satisfação.

Puta merda.

Deixei a euforia se instalar por alguns segundos.

Uau. *Pai de menina.*

AGRADECIMENTOS

Obrigada a todos os blogueiros, bookstagrammers e BookTokers maravilhosos que ajudaram a divulgar Bela Jogada para os leitores. Vocês fazem o mundo literário girar, e somos muito gratas por todo o apoio de vocês.

Para nossos portos seguros: Julie, Luna e Cherie. Obrigada pela amizade de vocês e por sempre cuidarem de nós.

Para a nossa superagente, Kimberly Brower. Obrigada por sempre acreditar em nós e se esforçar tanto em nosso nome!

Para Jessica. É sempre um prazer trabalhar com você como nossa revisora. Obrigada por garantir que Levi e Presley ficassem prontos para ganharem o mundo.

Para Elaine. Uma editora, revisora, diagramadora e amiga incrível. Somos tão gratas a você!

Para Kylie e Jo, da Give Me Books Promotions. Nossos lançamentos não seriam possíveis sem o trabalho e a dedicação de vocês nos ajudando a divulgá-los.

Para Sommer. Obrigada por trazer Levi à vida na capa do livro. O seu trabalho é perfeito.

Para Brooke. Obrigada por organizar esse lançamento e por tirar o peso das nossas listas de tarefas infinitas todo dia.

Por último, mas não menos importante, para nossos leitores. Nós continuamos a escrever devido à paixão que vocês têm por nossas histórias. Nós adoramos surpreendê-los e esperamos que tenham gostado desse livro tanto quanto gostamos de escrevê-lo. Obrigada, como sempre, por seu entusiasmo, amor e lealdade. Temos um enorme carinho por vocês!

Com muito amor,
Vi e Penelope

CONHEÇA OUTROS LIVROS DAS AUTORAS

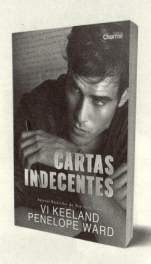

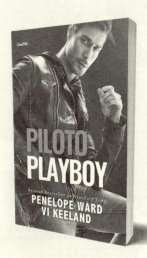

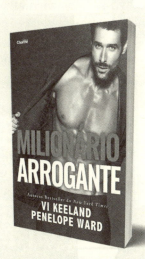

Entre em nosso site e viaje no nosso mundo literário.
Lá você vai encontrar todos os nossos
títulos, autores, lançamentos e novidades.
Acesse www.editoracharme.com.br

Você pode adquirir os nossos livros na loja virtual:
loja.editoracharme.com.br

Além do site, você pode nos encontrar em nossas redes sociais.

https://www.facebook.com/editoracharme

https://twitter.com/editoracharme

http://instagram.com/editoracharme

@editoracharme